光文社文庫

ブラックナイト

建倉圭介

光 文 社

物語に登場する団体名、個人名はすべて架空のものです。
実在する団体、個人とは一切関係ありません。

目次

秘書課	
社長秘書	新藤 茂人
役員秘書	畑中 翔子
役員秘書	添田 愛

人事部	
人事部長	小波
安全衛生課長	能代
安全衛生課	河埜 梓

資材部	
専門課長	増本 健太郎 *

広報宣伝部	
マーケティング課	西野 苑美 *

商品開発室	
室員	白井 小枝子 *

技術部	
技術部長	森
技術一課	赤沼 博昭 *
特許課	坂本 洋次

第一設計部	常川 真由
第二設計部	中岡 美佳
展示場説明員	辰巳 信一

* 新商品開発プロジェクトメンバー

カナエホーム

取締役	
代表取締役会長	岡林 重雄
取締役副社長	児島 将之
専務取締役	郷田 忠利（財務経理部門管掌）
常務取締役	佐伯 隆三（経営管理部門管掌）

執行役員	
社長執行役員	堂島 充
執行役員	石橋（管理本部長）
執行役員	澤地 和則（資材本部長）
執行役員	島崎 隆俊（広報宣伝本部長）
執行役員	黒田（製造本部長）
執行役員	宗田（地方統括本部長）

カナエホーム元社員	
資材部	尾形 靖樹
市川営業所	柴田 道雄
調布営業所	小此木 修平

JSエージェント	
会長	鈴木 次郎
社長	別府
部長	中丸 政和

一週間前

雨が真横に吹きつけてくる。ウインド・ブレーカーのフードは役に立たず大粒の雨が顔や頭の地肌を打つ。サングラスの隙間から容赦なくはいってくる風と雨が目を閉じさせようとする。周囲は遥か彼方まで草原が続き、遮《さえぎ》るものは皆無だった。

風が唇をこじ開けようとしてくる。顔の下半分を覆っている髭が水をたっぷり吸い、重たく感じるほどだ。ときおり口の中まで入りこむ。オホーツク海の潮の味がするようだ。

左手に持った三〇三×九一〇ミリのボードが強風にあおられる。右手を添えると、無防備になった顔が無数の雨粒の直撃を受け、痛い。

ようやく、この草原では犬小屋にしか見えないような建物が視界に入った。

身体《からだ》を斜めに保ちながら、風に逆らい、ゆっくりと進む。速度が遅いぶん、体力が奪われる。一歩一歩足を持ち上げるのが重労働になってきた。

さすがに息があがっている。風の音に混じり、激しい呼吸音がしだした。

やっとドアの前にたつと、風が少し和らいだ。レバーハンドルを握って下に押してから力を入れ、引きながら押す。そうしないとドアが飛んでいってしまうのだ。腰を入れて、徐々に、徐々に身体の幅だけ開けて、素早く中に入ってドアを押し戻す。

狭い風除室は防音室のように無音の世界だった。ゆっくり呼吸をしていると、戸外の嵐の音も、室内の計器の機械音も耳に届いてくる。

室内側のドアを開け、暖気を髭面に浴びる。夏だというのに暖房が入っていた。

「きょうの風、尋常じゃなかったでしょう。三十メートルとかいってましたから」

最近髭を生やしはじめたばかりで、とぼけた顔に見える所員が声をかけてきた。

「ああ。年寄りにはこたえる」

「所長は、まだ大丈夫ですよ。腰は曲がっていないし」

「たしかにな。へそと根性は曲がっているが、腰はまだだ。おい、これ持ってきたぞ」

ボードを差し出す。

「暴露試験中のものですね。計測します。あ、さっき本社から電話がありましたよ。またかけるそうです」

「ほう。かけてこいといわずに、かけ直すといったのか？　新人でもかけてきたのかね」

服を脱ぎ、頭と身体をタオルでふく。「ちくしょう、失敗した」

「どうしたんですか」

「シャンプーをかけておけばよかった。そうすりゃ、きょうは風呂に入らなくてよかったのに」

「年寄りくさかったですけどね」

「年寄りで悪かったな」

「いいえ、電話の相手です」

電話が鳴った。

「たぶん、これですよ。はい、寒地研究所です。はい、かわります」保留ボタンがついた。

「ちょっと横柄なじいさん、という声でした」

「そうか、誰だろうな。はあい、堂島《どうじま》です」

電話は十分あまり続いた。

「所長、なんだったんですか?」

「うん、本社にこいとさ」

「あ、いいなあ。せめて、お土産《みやげ》お願いしますね」

「土産って、そりゃ、戻ってくるものに頼むもんだろう」

「えっ、二、三日の出張じゃないんですか」

「まあな」

「なんだ、本社復帰ですか?」

「そういうことになるんだろうな」

「じゃあ、また設計本部に？」

「いや、それが違うんだ」

「まさか、所長が総務とか経理とかは考えられないし」

「そっちのほうが近いかもな」

「まさか」

「本社の社長をやってくれと、いってきたんだよ、わたしに」

「へっ？」

四週間前

「御社としては、この部分の技術構築をいつまでになさるおつもりなんですか」今回の議長が、疑わしげなまなざしを向けてくる。

プロジェクターには、住宅の空気清浄度と換気状況のモニターデータが表示されており、目標精度に達していないのがあきらかだった。

「ここはもう少し時間をいただかないとならないかもしれません。そう、半年ほどあれば目標値をクリアできると考えています」佐野宗治《さのむねはる》は発言を終えると、小さくため息をついた。ほんとうに半年でできるのか？

「ほかのパートでも、住宅関連の技術は遅れているように思うんですが、今後、大丈夫なんでしょうな」

議長はこれまでにない直截《ちょくせつ》的ないいかたをしてきた。本音はいい加減メンツを捨てたらどうかというところか。

「ご心配なく、しかるべき手は打ってありますから」

佐野はコの字型に配置された会議テーブルに並んでいる各社の数十名におよぶ出席者を眺めた。それ以上の追及がなく、ほっとしながら、ノールマンズホテルの荘厳《そうごん》なロゴが入ったコーヒーカップを持ちあげ、渇いた喉を潤した。視線が卓上の「(秘) HIVEプロジェクト」とタイトルが書かれたファイルに向いた。

「では、最後に」と、議長が少し声を張りあげた。「ようやくこのプロジェクトのプロモーションビデオが完成したようですので、わたしもはじめて観《み》るのですが、ここでお披露目していただきましょう。これは今後提携企業を募る場合に使っていくわけですが、必ず秘密保持契約を結んでから観ていただくということになります。では」

議長の合図で、正面のスクリーンに動画が映しだされ、テーマミュージックが流れた。動画はすべてCGのようだった。

家の中で四十代風の父母と中高生ぐらいに見える姉弟がそれぞれ動いている。その動きの中で頻繁にクローズアップが入り、そこに計測中というテロップが入る。ワイヤレスマウスを持つ手、眼鏡《めがね》がかかっている耳、ドアノブにかかる手、ソファの肘掛けにある指先を入れるサック、洗面所の床、ドライヤー、歯ブラシ、スリッパ。そして、洗面所や玄関にある大きな鏡に映る家族の姿。

「家の中にあるさまざまなものにセンサーが組み込まれ、ワイヤレスでホームコンピューターに蓄積されます。体温、体重をはじめ脈拍、血流、血圧、体脂肪などが、日常の自然な動きの中で集められます」

場面が車の中に移る。運転している父親のハンドルを握る手がクローズアップされ、計測中の文字が浮かぶ。次いで車中に合成音が流れる。「きょうのお出かけ前の血圧が高めでした。いまも発汗が少し多い状態です。ストレスが高めです。スピードに気をつけてください」ナレーションが続く。「家の中に配置された各種センサーで計測されたデータはホームサーバーに蓄積され、環境状態の表示や家族の健康管理に利用されます。大事な家族は携帯電話などでコミュニケーションをとれる方ばかりとは限りません。認知症の方を家に残して外出しなければならないこともあるでしょう」

車載モニターやタブレットに家の中のどこに誰がいるかが表示されている。センサーで個人を識別しているのだという。カメラを設置するのは行き過ぎという考えの人たちにはこのほうが有効だと、音声の説明が入る。

「熱中症予防のために水分をしっかりとっているかが気になりますね。このセンサーはそこまで見守ってくれます。またときにはこんな家族が体調を崩していないかもチェックします」

画像には小犬が映っている。こちらはカメラバージョンだ。夜になり、部屋が暗くなっていく。小犬が不安げに部屋の隅でじっとしている。

車載のタブレットの画面に指が触れる。すると家の照明が点《つ》き、小犬が起き上がってその場でくるりと回り、どこか安心したような表情で顔をあげる。

佐野の目は前方のスクリーンを向いていたが、頭の中には別の会議の情景が甦《よみがえ》ってきた。会議といっても役員室の自席に座った佐野の前には、いつも使っているノートパソコンがあるだけだった。インターネットを介した音声だけの電子会議で、通信は暗号化されているという話だった。

「HQは、K《ケイ》社を買収する時期をはやめたい、と解釈していいんだな」

JSエージェント会長の鈴木《すずき》の声だった。年寄り独特のしわがれた声だが、威圧的な響きだった。鈴木はうちの会社のことをHQという。ヘッドクォーター（本社）の略らしいが、そんなところにも身内意識が表れている。

「例のプロジェクトで他社から突きあげられています」佐野はこたえた。

「準備はできている。もう伏線は張りつくしたから、いつ最終モードに切り替えてもかまわない」

「では、お願いします」

「いいかね、佐野さん。あんたが、我々との窓口になったということは、それなりの覚悟をしてもらわなくてはならない。そのことは上からいわれているのだろうな」

「あ、はい。実行に関しては、すべてあなたがたにお任せするようにと」そう社長からいわれた。他言はするなとも。

「性根《しようね》を据えてもらわねばならんということだよ。我々のすることは、法に触れることが多い。いや、法律はどうでもいいと思っている。ようはHQが優良企業として存続できるかどうかが最重要だということだ。そのためにはだれがどうなってもかまわないのだよ」

「わかっています」そうこたえざるを得ない。同時に、そういいきるこの声の主の考え方に畏《い》怖《ふ》を覚えた。

「業界を代表する大手企業というのは、すべてにおいて優良企業でなければならない。そうだろう、佐野さん。品行方正であり、顧客にも従業員にも株主にも、そして世間にもいい顔を向けていなければならない。だが現実には、いい顔ばかりで儲けられるわけがない。どの相手にも厭《いや》な顔を見せなければならない場面が少なからずあるものだ。とくに会社が急成長するときには、そうとう無理をしているから、粗悪な製品やサービスが世にでてしまうことがある。労働環境が悪化して社員の心身を蝕《むしば》むこともあるだろう。また金のあるところには、必ずその金を狙う怪しげな連中が集まってくる。これらはすべて、訴訟や強請《ゆす》り、社会的制裁といった会社にとっての害になり得る。対応を一つ間違えれば、倒産に追い込まれてしまう危険性がある。こういう問題は、合法的手段で解決できないことが多いのだ。しかし優良企業はあくまでも合法的な活動しか許されない」

鈴木は言葉を切った。佐野は見つめられているような気がして、思わず画面から目をそらした。

「そんなとき、佐野さんならどうする？　弁護士に相談するか？　一番まっとうなやり方だが、それでは会社に傷がつく場合がある。優良企業の体面を維持しながら存続するためには、だれかが非合法的手段をもって解決しなければならないことがあるのだよ。会社とのトラブルが発生して訴訟を考えている人物が突然病死したり、事故死したりすることがあるだろう？　総会屋を別の暴力団が圧力をかけて黙らせることもある。製造物責任の裁判で、証人の証言がころりと変わることもあるな」

実際に過去の事件でそういうことがあった。それは佐野も知っている。

「我々がそういうことを手がけていることを理解してくれ」

「はい」

「国が非合法組織である諜報機関を持つように、企業も同じような機関を持っていると考えておけばいい。むろん我々の存在を知っているのは選ばれた人間だけだが」

そこがもっとも重要な点だ。このことは役員の誰もが知っているわけではなく、トップ層だけなのだ。つまり自分の将来は約束されているといっていい。そのかわりに悪魔と握手しなければならないのだ。

「佐野さん、やり方はすべて我々に任せてもらう。あんたはこれから見聞きすることを墓場まで持っていくと約束するだけでいい」

「わかりました」

「けっこうだ。ではさっそくはじめようかね」

笑いを含んだ鈴木の声が消えたとき、佐野は現実に戻った。

前方のスクリーンにHの大きな文字が現れたところだった。それがHouse（家）とHome（家庭）という単語になっていく。次に大きなIがInformation（情報）に、VがVehicle（乗り物）へ、最後にEがEnvironment（環境）とEnergy（エネルギー）になった。

それらが合体して、HIVE（ハイヴ）プロジェクトの文字が浮かぶ。その下に、HIVEとはミツバチの巣という語意から転じて人びとが集まり活気ある場所という意味だと書かれている。

佐野は額の汗をそっと拭きながら、HIVEの文字がゆっくりとフェードアウトしていくのを眺めていた。

三週間前

男の胸ポケットに差しこまれているスマートフォンの着信インジケーターが光った。空調と夥《おびただ》しい数のコンピューターの騒音から逃れるためにサーバー室をでた。近くに人影がないのをたしかめて通話ボタンに触れる。

「依頼ですか」

「そうだ。いまいいか?」相手はいつも単刀直入だ。

「ちょっと待ってください」男は、モニタールームに入ってきた同僚に軽く会釈をして情報システム部の作業用端末の席についた。途中でマイク付きのワイヤレスイヤフォンをつける。キーボードを叩いて、アプリケーションの起動画面をだした。

「オーケーです。きょうはどこの会社ですか」もっとも近い同僚との距離を測り、そこまで聞こえないような小声で囁《ささや》くようにいう。

「カナエホームだ」

聞くと同時にいわれた社名を入力し、次の言葉を待つ。

「資材部がいいんだが」

資材部と入力した結果、該当0件とでた。「一人もいません。カナエホームの本社勤務だけで二十名ほど登録がありますが、あいにく資材部はいないですね」

「では、調達部門に頻繁に顔をだしてもおかしくない部署だな。たとえば、設計、製造、技術部門、あとは部署を問わずに業務経歴書の現職のところに商品名が書いてあるのでもいい」

「商品名?」

「最近のでは、シグマ2、イオータ、ファインシリーズとか」

「あ、ありました、シグマ2の部材設計に従事というのと、シグマ2の設計開発を担当、部署は製造部一名、第一設計部一名、研究所一名ですね」

「シグマ2というのは、社外秘になっているプロジェクトなんだが、そういうものまで経歴書に書くやつがいるわけだ」

「極秘だろうがなんだろうがみんな平気で書きますよ。どうせ辞めるつもりなんだし、いまさら会社に忠誠心なんてないでしょ。そもそも機密情報だという認識がないし、少しでもいい条件で転職しようと思って経歴書を書くんですから、できるだけ具体的にさらけだすんですよ」

「まあ、そういうやつのほうが、我々も使いやすいんだがね。で、その三人の転職理由は？」

「表向きのですか？」

「なにかおもしろいのがあるのか？」

「ありきたりの理由ばかりですよ。もっとお客に近い業務につきたいとか、社会のためになる仕事をしたいとか」

「本音はどう見る？」

「ああ、これなんかは金ですね。現職の給与額欄に、実際より基本給を高く書いてますよ。残業代を少なくして」

「なぜわかる？」

「この会社の同じような年齢の登録者が何人かいますが、この人だけ基本給が突出しています。経歴も盛っている感じがするけど、それにしても飛びぬけて評価が高いとは思えない」

「転職先には前年の源泉徴収票しか渡さないから、年収さえ合っていれば、内訳はばれないってわけか」

「中途採用はだいたい前職の給与額を考慮するから、基本給が高いほうが有利です」

「気に入ったよ。そういう悪知恵がはたらくやつは見所があるな。そいつも含めて、三人の資料をいつものように送ってくれ」

「了解。ところで、ぼくも金で動く人間なんですよ。さっきの話じゃないけど、登録者が機密のプロジェクトもおかまいなしで書いてくるから、いろんな会社の次世代商品がどんなものか、ぼくにはわかっちゃうんで、そういうのにも値段をつけてもらえると……」

「それは、こちらで決める。まだわかっていないのなら」

相手の冷ややかな声を聞いて、男は途中で遮った。「いや、いや、わかってます。じゅうぶんに」

「すぐに送ってくれ」

最後はそっけない言葉が返ってきてすぐに通話が切れた。

男は肩をすくめてから、三人の資料をダウンロードした。

中丸政和《なかまるまさかず》は携帯電話をたたむと、鈴木会長と別府《べっぷ》社長が打ち合わせているところに加わった。

「ジョブズ・キャリアのデータベースで三人ほど候補が見つかりました」

「カナエの社員も登録していたか」鈴木が頷《うなず》きながらいった。

「二十名ほどです。ジョブズには全国で二十五万名以上の転職希望者が登録しているようですから、その割には少ないかと」

「たしかにな。あの決算内容なら、転職したがっているのはもっといるだろうな」別府が口を挟んだ。

「まあ、いい」鈴木が、嬉しそうな顔をしていった。「いよいよ、カナエのオペレーションをはじめる時機がきた。まずはHQの佐野にいってわかな銀行を動かせ」

それが合図のように、鈴木が手にしている杖で床を突いた。

二週間前

「わかな銀行の条件というのは、別のものに替えられないのかねえ」岡林重雄《おかばやししげお》社長が腕組みをし、これ以上ないという渋面《じゅうめん》をつくっていった。

「譲歩はなしだそうです」

「郷田《ごうだ》さんが頼んでもか」

岡林が専務の郷田忠利《ただとし》を睨む。郷田は五年前に行われたわかな銀行からカナエホームへの大型融資の際に、銀行から送り込まれた役員だった。

「手を尽くしましたが、今回はどうあってもだめだと。なにしろ向こうも五百億円の追加融資を実行すると、トータルで二千億円の貸付になりますから」

「貸付の条件が社長の交代というのは、まだわかる。新たな社長は岡林の影響下にないもの、というのはなんだ。いくらメインバンクでも失礼じゃないか」

岡林が、さも郷田がそういったといわんばかりに、人差し指を突きだす。

「わかな銀行としては、岡林社長のままでは、高コスト体質は変わらないと思っているんですよ。あまりにも技術を優先して」

「技術を追求するのは当たり前じゃないか。それを放棄したら、ただのビルダーだ。住宅というのは文化だよ。その文化は技術がつくるんだ」

「ごもっともだと思いますよ。しかし、いま会社は融資がなければ立ちいかないのも事実なんです。銀行がそういう条件をだしてきたのだから、ここは譲歩するしかないんですよ。社長だって一万名の社員を路頭に迷わせたくないでしょう。ここは我慢するしかないんです」

常務会のほかのメンバーは、なにもいわずに二人の言い合いを見ている。

「まったく」と、岡林は吐き捨てるようにいい、「それじゃ、わたしの影響下にないとは、誰のことをいってるんだ？　郷田さん、あなたか？」

「たしかに、その条件には当てはまるでしょうが、わたしは住宅のことに詳しくありません。だいたい銀行から社長を送り込むというのは、わたしは嫌いなんですよ。個人的な意見ですが」

「じゃあ、誰だ」

「まず、ここにいる人たちは除外されます」郷田がその場にいる、副社長の児島将之《こじままさゆき》はじめ、専務、常務の役付取締役を見回していった。「ほかの取締役も同じです。それから執行役員も全員だめだと、銀行はいってきています。それ以外で選んでくれと」

「それでは、誰もおらんじゃないか。無茶苦茶だ」

「社長は、自分に逆らう人を遠ざけてしまうじゃないですか。だから重用されているのは、みな社長自ら引きあげてきた人ばかりです」

「郷田さん、そこまでいう必要はないだろう」児島副社長が口をはさんだ。岡林とは四十五年前に会社を立ちあげたときから、ずっと片腕となってきた男である。

「わたしもいいたくはありませんが、今回だけは、財務を預かっている身としてはですね、なんとしてでも融資を得なければならないものですから。もうほかの手はすべて塞がっているんです」

「しかし郷田さん、執行役員にもいないとなると、外部から招聘《しょうへい》しろとでもいうんですか」

児島が訊《き》くと、岡林が声を荒らげた。

「いかん、いかん。ほかから社長を持ってくるようなら、この会社を潰したほうがましだ。融資もいらん」

「社長、そんなことといわないでください」

「郷田さん、あんたはやはり外部から社長を持ってこようとしているのか。まったく、銀行の人は社長を消耗品かなにかだと思ってるんだよ。首を挿げ替《すか》えればなんとかなると」

「まあ、そういわずに。社外がいやなら、社内で探すしかないでしょう。みなさん、心当たりはありませんか」郷田が出席者を見まわす。

「部長級では、まだ力不足だしな」

誰かの声が虚しく聞こえた。

ぽつりぽつりと名前があがるが、すぐに否定されていく。重苦しい雰囲気の二時間が過ぎた。

「ああ、執行役員をおろされた人がいましたな」郷田が中空を睨みながらいった。「わたしがこちらにきてすぐだったから、もう五年も前のことです」

「執行役員を降格になったのは、これまで一人しかいないでしょう、たしか」常務の佐伯隆三《さえきりゅうぞう》がいった。

「堂島か、設計を見ていた」

誰かがいうと、出席者がいっせいに岡林のほうを向いた。

「彼はいまどこにいるんだ？」児島が周囲を見回して訊いた。

「ええと、たしか北のほうだったと思います」誰かがこたえる。

「そうそう、番外地じゃなかったか」別のものが相槌を打つ。

「なんだ、番外地ってのは？」児島が怒るようにいった。岡林や郷田も、怪訝《けげん》な顔をしている。

「寒地研究所のことですよ」佐伯が穏やかな調子でいった。「網走《あばしり》の近くにあるというのもあるんですが、一般社員のなかではほとんど知られていない場所ということもあって、陰ではそういわれているようですよ」

「堂島はいかんぞ」岡林がまた人差し指を突きだし、唾を飛ばしながら大声をだした。

「なぜですか。一度は執行役員に取り立てたほどだから力はあるのではないですか」

郷田が静かに訊いた。

「あいつは、恩を仇《あだ》で返すような男だぞ。なんでもかんでも反対しおって。それも、すぐにこの数字を見てくれという。家づくりのことはなにもわかっとらんやつだ」

「役員会でも一人で反対していたと、わたしも聞いています」

「そういうやつだ」

「だから、いいんじゃないですか。そういう人物なら、わたしも銀行を説得できると思いますよ。取締役ではありませんが、社長執行役員ということでしたら、取締役会決議で就任可能です。岡林社長は代表取締役会長になっていただきます。この前、定時株主総会が終わったばかりなので、いまできることはそれくらいです。働きぶりを見て、来年の株主総会で取締役にしてもいいでしょうし」

「堂島をか？」

顔中の寄せられる皺《しわ》をすべて寄せたような顔で、岡林は吐き捨てるように、その名前を口にした。

第一章

1

　秘書室は就業開始一時間半前だというのに、全員が揃っていた。新藤茂人《しんどうしげと》は秘書とはいっても、岡林の運転手兼雑用係だったので、いままでこの時間に出社することはなかった。新社長は朝の迎えは不要といってきたから、茂人は久しぶりに電車で通勤してきたのだ。

　八時二十分、突然ドアが開いた。中年というか、初老のオヤジが入ってきた。それもこの場にふさわしくない恰好で。オフホワイトで麻の、スーツというにははばかられる皺だらけの上下に、モスグリーンのボタンダウンのシャツをノーネクタイで着ている。

「ども、おはようございます」オヤジが、毎朝いいなれているような調子でいった。

　茂人はじめ、部屋にいた三人は、みんな反応のしようがなくて、黙ってしまった。

「堂島充《まこと》です。きょうからよろしくお願いしますよ」

　悪い予感が当たってしまった。これが新しい社長かよ、と思った。

年齢は五十七歳と聞いていたが、それ以上でもなくそれ以下でもなく、まさに五十七歳のオジサンだった。髪はまだ豊かだが白が勝ったグレーで、ごわごわとして立っている。漫画で恐怖の表情を描くときの髪のようだった。そういう目で見ると、どんぐりまなこで驚いたような顔をしている。背は百六十五センチほどか。百八十三ある茂人の肩までしかない印象だった。中肉は、この年代ではまだ体型を守っているほうかもしれないが、やや短足でO脚だ。

岡林会長も容姿はいいほうではないが、服だけはオーダーメイドの高級品で、それだけでも社長という威厳が醸《かも》しだされていた。それに引きかえこの新社長は、定年退職したあとちょっと洒落《しやれ》っ気《け》をだして余生を楽しんでいるといった雰囲気《ふんいき》で、近所のおじさんが迷い込んできたような感じだった。

社長ならビシっとした高級スーツを着ていてほしい。茂人にはそういう社長像があったのだが、この新社長にはそのすべてを裏切られてしまった。

それでも社長は社長だ。

茂人は女性秘書二名とともに立ちあがり、頭を下げた。

秘書たちが顔をあげると、「畑中《はたなか》さん以外は初対面だね」と、堂島が三人の顔を見回した。

畑中翔子《しようこ》は四十代前半のベテラン秘書である。

「添田愛《そえだあい》と申します。入社四年目になります」

次は自分の番だと茂人は思ったが、どういうふうに挨拶すればいいのかという基本的なことがわからない。

「新藤茂人です。お世話になります」体育会系一筋だったから、声だけは大きい。習慣で最敬礼をした。

「おいおい、世話になるのは、わたしのほうだよ。まあ、世話といっても介護じゃないけどな」堂島の言葉に女性たちが遠慮がちに笑った。

そうか、親父と同じ年代なんだ。なんでこの年代の男は、なんでも茶化すような言い方をするんだろう。この先疲れそうだ。

が、笑顔はここまでだった。

役員秘書はここにいる三人のほかにさらに五名いたのだが、新社長は、一人を会長秘書に残したほかは、それぞれ総務部、人事部、営業推進部に異動させたといった。

「新藤くんはわたしの秘書として残ってもらう。畑中さんと添田さんは、ほかの役員の秘書業務をお願いします」

「あの」畑中翔子が、いつになく厳しい目つきで口を開いた。「会長と社長以外に取締役と監査役が十名いらっしゃるんです。二人では無理だと思いますが」

「いままでのようにしていたら、そうだろうね。まあ、そんな心配がいらないのはすぐにわかるよ」

堂島がのんびりとした口調で宥《なだ》めるようにいった。

その言葉が嘘ではないというのは、直後に開かれた取締役会ですぐにわかった。

茂人は、会議室の片隅の椅子に座り、はじめて取締役会を見ることになった。

取締役ではない堂島が社長執行役として本会の議長を務めるためには、いろいろ面倒な手続きが必要らしく、茂人には理解できない言葉が飛び交って所定の決議を経たあとにようやく堂島が議長席に座った。

「みなさん、いまコンサルタントの方々から、いろいろな経費削減のご指導をいただいておりますが」堂島はそこで居並ぶ役員の顔を見渡し、同席しているコンサルタントにも視線を這わせながら、言葉を続けた。「曰《いわ》く、広島工場と、山形工場の閉鎖、施設の売却、千名の人員整理などなど。わたしは無駄なことは嫌いですが、社員を無駄なコストだと考えるようになったら経営者の負けだと思っています。こんなことをいうと、欧米では通じないかもしれません。ただ、日本の経営者としては負けだと思います。これだけは、岡林会長と同じ考えだと思いますが」

堂島が岡林に顔を向ける。岡林がつられたように頷《うなず》く。

「ですから、そういうことは最後の最後にしましょう。せっかく銀行さんから融資を受けたのですから、ここはもう一度攻める機会をもらったと考えましょうよ」

ちょっと異様な光景だった。重役然とした十数人の押しだしのいい男たちが居並ぶ前で、思いっきりカジュアルで貫禄のないただのオジサンが偉そうに演説をしているのだ。

「攻めの経営をするには、ほんとうに無駄なことは排除していきます。第一に、すぐできることを実行しましょう。それは役員室を取っ払うことです。いま役員には個室が割り当てられていますが、それをなくします。みなさんには管掌《かんしょう》部門に席をつくって移動していただきます。

空いたスペースに二階の人事、総務部門を持ってきます。部屋の間仕切りはそのままで、ドアだけを外せば、うまく使えるでしょう。そして二階は新宿にある東京支店に入ってもらいます。新宿は規模を大幅に縮小して営業所だけを置くことにします」

「なにをいいだすんだ」児島副社長が血相を変えた。

ほかの役員たちも気色《けしき》ばんだ表情になっている。

「管掌を持っていない岡林会長には、これまでの社長室を会長室として引き続き使っていただきますが、わたしは秘書室に間借りします」

「だから、なにをいっているんだと、いっている」児島が苛立《いらだ》った様子で大声をだした。

「取締役のみなさんは、もとはといえば、現業部門で成果をあげられてきた方たちです」堂島が児島の発言を無視して喋《しゃべ》り続けている。茂人は思わず震えそうになった。堂島のような男が役員たちを前に説教をたれようとする構図が不気味だったのだ。「いま、会社が沈滞ムードなのは、そういうリーダーシップのある人材が現場にいないからなんですよ。いまこそ、成果が出せ、強力なリーダーシップのあるみなさんが、現場と一体となって奮起を促さなければならないんです」

「ちょっと待て。我々はこの階でふんぞり返っているわけじゃないぞ。大所高所から見るにはだな」

「それは業績がいいときの話です。会社の存亡がかかっているいまは、大所高所ではないんです。小さな無駄も注意しなければならないし、小さな成功も褒めてあげなくてはいけない。いまの中間管理職は、注意も褒め方もうまくありません。急成長期の、あの活気のある職場で陣頭指揮をとっていたあなた方でなければできないんです。また社員は、役員に褒められれば、俄然やる気になるもんです」

「勝手にそんなことを決められると思うなよ」

こんどは児島とは別の声だった。同調する言葉が数人から上がった。

「それが決められるんです。決裁権限表をご覧になってください。本社のフロア配置計画の決裁者は、社長執行役員になっています。取締役会にあげる必要はないんです。よろしいですね」

堂島はいい終えると、部屋中を睥睨《へいげい》するように見回した。

「それなら緊急動議だ。取締役会で社長の解任を決議できるはずだな」

先刻の声と同一人物だった。

「それはできませんな」佐伯常務が声の主にいった。

「なぜですか？」

「今回の銀行融資にはコベナンツがついているんだよ」

茂人はスマートフォンをだして語句の検索をした。コベナンツとは融資の制約事項のことで、たとえば、赤字になったら即刻全額返済しなければならないなどの条件を設定することらしい。

「堂島社長を解任したら、すぐに全額返済しなければならなくなるという」

絶望的なため息がそこらじゅうで聞こえた。

それにしても、これだけ全取締役を敵に回して、堂島はこれからやっていけるのか？　まあ、おれが心配するようなことじゃないか——茂人は、心の中でそう呟《つぶや》いてはみたが、会社が思っていたよりも大変な窮地に立たされていることに焦燥感を覚えた。

にわか勉強で得た知識によると、住宅業界の勢力図はここ何年もあまり変化はなかった。ハウスメーカーは、戸建住宅とアパートの建設、そして手広くマンションあるいは一般のビルまで建設しているところもあるが、こと戸建住宅の年間建設棟数で比較すると、一位の秋水ハウスが断然強く一万六千棟ほどあり、そのほかの大手といわれる大都ハウス、あけぼの化成、秋水化学、竹友林業、そしてカナエホームが一万棟前後で横並びになっている。そのほかには、ユニバース住建、五井ホーム、ジョーワハウスが五千棟前後で続く。近年はこれらに加えて、地域の建売業者から全国展開を志向している低価格が売り物のパワービルダー系の会社が棟数だけを見ると急進している。

カナエホームは、一九八〇年代は販売棟数一位になったこともあるし、悪くても三位以内を維持してきたのだが、バブル崩壊後は、販売が下降線をたどり、秋水ハウスに引き離されたままになっている。

六年前に投入した廉価版の商品が失敗し、販売棟数は横ばいでも利益率が悪化してさらに財務状況が苦しくなった。その結果、資金繰りが逼迫《ひっぱく》してどうしても銀行融資が必要となり、その交換条件として社長交代を強いられたのである。

茂人が昨夜インターネットを検索して見つけた「カナエホーム、社長交代で背水の陣」という解説記事にそう書いてあった。ようやく字面《じづら》だけはなんとなく理解したばかりだった。

社長室に戻ると、堂島は畑中翔子に役員室を撤去する話をして、総務部と早急に打ち合わせて、工事と引っ越しを進めてくれと指示をだしていた。畑中翔子は絶句して、返事をするのも忘れてしまったようだ。

「これで役員の秘書業務は半分以下になるでしょう」堂島がとぼけた顔でいった。悪戯《いたずら》っ子《こ》のような顔といえなくもなかった。

しかし問題は残っている。ほかならぬ、茂人自身のことだった。

茂人は実際に秘書業務の経験がない。そのことを新社長はわかっているのだろうか？　新藤くんはわたしの秘書として残ってもらう、と堂島がいったときのほかの二人の顔に気づかなかったのだろうか？　あの人なんかで社長秘書が務まるの？　二人ともそんな顔つきだった。

そのあとで、堂島は茂人に対して、とにかく自分にくっついていろといった。その都度必要となったら指示をだすというのだ。きみは機動力があるからな、ともいっていた。

茂人はアメフト選手だったから、機動力があるのは間違いないが、それは肉体のほうであって、頭の機動力には自信がない。カナエホームには大学を卒業して新卒社員として入社したが、それはあくまでもアメフト部の選手としてだった。しかしその三年後、いまから五年前に廃部となってしまった。スポーツ以外に取り柄がない茂人はいき場所に困った。唯一の頼みは、岡林重雄と同郷であり、父方が岡林家と遠縁の関係にあるというだけだった。父親を経由して茂人の窮状が岡林の耳に入ると、社長車の運転手が定年退職する予定だったこともあって、運転手をやらないかという話が湧いてでた。それでもよしとしなければならなかったが、父親も田舎者の強引さがあり、茂人はまだ若く将来もあるので、もうちょっとつぶしのきくものはないかと、図々《ずうずう》しく岡林の本家に頼んだらしい。それで実質は運転手兼雑用係だが、肩書は秘書になったのだ。

先週まで最果ての地で寒地研究所の所長だった男と素人《しろうと》秘書の組み合わせか——。どこか出来のいい高校の生徒会にでも任せたほうがよほどましのような気がした。

茂人はアパートの自室の前に立ち、ドアを開けた。一瞬、いい匂いがしたかと思ったのだが、それはすぐに焦《こ》げくささに変わった。

「ただいま」声をかけて、玄関に直結したダイニングキッチンを見て、匂いの正体がわかった。

「おかえり」遥香《はるか》がガス台に向いたままでこたえた。

換気扇では排出できない煙が部屋を満たしている。よくあることなので、茂人は奥の部屋にいき、ジャージーに着替えた。不動産屋では一LDKとなっていたけれど、実質は一DKで、間の引き戸は外して開放状態にしているので、ベッドや洋服ダンスのある寝室まで煙がきている。茂人は窓を開けた。煙は外の熱気に押し戻されて、なかなかでていきたがらない。せっかくエアコンで冷えた空気が生あたたかくなってくる。

「ちょっと失敗しちゃったぁ」遥香の声は言葉ほど悪びれていない。

まあ、そうだろうな、と思いながら、缶ビールを冷蔵庫からだして小さなテーブルにつき、遥香と自分のグラスに注《つ》いだ。

お疲れ様という言葉とともに、一気に半分ほどあけてから箸をとった。目の前には二割方黒くなった肉野菜炒めが大皿に盛られている。これでもきょうは黒の割合が少ないほうだ。手前には、ごはんと味噌汁と冷や奴。

「本社は、どうだったの？」

遥香が何事もなかったように訊いてきた。彼女にしてみれば、焦げてしまったことよりも一生懸命やった達成感のほうが大きいのだ。

「新しい社長は、変人だな。いきなり役員室を撤去するなんていいだしてさ、役員連中が文句たらたら」

「へえ。おじいちゃんの部屋もなくなっちゃうの？」

「さすがに、会長室は残すんだって。ほかの役員は全員、管掌部署に机を持っていけって。自分も秘書室に同居するっていいだした」

「じゃあ、シゲくん、社長とおんなじ部屋で仕事するの？」

「そういうこと」

茂人はキャベツの焦げたところを噛んで苦い顔をした。

「かわいそうに」遥香が茂人の表情を誤解したのか、同情するようにいった。

「おれにとっちゃ、運転席じゃなくてふつうの椅子に座っていられるんだから、どんな部屋でも不満とかはないんだけど、社長が近くにいるのは疲れそうだな」

「でも、おじいちゃんにスパイを頼まれてるんでしょ？　同じ部屋ならつごうがいいんじゃない？」

「そういや、そうだな」

「おじいちゃんもさっさと引退しちゃえばいいのにね。いつまでやるつもりなんだろう」

「家出してきたのに、やっぱり心配はするんだ」

「なんだかんだいっても、おじいちゃんには可愛がってもらったからね。わたしが家をでたのはパパやママのせいだもの」

遥香の父親は岡林重雄の長男で、カナエホームを継ぐ気はなく、政治の世界にのめりこんでいる。いまは都議をしているが、つぎは国政にうってでようとしているらしい。母親は、支援者の夫人たちや、政党の幹部夫人たちとのつきあいに余念がない。

遥香は三人姉妹の真ん中である。姉はすでに政治家の息子と結婚している。親のほうは九州が地元の代議士で、ゆくゆくは息子がその地盤を譲りうけるのだという。妹はまだ大学院生で、それほど自己主張が強い性格ではないらしい。

岡林家で唯一の問題児は遥香だったようだ。中学時代から平気で校則を破り、髪を染めたり、夜遊びをしたり、警察に補導されたこともある。政界でいきていこうとしている親にしてみれば、はやく落ちつかせ、これ以上問題を起こす前にしかるべきところに嫁がせようとしたのだろう。矢継ぎ早に縁談話を持ちかけられるのに嫌気がさして、遥香は家をでて、それ以来実家にまったく連絡を入れていないのだという。

むろん、遥香がこともあろうにカナエホームの社員と同棲しているとは、彼女の親族はだれも知らない。

もし岡林会長に知られたら、茂人は会社を辞めさせられるだろうし、遥香は実家に連れ戻されるに違いない。

「ね、これどう思う」遥香がスマートフォンを差しだしてきた。

受けとると、画像が表示されている。どうやらいま制作中の作品らしい。それぞれ百個以上はありそうな空き缶とコイルがまず目につく。太い針金のようなものがくねくねと曲がりながら、それらをつないでいる。奇妙というのか、複雑怪奇というのか、なんとも表現しにくい形状をつくりだしている。こういうものをつくるために、彼女はなんとかという溶接技能者の資格をとったくらいだ。それにしてもいつもながら、よさがわからない。

「やっぱり、おれにはわからない」

「どう思うかを訊いているのよ」

「ぶきみ、かな」

「落ちつかない感じ?」

「どっちかっていうと、そうかな」

遥香が、そうでしょうというように、満足げに頷く。

彼女は芸術家仲間と廃工場を借りて、創作活動とやらをしている。七、八人の男女が、それぞれ自由になにかを創っているのだ。茂人の目には、変てこなもの、としか映らないものだったが。とうぜん彼らは自分の芸術作品では食えないので、各自いろいろなアルバイトをして創作の費用を捻出しているようだ。遥香も、コンビニエンスストアや牛丼屋で働いている。実家にいればそんな苦労をしなくていいのに、と茂人はいつも思うのだが、芸術家の考えは違うらしい。

茂人は長野県の篠原町の出身である。同じ町の出身者である岡林重雄は、いわゆる立身出世をした郷土の英雄なのだ。茂人が通っていた高校には、岡林重雄奨学金というものがあったし、スポーツ選抜で受験した日本学院大学にも岡林からの寄付金で岡林重雄基金がある。そういうこともあって、篠原町出身者は日本学院大学への入学者が多いのだった。遥香は東京の高校出身だが、日本学院大学の芸術学部に入った。ほんとうはほかの美大にいきたかったのだが、どこも落ちたらしい。

遥香はどういうわけか、アメリカンフットボールとアイスホッケーが好きなのだ。祖父が好きで小さいころから試合を観《み》に連れていかれたのもあるだろうが、どちらも鎧《よろい》を連想させるユニフォームを着て、敵と身体をぶつけ合うところがいいらしい。茂人はレギュラーで、いわゆる花形選手だったから、当然二年後輩の遥香は知っていた。それどころか茂人の熱烈なファンだった。さらには心の恋人だったようだ。

実家をでて行先を考えたとき、彼女の中では当然のように茂人が第一候補だったのだ。そこで友人の友人をたどって強引に茂人に会い、数回会っただけでアパートに押しかけてきた。

そのころ茂人はカナエホームの社員になって五年目だった。二年前にアメリカンフットボール部が廃部になり、岡林の運転手を務めていた。最初は遥香が岡林の孫とは知らなかったのだが、同棲をはじめてから一年ほど経って聞かされた。驚きとともに感じたのは恐《おそ》れだった。

「こういう大きな作品は、しばらくお預けにする」遥香が唐突にいった。

「そうなんだ」茂人は、冷や奴に醤油をかけてからぐちゃぐちゃにして、それをご飯にかけた。部活の合宿で覚えた食べ方だった。

「きょう、病院にいってきたの」

「どっか、悪かったっけ?」茂人は奴かけご飯をかきこみながら訊いた。

「赤ちゃん、できたんだって。いま三ヶ月」

茂人は思わず口の中のものを吹きそうになって、懸命にこらえた。

遥香が睨んできた。「喜んでくれると思ったのに」

「いや、ちょっと待ってくれ」口の飯粒と豆腐をむりやり飲みこんで、「そりゃ、おれだって嬉しいよ。だけどどうすんだよ、おれたち結婚してないし」

「この際、結婚しようよ」遥香が笑顔になっていった。「形式なんてどうでもいいと思ってたんだけど、ほんとに子供が生まれてくるってわかったら、やっぱり結婚したほうがいいかなと思って。なんの障害もないし」

大ありだって——茂人は心の中でいった。岡林家が、おれみたいな男を認めるわけがないじゃないか。もともと、どこかの政治家の息子に嫁がせようとした両親だし、祖父の重雄だって、自分の運転手を孫娘の相手として考えてくれるはずがない。関係がばれたときがわかれのときだと、ずっと思ってきたのだ。

茂人は笑顔をつくったつもりだったが、彼女にそう見えているかは自信がなかった。

2

河埜《こうの》梓《あずさ》は、尾形《おがた》という表札の横についているドアフォーンのボタンを押した。家の中でチャイムが鳴る音が聞こえる。まだ小学校の下校時間帯には一時間ほどあり、おそらくこの住宅街の日中でもっとも静かなときなのだろう。数日前に梅雨明けし、うなじに当たる陽射《ひざ》しがきつかった。

はい、と愛想のない声がスピーカーから聞こえた。

「カナエホーム人事部の河埜と申します」

むろんこの時刻に訪ねることは電話でいってあるので、すぐに玄関の扉が開けられた。

「お電話では失礼いたしました。人事部安全衛生課の河埜と申します」梓は名刺を女性に渡した。

「尾形の家内です」女性は抑揚のない声でいった。白い半そでのブラウスにグレーのスカート。あえてこちらに喪中を意識させる服装を選んだのだろうか。

居間に案内された。続き部屋が和室になっていて、白布がかけられた座卓が目についた。その上に遺影と焼香台が置かれている。

「お話を伺う前に、ご焼香させていただいてもよろしいでしょうか」

尾形の未亡人がどうぞという仕種を見せた。態度に多少の敵意が込められているように感じた。

梓は遺影に向かって正座し、手を合わせた。あまり印象に残っていない顔だった。本社だけでも二千名の社員がいるから、労務を担当していても知らない顔は多い。

白布の上に、角が少しひしゃげ、画面が割れたスマートフォンが置かれていた。故人の一番身近なものという意味なのだろうか。

一ヶ月ほど前に自殺した資材部の尾形靖樹《やすき》の遺族が、労災を申請したいといってきていると課長から聞かされたときも、顔がまったく思い浮かばなかった。自殺で労災となると、会社が恐れるのは遺族からの損害賠償請求だ。自殺の原因が過重労働やパワハラだと主張するケースが多く、どちらも会社や上司を訴える場合がある。課長からは、遺族がその気なのか探ってこいといわれていた。

焼香を済ませて居間に戻ると、ソファを勧められた。座り心地のいい素材だった。安くはない。目の端々《はしばし》に映る調度品や夫人の服も、四十三歳の係長の給与額から想像するものよりもかなりいいものだった。共稼ぎだったかと思ったが、給与台帳には配偶者の家族手当がついていたのを思いだした。

部屋の中は手早く片づけた程度だとわかる。ほこりが目立つし、いろいろなものが雑に置かれている。夫が亡くなったあと、まだまだ気持ちの整理がつかず鬱々《うつうつ》とした状態が続いているのかもしれない。その鬱屈が会社に向かってきたのだとすれば、そう簡単に納得してはくれないだろう。

お茶は出ないようだ。夫人は伏し目がちに黙っている。

「労災の申請をなさりたいということでしたので、お話を伺いに参りました。あの、どういうところから労災かもしれないとご判断されたのかを……」

「毎日帰ってくるのが十一時過ぎだったんですよ。会社はどれだけ残業させるのかと思ってました。そういうのって過重労働というんでしょう。それで主人は疲れはててしまったんです。正常な考えができなくなって」

尾形は荻窪《おぎくぼ》駅近くのマンションの十二階から転落した。会社のある三鷹《みたか》から中央線の上り快速電車に乗れば三駅目だ。自宅のある立川《たちかわ》へは同じ中央線だが、方向が逆になる。社内調査の報告書には、尾形がなぜ荻窪にいったのかとか、警察が自殺と判断した理由などについては、詳しく書かれていなかった。だから梓が持っている情報はきわめて乏《とぼ》しい。

だが一つだけはっきりしていることがある。それは尾形の勤怠データだった。

「あの、尾形さんの残業時間は、月二十時間弱といったところだったんです。だいたい七時前には退社されていたようです。会社のある三鷹からこちらの立川までまっすぐ帰宅されれば、十一時ということにはならないと思うんですが」

これは意外にはやく決着がつきそうだ。尾形は仕事以外になにか悩みを持っていたのだろう。

「嘘です。そんなはずがありません」夫人が確信めいた口調でいった。

「ですが、出退勤の記録では」

梓の言葉の途中で夫人が立ち上がり、壁際にある書棚の引きだしを開けてなにかを手にして戻ってきた。預金通帳だった。乱暴な手つきでページをめくると、テーブルに音を立てて広げた。

「残業してなきゃ、こんなにお給料が振り込まれることはないはずでしょ」

梓は手を伸ばして通帳を手にとった。お取引内容という欄を見る。『振込カ）カナエホーム』とあり、金額は七十万円ほど。ほかの月を見ても同じような金額が振り込まれている。

梓は尾形の給与データにも目を通してきた。それによると、所定内の月額給与は約四十五万円だった。配偶者と子供二人が扶養家族に入っており、税金と社会保険料などを控除した手取り額は、三十五万円ほどになる。これに二十時間分の残業代約七万円が加わり、銀行への振込額は四十万前後のはずである。

七十万円の振込額から額面の給与額を逆算すると、百万円近くなるだろう。そこから残業時間を割りだすと、少なくとも百二十時間ぐらいになってしまう。

振込額から割りだせば、夫人のいうことは正しいのだ。毎日午後十時まで残業したとしても百時間程度にしかならないから、深夜残業や休日出勤もしていなければ、この数字にはならない。

「おかしいですね」と、梓はつい頭に浮かんだ言葉を口にした。まずい、と思った瞬間、夫人の顔つきが険しくなった。

「会社は隠すつもりなんでしょう。労災隠しがあるから気をつけなさいっていってたもの」

夫人が興奮した口調で言った。

「会社の記録ともう一度つきあわせてみますので、ちょっとお時間をください」梓はそういって、通帳の写真を撮らせてもらい、早々に退散した。

会社への帰途、なんどもため息がでた。あの夫人には助言をする人物がいるらしい。知り合いに弁護士か社労士がいるのか、弁護士会に相談にいったか、それはわからないが、どうも専門家のような気がする。ということは、おそらく会社に損害賠償を請求してくるつもりなのだろう。

三鷹駅でおりて南に歩くこと十分あまり。植栽がふんだんに配されたカナエホームの住宅展示場が見える。代表的な商品シリーズのモデルハウスが四棟建っている。その奥に見えるのが二十階建ての本社屋だった。住宅という商品を扱っているために、都心にオフィスを構えるのではなく、郊外にゆったりとした敷地を確保している、と新人研修のときに習った。

エントランスを入ると、試作品を抱えた資材メーカーの人たちが打ち合わせ相手を待っている中を歩き、エレベーターホールに向かった。三階でおりて財務部へ直行する。給与明細をつくるのは人事部だが、実際に振込を行う財務部で尾形靖樹の振込記録を見たほうが確実だ。

尾形が亡くなった前月の給与振込額は四〇八、三四一円となっている。給与台帳の記録もそうなっている。違うわけがなかった。ところが通帳には七〇八、三四一円と記載されていた。

「端数は同じ」梓は独り言を口にしながら、もっと以前の分を見ていった。「台帳と通帳ではきっちり三十万円違っている」

「そんなばかな」財務部員が「ほんとだね。だけどありえないだろ、そんなこと」

「財務の誰かが、尾形さんの給与に上乗せして振り込んだとか」

「物騒なことというなよ。それじゃ、不正だろ。うん？」

彼が通帳の写真に目を近づけ、首を傾《かし》げた。

「どうしたんですか」

「通帳のお取引内容欄に、振込と社名が書かれているけど、ふつうは給与とか賞与としかでてこないはずなんだ」

「そうでしたっけ」梓は自分の通帳の表記を思いだそうとしたが、まったく浮かんでこなかった。

「こういうふうに印字されるのは、通常の給与振込日に間に合わなくて、あとでほかの振込と同じような手続きをした場合だね。ちょっと待ってよ」といって、パソコンを操作しはじめた。

「この月の尾形さんの給与は、通常通り、給与振込で処理されているな。総合振込じゃない」

つまり、本来なら通帳には給与とだけ印字されているはずなのに、振込カ）カナエホームとなっている、ということ？

「ああ」彼が大きな声をだした。「これ口座番号が違うじゃないか。銀行も違う」

「どういうことですか」

「この通帳の口座は、給与の振込口座じゃないってこと。尾形さんが会社に申請していたの五菱銀行渋谷《しぶや》支店だけど、これは、わかな銀行立川支店じゃないか」

梓はしばらく口がきけなかった。

3

「添田さん、インスタントコーヒーの大きな瓶《びん》を買ってきてちょうだい」

堂島が席を外すと、畑中翔子が不機嫌な顔を添田愛に向けていった。先ほど彼女自慢の挽きたてコーヒーを持っていったあとで機嫌が悪くなったのだ。

「コーヒーはインスタントでじゅうぶん、あとはポットがあれば自分でやるから、だって」

新藤茂人は畑中女史が腹を立てている理由がわかった。前社長の岡林は、豆を用意させておき、挽きたてのコーヒーを好んでいたのだ。運転手時代にたまに秘書室にきたときなど、ごちそうになったことがある。岡林が畑中に、きみの淹《い》れたコーヒーは格別だ、とかなんとかいって褒めそやしていたのを聞いたこともある。それをインスタントでいいといわれたら、彼女の自尊心が傷つくだろう。

「ということは、わたしたちもインスタントになるってことですか？」

「そう、なんじゃない」

二人とも首を振りながらうんざりした表情をつくっている。

完全アウェイだな、と茂人は思った。敵側のブーイングを聞いて、かえってやる気がでるというタイプの選手はいたが、それにしてももう少しやりようがあるんじゃないか。

そんなことを考えていると、当の堂島が席に戻るなり、茂人に向かって「いこうか」といいながら廊下にでていった。午後二時から品質管理に関する幹部会が開かれる予定だった。社長秘書というと、社長のスケジュール管理が主な仕事だというイメージがあったのだが、この社長にはそんなものは不要だった。呼びにいく前に、自分からさっさと行動してしまうのだ。

「こんどは気密性の問題か」堂島が歩きながらいった。

「当社の気密性はトップクラスなんですよね」茂人は最近の勉強の成果を披露した。これまでは自社の商品についてもあまり知らなかったが、もうそういうわけにはいかないと、一念発起して家で資料を読み漁っていた。

「ずっと業界一位だったんだが、最近エコーハウスに抜かれてしまったというので、いろいろ騒いでいるわけだ。技術部長が森《もり》さんだろう？　あの人は名前の通り、人一倍気密性にうるさいんだよ」

「森さんの名前ですか？」

「森ってのは、木が三つだろ。きみっつ、だけに気密にこだわると」

この社長と話していると、ときどき脱力してしまう。茂人は最近くだらないダジャレを聞いたときは、絶対に愛想笑いをせず、冷たくあしらうことにしていた。

もとより堂島はそんなことを気にするわけでなく、なにごともなかったように真顔で会議をはじめた。

「この値《あたい》をエコーハウスは、コミットするといっています。つまり一棟一棟、完成時に測定し、満たなかったらやり直しをすると」

議長役の澤地《さわち》和則《かずのり》執行役員が説明した。彼は資材部門を管掌している。

「営業的にいうと、一位と二位では違うからな。なんとかまた一位を奪取できないのかね」営業本部長が発言する。

「営業的にはそうかもしれないが、技術的には追随する意味があるかどうか。このレベルの比較になると、実際の性能では差がないでしょう。そこにコストをかける意味はないと思う」森技術部長がいった。

このあと営業と技術の対立が激しくなり、次第に堂々めぐりになってきた。茂人はこういう会議に出席するのははじめてで、よく両部門の対立は耳にするものの、これほど激しいとは思っていなかった。

「これ以上議論しても埒《らち》があかないでしょう。ここはせっかく社長のご臨席を賜《たまわ》っているわけなので、堂島社長にご判断いただきましょう」

澤地が締めくくるようにいった。茂人の気のせいか、多少新社長を揶揄《やゆ》するような口調に聞こえた。

「その前に質問させてくれませんかね。まず営業に伺いたいのだけど、顧客の何割が気密性を重視しているかを教えてください」

「けっこういるでしょう。六割はいると思いますね」

「根拠は？」

「アンケート調査の結果で、たしかそのくらいになっていたと思います」

「いま、ここで確認できますか？」

「いや、手元に資料がないので」

「では、次に一位と二位では違うといっていましたね。顧客は、順番を気にしているのですか、それとも値の差を見ますか、あるいは漠然と気密性が高いか低いかという程度の認識ですか」

「一位というのはわかりやすいでしょう。インパクトが違います」

「たとえば各社のC値をグラフで見せると、あきらかに当社とエコーの二社は突出しているとわかる。顧客はそれを見ても順番にこだわりますか」

C値？　茂人はノートパソコンで急いで検索をした。床面積一平米当たりの隙間の面積とある。小さい数値のほうが、高気密住宅ということになる。

「一番といえば、グラフを見せなくてもわかるじゃないですか」

「それも実際に顧客の言葉を聞いたわけではないですね」

「まあ、それはそうですが」

「技術側に訊きたいのは、一位を奪取するためのコストが馬鹿にならないといっていましたが、どの程度を見積もっているんですか？」

「ざっと、五十億から七十億円はかかると思いますね」

「根拠は？」

「これまでの開発実績を踏まえれば、その程度はいくと思いますよ」

「経験値にしては、差が二十億あるっていうのは、アバウトすぎるんじゃないですか？」

こういう言葉を、なんの変哲もない、そのあたりにいくらでもいそうなふつうのオジサンにいわれると、カチンときそうだなと、茂人は技術部長に同情した。

「当社は技術のカナエといわれてきましたね。それはアンケートの結果で、当社に決めた理由として、技術的に信頼できるから、という項目に八割近くの顧客が丸をつけているのでもあきらかです。正確には七十八パーセントですが、じつはこの数字、十年前は八十六パーセントでした。一見、高い数字に見えるが年々低下してきています。したがって、技術的に他社を圧倒することは重要ですが、しかしいま現在の財務状況を考えると、ほんとうに効果があるところに金をかけていかなければなりません。そうした観点から、今回の気密性に関しては、組織横断の小プロジェクトをつくり、短期間にやるやらないの結論付けを行いたい」

「そんなまどろっこしい方法ではなく、いまここで社長がずばっと決めればいいんじゃないですか」

澤地の発言だった。社内には新社長に対して反発する雰囲気はあるし、茂人自身もそうだったが、それにしてもこの執行役員は挑戦的な態度だった。

「営業は、顧客への影響を正確に把握し切れていない。感覚でものをいっている。技術も正確な見積《みつもり》がない。方法論も従来の延長でしか考えていない。これでなにを決められますか。プロジェクトは、一ヶ月間で、これらのあいまいな点をすべて根拠に基づき、精度をあげた数字にしてもらいます。それを見たうえで、すぐに結論をだします」

「一ヶ月？　それは無理でしょう」澤地がいった。

「だからそれぞれの部署から本件に精通したものをだしてもらいたい」

会議はこれで終わり、プロジェクトが翌日発足した。


茂人は各部署から報告があったメンバーリストを眺めた。これまで岡林の雑用しかしてこなかったので、本社の社員の名前はほとんど知らない。これが精鋭部隊か、と思っていると、

「へええ」とあきれたような声がした。

「これがこんどの社長プロジェクトのメンバーなの？」畑中翔子だった。

「社長プロジェクト？」

「みんなそういっているわよ。よけいなものをつくってくれるよ、とかいって。だから、こんなメンバーなのね」

「えっ、この人たち、優秀なんでしょう？」茂人は、畑中の揶揄しているような口調に、訊き返した。

「その逆よ。営業も、技術も、資材も、ぜんぜんやる気なしってとこね。本気だったら、こういう人たちを絶対に選ばない」

「そうなんだ」

「とくに資材なんか、ひどいわね」

「資材部といえば、澤地執行役員が管掌しているんですよね。この前の会議で、ずいぶん社長に面と向かって反論してましたけど、反骨精神旺盛というか……」

「ああ、澤地さんね。反骨精神というより、おもしろくないんでしょ。あの人、堂島さんとは同期入社だったのよ。同期の中ではあの二人が出世頭。執行役員になったのは堂島さんのほうが早かった。でも、降格された挙句《あげく》に北海道へ飛ばされて、そのあとに澤地さんが役員になったってわけ。それがいきなり社長で戻ってきちゃったんだから、おもしろくないのよ。昔からライバル意識を持っていたみたいだから」

そういうことか。みなが陰で非協力的な態度をとっている中で、堂々と正面切って反発するのは凄いなと思ったが、感情的なものだと聞いたとたんにがっかりした。

「新藤くんはなにも知らないみたいだから、ついでにいっておくと、澤地さんは児島副社長の子分みたいなもんなの。で、今回の人事で一番おもしろくないのが副社長じゃない？　ひょっとして、これもわかっていない？　児島副社長はこの会社がまだ小さな工務店だったころから岡林会長と一緒にやってきて、いまのように大きな会社にした立役者よ。年は会長より四歳若い。だから、岡林社長が会長になれば、何年かは児島副社長が社長の座につくというのが既定路線だったわけ。それがこうだもの。これで堂島さんが業績を回復させてそのまま社長を続けることになったら、児島副社長は絶対に社長になれない。だから児島派としては堂島さんに成功されては困るということ」

「その前に会社がつぶれてしまったら、なにもかもおしまいでしょう。そういうのは業績が回復してからにしたらいいのに」

茂人の偽《いつわ》らざる感想だった。だいたい岡林自身が社長に復帰するつもりなのだから、児島副社長が協力するしないにかかわらず、堂島の社長は長続きしないに違いない。

「なぜ堂島さんに社長の椅子が回ってきたか知ってる？」

畑中が皮肉っぽい口調でいった。

「それが謎だったんですよ」

「社内には、はっきりアナウンスしていないものね。銀行から、岡林会長に逆《さか》らえる人を社長にしない限り融資はしないっていわれたんだって。だから人選したのは銀行からきた郷田専務なのよ。堂島社長をたすけようと思っているのは郷田さんくらいのもので、ほかは全部敵みたいなもの。あと、佐伯常務はいつも中立だから、協力はするかも。それから執行役員では島崎《しまざき》さんが堂島さんの元部下だから、唯一の子分かもね」

「そうか。ただでさえ敵ばかりのところに乗り込んできたのに、いきなりみんなの顰蹙《ひんしゅく》かうようなことばかりしてるんだものなあ。なんであんなに敵をつくろうとしちゃうんですかね」

そこが茂人にとって疑問だった。

「べつに敵をつくろうとしているんじゃないと思うけど」いままで傍《かたわ》らで黙っていた添田愛が突然口を開いた。「なんかよくわかんないけど、社長には敵も味方もないような感じがしますよね。そういう感覚がないっていうか。ほかの役員から嫌味をいわれても、あ、そうですかって聞き流してしまうじゃないですか。そういうところは大したもんだなと思っちゃいますけど」

「鈍感なだけよ」畑中翔子が首をふりながらいった。「嫌味とか皮肉が通じてないんだと思う。皮肉なんて鈍感な人にはなんの役にも立たないからね」

なぜか女史は茂人のほうを見つめながらいってきた。

4

悪いことをしたわけではないのに、河埜梓は南荻窪警察署を前にして妙な緊張を覚えた。なんとなくバッグを胸に抱きしめて玄関を通る。これじゃまるで犯罪者が自首するときみたいだと思い、あわてて胸から引きはがした。

受付のようなところで、会社名と名前を告げて、大山《おおやま》という部長刑事を呼んでもらった。あらかじめ電話で、自殺した社員の遺族が労災を申請しようとしている話をして、自殺の状況を教えてくれるように頼んでいた。

やがて現れたのは、四、五十代のちょっと強面《こわもて》の男だった。

「現場も見たいって？」

「はい。できればお願いします」

「じゃ、先にそっちから済まそうか」

案外気楽な調子で、署をでた。冷房で引きかけた汗がまた噴《ふ》きだしてくる。こんな日は猛暑日の予報がうらめしい。

そのマンションは警察署から歩いて十分足らずのところにあった。荻窪駅からだと約十五分ぐらいだという。

建物の、向かって左側にエントランスがあった。入ってすぐのところに、各戸のメールボックスがあり、数を数えると、各階五戸だった。

エレベーターに乗ると大山は12のボタンを押し、扇子でせわしなく首筋あたりを扇《あお》ぎはじめた。階数を示すボタンは12より上はないから、この建物では最上階になる。エレベーターをおりて、すぐ左に階段の降り口があり、大山がそこに立って、ここだといった。

地上よりいくぶん風が強かった。梓はヘアクリップでまとめた髪の毛先をおさえながら手摺《てすり》の下を覗《のぞ》き込んだ。人が死ぬにはじゅうぶんの高さだと実感した。真下は植え込みの中の芝生《しばふ》が敷いてある部分だった。

「なぜこの階からだと判断されたかというと、靴とバッグがここにあったのもあるんだが、この手摺に尾形さんの指紋がついていたからでね。こういうふうに持ったんだな」そういいながら大山が自分の左手のひらを上向きに握り、右手を下向きに握るような恰好を見せた。

「目撃者はいなかったんですよね？」

「この階に住んでいる七十代の夫婦がいて、一番奥に住んでいる人たちだけど、その旦那のほうがちょうどエレベーターでこの階に着いたときに、ドスンという重いものが落ちた音を聞いているんだ。直前に、ワーッていう声も聞いている。そのとき飛び降りたと考えられている」

「自殺する人が叫ぶんですか？」

「人それぞれだろう」

「時刻はたしか、夜の九時を少し過ぎたころでしたね？」

「そうだ」

「そのお年寄りは、そのときに帰宅したんですか？」

「いや、犬の散歩だそうだ。ここは小型犬なら飼ってもいいことになっているからね。エレベーターや廊下では抱いていないといけないそうだが。その人は夕食後しばらくしてから、三十分ぐらい犬と散歩するのが日課だといっていた」

「自殺と判断された理由を教えていただけますか？」

「まずは、当時の状況だな。老人がエレベーターからおりたとき、ここに人はいなかったし、階段をおりる音も聞こえなかった。すぐに下を見たが、地面まではっきり見えなかった。それでも階段は見おろせるから、そこに人がいなかったのは断言できるといっていたよ。一階の住人は音がした直後に外へでて、この下で横たわっている尾形さんを発見している」梓が疑わしそうに訊いたからか、大山が自殺説を強調するような言い方をした。「駆けつけた人が大丈夫かといって尾形さんに触れているんだが、ちゃんと体温があったそうだ。そういうことを考え合わせると自殺に間違いないいんだよ」

エレベーターの脇が階段だから、たしかに廊下や階段に人がいたら、すぐにわかるだろう。

「それから遺体の状況だな。転落時以外の外傷がなかったこと、争った形跡がなかったこと、服薬もなかったこと、アルコールも検出されなかった。あとは、死ぬ直前に家族宛てに遺書のような内容の携帯メールが送られていた。携帯電話は尾形さんのスーツのポケットに入ったままだった。むろん、転落の衝撃で、発見されたときには壊れていたがね」

それは尾形家を訪問したときに見たスマートフォンだろう。そうか、遺書を送ったものだから、遺影のそばにおいてあったのかと思いあたった。

「どんな内容のメールだったんですか？」

「詳しく知りたければ、遺族に見せてもらうんだな。まあ、一般的なものだと考えて差し支えないと思うよ」

「あの、わたしはこれまでの人生で遺書を見たことがないので、なにが一般的かわからないんですけど」

「あれだよ、家族を残して死ぬのを許してくれという、そういうもんだよ」

「じゃあ、なぜ死のうと思ったのかなどの理由には触れていないんですね」

「携帯メールでそんなにこまかく書く人もいないだろう」

それはこの刑事が入力に慣れていないせいではないかと思ったが、口にはしなかった。

「そういえば、ここ屋上にいく階段がないんですね」

最上階だから階段がここまでなんだと、漠然と思っていたが、ふつうは屋上にいく階段があるのではないかと、ふと思ったのだ。

「ここだよ」大山はエレベーターの脇にある扉の取っ手に右手をかけて、何度か引いて見せた。扉は小さな音を立てるだけで開かなかった。

「この建物は、屋上に人が出入りできるようにはなっていないんだ。これはエレベーターの機械室とか、給水塔のメンテ用で、ふだんは鍵がかかっている」

屋上に人がでられるようになっていると、手摺もつけなければならないし、仕上げもきれいにしなければならないので費用がかさんでしまうのだと聞いたことがある。

「けっこうちゃんとした扉にしてるんですね」

「こういうマンションじゃ、簡単に屋上にでられるようにしていると、泥棒に入られるから、とくに厳重にしているんだろう」

「ああ、そうですね。上からロープでベランダにおりたり」

「このマンションの上の階は、こう斜《なな》めになっているだろう」大山が目の前で手を斜めにした。

「斜線制限ですね」

梓たちが受けなければならないカナエホームの社内試験には、その程度の建築法規はでてくるので、一応は勉強しているのだ。

「それだよ。だから、屋上からベランダにおりるのが簡単なんだ」

簡易的な柵ではなく扉にしているのはもっともだった。

「尾形さんと、このマンションはなにか関係があったんでしょうか？」

「それが、なにも見つからなかった。知人が住んでいるわけでもないようだし。もっとも、それは家族や友人が知らないだけで、実際には誰かを訪ねてきたのかもしれないがね。とにかくいまのところ、そういう人物が現れていないのはたしかだよ」

「防犯カメラには尾形さんの姿は映っていなかったんですか」

「このマンションは築三十年近く経っていて、設備がけっこう古いんだ。エレベーターや廊下に防犯カメラは設置されていない。オートロックでもないしな。ただ、この先の商店街の防犯カメラには、一人でこちらに向かって歩いている尾形さんの姿が映っていた」

「そのとき撮影された時刻と、転落時刻は合うんですか？」

「あんた、なかなか鋭いね。商店街からマンションの最上階にまっすぐ向かうより、二十分ほどよけいに時間がかかっているんだ。つまりこの付近のどこかでなにかをしていたわけだ。自殺を決行する前に、どこかでためらっていたことはじゅうぶんに考えられる、という意見が多かったが、どこでそうしていたかまではわかっていない」

「警察では、自殺の理由をなんだと思っているんですか？」

大山がエレベーターのボタンを押してからいった。「自殺の理由は本人に聞いてみないとわからない、というのが本音だね」

マンションの敷地をでて、警察署に戻る道をいく。それほど広くない道路なので、梓は大山の後ろを歩きながら声をかけた。

「自殺の原因がなんだったのかは調べないんですか？」

「あんたは、自殺ではないといいたいんか？」

「いえ、そういうわけでは。でも、原因不明というのは、すっきりしませんよね」

社員が自殺したことを受けて、当時、安全衛生課が中心となって資材部へ聴き取り調査を行っていた。梓は担当していなかったが、今回のことがあって報告書には目を通した。過重労働やトラブルなど、すべてのチェック項目が問題なしになっていた。

尾形の仕事は資材メーカーとの取引条件を決めることと、決まったあとの発注業務だった。常に仕入れ価格を下げる交渉をするわけだから、ストレスがなかったわけではないらしい。しかし尾形が強いストレスで悩んでいた様子はなかったという。

梓が改めて資材部にいって話を聞いてきたところによると、尾形はかなりのギャンブル好きだったらしい。とくに麻雀をよくしていて、常に大きな手を狙うタイプだったという。ここ何年かは仲間内で打つ以外に、一人でも吉祥寺《きちじょうじ》辺りの雀荘にいって、プロのような連中と打っていたようだという話も聞いた。競馬でも、必ず大穴に賭けていたという話だった。そういう話からは、なにかに悶々《もんもん》と悩んでいた姿は想像できなかった。

「自殺の理由とか原因なんて、わかるわけないんだよ」大山が少し後ろを振り返るような姿勢でいった。「あんたは、生きようとしてんだろう？　少なくとも死のうとは思っていないんだろう？　自殺者は死のうと思うんだよ。もう根本的に違うんだから。自殺の原因がわかったと思っても、それは生きているもんの思いあがりなんだって」

ずいぶんと哲学的な刑事だ。でも、警察が早々と自殺で片づけてしまったいいわけのように聞こえる。

銀行口座を二つ持っていたことを、ここでいったらどうなるんだろうと梓は一瞬考えたが、上司に報告する前にいったら大変なことになりそうだという意識も同時に働いた。

警察署に戻ると、入口近くの、簡素なテーブルとパイプ椅子が置いてあるところに通された。

「ちょっと、ここで待っててくれ」そういいのこして、大山が奥に入っていった。

梓は待つ間、ゆっくり首を回して署内を眺めた。近くの長椅子に座っているのはおそらく運転免許の更新のためにきている人たちだろう。その向こうの通路は、けっこう頻繁に人が行き来している。制服を着ていない人も多いが、私服の警察官なのだろうか。なんとなく慌ただしい雰囲気だった。

それにしてもなぜ、あのマンションだったのだろう？　梓は視線をテーブルの上に戻して考えた。尾形は自殺場所を求めてあの辺をうろついて、そしてたまたま目についた建物に入っていったのだろうか？　自殺者の心理なんてわからないと、大山がいっていたけれど、そんなふうに片づけていいのだろうか？

これでまた頭の中に疑問符が増えてしまった。尾形の行動はすべてに説明がつかないような気がして、収まりが悪いというか、釈然としない感じがつきまとっている。

大山がファイルを持って戻ってきた。

「なにか、みなさん、お忙しそうですね」

「ああ。殺人事件の捜査本部になっているからな」

「そうなんですか。すみませんでした、おとりこみちゅうなのに」

こんなときに、おとりこみちゅうという言葉が適切かどうかわからなかったが、自殺と決まった件への質問など、相手にしてみれば煩《わずら》わしいだけかもしれないのだ。その割には、大山は親切に応対してくれているほうなのだろう。

「あの、尾形、さんの」自社の社員は呼び捨てにするのがふつうだが、故人の場合はどうなるのだろうかと、一瞬考えてから敬称をつけた。「バッグが十二階に残されていたということですが、どんなものが入っていたんでしょうか？」

「会社のものは入っていなかったようだよ。おたくの会社で確認してもらっているからね」

そういいながら、大山はファイルを開いて、一枚の写真を見せてくれた。黒のビジネスバッグと、その中身が並べられて撮られているものだった。

煙草《たばこ》と使い捨てライター。これが尺度になりバッグはB４サイズの書類が入りそうな大きさだとわかる。ほかには、ボールペンかシャーペンに見える筆記用具が二本、十センチ角程度のメモ帳、新聞社系の週刊誌一冊。

「これだけですか？」

「ああ、それだけだ」

「スーツのポケットとかには？」

「左の内ポケットにスマホ、右側に財布、そして胸ポケットに定期が入っていた」

それにしてもバッグの中身が少なすぎる。入るべきものが入っていないような感覚を覚えるのだが、それがなにかがわからなかった。

警察署をでたあと、梓は尾形夫人にどう伝えようかと考えた。

尾形が家族を騙していたのはたしかだから、いままでわかった事実を遺族に話せば、会社を訴えるのを躊躇《ちゅうちょ》するのではないだろうか。でも、あの夫人のことだから、『じゃあ、どこから振り込まれたというんですか。カナエホームから入金があったと書いてあるじゃないですか』と、いってきそうだ。

そうしたらこちらは、それでは、この口座の銀行に問い合わせて、振り込んできたのがどういうところなのかを確認してみられたらどうですか、とこたえる。そうすると、『だから、カナエホームと書いてあるじゃないですか』と、返してくる。そんなやりとりが頭に浮かんできた。

やはり、会社に申請してある口座とは違う口座に給与が振り込まれていたのが、どういうことなのかをあきらかにしなければならないかもしれない。

5

役員フロアで唯一残された役員会議室だが、その重厚な雰囲気には似合いそうもない一般社員が頻繁に出入りしていた。堂島がいろいろな部署の課長や係長クラスを呼んでヒヤリングを行う場になっているからだ。新藤茂人はこの部屋で、一日の半分近くは社長と担当者との間で飛び交う専門用語のシャワーを浴びているような気分だった。ふつうのシャワーと違うのはまったく爽快にならないことだ。知らない用語の意味を想像しているだけというのは、けっこう苦痛だった。それが悔しくて、勉強をはじめたのだが追いつけていなかった。

それにしても、こうして社長が直《じか》に担当者から話を聞くというのはどうなんだろう。そういうところは、やはり地方の研究所長の感覚なのではないか。気さくな言動といい、重厚さが感じられない服装といい、仕事の内容といい、いっぺんに会社の格が下がったような気がしてくる。

いまは経理部の課長と担当者数名が呼ばれて、堂島の質問にこたえていた。

「まず三年間の製造コストの推移を科目べつに見せてくれませんか」

「製造原価報告書を」と、課長がいい、キーボードを前にした課員が操作すると、前方のスクリーンに表が映しだされた。

「前々年の原価率が一パーセント近く上がっているね。ところでこれは役員会の資料かなにか？」

経理課長がそうだとこたえると、堂島が「科目をまとめたものではなく、詳細なものを見せてくれませんか。最終的に補助科目も見せてもらうので、いまのうちから全部表示させておいてください」

「そうなると、会計のシステムの中でご覧いただくことになりますので、ちょっとお待ちください」

不意をつかれたのか、経理課員の中で混乱があって、再びスクリーンに表が表示されるまでに十分弱を要した。

堂島は製造原価の前年より増加した科目について細かい質問をし、次に一般管理費についても同じことをした。これが約二時間続いた。経理課員たちはまさか社長からここまでの質問を受けるとは思っていなかったに違いない。見るからに疲労困憊《こんぱい》のていだった。

堂島が前に見たいくつかの数字を再度スクリーンに出させた。堂島の眉間《みけん》に皺が寄っている。

「関東以西の支店の経費がこの三年増えているな。内訳をだしてくれませんか」

堂島がいうと、経理の係長がキーボードを打つ。前面のスクリーンに次々に数字がでてくる。

「補修費？　東北、北海道を除いて、不自然な膨《ふく》らみかただね。この明細を出せますか？」

係長が課長の顔を見た。どうしましょうか、という顔つき。課長が、小さく頷く。しようがないだろう、とでもいうような表情だった。

「ではどこかの支店をピックアップしますか」係長が独り言のようにいいながらキーを打つ。

「名古屋の例ですが」

でてきた明細を堂島が身を乗りだして見つめる。

「防水材か。これは材料費だけだろう。手間がどのくらいかかっているか、だしてください」

別の画面に切り替わる。

「おっと、これは大きいな。全体で数十億、いや、この科目だけではないな」そういって堂島はほかの勘定科目をいくつか指定して同じように表示させた。

茂人はそれを見ていて、補修費には材料のほかにそれを改修する人手の労務費も含まれることを理解した。

「これも関係ありそうだな。こっちもか。ひょっとすると百億を超えるか。本社の担当は、製造部か。いったい、なんのための費用だといっているんですか？」堂島が経理課長の顔を見る。

課長は、さあ、と首をふる。

「おかしいと思わなかった？」

「いや、まあ、それは。わたしどもがとやかくいうものでも」

課長が歯切れ悪くこたえる。


「ちょっときみに調べてもらおうか」

経理課が引きあげていったあと、堂島が茂人に向かっていった。

「えっ、なにをですか？」

「さっきいった七科目の詳細についてだ。これらの勘定科目の増額分で売上高の一パーセント強ある。製造原価で〇・八パーセント、一般管理費で〇・三パーセントだ。これで六百億円あるわけだ。なぜそれだけ上がってしまったのかを調べてほしい。経理の伝票から、その発生部署にいってどこから仕入れてどこに納められたかまで」

「わたしがですか？」

「ほかに誰がいる?」

「なにしろ、はじめてなもので」

実際は自信がなかった。先刻の、社長と経理とのやりとりも大半はわからなかった。

「当面はわたしがクォーターバックをやるよ。パスを投げるから、きみはキャッチして一ヤードでも進んでくれ」

「は?」

堂島がクォーターバックをやるところはとても想像できなかったし、アメフトのユニフォーム姿など想像したくなかった。

「六年前の関東大会の決勝だったっけ? ワイドレシーバーだったきみがパスを受けて二十ヤードのランを決めてタッチダウンしただろ。あれには感動したなあ。試合の結果は残念だったが、あのときのきみのプレイはね、この目に焼き付いているんだよ」

堂島がまるで溺れて助けを求めるような身振りをした。それが当時の茂人のキャッチングを真似しているのだと理解するのにかなりの時間を要した。

「ご覧になっていたんですか」

「モチのロンだよ。当時はまだ本社にいたし、これでもアメリカに赴任したときは本場のNFLを観にいったもんだよ。そういえば、わたしが番外地にいくことになったのと、アメフト部が廃部になったのが同じ年だったな」

ということは五年前か。茂人の胸中に苦いものが広がってきた。

「廃部のときに、きみも他社に移ると思っていたんだが」

「日本代表クラスはいくらでも行先がありました。わたしはそこまではいってませんでしたし、あのあと膝を悪くして選手としては……」

「そうか、怪我をしたのか。それは残念だったな」

「いいえ、わたしはせいぜい二流だったので、怪我がなくても難しかったみたいです」

「まあしかし、いまはこうして秘書をやっているんだから、それはそれだ。この仕事がおもしろければそれもいいんじゃないか。なんだ、あまりおもしろそうな顔ではないな」

「いままでは主に運転手でしたから、勝手が違いすぎます」

「社長専用車はなくしたからな。まあ、わたしが秘書の仕事をおもしろくしてあげるよ」笑顔でいった堂島が、急に真顔になった。「会長の車はまだあるのに、なぜきみを残していったのかな」

「さあ、それはよくわかりません」

茂人が社長秘書として残ることが決まったとき、岡林に呼びだされ、堂島の動向を頻繁に報告しろ、と命じられた。岡林は、銀行融資を受けるために、いったんは会長に退《しりぞ》くが、ほとぼりが冷めたらまた社長に復帰して、以前のような経営をするつもりらしい。だから、堂島が岡林復帰の芽をなくしてしまうのを気にしているのだ。

岡林が社長のときは、男性秘書がもう一人いた。彼は人事部から秘書室に移ってきたエリートで、岡林はしっかりと会長秘書に横滑りさせている。運転手は定年退職後に再雇用された者を当てた。

茂人としてはこの機会に岡林に気に入られ、遥香とのことを認めてもらいたいという事情がある。

「まあ、会長がせっかく残していってくれたのだから、わたしは精一杯きみを使わせてもらうよ。それは覚悟しておいてくれ」

堂島がいかにも快活にいった。この男の一見気さくな印象に騙されてはいけないと胸の内で呟いた。

茂人は十七階の役員フロアからエレベーターに乗って七階でおり、製造部に入った。おそらくこの階に足を踏み入れたのは、はじめてだった。緊張をほぐすために軽く深呼吸をする。

執務スペースに入ると、なんとなく暗い感じがした。男が多いのと、ベージュの作業上着を着ているものが他部署より多いからだろう。もとは体育会系だから、こんな雰囲気は慣れているはずだが、最近はきれいでゆったりした空間にいるものだから、趣味が変わってきたのかもしれない。

各自の机上にある二台の大型モニターには設計図やなにやらが表示され、手元には紙の資料や図面が所狭しと並び、手はキーボードやマウス、そして電卓の上をやかましい打鍵音とともに動いている。積算課というところらしい。数十人が同じような恰好で、同じような作業をしている光景は壮観というよりむさ苦しかった。

座席表であらかじめ確認していた製造二課の課長席を探す。事前に社長からの要件で訊きたいことがあるという電話は入れておいた。

奥の窓を背にして、眉間《みけん》の皺《しわ》は彫り込んでいるのではないかと思えるようなしかめ面《つら》の四十男がいた。大学時代の鬼といわれたコーチを思いだし、苦手意識が膨らむ。

「秘書室の新藤です。あの、お電話した」

課長は、うむと、声にならない声を発し、顎であっちというふうに示すと、席を立った。いった先に簡単な間仕切りがある打ち合わせコーナーがあり、課長はその奥の椅子に座って茂人を睨むようにして見上げた。座れとも、なんともいわない。茂人はテーブルを挟んで対面に座った。つくづくこういうタイプは苦手だと思う。

「ええっとですね、いま、あの、経理データをいろいろとあれしてですね」アメフトでタックルするのは躊躇《ちゆうちよ》しないが、言葉で攻めようとするといつもこうだ。用意してきた紙をテーブルに置き、「このリストにある材料が、ええと、三年前からですか、急に増えたということでですね、これがなにに使われたかを」

皺彫り課長が乱暴に紙を取りあげ、半分握りつぶすようにして睨みつける。

「こりゃ、防水材だ。建物ってのは、防水しなきゃならんところがたくさんあるんだよ。なにといわれてもな、防水箇所に使ったとしかいえんだろ」

「しかしですね、急激に増えたということは、なにか前と違うわけですよね」

「当たり前だろ。建設棟数が増えたとか、一棟当たりの面積が増えたとか、防水箇所が増えたとかな。いろんな理由が重なったんじゃないか」

「いや」茂人は堂島の言葉を思いだす。ここ五年、棟数は増えていない。建物も大きくはなっていない。防水の仕様も大きく変化しているわけではない。もしそういう理由をあげてきたら、食いさがってこいと。「それはこちらでも調べていてですね、そういうことはないというのは確認しているので、違う使われ方をしているんではないかと」

「そういわれてもなあ、たんなる防水シートだしな」と、課長が下から覗きこむようにしてきた。

「ほかの防水材ではなく、これだけが増えているんですよね？」

「これは、うちのオリジナルのやつだからだよ。研究所で開発したのを、メーカーにつくらせている。増えるのは当然だろ？」

「はあ」と、こたえながら茂人は、課長の態度がおかしいと感じた。なぜ最初からこんなに威圧的で非協力的なのだろう？　この顔つきから性格だろうと思ったのだが、なにか隠したいために居丈高《いたけだか》な態度をとっているようにも見える。

「わかったら、この件はこれでいいな」

「いや、社長がそれでは納得しないので」食いさがれとは、こういうことだよな、という思いが頭の端で浮かんだ。

「社長がなんでこんなことを調べてんだよ」

「いや、それは。ああいう社長ですから」

「秘書がそんな言い方していいのか」

「正直、我々もとまどっていることが多々ありましてですね」

「そうだろう。おれたちは納得してねえよ、今回の人事は。なあ、おれたちも株主なんだから、ちゃんと意見を聞いてもらわんとな」

課長が従業員持株会のことをいっているのだと気づくのに時間がかかった。茂人は入会していない。

「おっしゃる通りです」と、茂人は相槌を打つ。アメフトを辞めてから覚えたこの言葉は、口にするたびにちょっとぞっとする。「でも、社長は社長ですから、なにか報告できるものを教えてもらえませんか」

「あんたの立場もわかるけど」と、相槌の効果か、先刻より同情の色を見せて課長がいった。

「おれからは、なんもいえんよ」

やはり、なにか隠しているような気がした。

「そこをなんとか、頼みますよ。これだけじゃ、社長が納得しないので」

馬鹿の一つ覚えだなと思いつつ繰り返す。

「この中で訊いてまわっても、みんな同じこたえだろうよ。さ、用は済んだろ。こっちも仕事を抱えているもんで、失礼するよ」

そういうと、課長はさっさと自席に戻っていった。

未経験の自分にこんな仕事を振った社長が悪いという考えも脳裏《のうり》を掠《かす》めたが、かといって、なにも摑《つか》めませんでしたと報告するのもしゃくだった。いかにもアメフト馬鹿の役立たずと思われそうだ。

アメフトといえば、相手側の動きを見て予測を立てるのが常だった。どんな些細《ささい》な動きでも、それはヒントになる。さっきも課長の態度から、なにかが隠されているのではないかと予想した。昔、あるコーチがいっていた。敵は自分たちの狙いを隠そうとするが、その隠そうとする行動がじつは狙いを表している。それなりの見方をすればわかるのだと。

製造の課長の言葉を思いだしてみる。『おれからは、なんもいえんよ』といっていたのは、なにか知ってはいるが、自分が喋るわけにはいかない、という意味にもとれる。『この中で訊いてまわっても、みんな同じこたえだろう』というのは、どこか持って回った言い方のような気がする。この中、というのはこの建物のことか。つまり本社を表す。みんな同じ、というのはみんなで結託して隠しているのだろうか。本社の中では口裏合わせをしているのなら、本社以外でなら聞くことができるかもしれない。

茂人は帰宅途中、乗り換えのために中央線を新宿でおりると、改札をでて大型の書店に寄った。ビジネス書のコーナーにいき、目についたタイトルの本を何冊か買った。似たようなタイトルの本がいくつもあったが、茂人はただ初心者にわかりやすそうで、薄いものという基準で選んだ。

本の入った袋をさげて満員の小田急《おだきゅう》線に乗り、経堂《きょうどう》でおりる。二十分ほど歩いて自宅のあるアパートについた。岡林会長の自宅が成城学園前《せいじょうがくえんまえ》にあるので、運転手業務のときは、同じ沿線の急行で一駅ということで選んだのだが、もういい加減引っ越しを考えなければならないと思いながら、ドアを開けた。

「お帰り」遥香の声が迎えてくれた。左手はフライパンを握っていた。

考えてみれば、妊娠を知らされた日から遥香の手料理が続いている。それまでは駅で待ち合わせて、駅前の居酒屋のチェーン店で飲みながら夕食を済ませることが多かったから、こういう光景にまだ慣れていないが、でもなんとなくしっくりくるような感覚もある。

着替えて買ってきた本を袋から取りだしていると、食卓に皿を並べていた遥香が変なものでも見るようにしていった。

「どうしたのシゲくん、そんなに本を買ってきて」

「勉強だよ。いまさらだけどな」

「どれどれ」遥香が本をとり、表紙を眺めた。「すぐにわかる財務諸表、会計用語の基礎知識、数字で読む経営――。なにこれ？」

「とりあえず、これ知らないと困るな、と思ったもんからはじめようと思ってさ。きょうは、会計。商学部卒なんて名ばかりでさ、ぜんぜん勉強してなかったから、やり直しっていうよりゼロからだな。それになんだよ、子供のためにも、親が馬鹿じゃしようがないだろ」

「ほんとに、産んでいいのね？」

「あったりまえじゃないか」

とはいっても、結婚を認めてもらう勝算はまったくなかった。

「ふうん」

「まあ、いまから勉強しても、どうにもならないかもしれないけどさ」

「シゲくんは、小学校のときは勉強できたの？」

「田舎の学校だからさ、こんなおれでもクラスで一番だったよ。でも、中学いったらぜんぜん。高校は悲惨」

「スポーツ万能で、それだけでちやほやされたからでしょ」

「それに勉強、嫌いだったし」

「でも、大丈夫だよ。小学校のとき、成績がよかったのなら、見込みあるって。うん」

遥香が独り合点するように頷いた。

「まあ、やるしかないからな」

「がんばってね、パパ」遥香が笑いながらキッチンにいった。

どの本から目を通そうかと、それぞれのページをパラパラめくりながら考えていると、できたよ、という遥香の声がした。テーブルを見ると、パスタとサラダとスープの用意ができていた。

「ずいぶん、派手だな」パスタの皿は、赤、緑、黄色と白でおおわれていた。二種類のパプリカが細かくきざまれ、二種類のミニトマトも四分の一に切られたのがちりばめられ、水菜とマッシュルームとベーコンもやたら細かくなって混じっている。

「これ、なんていうパスタだ？」

「四色のコンポジションパスタ・点描風」

「へえ、そんなのがあるんだ」

「あるわけないじゃない。いま考えたネーミングよ。味より色で勝負したからね」

茂人のフォークが一瞬とまったが、思い切ってそのままパスタを巻きとって口に運ぶ。味も悪くなかった。

6

新藤茂人は小田原《おだわら》駅におりたった。駅舎をでて深呼吸をする。東京の空気より軽く感じた。

防水シートの仕入れと工事を手配するのは支店であり、そこで協力工務店などとスケジュール調整を行うので、支店で調査すれば実態がわかるかもしれないと思い、選んだのが小田原支店だった。都内や横浜あたりでは本社とあまり事情が変わらないだろうから、ある程度の距離が必要だと思ったのだ。

茂人は支店に入ると、まず社長秘書であることを告げ、新社長に現場の声を集めてくるようにいわれ、いまアポなしで支店を回っているところだと説明した。ヒヤリングの相手に建設課を指定すると、課長が直々《じきじき》にでてきた。

社長秘書というのがきいたのか、冷たい麦茶もでた。エアコンの風で汗が引いていくのが気持ちよかった。

現場で困っていることや会社への要望を聴いたあと、本題をできるだけ何気なく切りだした。

「Kシートのことなんですが」と防水シートの商品名を口にした。

するると、建設課長が小刻みに頷く仕種を見せた。はい、はい、あのことね、という感じだった。

「どう思われますか？」思い切りあいまいに訊《たず》ねる。

「やっぱりね、やりにくいですよ。ああいう形だとね」顔をしかめ、非難するような口調だ。

「そのあたりのご要望があれば、お聞かせ願えますか」茂人は、いつの間にかこんな言い回しを口にできるようになった自分を褒めた。

「やっぱりね、お客さんになんていって工事をさせてもらうかが、一番困るんだよね。屋根だから足場を組まなきゃならんでしょう。いくら費用はこっち持ちでも、嫌がる客は少なくないから」

「だいたい、どんな理由にしているんですか？」

「施工ミスがあったのがわかったので、申しわけありませんが、改修させてください、だよ。本社の指示の通りにあくまでも、個別の問題で通している」

「すると、ご要望としては？」

「まあなあ、難しい問題だから、なんともいえんけどさ、お客さんが逆に得したと思うような、そうだなあ、お詫びのしるしをもっと値の張ったもんにしてもらうとかだな。菓子折じゃしようがないと思わんか？」

「わかりました」茂人はもっともらしく書きとめた。

「闇改修か。寒冷地仕様でない防水シートだったから、北海道には知らされなかったんだな」

「闇改修、ですか？」

茂人が訊きかえすと、堂島が説明してくれた。

住宅は個別にそれぞれ違う建物を提供するものなので、大量に同じ製品を販売する自動車や家電などのような明確なリコール制度があるわけではないが、今回のように建築基準法違反の可能性があるものは届け出なければならない。また、改修対象が何百何千という規模になれば、上場会社としては、金融商品取引法の定めにより重要事項として開示義務がある。

闇改修とは、改修に関する事実を公表せずに、なにごともなかったように個別改修で済ませてしまうことを指している。

堂島の説明を聞いて、茂人にもことの重大さがわかってきた。

すぐに関係者が招集された。役員会議室に呼ばれたのは、製造部を管掌している黒田《くろだ》執行役員と資材部を管掌している澤地執行役員だった。

堂島の、なぜ闇改修をしたのかという問いに対し、黒田が憮然とした顔でこたえた。

「社長が、いや、岡林会長の指示だったので、そうするしかなかったのです」

「指示とは、具体的に会長はどういったのですか？」

「技術のカナエという評判を落とすことがないようにと。こちらから発表する必要はない。お客様一人ひとりに誠意を持って対応するようにと」

「その誠意が菓子折に化けたのですか」

「菓子折はものわかりがいい客用です。いくつかオプションをつけて、三、四種類用意しました」

その指示が徹底せずに、小田原支店ではすべて菓子折で対応するように思っていたわけだ。闇で処理をしようとすると、指示があいまいになるものらしい。

「そういうのをとめるのが、役員の仕事でしょう」

「トップの暴走をとめるのは取締役の役目。我々は、トップの命令にしたがって執行する役員だから」澤地が口を挟む。相変わらず、堂島社長への対抗心をむきだしにしている。「資材部では、Ｋシートの仕入れ値を通常の半分にした。損失を大幅に減らしたんだから、お褒めの言葉でも頂戴するのかと思ってた」

「馬鹿な。こういうことは発覚した場合のダメージのほうがはるかに大きい。協力工務店も巻き込んでいるのだろう？　つまり外部に気づかれる可能性が高いわけだ。で、その対策だが」

「もう先週ですべての改修が終わりました」

黒田の発言に、堂島があきれ顔をした。

「終わった？」

「はい。すべて改修済みです。ですから、本件はこのままで」

黒田が神妙な顔になっていったが、傍らで澤地が笑いながらつけくわえた。

「ま、無事に済んでよかったよ。新社長としても、方々に謝りにいかずに済んだんだから、よかったんじゃない？」

「そうか。誰も会長を諫《いさ》めるものがいなかったことを銘記しておくよ」

茂人には堂島の表情が読みにくかった。怒っているのか諦めているのか、澤地がいうように安堵《あんど》しているのか。なんの感情も入れずに、淡々といっているような感じもした。

両執行役員が役員会議室をでていったあと、堂島は一分ほどじっと椅子に座っていたが、急に立ちあがり、茂人に「ちょっと、つきあってくれ」といった。

エレベーターで一階へおりる。時刻は五時を回っていた。堂島が中庭にでていく。その方向には夕焼けを背景に、モデルハウスが四棟建っている。新規の材料や部品の試行などに使われるが、同時に一般客も入れる展示場にもなっている。

外にでた途端に、湿った空気が半袖のワイシャツからでた腕にまとわりついてくる。すぐに額に汗が浮かぶ。

「わたしが設計にいたころ、ここのモデルハウスはみんなで取り合っていたもんだよ。自分がつくった試作品を早いとこ実際の建物に取りつけてみたいじゃないか。でもなあ、そういう光景がだんだん見られなくなってしまった。いまじゃこの通り、技術者の姿はない」

いわれてみれば、一般客の姿が二組見えるだけで、社員の姿はない。カナエホームのCMなどで流れている軽やかな曲が流れ、四棟の中央にある花壇が夕陽で朱色に染まっている。いたって静かな雰囲気だった。

「特許の取得件数も業界ナンバーワンを目指して、実際に一位になった。そういう意気込みが慢心につながるのはたやすいもんだ。岡林会長はいまだに以前の、ギラギラとした目で技術を追究していた社員のイメージを持っているんだよ。だから技術的な欠陥があると、そんなはずはない、という気持ちが先に立ってしまうんだな」

そのとき、どうもありがとうございました、という軽やかな女性の声が聞こえてきた。二棟先のモデルハウスから中年の女性が二人でてくるところだった。それを見送りに展示場の説明員がでてきた。営業マンではなく、説明員。役職定年になったベテラン社員が務めているという話を聞いたことがある。展示場の警備も兼ねているが、客に求められれば商品の説明もする。有望な客だったら、営業マンに引き継ぐ役目らしい。

白髪の頭を深々と下げて客を見送っている姿を見て、茂人は田舎の父親を思いだした。痩せ型で背が高いところが似ていたのだ。

堂島社長も立ちどまって、その光景を眺めていた。

説明員が頭を起こし、こちらを向く。「おっ」という声を発して、動きがとまった。

堂島の口から、「おお」という声が洩れた。

「やっぱり辰巳《たつみ》か。久しぶりだな」と堂島がいうと、説明員が、「堂島……、いや、社長、元気そうだね」とこたえた。

茂人は二人がしばしば親しげに挨拶を交わす様子を眺めていた。

「こいつは、いまわたしの秘書をしている新藤だ」いきなり堂島が辰巳に向かって茂人を紹介した。

「辰巳は、わたしと同期なんだ」

身長の高低はあるが、なんとなく共通した雰囲気があるような気がした。

「新藤くんはよく知っているよ。最近はあまり運動してないのか？　身体がアメフトのボールに近づいてきているんじゃないのか？」

そういわれて思いだした。辰巳はアメフト部が廃部になったときに、たしか人事部の次長だったと思うが、他社のチームに転籍できなかったメンバーの再就職先を親身になって探してくれたのだ。茂人は父親の伝手《つて》で社長秘書に収まったのであまり接触はなかったが、ほかのメンバーは辰巳にかなり助けられたといっていた。

あのときは、これほど老けていなかったように思う。役職定年によって前線から追いやられると老けこむものなのか。

「それにしても、よく引き受けたもんだな」そういいながら辰巳が、花壇に面したベンチに堂島を誘う。

「それが融資の条件だといわれて、選択の余地がなくなった。いま会社を潰すわけにはいかないだろう」堂島がベンチに腰をおろしながらこたえた。

茂人は二人のやや斜め後ろに立った。

辰巳が空を仰ぎながらいった。「三年になるか？　奥さんが亡くなられて。あのときは失敬した。こっちも柄になく入院なんぞしていたもんだから」

「身体のほうはいいのか？」

「ああ。この通り大丈夫だ。元気になればなったで、いろいろ持て余すがな。息子は早期退職してもいいんじゃないかというんだが、そうは思いきれん。そういえば、娘さんは？」

「夫婦揃ってアメリカで暮らしている。だからいまは気楽な身分だよ」

茂人は、誰かが社長のところは娘一人だといっていたのを思いだした。独り暮らしの家で、この社長はどんな顔をしているのだろうと思ったが、うまく想像できなかった。

「じゃあ、思う存分もう一働きしてくれ。まあ、改革のいい機会だしな」辰巳が白髪頭《しらが》をなでながらいった。「抵抗勢力はそこらじゅうにいるだろうがね。それに、責任者が明確でないから、いくら問題をほじくっても根本的な解決にはならないということが、ままあるし」

同期とはいえ、いまは一介の説明員と社長と、大きく立場が違う。もうちょっと丁寧《ていねい》な言葉遣いをしてもいいんじゃないの、と茂人は思ってしまう。こういうのも社長が安っぽくなったように思えて嫌なのだ。

「きょうも屋根の防水シートのことで、それは痛感したよ」

「Kシートか」

「知っていたのか」

「うん。あれはうちの研究所が開発して材料研が検査工程を担当したんだが、シートの重ね幅を実際の検証データより少なく報告したのが原因だ。二年前に発覚したんだが、そのときの担当者はもう辞めていて、なぜそういうことになってしまったのか、経緯は不明のままなんだ」

「ずいぶんいい加減なやつだな」

「中途で入ってきたやつで、二年ぐらいしかいなかった」

「ということは、入ってきたばかりの人間に検証を任せたというわけか」

「すぐではなかったらしいが、かなり優秀だったようだね。前職も大手ゼネコンの研究部門で、大学も防水材の研究では実績のある研究室をでていたみたいだし、離職の理由も海外の大学への留学なんだと」

「そうか……」堂島はしばらく考えるように上を見ていたが、辰巳に向き直ったときには別の表情になっていた。「ここ数年のクレームを見ると、部材、部品の質があきらかに低下しているじゃないか。資材メーカーに対する品質管理が緩くなっているのが原因だけど、これはかりは、こちら側の管理体制を強化してもメーカー側の協力が得られなければ機能しない。いまは互いに信用しあっていない関係に近いと思うんだ」

「澤地にはっぱをかければいいんじゃないか」

「いや……」

「ああ、そうか。澤地がすんなり協力するわけないよな」

「なんとかサプライチェーンを再構築したいと思っているんだが、澤地にいって下手に適性がないものを当てられたら、ますます悪くなるだろうし。できれば指名して当たらせたいんだが、誰か心当たりはないか」

茂人はスマートフォンをそっと取りだし、サプライチェーンを検索した。製品の原材料の生産から消費者に届くまでの供給網を指すらしいが、住宅メーカーのようなケースでは、資材メーカーからの安定供給を確保して余剰在庫の最少化など効率性を追求するようなことをいうようだ。

「資材部で……、いま本社にいるのは、みんなイエスマンとか上司のいうままに仕事をするやつばっかりなんだ。任せられそうなのはいるかな」

辰巳は独り言をつぶやきながら、数分間思案顔になっていたが、ぽつりといった。

「やっぱり、増本《ますもと》健《けん》太郎《たろう》がいいかな。いま群馬《ぐんま》工場で庶務かなんかをやらされているやつだ」

「庶務係じゃ、無理だろう」

「前は資材部にいて購買を担当していたんだ。きちんと原価計算ができる。資材メーカーが持ってくる見積書の精度もわかるらしい。でも、なにがなんでも値切るというタイプじゃないんだ。向こうの利益も見込んで、こっちもコストダウンができる限界を見極めるやり方だな。設計からもっと値切ってくれといわれても、無理なものは無理だといってしまう。限界を超えてしまうと、資材メーカーの忠誠心が低下して品質も悪くなるという主張なんだよ。いままさに、やつのいう通りになっているというわけだ。いまの交渉がどんなだか知っているか？」

「おれが北海道にいってからのことか？」

「そうだ。五年くらい前か。あのころが一つの転換期だった」

「じゃあ、知らんな」

「あのころに銀行から大型融資を受けたろう？　会社を立て直すということで、わかな銀行からコンサルを押しつけられたじゃないか。コンサルたちは二言目にはコスト削減、人員整理だ。仕入れコストは大幅に見直しが必要となったわけだよ。自動車会社の例を持ちだして、もっと値切れる、その程度じゃ甘い、こっちの条件を飲めないようなメーカーは切り捨てろと、まあ、うるさかったらしい。増本はその方針に一人で抵抗した。そこまでやったらメーカーが潰れるとか、品質が悪くなるとかいって。そんな態度が、メーカーに甘い、交渉が下手だと評価された。その結果、群馬工場に追いやられてしまったというわけさ」

「そうか。おまえがいうんだから、間違いないだろう。まあしかし、そういう社員を引っ張ってきたら、資材部が反対するのは目に見えているな。今回は力わざでいくか」

翌朝、堂島は経営管理部門管掌である佐伯常務を呼んで、増本を工場から本社に呼び戻す手続きを指示した。

「可及的速やかに、ということですか」佐伯があきれたような顔でいった。社長自ら一般社員の異動を命じているのだから、驚くのもむりはない。

「火急なときだけにね」

こんなときでもダジャレを忘れない精神だけは見上げたものだった。

佐伯が咳払いをしてから、「頭越し人事になりますよ。工場のほうはともかく、資材から反発がでるでしょう。いいんですか」

「文句がでたら、わたしのところへ直接いいにくるようにと伝えてください」

「わかりました。では、超法規的にやっちゃいましょう。きょうじゅうには決着するようにしますよ」

佐伯が心得顔でいった。

その五時間後には、澤地執行役員と資材部長が社長のところに押しかけてきた。堂島はいきりたっている二人を隣の役員会議室に通した。それから一時間あまりにわたって抗議が続いた。澤地の怒声が壁越しに聞こえてきたくらいだった。堂島は頑として引かなかったのだろう。最後は根負けした様子の二人が会議室からでてきた。

堂島は澤地たち上層部より、展示場の一説明員の言葉を信じているのだ。それもかなりの軋轢《あつれき》を生んででも実行するほどに。辰巳は最終の役職が専門次長だから、それほどぱっとした経歴の持ち主ではない。そんな男の言葉を、よく信じるものだな、と茂人は思わざるを得なかった。

7

中丸政和は会議テーブルに遠隔会議用のマイク兼スピーカーの装置を置いた。インターネット経由で会話ができ、盗聴防止のために暗号化されている。

「ミスター、聞こえますか」中丸は装置に話しかけた。

「よく聞こえるよ」

「つながりました」中丸は、鈴木会長に向かっていった。

盗聴防止策を施しているとはいえ、向こうの名前だけは秘匿しなければならないので、念には念を入れて本名を使わないようにしていた。

「ミスター」鈴木が呼びかけた。「そちらの新しい社長はどうだね」

「岡林の影響を受けないという点では合格だね。お伺いをたてるということは一切ない。まるで前から社長をやっているようにふるまっている」

「おたくの会社にもそういうのがいたとはな」

「だから、岡林から煙たがられて飛ばされていたというわけだ」

「では、岡林の考えに左右されることはないな」

「きわめて合理的な判断をする男だよ。現実主義者だ」

「それなら結構だ。銀行を動かしたかいがあったというものだ。最初からあなたでも、こちらはよかったのだけどね」

「それはわたしのほうで願い下げだ。新社長は、いま闇改修のことを知って愕然としているよ」

「ほう。ずいぶんはやく突きとめたもんだ」

「数字には強い男だから、試算表から見抜いたらしい」

「おたくの社長にしておくにはもったいないな。まあ、これからの試練にどこまで耐えられるか、お楽しみだ。いずれにせよ、新しい社長は、こちらの目論見《もくろみ》通りの男で、計画の変更は必要ないということだな」

「大丈夫だ。ところで、資材部のほうは、まだ代わりが見つかっていないのか」

代わりを見つけなければならなくなった事情を、もう忘れたかのような言い方だった。

「当たりはついたので、きょうこれから落としにいく」中丸はこたえた。

「それはよかった。本決まりになったら、教えてくれ」

「もちろん。それから例の件をそろそろ週刊誌にタレこむので、準備をよろしく」

「ああ、わかった」

「では、また連絡する」鈴木が最後を締めくくり、会議は終了した。

中丸は装置の電源を切ってからいった。「あいつは、すっかりその気ですね」

「変わり身がはやい男だ。まあ、しかしこちらの計画の仕上げは、彼を社長にしておけばスムーズにいくからな。我々にとっても悪いことではないだろう」

利用価値のある男であるのは中丸も認めるが、個人的には好きになれない。もともとあいつの弱みを握って、こちらのいうことを聞かせていたのに、途中から向こうのほうが積極的になり、将来自分をカナエホームの社長にしろといいだしたのだ。

「それでは、これからリクルートにいってきます」中丸はそういいのこして会長室をでた。

自由《じゆう》が丘《おか》駅の改札をパスモで抜け、ターゲットの背中を追う。プリペイドのＩＣカードのおかげで、尾行が楽になった。昔はどこでおりられてもいいように、多めの金額で切符を買っていたものだ。ＩＴ機器の進歩の恩恵をもっとも受けているのがこの仕事ではないかと、ときどき考える。

商店街を抜けて人影がまばらになったところで、中丸は、「常川《つねかわ》さん」と呼びかけた。相手が振り返り、怪訝そうな顔を向けた。

「驚かせて申しわけない。ちょっとお話できませんか。立ち話で結構です」

人通りは少ないが、絶え間なくある。見通しも悪くないし、黄昏《たそがれ》どきではあるがまだ暗くはなっていない。しかし、見知らぬ男から話しかけられたら、警戒するのは当然で、向こうは硬い表情のまま無言で見かえしてくる。

「いい話ですよ。金になる話だから」

相手の眉根が少し上がった。

「いま、もし、消費者金融に借りている借金がきれいに返済できれば、ずいぶん楽になるでしょう」

顔を見ていると、眉根がもう一段上がった。借金が約三百万円あるのはわかっている。毎月の返済は十一万円を超えている。賃貸マンションの賃料と光熱費が十万円ほどかかり、食費をそうとう切り詰めなければやっていけないだろう。むろん贅沢などできない。しかし倹約できる性格なら、こんなに借金は膨らまなかったろう。浪費癖というものは、どんなに金がなくても頭をもたげてくるはずだ。

なにをいっているのかわからないと、はじめて口を開いた。言葉とは裏腹に、目は借金があることを認めている。

「むろん、ただで借金を返済してあげようという、うまい話ではないんですよ。やってもらいたいことはあるけれど、それほど難しいことはない。それで借金を完済して、プラス、まとまった金額を受け取れるという話なんです」中丸は言葉を切り、相手の表情を読む。もう少し時間をかけるか、すぐ核心に入るか。「頼みたいのは、社内の情報を少し教えてもらうだけ。簡単なことですよ」

自分は機密情報を知るような立場ではない、といってきた。

「それは心配しなくてもいいんですよ。その都度、こちらから具体的になにを教えてほしいかをリクエストするので」

相手が、ばれたらどうする、という質問を口にした。つまり引き受けたあとのことを考えた証拠だ。落ちるな、と中丸は確信した。

「大丈夫。会社を辞めることになったら、次の就職先をこちらで探す。どうせ、いまの会社にはそれほど未練はないだろう？」

人事考課は、いたってふつうのようだった。同期と比べて昇進が早くもなく、かといって遅いわけでもない。

「報酬は、いまの借金を全額返済するのと、今後毎月二十万円を支給する。こちらが欲しい情報はその都度指示する。できないことは要求しない。この条件でやるかやらないか、いますぐに決めてくれ」

ちょっと待ってほしい、情報とはたとえばどんな――、あわてたように訊いてくる。

「それはいえない。そっちが考えることは一つだよ。このまま借金地獄を続けるか、いますぐきれいにして、しかも毎月小遣いをもらう優雅な生活を送るかだ」

その好条件を実行してくれる証拠は？　素直に承諾するとはいいたくないらしい。自分を甘く見られたくはないのだろう。

「いまから借金の返済をする」

中丸は相手を促して、駅前に戻り、消費者金融のＡＴＭに入った。

「カードを入れて、返済の手続きの画面を出してくれ」

画面に表示された残高を見て、バッグから札束を取りだす。ここは約百三十万円だった。完済したことが示されると、中丸は相手を急《せ》かして、別の消費者金融のＡＴＭへ向かった。そこで約八十万円を振り込み、三軒目で約百万円を入れた。

「これで冗談じゃないことがわかったろう」相手は呆気にとられた顔をしている。中丸はかまわずに言葉を続けた。「さてと、これからはビジネスの話をしよう」

一時間ほどかけて、じっくりと説明した。いや、言い聞かせた。相手は水飲み鳥のように頷き返していただけだった。最初は誰もがそんな反応だ。自分がとんでもない状況に置かれたと思う。しかし一人になって冷静に考えれば、自分がなに一つ損をしていないことがわかってくる。やがて欲がでてくると、自分からいろいろ提案を持ちかけてきたりするのだ。

最後に連絡専用の携帯電話を渡した。

中丸はカナエホームの社員とわかれて、駅に戻った。近ごろ台数が減っている公衆電話を探す。改札口にのぼる階段の脇にあるのを見つけてボックスに入った。

携帯電話のアドレス帳を見ながら出版社の番号にかける。

「週刊プロンプト編集部をお願いします」

相手がでたところで中丸は声の調子を変えた。「大企業の不正を暴きたいと思っているものです。もし、興味があれば話を聞いてもらえませんか」

どんなことでしょう？　電話にでた男性記者が早口でいった。

「カナエホームが長期優良住宅の認定をとっている建物が、じつは認定基準を満たしていない、という話なんですが」

『聞かせてください』即座に反応があった。

中丸はその住宅が建てられている場所を伝え、具体的にどの箇所が基準に達していないかを話した。

『ずいぶん詳細にご存じですね。内部告発と考えてよいのですか？』最後に記者がいった。

「まあ、ご想像にお任せします。もう一つ、カナエホームはことし屋根の防水材で闇改修をしていますよ」中丸は追加の情報を話してから、電話を切ろうとした。

『二、三日経ったら、また連絡ください』

記者が早口で名乗るのを耳にしながら、中丸は受話器をフックに戻した。

8

河埜梓は、尾形家で撮った預金通帳の写真を机の上に置いて、睨みつけていた。バッグから自分の通帳を取りだし、その横に並べる。財務部員がいったように、梓の通帳には給与としか書かれていない。ただし、以前業務に必要な書籍を立て替え購入したときの精算金が振り込まれた箇所を見ると、尾形の通帳と同じく振込という文字と社名が印字されている。つまり、このときは給与振込ではなく、総合振込で処理されたのだ。

会社が尾形の給与を総合振込で支払ったことがないのは、財務部員の話からあきらかである。考えられるのは、尾形靖樹自身がわかな銀行の口座に会社名義で振り込んでいたというものだ。給料日の朝一番に五菱銀行から給与を引きだし、ATMでわかな銀行に三十万円を上乗せして現金で振り込む。そのとき振込人にカ）カナエホームと入れればいい。その可能性を財務部員と一緒に検討したのだが、できないことはないけれども現実的ではない、という結論に達した。なぜなら、給料日の朝には必ず会社の外のATMにいかなければならないからだ。ミーティングもあれば、客が訪ねてくることもあり、確実に実行できるとは限らない。給与は給料日の朝から引き落とせるようになっていなければならないのだから、これでは無理だ。

そのとき財務部員が示唆してくれたのは、もう一つ別の口座を使う方法だった。カナエホームでは毎月の給与明細を支給日の三営業日前に社内メールで社員に送っている。尾形は五菱銀行の口座で、給与と同額を給料日を実行日として振込予約をする。振込先の口座では振り込まれた給与額に三十万円を上乗せした金額を、尾形のわかな銀行の口座へ振込予約をする。振込予約の実行は当日の早朝だから、銀行の営業開始時刻には、わかな銀行の口座に入金されていることになる。一連の処理はインターネットバンキングで可能だ。

問題は、五菱銀行とわかな銀行の間に介在する口座である。わかな銀行の通帳に『カ）カナエホーム』と書かれていたのだから、少なくとも振込依頼をするときの依頼人名はそのようになっていなくてはならない。カナエホームとはまったく違う名義の口座をつかって、振込のたびに依頼人名をカナエホームに変更して実行するのは可能だろう。しかし毎月、長期にわたってそのようなことを繰り返すのはリスクが高い。もし一度でも間違うと致命的な記録が残ることになる。

リスクを回避するためには、株式会社カナエホームという会社をつくってしまえばいいんじゃない？

そこまで考えて、梓は目の前の電話に手を伸ばした。関連会社の経理を担当している同期にかける。

「ちょっと教えて欲しいんだけど、うちとぜんぜん関係ない人が、株式会社カナエホームという銀行口座名を持てるもんなの？」

持てないことはないよ。でも、いまは銀行もうるさいから、法人名で口座をつくる場合は、登記簿謄本《とうほん》がいると思うけど——。

登記簿謄本は会社をつくればいい。いまは一円の資本金でも株式会社を設立できる。

「それじゃあ、カナエホームという名前の会社が登記されているかどうかを調べるのはどうするの？」

有名企業と同じ名前で登記はできないはずだけどね。うちは、まあ、有名企業に入っていると思うけど。登記情報を検索できるサイトはあるよ。そのURLをメールで送ろうか。

梓はすかさず送ってといい、直後にきたメールに記されたURLと同期の利用者IDを使って、登記情報照会サイトにアクセスした。

カナエホームという会社を検索した結果、唯一、埼玉県川口《かわぐち》市に叶《かなえ》ホームという介護事業を営む会社が見つかった。名前が漢字だし、事業内容も違うので、登記できたのだろう。

設立は五年前で、資本金は十万円。

どうしようか。該当する会社がなければ、これ以上は自分の手に負えない、ということで調査を終わらせることもできたけれど、調べる先があるのだから、もう少し深く追ってみることもできる。

課長がこの仕事を命じてきたときのことが脳裏をよぎる。なにか問題が起こりそうだったらすぐに知らせなさいと、しつこくいっていた。つまりは、こじれそうだったらほかの課員に代えるつもりなのだ。なにしろ、課長の能代《のしろ》という男は典型的な男尊女卑主義者である。込み入った仕事は男でなければできないと思っているところがあり、尾形の件もほんとうは男子社員を当てたかったに違いない。誰も手が空いていなかったため、それでしかたなく、梓にお鉢が回ってきたのだ。

安全衛生課に異動してきてからはずっとルーチンワークしか割り当てられておらず、今回は例外中の例外なので簡単に手放したくないという気持ちが強かった。

いまここで、尾形が別会社を経由して給与を自分の口座に振り込んでいたと報告すれば、おそらく担当者交代となるだろう。

梓は叶ホームの本店住所が書かれている箇所を凝視した。

せめて、実際に現地を見てからにしよう。そう決めた。


翌日の午後、尾形家を訪問するということで外出許可をとり、川口に向かった。地図を見ながら商店街をいく。電柱の住所表示をたしかめて、ここか、と思って建物を見ると、入るのをためらってしまうような五階建ての雑居ビルだった。背景が低くたれこめた雨雲なので、よけいに怪しく見える。

商店街に面して窓が並んでいて、半数ほどの窓ガラスには、さまざまな体裁で社名や宣伝文句が書かれた紙が貼られている。ワールド企画、佐藤防蟻《ぼうぎ》、高橋法規事務所、フラワー開運相談所——その中に、叶ホームという名前はなかった。

敷地は商店街と交差する細い道との角地にある。梓は細い道に入ってみた。エントランスのようなものはなく、いきなり階段室があり、そこから出入りするようになっている。裏手は隣の小ぶりなマンションの駐車場になっていて、その方向からだと各階にある外廊下が見える。

梓は階段室に入り、二階にあがって二〇三号室の場所をたしかめると、すぐに商店街にでた。二〇三号室がある二階の右端にある窓を見上げた。ブラインドがかかっていたが、室内に明かりがついているのがわかる。

ここまできたら、やはり二〇三号室を訪ねるべきだろうなと思う。

でも、ちょっと恐い。

深呼吸を一つ。二つ。三つ。四つ。よし。梓は足を前に踏みだした。

ふたたび階段をのぼる。二〇三号室の前に立ち、深呼吸を一つ。二つ。三つ。ドアを二度ノックし、すぐに一歩後ろにさがる。三、四、五。いくつ数えてもでてこなかったら帰る、と決めたわけではないけれど、心の中で数えた。八を過ぎたところで、中からかすかな音が聞こえた。そしてドアに近づいてくる気配。ドアが開いた。

短髪の男が顔をだした。上半身は青とベージュのツートンカラーの作業着のようなものを着ている。なにかの制服のようだった。その男が怪訝そうな顔で梓を見つめている。

「あ、あの、こちら介護の会社だと伺ってきたんですが」

「介護?」首を捻《ひね》った顔がひょっとこのようだった。

「違いましたか?」

「違う、違う」といって、男がドアの上のほうを指で示した。そこには小さく「ABC企画」と書かれた紙が貼られていた。室番号のプレートより小さい紙切れだったので、先刻は見落としてしまったのだ。

「失礼しました」

梓は頭をさげて、おおげさなお辞儀をすると、そのまま九十度の方向転換をして階段に向かって歩いた。後ろでドアが閉まる音が聞こえ、ほっとして振り返った。すると男がドアの前に立ってこちらを見ていた。梓はあわてて最敬礼すると、後ずさるように階段に向かい、駆けおりた。

ただ雑居ビルの一室のドアを叩いただけだというのに、心臓が激しく鳴っていた。汗が噴きでてきた。外の暑さのせいだけではなかった。

急いで会社に戻った。パソコンを立ちあげ、ＡＢＣ企画があの住所で登記されているかどうかを調べた。

なかった。登記されていた叶ホームがなく、登記されていないＡＢＣ企画があったことになる。

想像がどんどんずれていく。なんとなく、現地にいけば、叶ホームの正体がわかるつもりで川口までいったのに——。

9

増本健太郎　本社資材部付専門課長を命ず。

辞令の翌日には本社に出社しろという。群馬工場での庶務係は誰でもできる仕事しか回ってこなかったから、引き継ぎはすぐにできた。工場も実害はないだろう。家族がなく身軽な独身生活だから、荷物をまとめるのも一日あれば済んだ。借りあげ社宅扱いのワンルームマンションなので、手続きは会社に任せればいい。東京の住まいが見つかるまでは、会社が手配してくれたウィークリーマンションで寝起きすればいいので、東京への引っ越しそのものはどうってことはなかった。

問題は、四年ぶりに復帰した資材部の居心地の悪さだった。

「率直にいいますが、今回の人事はわたしが強引に決めたものなんですよ。資材部側は、わたしが彼らの意向をまったく聴かずに異動を決めたことに不満を持っていると思います」

堂島社長からこう切り出されたときには、なぜそこまでして自分を本社に引っ張ったのかと、頭の中が疑問符だらけになった。ぼくはそんなに大した人間か？　謙遜ではなく、正直にそう思った。

「増本さんに頼みたいのは、サプライチェーンの再構築なんです」

目の前の新社長は、社員に対してずいぶん丁寧な言葉を遣う。新鮮な驚きだった。それにサプライチェーンと聞いて、自分が呼ばれた理由がわかった。コストと品質の最適化を目指したサプライチェーンをつくろうとした過去がある。しかしそれはコストの最小化を目指す方針の前に潰された。

新社長がどこで、そんな経緯を耳に入れたのかはわからない。

「わたしの思うようなサプライチェーンをつくってよろしいのですか？」

「そうです。図抜けた、じゃなくてズ入りで、みなが驚くようなのをつくってください。今回の人事のように」

意味がわからなかった。思わず傍らにいる秘書を見ると、両手をあげてお手上げのポーズをとっている。

「そういうのを」と、言葉を区切り、なぜかにやりとしたあとで続けた。「サプライズ・チェーンというんです」

サプライズ人事に引っかけたとわかるのに数秒を要した。まさか社長がダジャレをいうとは誰も思わない。秘書はあきれたように黙って首をふっている。しかし社長にとって、ウケるウケないは関係ないようで、こんどは真顔で言葉を続ける。

「改革は合議制では生まれにくいでしょう。あなたの品質とコストの限界調和点を見極める目で進めてください。ただし、現場が従うかどうかはわからないでしょうね。わたしが社長の方針として強く打ちだしますが、岡林会長のように鶴の一声とはいきません。現に、いろいろ抵抗にあっているので、申しわけないが現場では役に立ちそうもない」

それは困りますよ、ともいえず、健太郎はわかりましたとこたえたが、少なからず力が抜ける思いがした。この社長は大抜擢《だいばってき》された人物だから、もっと熱く激しい人かと想像していたが、なんの気負いもなく淡々と話している。こちらはせっかく復帰させてもらったのだから、感謝をしているし、この恩義に報いたいという気持ちもあったのだが、そう思う相手としては迫力がなかった。

資材部にいくと、社長の言葉が恨めしくなるほどの扱いを受けた。なにしろ、用意された机が窓際で一つだけ離れている。しかも部付の専門課長という、なんともいえない役職である。おそらくみなで、増本を歓迎していない気持ちをいかに表すかについて話し合った結果に違いない。よく伝わりましたと、いってやりたいくらいだった。話しかけてくる部員は皆無。自分を追いだした上司がまだ、部長、次長、課長とぞろぞろいるのだから仕方ないかという気もするが。

トイレの手洗い場で、以前同じ係にいた同僚と隣り合わせになった。久しぶりと声をかけようとしたとたんに向こうが無言ででていってしまった。以前ここにいたときの人事面接では、きみは人が好《よ》すぎるんだよ、といわれたくらいだから、恨まれるだとか敬遠されるようなことはなかったのに——。

健太郎は吐息を洩らしながら鏡を見た。容貌は四年前より、さらに温和な感じになったんじゃないか？　もとは固太りするタイプなので、柔道をしていましたかとよく聞かれたものだ。それが工場勤務の職住近接生活を続けているうちに贅肉がだいぶついてしまった。角ばった顔がいまではいくぶん丸みを帯びてきている。年齢も三十代だったのが、いまでは厄年を越えている。

大きな顔に小さな目だから、人が好さそうに見えるのかもしれない。自分自身も争いごとは好きでなかったので、以前ここにいたときは、温和な印象を与えるようにふるまっていたところがある。

今回はそういうわけにはいかないようだ。

なにしろ招かれざる客なのだ。自分たちの主要な仕事を、以前落第点をつけた社員に奪われたのをおもしろく思っていない部課長連中が、健太郎に協力するなと部下に指示しているに違いない。彼らが露骨ないやがらせをしてくるのは、健太郎を、以前と同様にどんなふうに扱ってもこわくはない存在だと思っているからかもしれない。

人が好く見えるのと、感情がないというのは同じではないのだけれど、人はよく誤解する。

健太郎は鏡に向かってしかめ面をしてみた。自分でも吹きだしたくなるほど似合わなかった。よけいなことを考えずに、マイペースで仕事に集中すること。そう鏡のなかの自分に言い聞かせた。

10

「展示場に寄ろう」商品企画会議のあと、堂島社長がいいだした。

「辰巳さんのところですか？」

「そうだ」

新藤茂人は辰巳を呼びつければいいのにと思う。それが顔にでたのだろうか、堂島が説明するようにいった。

「あの場所は落ちつくんだよ。あそこではみんなが自分の担当したものを試すだろう。まあ、失敗が許される場所でもある。その雰囲気がいいんだな」

「失敗するのが、そんなにいいのですか？」

「製品開発、ものづくりともいうが、それと芸術は、なにが違うと思う？」

「ものをつくるか、作品を創造するかの違いではないですか」

「きみはなかなかセンスがあるじゃないか。でも、そのこたえは修辞法的だな」

「シュウジホウテキ、ですか？」

「つまり言葉でいったにすぎないということさ」

「じゃあ、社長のこたえはなんですか？」難しい言葉を使われて、馬鹿にされた気になり、つい感情的な言い方になってしまった。

「ものづくりは理想を追ってはいるが、最後は妥協しなければならない。芸術には妥協がない。理想をいえばだがな」

「ものづくりには、かならず妥協がつきものだというんですか？」

「そうだ。コスト、製法、期間、品質、ニーズなど、いろいろな要素や要因で、自分の理想とするものを現実レベルに落とさなければならないわけだ。試作品は、妥協をするためにあるといっていい。妥協するための悔しさとか、逆に妥協したあとの清々《すがすが》しさとか、そういう感情がモデルハウスには漂《ただよ》っているんだよ」

「妥協して清々しいのでしょうか？」

「妥協することで製品ができるからな」

「そういうものですか」と、返したものの、茂人にはさっぱりわからなかった。

中庭を抜けると、辰巳が暇そうに一番奥のモデルハウスの玄関を眺めていた。

「なにを見ている?」堂島が近づきながら声をかけた。

「玄関ドアのレバーハンドル、なかなかいいと思ってね」

「あれか。うん、いいね」そういうと実際にレバーに手をかけ、なんどもドアを開閉しては、二人で感想をいい合っている。

茂人は、よくこれだけのことで十分近くも話していられるものだと、感心するよりなかばあきれた。

「こういう一つひとつの部品はいいんだよ、うちは。いま足りないのは、商品企画なんだ」堂島がドアから離れながらいった。

「設計本部長が代わってからだな」辰巳が意味ありげないい方をする。

茂人は、堂島が北海道に飛ばされる前は設計本部長をしていたことを思いだした。

「岡林会長は所詮、構造屋さんだし、部品の出来栄えにはこだわるが、空間の設計にはいまひとつ鋭さがない。おまえの後釜の設計本部長も部品設計あがりで、細部にはこだわるが、会長と同じように空間づくりに弱い。まあ、だから会長に気に入られたんだろうがね。いま重んじられている部課長も、そういうタイプだ。だから、最近の商品企画は、ディテールにこだわったものばかりさ。住空間をどうするとか、そういう大きなコンセプトは出にくい」

「誰か、いないかな。バブル期のような夢を追いかけるものじゃなく、しっかり地に足がついていて、現代の課題を解決する設計ができるやつ」

「華がない、とかいわれてさ、商品開発室をおん出されて、いま営業所で設計をやっているのがいるな」

「華がない？」

「見た目の華やかさを追わないというか、たとえばこういう展示場で、来場者が思わず歓声をあげる住宅設計を拒否するような人だね。それで上司の覚えがめでたくなかったわけだ」

「名前は？」

「白井小枝子《しらいさえこ》。いま千葉の営業所にいるよ」

「知らないな」

「商品開発室にいたのは、もう十年ほど前だ。そのころおまえはアメリカにいっていたろう。それにあの当時、白井さんの名前が表にでることはなかったからな」

「おまえはなぜ推薦するんだ？」

「昔、百八十度評価とか、三百六十度評価とかが流行《はや》った時期があったろう。うちでも、試行的にやった年があったんだよ。そのときの集計では彼女の設計スキルは、同僚から圧倒的に評価されていた。ただし、上司側からの評価は低かった。その後、おれが提唱した評価システムで分析してみたんだが、いろんな数値からも彼女の実力が抜きんでているのがわかった。まあ、おれは設計が専門ではないので、技術的なことは具体的にはいえんが、おまえならわかると思う」

「なるほど。一度、設計事例を見てみるよ」

堂島が満足そうに頷いているのを見て、茂人は不思議でならなかった。辰巳は同期といっても、いまは役職定年になった窓際族の一人だ。そんな男を、堂島がなぜ信頼しているのか。

十七階に戻るエレベーターの中で、茂人はそのことを訊いてみた。

「辰巳は人事部にいたとき、人事評価システムの改革をしようとしていたんだよ。客観的で公平な評価を目指していた」

エレベーターが役員フロアについた。廊下を歩きながら堂島の話が続く。

「上司による評価というのは、主観が入りやすい。それは、つい人物評価になってしまいがちだからだ。交渉がうまいとか、部下のまとめ方がいいとか、リーダーシップがあるとかだな。主語は社員、つまり人間だ。ところが、ある、と評価された能力が、ほんとうは、あるように見える、ありそうだ、程度のことが多い。というのは、評価者の主観で判断するからだな。そういうもんは上司が変わればころっと変わってしまう。正反対になるのも珍しくない。だから辰巳は、評価の対象を誰々という人間ではなく、その社員がだした結果にする、つまりアウトプットを評価対象にすべきだといったわけだ」

社長室兼秘書室に入り、堂島がデスクの向こう側に回って椅子に座った。茂人はその前に立った。

「アウトプットというと、どんなものですか」

「有形無形の結果だな。報告書、提案書、設計図書でもいいし、交渉結果、利益、コスト削減、効率アップの結果でもいい。話し方がうまく、言葉数が多いものは評価されやすいが、交渉結果がそれに比例するとは限らないだろう。そのために辰巳は、社内にあるあらゆるものを分析して、評価の指標を提示していった」

「難しそうですね」

「まさに、そういう印象を与えたわけだ。指標は人事部が用意するといったが、難しそうだというイメージは変わらなかった。おまけに人事部の上の連中も、こんな案が採用されたら、自分たちが大変になると思ったんだな。で、辰巳の案は潰された。辰巳自身も干されたというわけだ。彼が社内にどんな人間がいるかを把握しているのは、そのときの副産物だな。辰巳は自説を証明するために、社員を細かく分析していたからね」

「それで辰巳さんの推薦は信用できるということですか？　でも、辰巳さんの推薦する人は、ちょっと偏《かたよ》ってませんか。みんな元の上司から追い出されたような人じゃないですか」

「それは、わたしがそういう注文をつけているからだよ」

「えっ」

「過去に上司や会社の上層部に逆らった経験のある社員を優先的に紹介してくれとね」

また堂島は茂人の理解できないことをいう。

「わざわざ扱いにくい人を、ですか」

「上に楯突くというのは、性格もあるけれど、保身を考えずに会社のことを真剣に考えている場合もけっこうあるんだ。逆に上司のいう通りにするばかりの社員は、自分のことしか考えていない。上司の目が節穴なら、逆らう部下を評価せずに、従うだけの部下を評価してしまいがちだ。新藤くんも、わたしに逆らうようにならなければな」

ほんとうにそんなふうに考えているのか、と突っ込みたくなる。一見、恰好のいいことをいいながら、いざ部下に逆らわれると、さっさと追いだしてしまうのではないか？

いま堂島は旧体制の抵抗にあっている。そういう旧体制で評価された社員では自分の思い通りにならないから、過去の評価に不満を持つ連中を集めているのではないか？

これまで岡林に逆らったことなど一度もない茂人としては、そうでも考えないと理解できない。まあ、会社のことなど少しも考えていなかったのも事実だったが。

11

「わたしは事実を申しあげているだけなんです」

河埜梓は尾形靖樹の妻に、梓自身の通帳を見せ、お取引内容の欄に給与としか印字されていないのを示した。尾形の預金通帳には、振込という文字と会社名が印字されているので給与振込口座ではない、と話したのだが、夫人は信じようとしないのだ。

「じゃあ、あれは給与じゃないっていうんですか？」夫人が問い詰めるような口調で訊いてきた。

「千円以下の端数は同じですが、それから上が違います。きっちり三十万円違うんです。それは給与以外のお金ということになります」

「そんな……」

すぐに信じろというほうが無理なのだ。夫人が受け入れられないのはわかる。おそらくいま夫人の頭の中には、会社がいっているのが正しいなら夫はなにか後ろぐらいことをしていたのだろうか、という不安が膨らんできているのではないだろうか。

「これは尾形さんのここ二年間の勤務実績表です」一ヶ月一枚、計二十四枚のコピーを夫人に手渡した。「この欄が退勤時刻となっています。ご覧になっておわかりのように、ほとんど七時を超えることはありません」

用紙をめくる夫人の指の動きが速くなっていく。最後に、吐息とともに用紙がテーブルの上に戻された。

「でも」夫人が顔をあげ、強い調子でいった。「カナエホームからお金は振り込まれていましたよね。あれはどうなっているんですか?」

「通帳に書かれていたカナエホームというのは、ここのことだと思います」

梓は叶ホームの登記簿謄本の写しを差しだした。「わたし、この住所にいってみました。でも、実体はありませんでした。この住所に叶ホームという会社はなかったんです」

「どういうことですか?」

「わかりません。ただ、ご家族が銀行に照会をされれば、振込元を教えてくれると思うんです。もし、振り込んできていたのが、この叶ホームだったのであれば、わたしどもでは、まったく事情がわかりませんので、どうしようもないということなんです。奥様のほうでなにか、心当たりはおありですか？」

　夫人が無言で首をふる。

「それともう一つ、会社に給与振込の申請をしていた口座があります。五菱銀行渋谷支店なんですが、いままでご存じなかったということは、通帳がおたくにはなかったわけですね？」

「はい、知りませんでした」夫人がますます力なくこたえた。

「ほかの口座でも手続きされたように、相続人の証明が必要ですので、ご用意できたら、わたしも一緒にまいりますので、ご連絡いただけますか」

「わかりました」

　おそらく混乱の只中にいるのだろうが、この口座は確認しておかなければならない。

　最後に梓は念を押すようにいった。「このあたりの事情がわかるまでは、労災の申請は待たれたほうがよろしいかと思いますが、いかがでしょうか？」

「弁護士さんに相談してみます」

　すでに弁護士に会っていたということは、間違いなく損害賠償の訴訟も起こすつもりだったのだろう。

「わかりました。では、わたしは、これで。ご連絡をお待ちしておりますので」

　これですぐに労災申請や訴訟はなくなるだろう。しかし同時に疑問点がだんだん増えていく。

　尾形家からの帰り、南荻窪署で尾形のバッグの中身を見たときに感じた、あるべきものがない、という感覚を思いだした。あれは銀行の通帳だったのだ。尾形としては家族に内緒にしていて、なおかつ重要なものなのだから、会社の机の抽斗《ひきだし》に入れておくかバッグに入れておくかだ。机にあった私物はすべて遺族に返却しているので、そこになかったのはあきらかである。そうすると、もっとも考えられるのが通勤に使っていたバッグだ。中身はスーツのポケットに入る程度のものしかなかった。それでもバッグを持っていたのだから、ほかに持ち歩きたいものがあったのではないか。それが通帳だったのではないだろうか。

尾形夫人から必要書類が揃ったという連絡がきたのは三日後だった。すでに何行かで経験済みのようで、慣れているらしい。唯一違うのは、通帳がないことだった。

渋谷駅で待ち合わせ、宮益《みやます》坂にある五菱銀行渋谷支店に入った。受付番号をもらい、長椅子に座って待った。その間に、わかな銀行立川支店の尾形名義の口座に振り込んできたカナエホームを銀行に問い合わせた結果を訊いた。意外なことに銀行は教えられないと回答してきたらしい。そもそも振込元の情報は通帳に記入されている振込人の名前と金額しかわからないのだという。たしかに他行からの振込ならばそうかもしれない。

尾形様と呼ばれて、窓口の横にあるカウンターに案内された。夫人が通帳やキャッシュカードがないと伝えたあと、梓が故人の勤務していた会社の人事部のものだといって名刺を渡し、給与の振込記録を見せた。次いで、夫人が相続に必要な書類をカウンターに並べた。

係の女子行員がその場にある端末を操作しはじめる。口座番号を入力している様子だ。

「ああ、ございました。尾形靖樹様ですね」

そういいながら、なにかの入力を続けている。

「あのう、残高はあるのでしょうか？」夫人がおずおずといった感じで訊いた。

「失礼して、先に確認させていただきます」行員が目の前の相続の書類に目を通しはじめた。

十分ほどかけて念入りに確認し、途中で夫人に申請書類を渡して記入をするようにいった。一通りの手続きを終えてから、やっと、残高はございます、とこたえた。

「ちょっと確認をお願いします」梓が口を挟んだ。「毎月、会社から給与が振り込まれていると思うんですが」

「はい、二十五日に振り込まれていますね」

「で、すぐに同額をほかに振り込んでいると思うんですが」

「あ、はい。振り込んでいらっしゃいますね。毎月」

行員がプリンターから用紙を一枚とり、カウンターに置いた。ここ一年間の取引明細だった。

梓は相手がそれを引っ込める前にと、凝視した。

たしかに二十五日か、休日に当たった場合はその前の日にカナエホームから給与が振り込まれ、同日叶ホームに振り込んでいる。そのほかに毎月、同時期に二十万円の定額がサトウユウイチ名義で振り込まれている。名目は家賃となっていた。毎月二十万円の引きだしがあるのは、この振込の分を現金化しているのだろう。だから月の半ばにはこの口座の残額は一定額に落ちつく。一定額は約百万円なのだが、これは給与が振り込まれる前に振込予約が実行された場合でも残高不足にならないように残しているのだろう。以上がことしの二月中旬までのパターンなのだが、それ以降は大きな変化があった。

二月二十六日に百万円、三月二十六日に百万円、四月二十六日に二百万円、五月二十七日に二百万円、ヤマグチタロウという人物からの振込があるのだ。

合計六百万円のうち、二百万円分は数回にわたって引き出されているが、四百万円分は残っている。夫人にとっては思ってもいなかった遺産である。

いったい尾形靖樹はなにをやっていたのだろう？　それにこれだけの残高がある口座を家族に教えないまま自殺するということがあるだろうか？

行員が尾形夫人に、口座が取引可能になるには一週間ほどかかりますと説明しているその隣で、梓はさまざまな可能性を考えていた。

梓は尾形夫人と渋谷でわかれて帰社し、能代課長にこれまでのことを報告した。手に負えなくなったというより、これ以上自分一人で持っていていい情報ではないと思ったのだ。

「べつの口座をわざわざつくってたのか？」課長が驚きの声をあげた。「なんか、やばいことをやってたんだろう。資材部ってのは、やろうと思えばいろいろできるからな」

「リベートとかですか？」

梓は自分の言葉に驚いた。そうか、その線があったと、いまさらながらに気づいた。資材メーカーに便宜を図って金をもらう。それなら業務上横領の犯罪行為になる。込み入った金の流れも、犯罪を隠すためなら説明がつく。

「変なことをいうなよ」課長が周囲を見て、小声でいった。「本人は死んだんだから、もうなにもいうな。いいな」

課長の言い方はまるで尾形がリベートを受け取っていたと決めつけているようだった。それでいて面倒な問題にはかかわりたくないという態度があからさまだ。

「いいんですか、このままにして」

どう考えても、能代課長と自分でもみ消していいような軽い問題とは思えなかった。

「考えてもみろ。もし、ほんとに尾形が業者から金を受け取っていたとしたら、業務上横領だぞ。立派な刑事事件だ。どのくらいのニュースになるかはわからんが、少なくとも業界には知れわたる。いま、会社がどういう状況かわかっているのか。業績不振で、ついに社長交代だ。こんなときに、横領事件が表ざたになってみろ。うちの株価は暴落するぞ。それに尾形は死んだといっても、金を渡したほうは生きていて逮捕される。うちとその業者との取引は中止になるが、それだけではおさまらない。いまどきはコンプライアンスが煩《うるさ》いから、そこは他社からも取引を停止される。下手すりゃ、その業者は潰れるだろう。つまりだれもいいことがないんだよ」

能代が会社や、相手の業者のことを本気で考えているとは思えなかった。

「でも、課長が損をするわけじゃないですよね」

「馬鹿いうな。おれがどれだけ、うちの株を持っていると思ってるんだ」

そういうこと？　従業員持株会に昔から入っていたのに加え、業績がよかったときに、個人でもそうとう買っていたようで、下がりはじめてからずっと、いくら損したということをぶつぶついっているような男だった。

「表ざたにしなくても、真相は知っておいたほうがよくないですか？　いざというときのために」

いざ、というのがどんな場合のことを想像したのかわからないが、能代の表情に変化があった。

「幸いわたしの仕事はルーチンワークばかりで、時間には余裕がありますから、調査の時間はとれますけど」

多少の皮肉を込めていったのだが、能代の頭の中はべつのことでいっぱいのようだった。

「いざ、というときねえ」

「もし、ほかから発覚したら、うちの課がなにをやっていたんだ、ということになりませんか。財務部には、銀行口座が違っていたと話していますし。ひょっとすると、財務から人事二課に問い合わせがいっているかもしれません」

人事二課の課長は能代と同期入社だが、これまでの能代の発言からすると、ライバル視しているようだし、あまり好感を抱いているとも思えない。

「ま、とりあえず、わかるところまででいいから、調べておいてくれ。なにか変なことがあったら、必ず、報告するんだぞ」

梓は、上司のきわめてあいまいな指示を、ありがたく頂戴した。

12

増本健太郎は古巣へ復帰後二週間は、ひたすら現状分析に費やした。資材メーカーごとの発注量の推移、クレームの頻度とその内容、納期遵守《じゅんしゅ》率等々。そして独自の想定原価率を加える。数字はすべて自分で拾ってこなければならなかった。幸いにして、以前いたころからシステムが替わっておらず、どこにどういうデータがあるかはすぐにわかった。

カナエホームの業績悪化はバブル期に多角経営に手をだしたのが発端だった。銀行からの融資をもとにゴルフ場などの不動産を買いあさったのだが、バブル崩壊後にそれらが二束三文になり、多額の有利子負債だけが残った。その後は利子返済の負担が財務を締めつけ続けた。業界でカナエホームが危ないといわれるようになり、それは住宅の購入者の心理にも影響を与え、ジリ貧の様相を呈してくる。また財政が苦しいことから開発費が削られ、ヒット商品が生まれにくくなるといった負の連鎖があった。

社内では地道に信用を回復し、少しずつ上向きにするべきだという考えと、大胆な手を打って一気に劣勢を挽回すべきだという考えが対立した。こんど社長になった堂島は地道派の代表格だったが、岡林会長は一気に業績回復をしたかったらしい。

誰が提案したのか定かでないが、岡林は廉価版の住宅を新たな目玉商品にした。いまから六年ほどまえの話だ。坪単価で、他社の商品の半値の商品である。この価格帯は、地場の建売業者や、そこから全国に展開しようとしている新興企業のものである。それを大手住宅メーカーに数えられるカナエホームが売りだしたのだ。まずブランド力が失墜した。想定したようには受注が伸びず、さらに自社の標準以上の商品が低価格商品に食われてしまい、利益率が大幅に低下したのである。

財務体質が弱体化すると、取引先が不安になる。いつまでもこの会社をあてにしていていいのだろうか、というわけだ。取引先をもっと安定したところにシフトできる資材メーカーはカナエホームとの取引を減らしてきている。実際に住宅メーカーを並べてみても、カナエホームがもっとも不安定なのはあきらかなのだ。

業界トップの秋水ハウスは、マンションや事務所ビルも多く手がけていて、もはや総合建設会社（ゼネコン）といっていい。もともとは総合化学会社である秋水化学の住宅事業部門が独立したものだ。秋水化学は住宅部門を切り離したあとで、あらたな建設工法を開発してまた住宅事業に乗りだした。あけぼの化成は、その秋水化学とは同じ財閥からでた同根の総合化学会社で、両方とも住宅事業は一事業という位置づけである。大都ハウスはカナエホームと同じく独立系だが、アパート、マンションといった集合住宅につよく、業態は秋水ハウスに近い。竹友林業は竹友財閥系の血を引き、グループからの支援を期待できる。販売棟数の規模は半分になるが、ユニバース住建は大手電機会社ユニバースの子会社であるし、ジョーワハウスは日本のトップクラスの超大企業ジョーワ自動車の一事業部で、五井ホームは五井財閥系列である。

その点カナエホームは戸建住宅事業が七割以上を占め、住宅が落ち込んだ場合の補完事業がなく、そして後ろ盾となるような強力なグループもない独立系の会社であり、もっとも厳しい環境にある。バブル崩壊後は何度ももうだめかと噂され続けて、実際に危ない時期もあったが、その都度、業績を押し上げる商品をだしてなんとか凌《しの》いできた。それは技術的に他社を凌駕《りょうが》するような新商品を開発する力があったからだが、新技術というのはときがたつと競合他社が追いつき差別化ができなくなってしまう。高いレベルを維持するだけの体力が備わっていなかったのだ。

そしてついに低価格商品という選択をして、浮上困難な窮地に至ったというわけである。

こうしたことを背景に、健太郎が本社を離れていた間に、資材メーカーとのつきあいがずいぶん変わっていた。

低価格住宅にするためには資材の供給元にも泣いてもらわなくてはならないといって、仕入れ価格の強引な引き下げをした。これには経営コンサルタントの指導も関与しているが、そうとうに厳しい条件を飲ませていた。資材メーカーもカナエホームの仕事がなくなると痛手が大きいので、泣く泣く受け入れていたようだ。しかしここ数年は、強気にでてくる資材メーカーが相次いでおり、先方の値上げを受け入れれば低価格商品が成立しなくなるので、メーカーを替えるケースも頻繁にでていた。それでももともとの価格には収まらず、低価格商品はどんどん中途半端な価格帯になっていき、ますます売れなくなってきた。

健太郎は取引データを分析し、カナエホームから離反していく可能性のある予備軍に早急に手を打たなければならないと結論づけた。供給品のクレームが多く、納品物の交換が頻発しているところなどは、その可能性が高い。まずはそんな条件に該当するところから回ろうと決めた。

最初は外壁に使うサイディングボードのメーカーだった。

府中《ふちゅう》にある会社へこちらが一人でいくと、先方は硬い表情の三人が出迎えた。名刺交換のときは、三人とも小声で不明瞭な名乗り方をして、まるでふてくされたような態度だった。カナエホームの社員とは口もききたくない、というふうに。

打ち合わせコーナーにある丸テーブルに案内され、三人に囲まれるようにして座らされる。

「この表でおわかりのように、ここ三年、返品率が上昇しているんですよ。剥離、欠け、汚れの順です」

健太郎は新任の挨拶のあと、最近の取引状況を一枚にまとめたものをテーブルに置いた。

「すぐに再納品していますよね」

真ん中にいる課長が、むっとしたような顔でいった。端《はな》から喧嘩腰。発注側にこういう態度をとるというのはよほどのことだ。

「はい。再検品の結果、三パーセントが不合格になり、再々納品してもらっています」

「それ以上はないはずでしょう」

相手は弱みを見せると、無理難題をいわれるのではないかと警戒しているようだった。もっと値段を下げろというに決まっている、と思っているような顔つきで睨んでくる。

「はい。それ以上、不適合品はありませんでした。しかしこの状況は、お互いによけいなコストがかかりますから、改善が急務だと思うんです」

「こちらだって不適合品はだしたくないですよ。でもね、カナエさんの価格条件が厳しすぎるんで、これ以上コストがかけられないんですよ」

「つまり、単価の安い人に任せたり、検査の回数を減らしたりしている、ということになりますか？」

「いや、そういうわけではないけれども」

強硬に反論してくるかと思ったら、そうではなかった。投げやりな態度に見える。カナエホームとの交渉は不毛だと思っているような。不適合品が多い順というのは、つまりカナエホームとの関係がよくない順でもあるのだ。

健太郎は事前に想定原価を計算してきていた。カナエホームが要求する品質を維持しようとすると、現在の取引価格ではほとんど利益はでないだろうと推測できる。ここ五年ほどの間に、それだけ熾烈な値切り攻勢にあっているのだ。この会社はカナエホームとの取引が全体の二割強あり、手を引くわけにはいかない、という事情がある。

「いろいろ事情はあると思いますが、いまの返品率だと、この製品に関しては完全に赤字でしょう。弊社も、再検査や納期調整でよけいな人件費がかかり、利益が圧迫されているわけです。不合格率を一パーセント未満にしていただきたいというのが、弊社の要望です」

「しかし」

「質をあげようとすればコストが嵩《かさ》むし、それでは利益がでないとおっしゃるわけですね？　しかし、一パーセント未満に抑えられれば、いまよりコストは減少しますよ」

「それじゃ、最初から利益なしを前提にしなければならないので、難しいんです」

課長の顔に悲痛な表情が浮かんできた。

「じゃあこうしませんか。いまのロットだと利益がでないでしょうけど、三倍にしたらどうですか。一度にそれくらいの量を生産できれば、生産単価はさがるはずです」

「それだけ注文してもらえれば」

「これは過去三年間の取引の流れですが、当然弊社の顧客の需要に関係しています。で、年間を通して見ると、傾向は一定しています。この間、注文を九回だしていますが、見込みさえ読めれば、三回にまとめることは可能だと思っているんです。さらに、こちらから先の需要の見通しをお伝えすることで、御社も生産計画が立てられるのではないかと思います。そういうことをしていけば、いまの価格でもじゅうぶんに利益がでるのではないかと思いますが、いかがですか？　もし承知していただけるのなら、わたしが責任をもって関係部署の合意を取りつけます」

課長が一声唸ったあと、沈黙が続いた。真剣に考えてくれているようだった。

「できるかも、しれない」そういう言葉がぽつりと、彼の口からこぼれてきた。

「条件は不合格品を一パーセント未満に抑えることです。それだけは守っていただかないと」

「わかりました。わたしも社内を説得してみます」

相手も、品質の悪い製品をだしたくはないのだ。できれば熟練工につくらせ、きちんと検品を行い、二重三重にチェックをしたい。それがものづくりに携わるものの気概だ。互いにコストだけの話にしてしまうと、その部分がなくなってしまう。

「しかし、増本さんは、いままでの人とは違うんですなあ。これまでカナエさんからは、いくらに下げろと、そればかりいわれてきましたけどね」

「まずは品質ありき、ですからね。わたしはそこから考えるたちなので」

「ありがたいご提案でした。ありがとうございます」

課長の口元にはじめて笑みが浮かんだ。

13

社長室兼秘書室の入口に、女性が現れた。新藤茂人は、ああこの女性が、と思いながら近づいていった。

「白井ですけど、社長室に伺うようにいわれたのですが、こちらでよろしいんでしょうか?」

女性が遠慮がちにいった。誰だって、異動の初出社早々社長室にいけといわれたら、戸惑うだろう。社長といえば、あの岡林のカリスマ社長のイメージしかないだろうし。

「お待ちしていました」

白井小枝子がほっとしたような顔をした。ここが社長室かどうかわからなかったのは無理もなかった。社長のデスクの前に打ち合わせ用のテーブルがあり、それを囲むように、茂人とほかの女性秘書二人の机があるのだ。到底社長室には見えない。

「こちらにどうぞ」そういって、茂人は打ち合わせテーブルを示した。堂島は決裁の書類に目を通しているところだった。

「あら」と声を出したのは、畑中翔子だった。白井の腕をとって、小声で「元気だった?」といっている。白井も、小声で返している。

二人とも四十代前半で同年代だから、以前白井が本社にいたころ親しかったとしても不思議はない。

堂島の決裁箱が空《から》になったのを見て、茂人は白井小枝子がきていることを告げた。

「あなたが白井さんか、ま、座ってください」

堂島が、かしこまって立っている白井に椅子を勧め、自分も向かい側に座った。

「急な異動で申しわけなかったですね」

「いえ」

「あなたが以前、設計や商品開発にいたころ、わたしはアメリカに駐在していたので、初対面ですね」

「お話はいろいろ伺っておりました」

「どうせ、堂島のオヤジギャグは疲れるとか、一度でもウケたら調子に乗るから、絶対に笑ってはいけないとか、そんなことでしょう。だからみんな申し合わせたように、いくらおもしろいことをいっても笑わないいんだよね。あの、新藤くんなんかは笑いをこらえているのがわかるんだけど、意地でも素知らぬふりをしているんだ」

まったく。おもしろくないから無視しているだけなのに、冗談にもほどがあると、茂人は心の中で毒づいた。

「いえ、そうではなくて、設計の本質を教わったといっている人がずいぶんいらっしゃいましたから」

「あのころの連中は、けっこう辞めてしまったんだよね」と、堂島が一瞬懐かしむような顔つきをした。「だから白井さんも、ちょっとやりづらいかもしれないんだが、今回は無理を承知で本社に戻ってもらいました」

「はい」

「で、なにをやってもらいたいかですが、あなたに新商品シリーズの開発を任せたいんですよ」

「えっ?」白井が驚いた様子で、訊き返した。「新商品をですか?」

「そうです、そうです。いまの商品になにが欠けているのかは、現場にいたあなた方が一番わかっているでしょう。ですから新商品のコンセプトから考えてください」

「商品開発から、ずいぶん遠ざかっていましたから」

「その代わり、営業所で直にお客様と接していたじゃないですか。商品開発室にずっといたら、頭でっかちになるだけでね、それも考えものなんですよ。そしてなにより、あなたは家庭を持ったわけですよ。いまの住まいは、カナエホームですか？」

「いえ、すみません。マンション住まいなんです」

「ああ、びっくりした。家、住みません、というから、どこに住んでいるのかと思った」

まったく、困ったオヤジだと、茂人は聞こえないように舌打ちをした。白井はわかったようなわからないような顔をしている。例によってそんな周りの戸惑いは関係なく、堂島の言葉が続く。

「つまり、あなたは我が社のメインターゲットなんですよ。共稼ぎで、お子さんが二人。そういう人たちが住みたくなる家を提案していかないとね。いっそのこと、あなたが住みたい家をコンセプトの中心にしてみたらいいんじゃないかな」

「はい……」

白井は、堂島の毒気に当てられたように生返事をした。

「いまの住まいに満足していますか？」

堂島が孫にでも接しているような笑顔で訊いた。この顔が曲者《くせもの》なのだ。ほかの役員に対しては、茂人が密かにベートーヴェン顔と名づけた表情をし、辰巳などの前では無防備なとぼけ顔になり、ダジャレをいうときは、悪戯っ子のような顔になる。

「いえ、満足はできないですね」

「どんなところが？」

「子供は中学二年の娘と、小学五年の息子なんですけど、やはりコミュニケーションですね、不満に思っているのは」

「なるほど。あなたの設計思想がわかりましたよ」

聞いている茂人には、堂島がなにをいいだしたのかすらわからなかった。白井の一言でなにがわかったというのだろうか。

「新藤くん、きみのアパートではなにが不満だ?」突然、茂人に話を振ってきた。

「え、あの、景観が悪いのと、窓を開けるとすぐとなりの建物の壁なんで。それから壁紙の色が落ち着かないのと、一番は部屋が狭いことです」

急に訊かれると、どうでもいいことがまず頭に浮かぶのが悪い癖だった。

「凡人の発想はそういうもんだな。部屋のサイズとか、収納の使い勝手だとか、ようするに家のハードウエアに目がいく。ところが白井さんは、コミュニケーションときた。つまり建物は単に容れものではなく、そこで人がいかに行動するか、いかにコミュニケーションをとるか、そういうことへ与える影響を常に考えているということなんだよ。つまりソフトウエアを意識して設計しているわけだ」

白井が、あっと声にだしてから、微笑《ほほえ》んだ。堂島がどうしたの、と訊く。

「以前、IT企業に勤めているご夫婦の家を設計したことがあるんですが、そのとき、奥様から、あなたの設計はソフトウエア的ねといわれたことがあったので」

「なるほど。あなたの過去の設計事例は、設計データベースで見ましたが、ただ人間が住む器をつくっているんじゃないと感じられるものがあるんですよ。なぜ、こんな位置関係にしたんだろうと思うことがけっこうあったんだけど、施主の家族構成をみると、なるほどな、と納得できる。ただこれまでは各商品シリーズの枠があっていろいろ独自色をだす限界があったでしょう。こんどは新商品を考えるわけだから、思う存分自分の色をだしてください」

堂島の激励の言葉に、白井が微笑みを返した。

彼女が部屋をでていくと堂島が、いくか、といって立ち上がった。茂人が時計を見ると、きっかり次の販売戦略会議の開始時刻だった。

営業部門が主催している販売戦略会議が四十分ほど経過したころ、茂人はそろそろ社長がしびれを切らすのではないかと感じた。これだけ会議に同席していると、堂島の思考パターンがだんだん読めるようになってきていた。

九州の建設単価が前年から四万円近く落ちている原因について、先刻から営業が満足にこたえられていないのだ。なにかしらの回答はするのだが、根拠を示すことができない。結局は憶測でいっているのだとわかってしまう。

会議は仕切り直しになった。堂島が出席する会議では、説明の根拠が具体的に示されないと、そこで会議は中断してしまう。堂島が、憶測と想像でものをいうことを嫌うからだった。出席者は戸惑いの表情を浮かべて社長を見送ることになる。

こんなに会議を中断させてしまって、会社が成り立っていくんだろうか。茂人はこういう場面にあうたびに、思ってしまう。堂島社長は言葉こそ丁寧だが、平気で会議の予定を変えてしまうというところなど、暴君の性質も持っているのではないか。

「新藤」と、会議の出席者が役員会議室からでていったあとで堂島が声をかけてきた。呼び捨てにされたのははじめてだ。「情報システム部の部長とミーティングを設定してくれないか。ほかに情報二課長だな」

茂人は、相手は部長だし、急な呼び出しだから電話ではなく直接いって話すことにした。電話で社長がお呼びですといえば済むのだろうが、なんとなく気が引ける。

エレベーターホールに向かう曲がり角まできたとき、先刻の出席者たちがまだそこでエレベーターを待っているようで話し声が聞こえた。

「役員フロアもずいぶんと様変わりしましたな」

「会長と社長以外は全員管掌部署におろされたっていうんでしょう。みなさん憮然とした顔で座っておられますからね」

「それで秘書もほかに異動して半分以下にしたとか」

「いまじゃ、あのさっきの、なんとかという秘書一人が社長専属なんだそうで」

「あれはね、アメフトの選手だったんですよ。最初、堂島さんは専属の秘書はいらないからといっていたらしいんだけど、結局、引き取る部署がなかったって話ですよ。スポ選をもらってもねえ、使い道に困るだけだから」

笑い声がして、それはすぐにエレベーターのケージの中に消えていった。

茂人は無人のエレベーターホールにいき、ボタンを押した。

そういうことか。どうりでおかしいと思った。自分が社長秘書で残るなんて、考えられなかったのだ。本人がそう思っていたのだから、周りがいうのは仕方がないが、しかし実際に聞いてしまうと見返してやりたくなる。

堂島が情報システム部に要求したのは、社内ネットワークのどのサーバーにどんな情報が入っているかを熟知している人材の供出だった。彼らを重要な会議に同席させ、その場で必要な情報を表示できるようにし、会議の停滞を避けるのが目的だという。堂島はさらに、生のデータをどういう形式で表示させれば会議の出席者の判断材料となるのかを瞬時に判断できる人間を選んでくれと注文をつけた。

堂島が、会議資料が曖昧で、ほんとうに必要なデータが入っていないことに不満を持っているのは、よくわかる。そこで情報システム部員に堂島が求めるデータを表示させようというのだろうが、それはそれで部課長連中の言葉を信用していないことにもなるから、彼らの反発を買いそうだ。第一、データ、データといえば、聞いているほうも息が詰まってしまう。

もっともこの社長に限っては、社員の反発など関係ないのだろうが。

茂人は退社後に電車に乗ると、立ったまま会計データの読み方についての本を開いた。スーツの上着を左腕にかけ、右肩にはバッグをかけているので、大判の本はつらい。世の中、クールビズが浸透して、堂島社長もほとんどノーネクタイなのに、秘書は着用しなければならないのか、と心の中で愚痴を呟きながら、ページをめくる。しかし考えてみると、ネクタイ着用は誰かに強制されたわけではなかった。自主規制だが、そういうことでもしないと、気持ちが緩みそうな気がした。

それにしてもついこの前まで、電車内ではスマートフォンでゲームをするか、インターネットのスポーツ記事などを読んでいるだけだったのに、この変わりようは自分自身で驚いている。いまは電子版の経済新聞を読むか本を読むかしているが、意外に苦になっていないのがさらに驚きだった。目的のない勉強ではなく、身近で起こっていることを理解しようとしているせいかもしれない。

茂人がアパートに帰ると、遥香の姿が見えなかったが、キッチンで鍋が火にかかり、ぐつぐついっていた。バッグを玄関に置き、鍋を覗きこむ。玄関に入ってすぐにカレーの匂いがしたので、中身はわかっていた。おたまでかき混ぜる。

トイレで水洗の音がして、遥香がでてきた。

「おかえり」

元気のない声だった。

「どうした？　大丈夫か？」

「平気。ちょっと気持ちが悪くなっただけ。最近、ごはんの炊きあがりの匂いがだめなのよ」

最近の遥香は、悪阻《つわり》がつらそうだったが、こればかりは茂人がかわってやれない。

「ちょっと横になっていなよ。あとはおれがやるから」

「大丈夫」遥香が茂人の手からおたまを受けとり、鍋の前に立った。「いまは、こういうのも全部、創作意欲につながっているの」

遥香の前向きな考え方にはいつも感心する。押しかけてこられて間もないときは、能天気で気楽なやつだなと思い、岡林重雄の孫だと知ってからは、金持ちの娘の気ままにつきあってている感じだったが、最近ではこういうのもたくましさなのかなと思ったりもする。

「ビールでも飲んでいて」

遥香が背中でいった。あのぶっ飛んでいた娘はどこにいったという感じだ。彼女は酒好きで、酒量は茂人より多いのだが、妊娠がわかってから一滴も飲まなくなった。食事も外食が多かったのが、栄養が偏るからといって家でつくるようになった。腕前のほうは進化途中だが、自分で栄養素のバランスを考えてつくっているらしい。

おれがしっかりしないとな——最近しきりに頭の中に浮かぶのはこの言葉だった。

「社長が代わってから、すっかり忙しくなったよね」

食事をしながら、遥香がいった。

「社長が社内にいるときは、会議だとかなんだとかに、ずっとつき合わされるだろう。それも話についていくのがやっとのことが多いんだ。社長が帰ったあとで、その日にやり残したこととか、わからなかったことを調べるとかで、けっこう時間がかかるし」

副産物は残業代だった。運転手時代は新卒並みの基本給しかなかったが、いまは残業代がつき、ずいぶん違うのに驚いている。

「家に帰ってからも勉強しているしね」

「そうだよ。こんなに仕事とか勉強とかしたことなんて、おれの人生にないからな」

「でも、アメフトの練習はしたでしょ」

「そりゃ、あれはどんなにつらくても耐えられたさ。いまのはそれとは違うからな、けっこうきついよ」

「なにかに耐えられた人は、別のなにかにも耐えられるのよ」

「運動といまの仕事じゃ、ぜんぜん違うだろ」

「一緒、一緒。手足も脳も、どっちもシゲくんの肉体の一部なんだから、一緒よ」

この捉え方。こういいきれるところがすごいとは思うけれども、茂人には納得がいかない。

「絶対に違うね」

「違わないって。シゲくんが二人いるわけじゃないんだから。人には頑張れる人と頑張れない人の二種類しかいないの。で、あなたはアメフトを頑張れたんだから、ほかのことも同じくらい頑張れる人だと証明されているのよ」

茂人はなにかいいかえそうと思ったが、どういってもいい負かされそうな気がしてやめた。

14

鈴木会長は八十五歳のはずだが、指先が震えるわけでなく、マッチ棒を一本一本器用につまんでは接着剤をつけ、積み重ねていく。白いシャツの袖に黒い腕貫《うでぬき》をつけている。

畳一畳分はある会議テーブルの上に板を載せ、マッチ棒細工を楽しんでいる。テーブルの片隅に、週刊プロンプトが無造作に置かれていた。

中丸政和は、黙って鈴木の手元を見ていた。

「なにができるか、わかるか」会長が視線を手元に置いたまま訊いてきた。

「いや、皆目。だいたい会長にこんな趣味があるとは知りませんでした」中丸の隣で、社長の別府がよく通る声でいった。

「二十代半ばだったな、母屋《おもや》にテレビが入ったのが。テレビ放送がはじまって間もなくのころだった。一般家庭にはまだなかった時代だ」

母屋というからには書生時代の話だ。鈴木は最近よく昔のことを口にするようになった。年齢もあるのだろうが。

「二年後だったか、書生や使用人の部屋にもテレビが入った。その当時、テレビでよく紹介されていたのが、一般人がつくっているマッチ棒細工だった。大きくて精密で、素晴らしく見えたもんだ。わたしはそのとき思ったよ。いつかこういうのをつくってみたいと。だが、それから六十年、そんな時間はなかった。わたしはやろうと思ったことはすべてやってきた。一つできなかったことがあって心残りだったが、それももうじき達成する。これが完成するのと同じ時期になるかねえ」

そういって、鈴木がマッチ棒を取りあげて、丁寧に接着剤をつけた。

そのとき、中丸の携帯電話が鳴動した。

「会長、社長」と中丸は携帯電話での通話を終えて呼びかけた。「向こうも席についたようです」そういいながら遠隔会議用の装置のスイッチを入れる。「こちら中丸。ミスター、聞こえるか？」

「ああ、よく聞こえる」

「こちらは、わたしのほかに会長と社長が出席している」

「了解」

「ところで、ミスター、あんたいまはどこにいるんだね」鈴木がいった。

「自宅だよ。役員室がなくなって、会社ではこういうことができる場所がなくなった」

「ふん。新社長の改革が着々と進んでいるというところか」

「想定以上だな。破天荒というのか、なにを考えだすかわからん男だよ」

「あまり本格的に改革が進んでもまずいか」

「ただ、孤軍奮闘だから、限界はあるだろう」

「念には念を入れたほうがいいかもしれんな。進行を遅らせる手を打つか。そっちになにか考えはあるか？」

「島崎という執行役員が社長の元部下で、一人だけ積極的に協力しているんだが、そいつがいなくなれば、社長もやりにくくなるだろうな。これから記者会見をなんども開かなくてはならんだろうから。ああ、島崎は広報宣伝部門を担当しているんだ」

「会長」別府が発言した。「その役員の不祥事で、もう一つ謝罪会見を増やしてやるのはどうですか」

鈴木が別府を見やり、少ししてにやりと笑いながらいった。「またあの手か?」

「なにか手を打つのか?」不安と期待が入り混じったような声が装置から聞こえてきた。

「近々、その役員は不祥事を起こすことになるんだよ」別府がこたえた。「楽しみにしていてくれ」

会議はカナエホームの社内の様子を訊きだして、終了した。

別府と中丸は会長室をでて、オペレーション室に入った。

ここは大小の液晶モニターが数十台並んでいるので、いくぶん照明を落とし気味にしている。

「馬鹿、逆だよ」三十インチほどのモニターに地図を表示させていた社員が、突然ヘッドセットのマイクに怒鳴った。

画面には赤い丸が移動している方向とは逆に青い丸が動いている。

「マル赤はもう五菱デパートの前だ。急いで追いつけ」

尾行していた社員がターゲットを見失い、それをモニタリングしていた上司が叱責していたらしい。移動速度からすると歩行だ。ターゲットの持ち物のなににGPS端末をしかけたかわからないが、便利な時代になったもんだ。おかげで若い連中のスキルは以前に比べれば、落ちている。

中丸が陸上自衛隊を辞めてこの会社に入るきっかけは、元上司の別府に誘われたからだった。

鈴木がどういうふうにして陸自にいた別府を見つけだしたかは知らない。ただ別府が辞めたとき、なにか不祥事を起こして辞職に追い込まれたという噂がたった。それを知って鈴木が別府のことを使えそうだと思った可能性はある。

「会長は最近機嫌がいいだろう」別府がささやくようにいった。

「ええ。嬉しそうですね」

「カナエホームをやり残しては引退できないというのが口癖だったからな。それがやっとはじまったってわけだ」

「それだけ思い入れがあるということですか」

「そうだ。失敗できんぞ」

わかっています、と中丸はこたえながら、カナエホーム用のデータベースにアクセスし、島崎という男の住所や家族構成、学歴、職歴などを調べた。上場会社の役員のそうした個人情報はどの会社でもまとめているので、簡単に手に入るのだ。

「だれを使う?」別府がいった。

「外資に潜りこませている女が、さかんにスポットの仕事を欲しがっていましてね。家が島崎と同じ沿線なので、彼女を使いますよ」

「いいだろう。実行までにどのくらいかかる?」

「まずは、島崎の行動パターンを把握しなければならないし、あとは場所の設定と目撃者の手配があるので、はやくて二週間から三週間はかかるでしょうね」

「わかった。会長に報告しておく」

別府がオペレーション室をでていくのを見送り、中丸は部下二名に島崎の尾行を命じると、携帯電話の電話帳からK13を選んで折り返し電話するようにメールを打った。自由が丘で落とした常川というカナエホームの社員だった。

ほどなく携帯電話が鳴った。

「資材調達のシステムには入りこめたのか？」

常川は、システムにログインするためのIDとパスワードを入手したとこたえた。

「よくやった。ターゲットにするのは、新商品で使う部材と部品だ。まずはそれを特定してくれ」

新商品開発はまだそこまでいっていない。いまはコンセプトをまとめている段階だから、実際にモデルプランづくりにはいったら連絡するといってきた。

「それでいい。新しい部材をつくるのなら、すでに取引のある資材メーカーにまず打診するはずだ。そこに試作と見積を依頼するだろう。メーカーがわかったら新規部材の正式見積がくる前に既存部材の仕入れ価格を調べてくれ」

それだけいうと、中丸は通話を終えて、携帯電話をたたんだ。

15

新藤茂人は十五階にある広報宣伝部のフロアに入った。足を踏み入れたのははじめてだった。大型のカメラがごろごろしており、撮影用の照明器具やレフ板が壁際に押し込められていたりして、異質な雰囲気だった。外部の会社を使うこともあるが、社内にも何人かカメラマンを抱えているのだ。

足を進めると、こんどは紙がいたるところに山積みになっていた。このあたりかと見当をつけて、近くの社員に「マーケティング課の西野《にしの》さんの席はどこですか」と訊いた。

あそこ、と指さされた先を見ると、どこにも人が見えない。近くまでいくと、紙の山が連峰と化して机上を占領し、かろうじて残ったスペースに上体を隠すようにしてなにかを書きこんでいる女性を発見した。

「あの、西野さん?」茂人はその雰囲気に圧《お》されて、つい小声で呼びかけた。相手は気づかない様子だった。

「西野さん」大きな声をだして、ようやく向こうが顔をあげ、面倒くさそうに豊富な髪に指を入れて、掻く仕種をした。

「そうだけど」

無愛想な返事だった。茂人は惜しいと思った。目鼻立ちがはっきりしていて、かなり整った顔をしているのに、化粧っけがなく、言葉が粗野な感じだ。一言しか聞いていないが、常にそういうふうに喋るんだろうな、という雰囲気を醸しだしている。ちょっと年齢不詳のところがあるが、三十代前半というのが妥当なところか。

「社長秘書の新藤です。じつは堂島社長が西野さんに折り入ってお話があるということで、社長室まできていただけませんか」

「アポは？」挑戦的な口調だった。

「アポは、とってませんでしたけど」茂人も少々むっとしてこたえた。「ちょっと、非公式にお話ししたいとのことなので」

「任意同行なんでしょう」

「はっ？」

「だから、あとでもいいんでしょう？」

「できれば、いま、お願いします」

前触れもなく、いきなり社長室にこいといった自分も悪いけれど、もう少し違う態度をとれるだろう、と思ってしまう。早い話が、このやろう、といってやりたくなった。

「これ、きりのいいところまでやらせて。十五分待っててよ」というなり、西野苑美《そのみ》はさっさと机上に視線を戻して作業をはじめてしまった。

茂人は無言で腕組みをしながらその姿を睨んだ。

きっかり十五分後、西野が立ち上がった。

「はい、いきましょう。きみ、ちゃんと逮捕状を示して、あなたは黙秘する権利があるとかなんとかいわなきゃだめじゃない」

ちょっとつき合い方に困る相手だった。


「突然呼びだして申しわけなかったね」

社長室兼秘書室に西野を連行していくと、堂島がそういって彼女にソファを勧めた。

「ほんとですよ。これからはちゃんとアポとってくださいね」

聞いている茂人のほうが、動悸が激しくなってくる。威厳がないとはいえ、堂島は社長である。その社長にこんな言い方をする社員をはじめて見た。当の西野は、いって当然という顔をして真正面から堂島を見返している。こういうのを悪びれない態度というのだろう。

「これからはそうしよう」堂島は拍子抜けするほど穏やかな口調で返している。気分を害した表情など微塵《みじん》も浮かんでこないのだ。やはり鈍感なのだろうと、思うしかなかった。

「こんど白井小枝子さんに新商品の開発担当になってもらいました。白井さんのことは？」

「名前は知ってますよ。あたし、お客様アンケートの集計をやらされているんです。そこには担当設計者の名前が書いてありますからね」

やらされてる、とは、いちいち言葉が反抗的だ。彼女と今後頻繁に連絡をとらなければならないのかと思うと、頭が痛くなってきた。

「千人以上いる設計担当者の名前を全員覚えているわけではないだろうから、なにか印象に残る要素があったんだろうね」

　堂島の言葉に、西野が探るような目をしたまま黙った。不躾《ぶしつけ》な態度だったが、またしても堂島は穏やかに見返している。

「アンケートって、入居三ヶ月後、一年後、三年後、最近では五年後もとっているんですよ。満足度はだんだん下がる傾向にあるんです。施工時の問題が顕在化する場合もありますが、思ったより収納が少なかったとか、水回りが不便だとか、部屋の使い勝手がよくないだとか。でも、白井さんが担当したものだけは、だんだん満足度がよくなるんですよ、どういうわけか。だから印象に残っているんです」

「なるほど」堂島が満足そうに頷く。白井小枝子の実力がアンケートでもあきらかになったことと、それに気づいていた西野にもだろう。

「いまは残念ながら当社の販売は低迷している。それが業績に響き、経営的にも危なくなってきているんだ。ここで起死回生の手を打たなければならない。新商品をどうするかは、もっとも重要だ。それは誰もがわかるだろう。ただ、すばらしい商品ができたとしても、それを広く知らしめなければ意味がない。その役目を西野さんに担ってもらいたい」

　また西野が無遠慮に社長を見た。

「お話はわかりました。でも、なんであたしなんですか？　マーケティング課じゃ、宣伝活動なんてできやしないし」

「もちろん、宣伝課に戻ってもらうんですよ」

「はあ？」西野が目をむく。「社長、ご存じないでしょうけど、あたしはあそこをおん出されたんですよ。まともに理由なんか聞かされていませんけどね。とにかくあそこの課長も、その上の次長も、その上の部長も、またその上の役員も、なーぜか、あたしが宣伝課には向かないと判断してくださったんです」

「当時から執行役員は替わったよ。いまは」

「ええ、島崎執行役員に替わりました。でも、役員はあたしのことなんか、ぜんぜん知らないと思いますよ。だから当然、執行役員の推薦ではないですよね？」

「違う。ただ島崎くんには異動を了承してもらったがね」

「じゃあ、誰なんですか？」

「まあ、いいじゃないか、それは」

「よくないですよ。どこかあたしの知らないところで、あたしのことを話しているかと思うと気味が悪い。そう思いませんか？」

ほんとうにこの女性は物おじしないと、茂人はあきれた。宣伝課を追い出されたのもわかる気がした。むしろ当時の上司に同情したいくらいだ。陰でいわれている渾名《あだな》がパトリーというらしい。由来は地対空ミサイルのパトリオットだというのだからすごい。

「辰巳とはときどき飲みにいくんだろう？」

「えっ？　辰巳のおやじ、ですか」

「そう。彼の人を見る目はたしかだと、わたしは思っているんでね」

「へぇえ。辰巳のおやじが、ね」

西野は納得がいったのか、そういうと口をつぐんだ。

「いろんな棘《とげ》を持った人だね」西野苑美が部屋をでていくと、堂島が感心したようにいった。

「棘なり、針かな。注射針にも毒針にもなりそうじゃないか」

「はあ」茂人には、毒針の印象しかなかった。

「ところで、例の気密性のプロジェクトの報告はあがってきたか？ きょうが期限だったろう」

茂人は各部署から回ってくる報告書のボックスを覗いた。

「あ、ありました」意外なことに、きちんと製本された報告書が入っていた。

「持ってきてくれ」

報告書を手にすると、堂島は五分ほど目を通した。

「やはり、費用対効果は薄いな。気密性をこれ以上追求するのは、いまやるべきじゃないのがはっきりした。なかなか要領よくまとまった報告書だったよ」

堂島が報告書を茂人に手渡してきた。

「よく予定通りいきましたね」率直な感想だった。なにしろこのプロジェクトのメンバーは、畑中翔子から酷評されていたのだ。各部署が新社長への反発から、わざと低評価の社員をだしてきたのではないかと。だから茂人は、予定通り終わるとは予想していなかったし、下手をすると、報告書の一枚もあがってこないかもしれないとさえ思っていた。

「きみたちが心配していたのは知っているよ」堂島がいった。

心配、とは違うけれどと、茂人は心の中で呟いた。

「タネあかしをすると、辰巳にメンバー表を見てもらったんだ。そうしたら、一人メンバーを加えればじゅうぶん機能するというんだね。ようは組み合わせだと。この連中もみなそれぞれ得意なものは持っていたんだよ。細かいことを調べるのが得意とか、集計するのが得意とか、人の話を聞くのが好きだとか。それが彼らの本業にあまり関係ないから普段は生かされないだけなんだ。辰巳の提案は、コーディネートできるのを一人参加させろ、ということだった。それで議事録係という名目で総務の人間を入れた。彼は議事録をつくることにかこつけて、営業と技術の連中に仕事を割り当てて、スケジュールを管理していったようだよ。むろん、それぞれが得意な仕事を分担するようにな」

堂島はそういう情報を耳にしていたから、プロジェクトを一ヶ月放っておいたのか。茂人は発足当時の評判を鵜呑みにして失敗するものだとばかり考えていたから、ちょっとやられた感があった。

16

河埜梓は小田急線狛江《こまえ》駅の北口にでた。どんよりとした空模様で、急に風がでてきた。ゲリラ豪雨の予兆のような気がして、足がはやくなる。印刷してきた地図をたしかめ、駅前のロータリーを左にいく。

尾形がどの資材メーカーからリベートをもらっていたのかを調べるにはどうすればいいかをいろいろ考えた。尾形が家族に給与の振込先だといっていた口座に振り込んでいたのは、川口にあるペーパーカンパニーの叶ホームだと思われる。つまり叶ホームは尾形がリベートを受け取るためにつくられた可能性が高いのだ。つくったのは、資材メーカーか尾形本人と考えていいだろう。そう思って叶ホームの履歴事項全部証明書つまり登記簿謄本を眺め、そこに記載されている代表者の氏名と住所が本物なのかどうかを考えた。この会社は取締役一名で登記されているから、その一名が必然的に代表者になっている。

登記は銀行に法人の口座をつくるためだけに必要だったのだろうから、偽名でつくることができればそれに越したことがない。法務部の知り合いに教えてもらったところ、登記をするには代表者の実印と印鑑登録証の写しが必要ということだった。実印は住民票の住所で印鑑登録される。

東京都狛江市和泉本町《いずみほんちょう》一丁目――

梓は住宅街の中にある、その住所に立った。賃貸マンションだった。登記簿に載っていた住所は住戸番号まで書かれていないから、どの部屋か特定できない。つまり登記簿謄本にある住戸番号なし住所では印鑑証明はとれないことになる。ということは、登記に使われた印鑑証明書は偽造だった可能性が高いのではないだろうか。そうなると代表者の名前も偽名だろう。

梓は未練がましく、マンションがある街区を一周してから駅に戻った。

これであっけなく手がかりが消えた。

最初に尾形家を訪問してから三週間以上経ち、八月に入ってしまった。調べれば調べるほど、疑問点が増えるような気がする。

次の手は？　川口のＡＢＣ企画という無登記の会社を訪ね、叶ホームという会社を知っているか、と訊いてみる？

代表者の住所がそうだったように、適当に使われただけかもしれない。そこにたまたま無登記の怪しげな会社が入っていた——。梓は首を振った。そんな偶然は考えないほうがいい。むしろ怪しげな会社という共通点から、叶ホームとＡＢＣ企画は関係があると考えるべきだ。つまり、ＡＢＣ企画が、尾形の担当していた資材メーカーのどこかとつながっている証拠を摑めばいいのだ。

梓は会社に戻ると、資材二課長のところへ直行した。

「尾形さんが担当していた資材メーカーのリストと、それを引き継いだ方を教えていただきたいんですけど」

「ああ、それなら引き継ぎ表があるよ」と、課長がパソコンを操作した。「あそこのプリンターにでるから」

梓はプリンターから吐きだされたＡ３サイズの用紙二枚を手にとった。取引先ＩＤと会社名に住所、電話番号、担当部署名と先方担当者、そしてカナエホームの担当者名が入っている。

「あの、ここに載っている会社とうちの年間の取引高はわかりますか？」

課長が嫌な顔をした。わからないはずはない。面倒なことをいうやつだと、睨まれた気分だった。

「そういうのは、増本に訊いてみたらどうだ？　あいつは、そういう数字をこまめにまとめているから、そんなのすぐにわかる。うん、そうしな」

なにか厄介払いされたような気がする。

「増本さんですか？」

「ああ。あそこにいるよ。窓際に机があって、頭がぼさっとしていて顔が四角いやつがいるだろ。ワイシャツの袖捲っているやつだよ」

ずいぶんないわれかただった。でも、この課長にそんなふうにいわれているのなら、逆にまともな人じゃないかと思ってしまう。

「ありがとうございます」梓は心にもない言葉を口にしてから、増本という男に近づいていった。

顔が四角く見えるのは、首が太いからだと、よけいなことが頭に浮かぶ。遠目には柔道でもやってきたようながっしりとした体格に見えたが、近づくにしたがって贅肉かもしれないと疑いはじめた。耳もふつうの形をしているし。

梓はリストを増本に見せて、用件をいった。

「なんのために必要なんですか？」

面倒くさがっているわけではなく、純粋に疑問に思ったことを訊ねた、という感じで、あの課長よりまともな態度だった。

「取引高が多ければ、それだけプレッシャーがあるのではないかと考えたんです」

「安全衛生課で、自殺の原因を調べているということ？」

「はい」

「なぜ？」

「労災の申請がだされるかもしれなかったので」

「過重労働はなかったと聞いているけど……」増本が腕を組み、考えるような顔になった。

「取引先との折衝で精神的なストレスを感じていたということ？」

増本を動かすには、ある程度話さないといけないかもしれないという印象を受けた。適当に妥協するようなタイプではないようだ。

「いろんな可能性を検討しているんです」

「ちょっと、それ見せて」増本が梓の持っているリストを眺めて、「ちょっと待ってて」

そういうと増本はパソコンに向かい、素早くキーボードを打ちはじめた。その鮮やかな手つきを目で追っているうちに、いつの間にか梓が持っているリストと同じようなものができてしまった。彼の指先がさらにキーボードの上を舞い、最後にエンターキーをポーンと叩くと、資材メーカー別に数年分の取引高が一気に表示された。

すぐに印刷してくれるのかと思って待っていると、増本は画面を睨んでいるだけだった。まるで自分の仕事に集中しているように。

「あの」梓は声をかけた。

「えっ?」増本が振り返り、やっと梓の存在を思い出したというような顔をした。「おたくの課長から、申請書をだしてもらって」

「いまはいただけないということですか?」

「情報管理規程では、そうなっているから。取引先別の金額というのは、機密レベルの高い情報だからしようがないよ。ほんとうは、いまきみが持っているのだって先方の担当者名が入っているから、簡単に渡せないことになっているんだよ」

「そうですか。すみません」

あの課長がなんにもいわずに渡してくれたものだけど、と内心では納得していなかった。

「ここでざっと見るだけならいいよ」増本が立ち上がって、自分の椅子を梓に提供してくれた。

梓は遠慮なく座って、取引高欄を眺めた。二十社ぐらいあったが、最少が八千万円ほどで、五億円から二十億円の間が多く、三十億円台が数社、四十億円規模が二社あった。

仮に尾形が受け取っていたリベートが月五十万円だとすると、年間六百万円だから、どれもそのくらいの経費をかけてももとがとれそうだった。

「資材メーカーの選定は、尾形さんのような担当者が決められるんですか?」

「決裁権限上、取引先を決めるのは部長だけど、その資料をつくるのは担当だから、間接的にはそうなるな。設計部なんかと新しい部品を共同開発するメーカーもあるけど、最終的な発注先は資材部が相見積をとって決めることになっているから」

「わかりました」

「尾形になにかおかしなところがあったの？」増本が小声で訊いてきた。

「いえ、そういうわけじゃ」

「なにかわかったら、ぼくにも教えてほしいな」

増本が梓の言葉を額面通りに受け取っていないのはあきらかだった。どうせ勘ぐられているのならばと、梓はもう少し突っ込んでみることにした。

「あの、たとえば、尾形さんが担当になってから、取引高が急に増えたようなところがあるかどうか、おわかりになりますか？」

「それはつまり、尾形が不正をしていたんじゃないかと疑っているということだよね？」

「可能性のあることは、一応調べておこうという程度なんですけど」

「そこの椅子を持ってきて、座りなよ。時間がかかるから」

増本が本格的に調べてくれそうだ。彼がキーボードを打ち、マウスを操作するたびに画面が大きく切り替わっていく。梓にはなんの表なのかわからないが、ときどきグラフをつくっては、また違うデータを読み込んだりしている。

三十分が過ぎ、四十分が過ぎた。増本はそこに梓がいることなど忘れてしまったように、ときおり独り言を口にしながら作業に没頭している。見ていてちょっとうらやましかった。この人は自分の仕事が好きなんだろうなと感じたのだ。自分はといえば、ルーチンワークを嫌々こなしている日々である。

「急激に取引が増えたのは六社あるんだけど」ようやく増本が口を開いたのは一時間近く経ったあとだった。「増えた理由はちゃんとあるんだ。商品の仕様とか性能だったり、価格だったり、あきらかに競合より優れていることを、資材の担当以外で判断している」

「尾形さんの裁量でどうなるものではなかったということですか？」

「仕様とか性能の問題は、どうしようもないだろうね。あるとすれば、価格勝負になったときに競合他社の価格を流すことかな。そうすれば、他社より少し安い価格を提示すれば勝てるわけだから」

「そういうケースはあるんですね？」

「二社だね。これとこれだよ」増本がリストの二ヶ所にしるしをつけてくれた。

「金剛化学工業？」取引高三億円ほどの会社だった。

「床暖房に使う管を入れている会社だよ」

「ニューポリテック……」ここは十二億円規模の取引がある。

「断熱材の会社」

「ありがとうございます」増本が意外なほど協力的だったので、素直な気持ちで礼をいった。

17

「仕切り価格をあげましょうか」

増本健太郎がそういうと、アーツ工業の課長はのけぞるようにした。きょうは台風一過の晴天だが、課長は霹靂《へきれき》に打たれたようになっている。買う側が価格をあげようというのだから、それも無理はない。

「ちょっと待ってください。こっちから納めるものの値段をあげてくれるっていうんですか?」

「そういいましたよ」

この会社は経営コンサルタント流の値引き交渉に耐えられず、無理な価格設定を飲んでしまっていた。同じ部品をつくっている鹿内製作所と比べると、十パーセントほど安い。原材料は同じところから仕入れているにもかかわらずだ。アーツ工業が毎年提出する財務諸表を見れば会社全体の売上高と、カナエホームからの支払額を比較するだけで、カナエホームに対する依存度がわかる。おおよそ三割と見た。全体の売上原価率から類推すると、カナエホームへ納めている製品では、ほとんど利益がでていないと思われる。それが品質面にもでてきているのだ。

アーツ工業では、もうカナエホームとの商売はやめようという意見がでていてもおかしくはない。もしここに手を引かれたら鹿内製作所で全量を賄わなければならないが、あの会社の生産能力では難しい。新規のメーカーとなると、価格は二割あがる。たとえ値上げを許容しても、アーツ工業を確保しておくのが、会社の利になるはず——。

「正直にいいますが、わたしの力では一割あげるのが精一杯ですが、それでどうでしょう？」

「いやあ、助かります」

一瞬で相手の表情が変わった。目先のことだけ考えると、仕入れ値を購入側からあげるというのはあり得ない。こういうことをするから、以前資材部にいたとき、さんざん甘いといわれたのだ。上司にしてみれば、仕入れ価格の上昇は自分自身の責任になり評価がさがると思うから、こういう部下は疎《うと》ましいに違いない。

しかし長い目で見れば、そして不良品の交換などの手間を省くことも含めたトータルで考えれば、会社としてはベターな選択だと、健太郎はいまでも思っている。

「一緒に儲けましょうよ」健太郎は相手の目を見つめていった。「御社が利益を得て発展していかないと、うちも困りますから。ほんの十パーのことですけど、その発展に少しでも役立ててもらえればうれしいんです」

「じつはもうカナエさんの仕事は無理なのかなと考えていたところだったんです。でも、またやる気がでてきました。これまで長いつきあいなので、やめたくはないですから」

健太郎は、これを甘いというならいえ、という思いを込めて頷いた。

きょうの相手のように腹を割って話し合えば、お互いの利益になるような方向を探るのも可能だが、ここ数年のうちにカナエホームとの取引をやめていった資材メーカーとは、そういう過程を踏むことがなかったようだ。当時の記録では、先方が問答無用といった形で突き放してくるケースが多かったように読みとれる。資材メーカーからそういう態度にでてくるのは、健太郎の経験にはないことなので、腑に落ちずに気になっていた。

会社に戻ると、自席にバッグを置いただけですぐに十六階にあがった。歩きながらタオルで顔の汗を拭く。この動作をするたびに減量の二文字が頭の隅を掠める。

新商品開発に関するミーティングが開かれることになっていた。新商品は社長の肝いりと見られているため守旧派はあまり関与したくないらしい。それなら増本をやっておけばいいだろうということで、御鉢が回ってきたようだ。

商品開発室は、デザイナーを自称しているものが多いせいか、作業着姿はなく、それぞれの服装も他部署より華やかな印象を受ける。

打ち合わせコーナーにいくと、淡いオレンジのパンツスーツ姿の女性が立ち上がった。

「白井です。増本さんとは十五年くらい前に一度お目にかかっています」

十五年前というと、この会社に中途入社してすぐのことだ。

「すみません。ちょっと記憶が」

「かまいません。わたしは特別人の顔を記憶するのが得意みたいなんです。夫にいつもあきれられますから」

雰囲気が朗《ほが》らかな女性だった。包容力がありそうな印象を受けた。

そこへ技術部で構造・構法を担当している赤沼博昭《あかぬまひろあき》が現れた。

「なんだか、懐かしい顔が揃っているな」

たしか赤沼は大学院をでて新卒入社し、二十数年経っている。白井はその数年あとに、やはり新卒入社しているようだった。おそらく年齢はみな四十代で、赤沼、健太郎、白井の順番だろう。

「商品のコンセプトはまだ固まっていないので、いまテーブルを囲んで話してもしようがありませんから、ちょっと下の展示棟でお話ししません？」

白井がよく通るアルトでいった。

三人は一階におりて、展示場の敷地に入った。入口付近で、辰巳が一般客と話している姿が見えた。白井が先導する形で三号棟に入った。

玄関を入ると、自然とつながる家、というタイトルが掲げられていた。

「ここは、パッシブソーラー的な構造を取りいれて、窓の配置を、風通りがよくなるようにしているんだ」と、赤沼が説明する。

「省エネは、各社とも力を入れていますからね」白井が空気の流れを感じとろうとするように顔をあげながらいう。「断熱、太陽光発電、スマートハウス、燃料電池という言葉は、住宅展示場にいけば、各社が競ってのぼりを立てています。でも、ここみたいに自然に熱を滞留させない工夫をするというのが基本ですよね」

「一般のお客にはわかりにくいけどね」赤沼がため息まじりにいった。「冷暖房費にはかなり貢献していると思うし、実験データはパンフレットにも載せているけど、実験だと会社の都合のいいところしか見せていないんじゃないかと思われて、なかなか信用されないようだ」

「白井さんには、今回の商品をどんなふうにするか、漠然とでも見えているんですか？」健太郎は、社長が抜擢したという、この設計士の考えを訊いてみたかった。

「社長には、わたしの住みたい家をコンセプトの中心にしてみてはと、おっしゃっていただいたんです。うちは夫と子供が二人なんです。上が中学二年生の娘で、下が小学五年の息子です。で、日頃考えているのが、子供たちとコミュニケーションがとれる空間をつくれないかということなので、それがテーマの一つになるかもしれません。うちは子供たちとの会話があるほうだとは思いますが、ほとんど食事の時間に限られてしまっていて……」

「む？　食卓を囲んで、家族揃った楽しい食事。それこそ一家団欒《だんらん》の象徴的な風景じゃないの」赤沼が歌うようにいった。

「赤沼さんのお宅で、そういう光景はしょっちゅう見られますか？」

「うっ。そうだな、年に何回か……かね。おれの帰宅はふつう九時ごろで、下の子供とは時間が合わないし、飲んで帰ることもあるから、平日はまあ、たしかに家族揃って食事することはないか。休みの日も、上の子が大学生になってからまともに帰ってこなくなって、そういや、あんまり揃わなくなったな」

健太郎は独身だから、こういう話題にはついていけない。

「じゃあ下のお子さんは、食事のとき以外にリビングにいますか？」白井が訊いた。

「食事が済むと、さっさと部屋にいってしまうね。テレビを観る間もなく勉強しているのだと思えば、大変だなと思うけど」

「勉強しているかどうかは、親にはわからないですよね。パソコンとか、携帯電話とか、買い与えていると、よけいに」

「買ってやったけどね。ほら、デジタルデバイドになっては困るから」

「うちも、共稼ぎ家庭だから、どうしても携帯は持たせちゃいます。夫は赤沼さんと同じで、いまどきの子供はパソコンぐらい動かせないと競争に負けるといって、自分のお古ですけど、持たせているんですよ。最近のマンションは各部屋に光ケーブルがきているから、インターネットは使えるし、もう自分の部屋でなにをやっているのか、ぜんぜんわからなくなってしまいました」

「そう考えれば、勉強しているという保証はなにもないな」

「子供部屋が居心地よすぎるのも考えものなんです。それにスマホやパソコンを部屋に持ち込ませた時点で敗北宣言したようなものですよね」

そんなことで敗北感を抱いてしまうのか。親の気持ちは親になってみなければわからないのだろうが。

白井がダイニングルームに歩いていき、キッチンの中に入っていく。

「うちのマンションもオープンキッチンなんです。空間を少しでも広く見せようとしているんだと思いますが、もう一つは、調理しながらダイニングにいる家族と話ができるという意図があるわけですよね。でも家族がそこに留まっていなければ、そもそも、そういう光景にはならないんです」

健太郎はダイニングテーブルの椅子に座り、キッチンの中にいる白井を見た。自分が育った家は、台所は独立していたからこういうふうに母親を見たことはなかった。

「わたし、子供たちにダイニングテーブルで勉強するようにいってきたんです。どうせ子供部屋の勉強机はものが山積みになっていて、ほとんどスペースがないんだから、広いところで勉強したほうがいいでしょうって。家族がいるところで勉強する子は伸びるといわれているのもあって、ちょっとそういう狙いもあったんですけど、まあ、近くで勉強していればこちらも気軽に教えてあげられるので」

「それこそオープンキッチンの思想を実践してみようとしたわけだね」赤沼が口を挟む。

「ええ。でも結局は、食事のときには片づけなければならないので、そういうのが面倒臭いといって長続きしませんでした」

「おれのとこも、そうだな。食卓で勉強しているのなんか見たことがない」

「ちょっと考えてみたんですけど、子供にとってリビングやダイニングには居場所がないからなんじゃないかと。たぶん、自分ひとりで留守番しているときは、リビングのソファかなにかに長居していると思うんですね。でも親がいると、居づらいというのか」

「親を避けているというだけなんじゃ？」健太郎は思ったことを口にした。

「最近、考えるのは、子供たちにとって大事なのは、周りとの距離感なんじゃないかということなんです。スペースじゃないんですね。適度な距離感がないと、居場所とは感じられないという感覚です。たとえば」

彼女が例にあげたのは、ファストフード店やファミリーレストランだった。そういう店では、よく店内で勉強している中高生や大学生を見かける。数人のグループもいるが、一人狭いカウンター席で勉強している光景も目にする。そこでは他人との適度な距離感があり、相対的に自分の居場所を確保できるのだろう。

「つまり、個室以外のところで、子供たちが居場所を見つけられるような家ということ？」赤沼が訊いた。

「なにもかも整理整頓されていて、ある意味で緊張感を強いるような美しい家ではなくて、そこらじゅうに子供たちの持ち物があって、ちょっと雑然とした感じになっているかもしれませんが、自然にコミュニケーションがとれる家ですね。リビングにも、適当に距離感がある場所をつくることができそうな気がしているんです。たとえば」

そういって白井が窓際に移動した。そこには出窓があった。腰の高さから窓が外に張りだしていて、そこにマイセン風の陶磁器が飾られている。

「ここを腰高ではなく、四百から五百ミリぐらいの高さにしたらベンチとして使えますよね」

出窓は高さが三十センチ以上あり、出っ張りが外壁から五十センチまでで、見付面積の半分以上が開口部であれば、延べ床面積に算入されない。つまり建ぺい率や容積率の制限を受けずに広くできるという恩恵がある。

「奥行きは窮屈だね」五百ミリの制限があるということは、腰かける部分は四百ミリ程度しかない。健太郎はそう思っていった。

「ちょっと腰掛けて、スマホやタブレットを見るとかなら、その程度でもいいでしょう？　もっと狭いカフェの椅子なんかで長時間勉強をしている学生も多いわけだし」

「なるほど」健太郎は相槌を打ちながら、頭の中でいくらぐらいかかるだろうと、計算をはじめた。

「強度は大丈夫ですよね？」白井が赤沼に訊いた。

「ああ、問題ないと思うよ。ただし百五十キロぐらいの人が長時間座ることを想定するなら話はべつだ」

「そういう人は、まずお尻が乗りませんよね」

「そりゃそうだな。まあ、しかし製造物責任があるから、実際につくるときには、構造計算をするよ」

「たとえば、そういうところがあれば、ダイニングにいる人や、リビングのソファに座っている人と視線が合わない場所ができるじゃないですか。それって、ひょっとすると適度な距離感があって、いい居場所になるかもしれません」

「ふつうは、家族同士の目線の高さを合わせたほうがコミュニケーションがとれるようになると考えるんじゃないか」

それは健太郎も聞いたことがある。以前は、家の中にわざと段差をつけて、立っている人、椅子に座っている人、畳に座っている人の目の高さを合わせる工夫を売りにしている設計もあったようだ。いまはむしろバリアフリー化で、できるだけ段差はなくす傾向のような気がする。

「それはほんとうに話したいことがある場合ですよね。そういうときだけじゃなくて、なんとなくその場にいる、ということも大事だと思うんです」

「そういうもんか」

「ほら、正対するより、横に並んだほうが、会話が弾むというじゃないですか。百二十度ぐらいが一番いいとか。ですから、無理に視線を合わせる必要はないんだと思います。建売住宅やマンションではリビングの続き部屋としてよく和室をつくりますよね。あれなんかはそもそも目の高さが違うので、距離感をつくりやすいんです。でもそういう観点からプランニングしている設計者は少ないのではないでしょうか。もう四十年以上続いている定番の間取りですから、それほどつきつめて考えずに、ここは和室にしておくか——ぐらいの感覚で済ませてしまうんです。ですから視線という切り口から和室の機能を追究していけば、新しい提案ができると思うんです」

「家族同士の視線が合わない家……か」

健太郎はほかの二人のように建築を勉強してきたわけではないが、白井の発想はどこがどうと指摘はできないけれども、ふつうと逆のような気がした。

「むろん、それは隠しテーマですけど。もう一つは収納ですね。出しやすい収納とか、入れ換えが楽な収納」

「たしかにね。しまったら最後、ずっと塩漬けになってしまうのは、意味がないよね」これは独身の健太郎にもわかる。

「収納場所の容積をだして、収納が多いと強調している会社もありますけど、収納って出し入れできてはじめて機能するんですよ。入れてナンボじゃなくて、だせてナンボなんです」

「賛成だね」赤沼がいった。

「たとえば、部屋と廊下の間に収納を設けて、どちらからでも出し入れできるようにするとか。季節ものだと、循環しなければなりませんから。夏物をだして冬物を入れるとか。だったら、先入れ先だし形式の収納にすれば、うまく回りませんか？」

「耐力壁以外の間仕切り部分ならできそうだな」

「あと、間仕切り壁に使うパネルも、そのまま書棚に使えるものがあってもいいように思うんですけど」

「片方のパネルを取っ払って棚をつけるということ？」

「奥行きの浅い書棚のほうが使い勝手がいい場合が多いじゃないですか。文庫本とかＣＤやＤＶＤとか」

「耐力的には用をなさないし、断熱、遮音にも役に立たない」

「ようするに、開口部と同じ扱いになりますよね。ですから、設計上ドアを入れられるところには、この特殊間仕切り壁を配置できるわけでしょう？」

「白井さんがおれになにを期待しているかはわかったよ。構造とプランをうまく融合させる必要があるわけだ」

赤沼が構造的に考えたのと同じように、健太郎もまた反射的に原価計算をはじめた。当然、そのような収納機能つきのパネルは現行よりもコスト高になる。これをいかに抑えるかは、設計者の工夫が必要だが、資材担当の腕の見せどころでもある。

三人がそれぞれの思いに浸って沈黙したときに、その場の空気を乱すようにして、騒がしい声が部屋に乱入してきた。

「ごめんなさい、遅くなっちゃって。ちょっと事件が起こってしまったもんだから」

健太郎はその声を耳にして反射的に固まってしまった。

「商品開発にいったら、こちらだといわれたので」

西野苑美が健太郎たちのいる部屋に入ってきた。

「新商品の宣伝広報を担当する西野さんです」白井が赤沼と健太郎に向かっていった。そして苑美に向き直って、「こちら技術部の赤沼さんと、資材部の増本さん。お二人とも新商品を担当していただくことになっているの」

赤沼が、よろしくといって軽く会釈をした。

「資材部の担当って、増本さんだったんですか」

苑美が妙によそいきの言葉遣いだ。まさに他人行儀である。

白井が笑顔でいった。「二人とも本社が長いから、当然顔見知りよね。紹介するまでもなかったかしら」

そりゃね。知り合いっていやあ、知り合いだけど、と健太郎は気づかれないようにため息をつく。言葉がでず、頭の中では、苑美とわかれて何年になるんだっけ、と考えていた。二年か？　そうだ、もう二年経ったのだ。

「ところで、西野さん」白井がいった。「事件ていってたけど、なにがあったの？」

「そう、それですよ」そういいながら、苑美が手に持っていた週刊プロンプトの目次のページを広げた。

「カナエホームの長期憂慮住宅」という見出しが目についた。赤沼が乱暴にそのページを開く。カナエホームが千葉県で一年以内に建てた住宅の中に、長期優良住宅を偽装した事例が三件見つかったと書かれていた。

長期優良住宅促進法というものがあり、それに定められた基準を満たした住宅の取得には減税や、ローンの金利の優遇がつく。その申請書類を偽造し、本来ならば基準に満たない建物で認定を取得したというものだった。どれも市川《いちかわ》営業所が扱った物件らしい。

「わたしがいた営業所と同じ千葉支店の営業所だわ」白井が信じられないというふうに首を振った。

「まずいな、Kシートのこともほのめかしている」

記事の終わりのほうで、カナエホームには屋根の防水材の闇改修の疑惑もあると書かれていた。

第二章

1

新藤茂人はただ茫然と臨時執行役員会の様子を眺めていた。執行役員といえば、選ばれた人たちのはずだ。中には取締役執行役員もいるし、れっきとした経営陣だ。自分はこういう連中に雇われているのかと思うと悲しくなってくる。自分自身のことを考えれば、スポーツ馬鹿なのだから、偉そうなことはいえないが、それにしてもと思ってしまう。

「週刊誌に載っていた物件の設計担当者は同じ人間だったのか？」児島副社長が声を荒らげている。

「はい、柴田道雄《しばたみちお》という社員です。五年前に中途入社しています。市川営業所の欠員を補充するための求人に応募してきたものです」

営業所などの管理を担当している宗田《そうだ》執行役員がこたえる。

「一人で三軒もやったのか、そいつは。なんでそんな馬鹿なことをやったんだ」

「着工を急ぐためと、客の予算が少なくてコストを抑えるためだと」

「安易な発想だな。そういうやつなのか？　なんでも適当にやって辻褄を合わせておけばいいと、ふだんからそんな考えを持っているのか？」

「そこまでは、わかりません」

「なにを聴き取っているのかね。ようするにだ、そういういい加減なやつになんで設計を任せたのかを聞きたいんだ」

「仕事はよくできる社員だということです」

「馬鹿もん。よくできるやつが不正を働くか。上司はなにを見てるんだ、まったく」

「設計係長を減給一割三ヶ月、所長を同じく六ヶ月にしようと思います」

「そういうことだけ早いな。で、本人はどうしている」

「即行懲戒解雇にしました。もう元社員です」

心なしか、宗田役員が胸を張ったように見えた。

「そんなことで原因究明はできるのか？」

「今回の事案は、個人の資質の問題が大きいかと思います。それよりも報道でうちの社員とでるか、元社員とでるかで、印象がかなり違いますから、早々に手を打ってよかったと思っております」

「それはつまりなにか、きみの部門の責任はないということか？」

「いえいえ、決してそんなことをいうつもりはございません。ただマニュアル通りやっていれば、このような問題は起こり得ないわけでありまして」

「上司がチェックしていないのが問題なんだろう」

「現実的には、ベテランの設計者が担当している場合は、信頼するしかありません」

「その柴田というやつはまだ入社五年なんだろう？」

「はい。ですが、他社で八年の経験を持っています。二級建築士も持っておりまして」

「まったく、そんなやつのために。蟻の穴から堤も崩れるんだぞ」

茂人は例によってノートパソコンの辞書ソフトで、アリノアナカラ、と調べる。最近になって勉強のコツは疑問を残さないことだと思うようになった。できるだけその場で知識を吸収してしまう。あとで調べようとしても、疑問がどんどん増えていくので消化しきれないのだ。

「責任は営業所だけで終わりじゃないぞ、きみも減給処分を受けるんだな。その上となると……」と、児島がいったん言葉を切ってから続けた。「その上は社長しかおらんな」

語尾を引いて、堂島社長に視線を向ける。

「もちろんです」と当然のように堂島がこたえた。その場が拍子抜けするようにあっさりと認めた。「個々の責任はきっちり取りましょう。そのあとは、会社として二度と同じことが起きないように再発防止策をとることが肝心ですね。その施策を品質管理室が中心になって決めてください。今日中にお願いします。あす、謝罪記者会見を行いますが、そこで対策の概要だけでも話します」

堂島の語調はふだんのままだった。児島副社長が怒鳴り散らしているのとは対照的だった。

これも堂島の一種のパフォーマンスだろうかと、茂人は疑った。自分は常に冷静だぞという。記者会見で早々に対策の内容を口にするのは、その最たるものではないか。謝罪記者会見というと、決まって、早急に調査委員会をつくり原因究明をし、しかるべき対策を講じます、とかなんとかいってその場を凌ぐケースが多い。見ているほうは、言葉だけの謝罪だと思ってしまう。それを一歩踏み込んでこたえれば、真剣だと思ってくれるかもしれない。

翌日新宿にある産業会館で開かれた記者会見では、主に建設関連の雑誌や業界紙の記者から質問があった。組織ぐるみの偽装なのか、特異な一社員の単独行動だったのかである。

「偽装発覚後ただちに当該営業所が過去五年間に建設した住宅すべてを調査した結果、当該設計士以外の担当者が建てた住宅に不正は見つかりませんでした。また営業所内での調査でも、上司は一切そのような指示をしておらず、いわゆる組織ぐるみの不正ではないことはご理解いただきたいと思います。しかし申請業務を一設計士に任せっぱなしにし、チェック機能が働いていなかったことは明白であり、再発防止策をただちに策定し、今朝すべての部署に指示をだしたところでございます」

きょうの堂島は黒っぽいスーツにネクタイを締めている。茂人は、堂島のネクタイ姿をはじめて見た。

「今回は社内調査で済ませるつもりですか？」記者の質問が続く。

「まずは事実関係の把握と、緊急対策を講じるために社内調査を実施したわけですが、これだけでは客観性に欠けるため、今後は早急に外部の有識者の方々で構成する調査委員会をつくり、内部統制の綻《ほころ》びを徹底的に追及していただく予定です」

「メンバーは決まっているんですか？」

「一両日中には決まる予定ですので、あらためてお知らせいたします」

ほんとうは社長からきのうの内に決めるように指示がでていたのだが、情報が滞《とどこお》っていて決まったか決まっていないのかはっきりしなかったのだ。

会見からの帰途、後部座席で広報宣伝部門を管掌している島崎隆俊《たかとし》執行役員が堂島にねぎらいの言葉をかけていた。茂人は久しぶりに社有車を運転している。会場は冷房が利かずに蒸し暑かったので、車内のエアコンを強めにした。

「きょうはほんとうにお疲れ様でした。社長お一人に辛《つら》い思いをさせてしまいまして申しわけありません」

「あれも社長の重要な役目だから、いいんだよ。ほかの役員なら、なんでおれが謝らなければならないんだ、と釈然としない気持ちになるだろうが、社長が全責任を負うのは明白だから、謝るのになんの迷いもない」

「それにしても、謝罪会見ほど、嫌なものはないですよ。記者は、ここぞとばかりに嵩にかかってきますからね。いかに言葉を詰まらせられるか、いかに失言を引きだせるか、そんなことを目的に質問しているような感じです。調査委員会のメンバーのことも、なんとなく会社はおざなりな調査でお茶を濁すつもりだ、というニュアンスでしたよ」

「そのメンバーのことなんだが、あれほど急げといっていたのに、どうして決まらなかったんだろうな」

「わたしのところにCCで回ってきたメールもありましたが、文章的には急いでいるという切迫感はなかったですね。どこかで社長の意図がうまく伝えられなかったんじゃないですかね」

「そうか」と、堂島がため息を含んだ声でいった。

反堂島派の嫌がらせかもしれない。茂人は少し同情を覚えた。

2

新藤茂人は出社するなり岡林会長から呼びだしを受けた。

会長室にいくと、岡林が茂人に椅子を勧めてくれた。はじめてのことで、どぎまぎしてしまう。

「堂島のところに、銀行から誰か訪ねてくることはないか？」

岡林が第一に気にしているのが銀行の動きらしい。

「就任直後に副頭取と三鷹支店長が挨拶にこられてから、来社されたかたはいらっしゃいません。支店長から電話は何度かかかってきていますが」

「話の内容は？」

「そこまではわかりません」

「馬鹿、今度は聞いておけ」

言い方が足りなかったか。

「社長の受け応えからすれば、挨拶程度のものだと思いますが」

少しでも挽回しようと言葉を足した。

「相手のいっていることは聞いてないのか？」

「電話ですから」

「こんどは録音するようにしろ」

盗聴しろといっているに等しかった。そこまでやるのか、という気持ちが湧いてきた。

「で、いま堂島はどうなんだ？　だいぶまいっているのか？」

「はあ……」なんとこたえていいものか迷う。闇改修が発覚したり、性能偽装事件が起こり、記者会見で矢面に立たされたりと、就任以来少しもいいことがない。傍から見れば、ずいぶんと貧乏くじを引かされたなと思うが、本人はまったく落ち込んでいないようなのだ。

「持ちこたえているのではないでしょうか」

「そうか。あいつの鈍感さがいいように作用しているんだろうな。それにしても、技術のカナエも地に落ちたもんだ。なんだ、あの性能偽装は。営業所の所長も工務課長もみんな馘首《クビ》だぞ」

興奮したときの岡林の癖で、テーブルを掌で思い切り叩きながら叫んでいる。ガラスのテーブルなので、茂人は割れた場合に備えていた。

「ところで、堂島が役員の懐柔を画策している様子はないか？」

「わたしの見ている範囲では、そういうことはないようですが、最初から堂島社長に協力的な役員の方もいらっしゃいます」

「郷田さんのことか。彼は銀行の人間だし、堂島の名前をだしたのもそうだから、それはわかっている。ほかにいるか？」

「佐伯常務は割合に協力的だと思いますが」

「彼はいつもどっちつかずだからな。ほかには？」

「島崎執行役員でしょうか。アメリカ時代に堂島社長の部下だったということです。いまのところはそれだけだと思います」

「そうだったのか。まあ、その程度なら心配いらんだろう」

訊かれたことだけこたえるのでは芸がないような気がした。「社長は、役員のみなさんに対してはとくに誰を味方にしようという気持ちはないようなんですが、重要な仕事につける社員を選ぶのはいろいろこだわりを持っているようです」

「どういうことだ？」

茂人は増本健太郎、白井小枝子や西野苑美の選考を、展示場説明員の辰巳の助言にしたがって行い、しかもみな過去に評価されずに他部署に異動になったものばかりだと説明した。

それを聞いた岡林が大笑いをした。

「堂島のやつ、自分と同類を集めたか。いまの話を聞いていて、昔の堂島を思いだした。ほんとうに、あいつはさからってばかりだった。設計や海外事業でちょっと実績をあげたもんだから、みなの評価が高かったが、執行役員に取り立てて後悔したぞ。あれだけ反対ばかりするやつだとは思わなかった」

「現場では、そういう連中を戻したことで、かなり反発が強いようです」

「そうだろう。まあ、そこはいまのところ、放っておくしかないだろう。よし、いいか、これからも三つのことに気をつけろ。一つは銀行の動きだ。堂島を切り捨てて外部から社長を持ってこようとするか、それとも堂島体制を後押しするつもりなのか。二つ目は、堂島が派閥づくりをするかどうかだ。三つ目は、自分のほうから堂島にすり寄っていく役員がいるかどうかだ」

最後に岡林が茂人に人差し指を向けていった。

社長室兼秘書室に戻ると、畑中翔子が、会長はどんな用だったのと探ってきた。

「いやべつに。特別な用事があったわけじゃないですよ」

「新藤くんは嘘が下手ねえ。なにも用がなくて、会長が部屋にこい、なんていうわけないじゃない。ほんとうは、堂島社長のことを聞かれたんでしょ?」

鋭い、と思ったが、彼女も同じかもしれないと気づいた。

「畑中さんも、会長からいわれているんですか?」

「まったく。自分から白状しているんだから。それじゃ、堂島社長に感づかれるわよ」

決まりだ。岡林の執念を感じる。

「社長は鈍感だから、そういうことには気を回さないんじゃないですかね」

「ほんとうに鈍感だと思う？」

「というと？」

「ぜんぜん気持ちが読めないじゃない。怒っているとか、焦っているとか、困っているとか、悲しんでいるとか、まるっきりわからないもの。岡林会長は逆にわかりやす過ぎたけど。堂島社長はまったくわからない。支えにくいと思わない？」

「そうですね。なにも困っていないようだし」

「でしょ。こっちは楽だけど、秘書のモチベーションはあがらないタイプの社長よね」

「でも、以前執行役員だったころは、真っ向から岡林会長に反抗していたって聞きましたよ。やっぱり感情的になることもあったんじゃないですか？」

「堂島さんは、言い方こそ丁寧だけど、役員室の撤去でもわかるように、ずけずけものをいう人でしょう。相手が岡林会長でもぜんぜん変わらないんだから。執行役員時代は、社長案に一人だけ反対を唱えていたんだって」

想像できる、と茂人は思った。

このとき添田愛が部屋に入ってきて、「社長がお戻りになられました」と告げた。

すぐに堂島が入ってくる。茂人は立ち上がって、「お疲れ様でした」とお辞儀をした。我ながら少しは秘書らしくなってきたなと思う。

「さんざん絞られたよ。ああいうのを見ていると、中央官庁の役人は、ほんとうに叱り上手だと思うね」

きょうは国交省に呼ばれ、性能偽装の報告と叱責を受けにいっていたのだ。

「お疲れ様でした」添田がお茶を持ってきた。

「これくらいのことじゃね、わたしはドウジマ、センよ」

珍しく添田がくすりと笑った。これも秘書の役目というように。

3

河埜梓はふたたび川口を訪れた。八月中はハラスメントセミナーや、社内アンケート、消防点検などが続いたために、調査の時間がとれなかった。九月の声を聞き、そろそろ決着しなければと焦る気持ちもでてきた。

駅舎をでて商店街を歩き、例のＡＢＣ企画が入っている雑居ビルの前で立ち止まった。手帳を取りだし、尾形が担当していた資材メーカーのうち、価格勝負で採用が決まった二社の名前を確認しておく。金剛化学工業とニューポリテック。尾形がリベートをもらっていたとすれば、この二社からの可能性が高い。

ＡＢＣ企画の人間が、これらの会社のロゴが入った車を使っているとか、封筒を持っているとか、そういうことがあれば、ＡＢＣ企画と資材メーカーが結びつく。一方でＡＢＣ企画の所在地を登記の住所にしていた叶ホームと尾形が関係あると考えていいのだから、三段論法に当てはめれば、尾形と資材メーカーが結びつくことになる。

この雑居ビルには駐車場はついていないようだから、もし車を持っているのなら近くの駐車場を借りているはずだが、それは調べようがない。結局はABC企画からでてきた人間をつけて、行先を追う方法しかない。しかし周囲を見渡しても、このビルを見張るのに都合のいいカフェなどなかった。かといって、商店街にじっと佇《たたず》んでいたら不審者扱いされかねない。

梓は苦肉の策として、この区画をぐるぐると回り続けることにした。誰かが梓をずっと見ていたら、怪しいと思うだろうが、地味な恰好だし、絶世の美女でもないし、人目を引く要素など少しもないと居直った。

商店街側から二〇三号室の明かりをチェックしてから裏手に回って、細い道から隣のマンションの駐車場越しに外廊下を見るルートにした。一時間半ほど回り続けたが、二〇三号室の人の出入りは確認できなかった。しかし室内に明かりがついているのはわかっているので、いったん駅前のコーヒーショップで休憩してからまた回りはじめた。九月に入ったとはいえ、残暑が厳しくゆっくり歩いているだけでもけっこう体力を消耗した。一時間ほど回ったとき、二〇三号室の明かりが消えているのに気づいた。おそらく裏側を回っているときに、室内にいた人物が帰ってしまったのだろう。

翌日は午後二時過ぎに会社をでて、川口にやってきた。商店街について、ふたたび一時間以上回り続け、こんなことなら歩数計をつけていればよかったと思ったとき、ABC企画から男が外廊下にでてきた。急いで商店街にでて、雑居ビルから少し離れたところに立った。男が商店街にでてきた。前回訪ねたときに応対にでてきた男だった。商店街を梓がいるのとは反対の方向へ歩いていく。梓はあとをつけた。

男は空色と白のツートンカラーのジャンパーを着ている。下は空色のスラックスだ。どこかの会社の作業用ユニフォームのようだった。背中に文字が染め抜かれている。梓は文字が判読できる距離まで近づいた。

大手ガス会社の社名だった。

男はすぐに商店街を外れ、住宅街との境にある月極駐車場に入っていった。

梓はそのまま通り過ぎたところで立ち止まってスマートフォンを耳に当てた。ぶらぶらしながら、視線は駐車場へ向けた。

男は奥の一台に近づき、その車を覆っているシートを外した。現れたのは軽自動車だが、車体のよこには大手ガス会社のロゴと会社名が入っている。ときおり街で見かけるデザインだった。男が慣れた手つきでシートをたたんで車の中に放り込み、自身も運転席に乗ると、駐車場をでていった。

「おかしいでしょう」梓は思ったことを口にした。

最大手のガス会社の社員があんな雑居ビルにいたり、こんな駐車場に一台だけ社有車をとめておくわけがない。

梓は川口駅前にいき、大手損保会社である大日本海上保険の営業所に入った。

「いらっしゃいませ」

すぐに女性の声がした。

「すみません、このパンフレットいただいていっていいですか？」

早口でいい、いろいろなパンフレットが挿さっているラックの前に進む。

「あ、おとりしますので」とグリーンのスカーフを首に結んだ制服の女性が素早くやってくる。

「あの、どのような……」

梓はみなまでいわせず、「すみません、いまは時間がなくて、パンフレットだけいただいて帰ります。あとで説明を伺いにまいりますので」

こうなれば勢いが勝負だと思い、自分でも手をだす。五種類くらいのパンフレットを手にし、女性がとったパンフレットも奪うようにして、「それじゃ、あとでまた」と、あわただしく店をでた。

いまごろ営業所では、なんだいまのは、とあきれているだろうが、そんなことはこの際どうでもよかった。商店街に入って、ようやく歩調を緩めて、息を整えた。

雑居ビルの前にきて、先刻強奪してきたパンフレットを胸に抱え、二階にあがった。ABC企画の前に立つ。前回でてきた男はいま車ででかけていったばかりだから、もしだれかいるとしても違う人間だ。

梓は覚悟を決めて、ドアをノックした。そういえば、ここはドアフォーンもないようなところだ。いまどき珍しい。

気持ちの半分は、誰もでてこないことを期待している。

しかし、あっけなくドアが開いた。

顔の丸い男が顔をだした。

「お忙しいところをもうしわけございません。大日本海上のものです。駅前店がリニューアルいたしましたので、パンフレットをお配りしています」

大手の損保会社がこんな営業をしているとは思えなかったが、パンフレットを男に差しだした。

「保険なんか、いらんから」迷惑そうな顔で、手を振って、ドアを閉めようとする。

「申しわけございませんでした」梓は素直に頭をさげた。その先でドアが閉まった。ほっとして、階段をおりる。

通りにでて、駅に向かって歩いた。

ドアをあけた男も作業着風の制服を着ていた。それはガス会社のものではなく、電話会社のものだった。

4

ときには対外的な交渉よりも社内調整のほうが難しいことがある。対外の場合は、互いに会社の利益を考えてのことなのでわかりやすいが、社内の相手はなにを基準に判断しているのかが理解できないことがあるからだ。だから増本健太郎は、社内交渉への苦手意識が強かった。サイディングボードの一回当たりの発注量を三倍にする話や、アーツ工業の仕入れ価格をあげる話も、難航することはわかっていた。

「なに考えてんだ、おまえ」次長が馬鹿にしたように目を細めた。「値上げしたいってのを、はいそうですかって、ただ聞いてきたのかよ。やっぱりおまえは甘いんだよ」

「これで鹿内製作所と同じになっただけじゃないですか」

こちらから値上げさせました、とはいえない。長い目で見ればとか、トータルコストはそのほうが安くつくとか、そんな話は空想の世界だといわれるのはわかっている。向こうからの十五パーセントの値上げ交渉に、折衝に折衝を重ねて、十パーセントにようやく落ちついたのだと説明した。このあたりは、前回この部署から弾き飛ばされてから、嘘も方便と思うようになった。この次長に長期的大局的視点の話をしても無駄なのだ。

「向こうは、要求を飲まないなら取引をやめるといっているんです」

「いっているだけだろ。あそこが、うちとの取引を切ったらやっていけるわけがないからな」

「これを見てください」健太郎はアーツ工業の財務諸表を次長に示した。「前期に借入金が一億円増えています。これが限界ですよ。この資産内容では、銀行はこれ以上貸すことはできません。キャッシュフローはおそらくマイナスで、このままでは近い将来倒産します」

「そうなったら、全部鹿内につくらせればいい」

「あそこ一社では全量賄《まかな》いきれません」

「増産体制を敷いてもらえ」

「鹿内製作所にとって、うちはせいぜい五パーセントです。これ以上設備投資をせずに細く長くやっていきたいんです。いまの仕切り価格だと投資する旨みがないからです。増産体制をつくれといえば、その条件として値上げをいってきます」

「それなら、アーツの代わりにもう一社新規の供給元を見つければいいんだ」

「他社はどこも鹿内よりも高いですよ。価格勝負でアーツと鹿内を選んだのではないですか？」

経営コンサルタントと一緒にコストダウンした結果、品質より価格で業者を選定する結果になり、そのつけが回ってきているのが現状だ。

「いまは多少の妥協をしてでもアーツ工業を存続させることが、当社にとってもっともメリットがある選択なんです。資料はいくらでもだしますから、どうぞ検討してください。それからこの前の、サイディングボードの発注ロットをまとめる件も、できるだけ早いご決断をお願いします。この前の資料で不足であれば、補足資料も提出します。どなたか渋っている方がおられるなら、わたしが直《じか》に説明にあがりますので」

「わ、わかった」

「失礼します」

健太郎は踵《きびす》を返して次長席を離れた。背後で舌打ちが聞こえ、「変わったな」と吐きだすような声が続いた。

以前いたときはなにかというと人が好いといわれ、自分自身も争いごとが好きでなく、穏やかな態度をとるように努めていたところがある。

根本的な考え方は変えようとは思わないが、態度は変えられるのだ。

5

「森部長が社長に至急お会いしたいそうです。いまこちらに」

新藤茂人が堂島に伝えているそばから、慌ただしい足音が聞こえてきた。振りかえると、技術部長の森と特許課長が入ってくるところだった。そのすぐあとに児島副社長と郷田専務も入ってきた。

「森さん、ずいぶん集めましたなあ」堂島がみなに席を勧めながらいった。

「申しわけございません。大きな話になりそうなので、みなさんにお声をかけてしまいました」

「どうしたんです？」

「じつは大都ハウスから、特許権の相互利用契約の打診がありました」

「クロスライセンスの提案を大都が？」意外そうな声をだしたのは児島だった。

「はい。工法に関する特許は除いて、周辺技術に関するものに特化した内容になっています」

「なぜ、急にそんなことをいってきたんだ」

「住宅の機能性をあげようとすると、お互いの特許に抵触することが多くなったということなんですが、とくにハイテク技術の分野を相互利用することで業界全体にも寄与するというのが――」

「建前だな？　本音はどこにあるんだ？」

「補完関係のメリットが他社と提携するより多くあるともいっています。お互いに基本特許の利用料を払って周辺特許をとっています。その数が多いのと、向こうは配線や床暖房、太陽光発電などに強みがありますが、うちはセンサーだとか屋内ネットワークに強いといえます」

「内容は見たのか？」児島が特許課長を睨んだ。

「はい。向こうが提示してきているのは二百件に対し、うちは百三十件です」

「損得はどうなんだ？」

「わたしが見るところ、五分五分です。そういう意味では、よく考えてピックアップしてきたと思いますが」

「どうする、社長？」児島が堂島を見た。

「まずは、二百件と百三十件の中身を吟味しましょう。特許課でミーティングの準備をしてください。それと、あちらさんの本音を探りましょうか。それはわたしのほうで手配しますよ」

堂島の顔はふだんどおりの穏やかなものだったが、本音を探るといった瞬間だけ、凄みのある目つきになった。

茂人はアパートに帰ってから、会社の様子を遥香に話した。いまや夕食時の日課になっている。

「あたし、堂島さん好きだな。会ってみたい」

「そのへんにいるようなおっさんだよ、見てくれは」

「やることが面白いじゃない」

「社内じゃ、非難囂々《ごうごう》だぜ」

「アメフトの選手だって、アウェイでブーイングされたら燃えるもんね」

非難されるのも、堂島にとっては応援されているのと変わらないということか。そう考えれば、堂島のなにをいわれても平然としている態度も理解できる。遥香のいうことは、滅茶苦茶のようでどこか説得力があるんだよな、と茂人はいつも納得してしまう。

「だけど、遥香のおじいちゃんの敵だからな」

「いまはどういう関係？　チームのオーナーがおじいちゃんで、監督が堂島さんという感じ？」

「まあ、それに近いんじゃないの」

「じゃ、試合のことは監督に任せるしかないじゃない。オーナーが口だしすればろくなことはおきないわよ」

「会長はべつに口だしをしているわけじゃないんだけど、近い将来、自分がまた社長になるつもりだから」

「変なの」

おいおい、そんなことというなよ、と茂人は内心ぼやいた。会長に認めてもらうために、いまはその手先となっているというのに。

「あ」

遥香が小さく声をあげて俯《うつむ》いた。

「どうした、気分が悪いのか」

「動いた。あ、また」

「え？」

茂人はわけもなく動揺した。

「ほらほら、触ってみて」

茂人は恐る恐る遥香のぽっこりしたお腹に掌を載せてみた。すると、内側からなにかが突っ張ってくるのを感じた。

「うわっ」

「いまのは、パパでしゅよ」

遥香がお腹に向かって話しかけた。

参ったなあ、ほんとに自分の子供がこの中で生きているんだ。間抜けな感想だが、またいつものフレーズが頭に浮かんできた。おれがしっかりしなきゃな。

人事二課で調べた結果、尾形靖樹が給与の振込口座を五菱銀行渋谷支店に変更したのは五年前だとわかった。尾形夫人が、夫の仕事が忙しくなり、定常的に残業代が増えはじめたといっていた時期と符合する。

6

河埜梓は、三つの口座を頭に思い浮かべた。一つは五年前に給与振込口座として会社に変更申請した五菱銀行渋谷支店の口座。もう一つは変更前に給与の振込先だったわかな銀行立川支店の口座。これを尾形の家族は前から変わらず給与の振込口座だと思っていたのだ。三つ目は、そのわかな銀行の口座へ毎月の給与に見せかけて送金するためにつくった叶ホームというダミー会社の口座。

尾形はカナエホームからの給与を五菱銀行の口座で受け取り、振込予約をして給料日当日に叶ホームの口座に振り込む。叶ホームの口座ではそれに三十万円上乗せしてわかな銀行立川支店の尾形名義の口座に、これも振込予約をして銀行の営業時刻前に振込を実行する。

こうすることによって、わかな銀行の通帳のお取引内容欄は「給与」でなく「振込」になる。もし夫人がそのことを不審がったら、立て替え金の精算も給料と同時に行われるようになったので通帳の表記が変わったのだとでもいえばいい。実際にそのときを境に、給与振込とは別にあった経費精算のための振込がなくなり、カナエホームからは月一回のみの送金になった。

そのほかに尾形は五菱銀行口座で毎月二十万円、サトウという人物から家賃として受け取っている。これらが資材メーカーに便宜をはかる見返りとしてのリベートならば、総額五十万円受け取り、三十万円を家族に残業代として渡るようにし、二十万円は自分の遊興費かなにかに使っていたのではないか。

さらに二月から四ヶ月間新たに百万円、二百万円の単位でヤマグチという人物から振込を受けている。これは新たなリベートなのだろうか。それとも別のなにかなのだろうか。

そのなにかが続いたあと、六月に尾形は死を迎えた。あのお金の流れが尾形靖樹の死に関係しているのかもしれない。

そう考えると、尾形の死は自殺ではなかったのではないかと思えてくる。だが、南荻窪署の大山が説明してくれた当日の状況は自殺以外にないようだ。

しかしそのほかの状況は自殺を示唆していない。五菱銀行の通帳がバッグにも、会社の机の抽斗にもなかったことが引っかかりを覚える。

通帳の存在は、尾形にお金を与えていた相手にとって都合の悪いものだったのだろう。それがなくなっているということは、その相手が尾形との繋がりを示す痕跡を消すために奪ったと考えられる。もしそうだとして、相手は全部消せたのだろうか。人間のやることに完璧はない。

梓は失敗するたびに、心の中で叫ぶ言葉を思い浮かべた。

梓は尾形家へ電話を入れ、これから訪問していいかと訊いた。

遺影の横には、以前と同じように角がひしゃげたスマートフォンがあった。

梓は尾形夫人に、見知らぬ人が弔問にきたり、泥棒に入られたり、あるいは留守中にものの置き場所が変わっていたりしたことがなかったかを訊いた。

「思い当たることはありませんけど、河埜さんはなにを気にしているんですか？」

尾形が死んだあと、ここが家探《やさが》しのようなことをされていないというなら、相手は証拠を全部消したと考えているのだろう。しかし、「相手」も「証拠」も梓の妄想の中のことだといわれればそれまでだから、説明するのは難しい。

「気を悪くなさらないで聞いていただきたいんですが」梓はできるだけゆっくりと話した。「五菱銀行の口座には、給与以外に毎月二十万円入金されていました。そのほかに亡くなる四ヶ月前から大きな金額の振込がありました。これらはどこから振り込まれたのかはわかっていません」

同意を求めるように、梓は夫人を見た。彼女は警戒するように、小さく頷いた。

「毎月の二十万円のほうは、さらに十万円追加されて、お宅のわかな銀行の口座に振り込まれていました」

梓の予想はちょっと違う。資材メーカーが尾形に渡していたリベートの総額は五十万円だったのだ。二十万円は五菱銀行口座に振り込み、残りの三十万円を給与に見せかけて叶ホームの口座からわかな銀行口座へ送金していたと見ている。

「尾形さんは、なにかの手段でお金を手に入れていたわけですけど、それをご自分で独り占めするのではなく、ご家族に渡したいと考えて二つの口座を使って全額を給与と見せかけたのだと思います。とてもご家族思いのご主人だったのだと思うんです」

「娘が二人いるんですけど、二人とも私立に入れてお金がかかっているのはたしかなんです。そういう話がでたときに、主人は任せておけといっていました。でもそれがこんな……」

「そういうご主人が、ご家族を残して自殺なさるとは考えにくいと思うんです」

「はい。でも……」

「警察は自殺と判断したわけですけど、どうでしょう、ご主人が自殺する兆候はどなたも感じられていなかったわけですし、状況はたしかに自殺を示しているのかもしれませんが、それはひょっとすると、ほんとうにひょっとするとですけど、誰かに強要された可能性があるのではないかと」

「そんな……。強要されたって、殺されたということですか？」

「わかりません。でも、わたしは自殺ではなかったという印象を強く持っています。自殺でなければ、事故か他殺ですから」

「いったい、誰に？」

「たとえばですけど、あのお金を振り込んでいた人とか」

不正な金銭のやりとりは、犯罪になる。その言葉を聞いたときに、夫人がどう反応するのか読めなかった。

「わたしの感覚でも」と、夫人がためていたものを吐きだすようにいった。「自殺はありえないという思いはあったんです。それに河埜さんに、いろんな事実を突きつけられて、戸惑っているというのが正直なところなんです」

ここが肝心なところだと梓は思う。夫人の気持ちをこちら側につけられるかどうかの。

「自殺じゃないということは、誰かの意思がそうさせたのは間違いがないと思います。ご主人は不本意なまま亡くなったことになります。すごく悔しかったと思います。その誰かをこのまま放っておいていいんですか？」

「いえ、それは……」

「わたしは、その誰か、がいるのかどうかを調べたいと思っているんです。それがわかったら、尾形さんにまっさきに報告にまいりますので、その後どうするかはそのときにご相談させていただきます」

「はい。でも河埜さんはどういうふうにして調べるんですか？　警察で自殺と決めたのに」

「わたしはご主人と同じ会社にいるわけですから、警察にはわからないことも多く知る立場にいます。あと一つお願いがあるんですが」梓はそういって、遺影のほうに目を向けた。「あそこにあるのはご主人が生前お使いになっていたスマートフォンだと思いますが、しばらくお借りできないかと思いまして」

「でも、あれは壊れて動きませんよ」

「はい。でも、記憶装置は読める箇所もあるかもしれないんです」

「でも……」

スマートフォンとなれば、プライバシー情報がもっとも入っているものだ。躊躇するのは当然だ。

「これは大事なことなんです。もし読み取ることができたら、ほかの人にはいわないで、尾形さんにお知らせしますから」

「河埜さんが、そうおっしゃるなら」

「ありがとうございます」

これまで銀行口座を突き止めたりして、それなりの信頼は得られたのかもしれない。

梓は夫人の気が変わらないうちに、スマートフォンの借用書を書いて捺印をし、早々に尾形家をでた。

立川駅近くまできて、梓は自分のスマートフォンを取りだし、大学時代の知り合いに何件も電話した。出身校は総合大学で、理工系の学生も多いから、記憶装置の修復を仕事にしている同窓生を探し回ったのだ。扱うものがものだけに、少しでも身許のはっきりしている人に依頼したい。

いくつか候補はあったが、法学部の同級生の叔父《おじ》がそういう仕事も手がけている会社を経営していることがわかり、そこに頼むことにした。

尾形のスマートフォンが残っていたということは、相手がその中のデータをチェックして都合の悪いものがなかったからだろう。だから普通に読めるデータではなく、削除されたデータの復元をしなければ意味がない。

梓は同級生に紹介してもらった会社に電話し、これからスマートフォンを持っていくと告げた。

7

カナエホームの役員会議室では、臨時常務会が開かれている。新藤茂人は一人、会議テーブルから離れた椅子に座っていた。

全員が揃ったところで、堂島社長が口を開いた。

「きょうの議題は大都ハウスからのクロスライセンスの申し入れについてです」

「なにか、わかったのか?」岡林会長がすぐに反応した。

「大都の動きはよくわからなかったんですがね、ASコミュニケーションズのほうから情報を入手しました」

「ASというと、通信の?」

それなら茂人も知っている。携帯電話の大手キャリアの一つだ。

「どうやら、ASコミュニケーションズと、トニー電機、トキワ自動車そして大都ハウスで、あるプロジェクトを立ちあげようとしているらしいのです。未来型の――」

住宅は今後、ソーラーシステムや燃料電池の普及により電力自給率を高めていく。電力はプラグインハイブリッド車や電気自動車と相互供給が可能となっている。こうなると車もまた動くコンピューターという位置づけになる。クラウドサービスを介して住宅のホームサーバーと完全に同期がとれていて、住人は何も持たずに家を出て車に乗るが、車載モニターで家のすべての情報を見て、ホームＬＡＮに繋がっている機器に対して遠隔操作ができる。また家でやりかけた仕事や視聴の続きを、移動先でなにも特別なことをせずに行うことができる。家族一人ひとりの健康管理もあらゆるところに設置されたセンサーによって計測され、日々ホームサーバーに蓄えられる。そのことでたとえば、車の運転時にはハンドルを通して血行や脈拍、発汗状態などを分析して、警告を発したりすることが可能となる。留守宅を心配することは一切なくなる。

ようするに人（＋モバイル機器）と車と家が究極的に統合された状態をつくり出すというプロジェクトらしい、と堂島が締めくくった。

「それでわが社の住宅に組み込むセンサー関連や、計測装置の特許を狙ったわけか」

「ただ、同じようなプロジェクトを進めている企業グループが、もう一つあるというんですね。そこに負けないように急いでいるようです」

「どこだ、それは」

「ジョーワ自動車、亜細亜電機、全日本テレコムですよ」

「ほう、それぞれ業界トップが集まっているのか。強力だな」

「秋水ハウスはどちらにも入っていないのか」

「つまり、今後、もう一グループできるということでしょう。秋水、武相製作所、ＨＴＴとかね」

「うちには話がこなかったのか？」岡林会長が悔しそうな顔で発言した。元来こういうプロジェクトが好きなのだ。

「財務状況を見ていますからね」郷田専務がなだめるようにいった。「途中で倒れたり、すぐに利益欲しさに無理をされたりすると、プロジェクトが壊れますから、うちのようなところは、まず除外されるでしょう。いくら技術を持っていてもですよ」

「そういう事情がわかったので、今回の大都提案は断ることにします」堂島がまとめる。「これらの動きは我々のチャンスになるかもしれませんし、単に利用されるだけで終わるかもしれません。いろいろな陣営の今後の動きを見て、決めたいと思います。わたしとしては、受け身ではなく攻勢にでられる機会を探りたいとは思っていますがね。それには財務状況の改善が急務です。まずは新商品を成功させて業績の浮上のきっかけをつくることに注力したいと思います」

案外堅実な考え方だった。大胆な手段を採用するわりには、目標は基礎体力づくりだったりする。ふつうのオジサン風の堂島が、押しだしのいい役員連中を引っ張っていく光景もだんだん見慣れてきた。

社長室兼秘書室に戻ったとき、スマートフォンが震えた。画面には見知らぬ番号が表示されている。

「もしもし」

「新藤茂人さんでしょうか」

「はい」

「こちら北世田谷《きたせたがや》病院ですが、岡林遥香さんはご存じですか？」

「はい」

「母子手帳に、新藤さんのお名前とこの携帯番号が書かれていたものですから」

母子手帳という言葉と、遥香本人がかけてきたのではないことで、一気に緊張度が増した。

「じつは」じつは、なんていうなよ、と一瞬思う。「岡林遥香さんが、経堂駅前で倒れて本病院に救急搬送されたんです。いま……」

「だ、大丈夫なんですか」

「はい。いま点滴をして、眠っているところです」

「そうですか。いったいどうしたんですか？」

「歩道で自転車にぶつけられて転倒したと聞いています。身重ということもあったと思うんですがショックで貧血を起こされたんです」

「で、身体のほうは大丈夫なんでしょうか？」

母子ともに――。

「ええ。検査の結果、岡林さんもお腹の赤ちゃんもダメージはうけていないと思われますので」

茂人はとりあえず、安堵のため息をついた。

「こちらにこられますか?」

「すぐ、いきます」

病院の場所を訊いて、通話を切った。

スマートフォンをポケットにしまって顔をあげると、畑中翔子と添田愛の怪訝《けげん》そうな顔があった。

「ええっと、ちょっと早退します」時計を見ると、午後四時を回ったところだった。通常の勤務は午後五時半までなので、早退扱いになる。「社長はこのあと予定が入っていないので、決裁書類に目を通されるだけだと思います」

そういいながら茂人はバッグを手にとり、帰る準備をした。

「ちょっと新藤くん、あなた一人暮らしだったよね」畑中女史がドスのきいたアルトでいった。

「えっ、もちろん、そうですよ」

「じゃあ、いまの電話はご実家のこと? これから長野に帰るの?」

「いや、そうじゃない、ですよ」

なんでからんでくるんだよ、はやく帰してくれと、内心で叫ぶ。

「おかしいわね。まるでご家族が事故にあったような感じだったもの」

そういって女史が添田愛を見る。添田はうんうんと何度も小刻みに頷きかえしている。

「それは聞き間違え。畑中さん、耳が遠くなってきてるんじゃないですか」

いってから、しまったと思った。案の定、女史の顔つきが不穏な雰囲気になってきた。

「すみません、お先に失礼します」

もうこうなったら勢いで切り抜けるしかない。茂人は呼び止められるまえに廊下にでて、エレベーターホールまで走った。


病院に着いたとき、遥香はまだ眠っていた。入院の必要はなく、目が覚めたら帰宅してもいいということだった。いまは病室の空いているベッドを使わせてもらっていた。二人部屋で、隣のベッドはカーテンがひかれていて、ときおり本のページをめくるような音がしていた。

遥香の寝顔は穏やかだった。前より顔の輪郭がふっくらとしてきた。最近は芸術家の顔は影をひそめていて、自由奔放できままなお嬢さんでもなくなっていた。

隣のカーテンがひかれる音がして、病院の入院着姿の小柄な女性がでてきた。四十代半ばから五十代前半といった年恰好だった。

おじぎをして茂人の脇を通るとき、「ご主人ですか」と声をかけてきた。

「はい」茂人は力んだ声でこたえた。

「奥さん、自転車にぶつけられたんですってね。歩道で危ない運転する人、多いから、用心しないと」

「はい」

「でも、いいわね、こうやって旦那さんがすぐに飛んでくるんだから。うちなんか、なにがあっても仕事優先だったから。きっと奥さん、あなたの顔を見たら喜びますよ。大事にしてあげてね」

そういって廊下にでていった。あまりにしみじみというので、この短い時間に、女性の半生を聞かされた気分になった。

それから五分ほどして、遥香が目を覚ました。

「きてくれたんだ。ごめんね、心配かけて」か細い声でいった。

「びっくりしたよ。でも、大したことがなくてよかった」

「とっさにお腹を守ろうとして変なふうに転んじゃったみたい」

「ぶつかってきたやつは、捕まったのか？」

「逃げたみたいよ。なんだかそんな感じのことをまわりの人がいってた」

「どんなやつだ」

「高校生くらいだと思う」

「とっ捕まえてやる」

「もういいよ。無事だったんだから。いまはそんな時間ないでしょ。でも、きてくれてありがとう」

遥香の目にみるみる涙がたまっていく。

「なんだよ、馬鹿だな、泣くなよ」

彼女の涙をはじめて見た。考えてみれば、遥香は孤独に耐えていたのだ。ふつうに結婚していたら、実家に帰って母親のアドバイスを受けながら出産をむかえることも多いだろう。両親に反発して家をでてきたばかりに、どこにも頼る相手がいない。病院に搬送されたりすれば、よけいに一人ぼっちになったように感じるのだろう。

遥香の両親が知れば、血相をかえて押しかけてきて、騒動になる。茂人としては、できれば静かな環境で出産してもらいたいと思って極力岡林家には知られないようにしてきたが、それは考え違いだったかもしれない。

茂人は遥香の涙を指でそっとぬぐった。

8

二台並べたホワイトボードに、図やキーワードが次々に書きこまれていく。増本健太郎は、白井小枝子のプレゼンを見ながら、こういうのはいまでは珍しいスタイルになってしまったなと思った。社長が同席して、新商品のコンセプトを確認する会議だった。ほかに赤沼と苑美が同席している。

最近の会議はパソコンのプレゼンソフトでつくった資料を画面に映しだすスタイルが主流だが、白井は大きなクロッキー帳に手描きしたものをみなの前で開き、補足の説明をホワイトボードに書いていく。

設計士だから画がうまいのは当たり前にしても、よく漢字を覚えているなと、妙なところに感心してしまった。

「これまでは主婦のためのユーテリティルームとか、夫のための書斎とか、固定観念に縛られていたきらいがあるんです。いまは男女を問わず、週に何日かは在宅勤務を認める企業が増えてきて、育児期の在宅勤務は当たり前のところもあります。でも、日本の家屋で情報セキュリティと子供の安全を同時に確保できる空間をつくるのは難しいんです。子育ての最中であれば、隔離した部屋ではなく、リビングやダイニングといったオープンな空間で幼児を見ながら、それでいて仕事ができる空間がなければ在宅勤務は辛いと思います。そして子供たちです。子供部屋に閉じこもるのではなく、そういうオープンスペースで自然に勉強や作業ができるようにするのが目指すところです」

家族間のコミュニケーションがとれる家というのは隠しテーマにして、家を活動の場としてとらえることにしたようだ。

「若い世代だけではなく、シニアの生活も多様化しているからね。定年後の再雇用制度が定着してきて、就労年齢があがり、在宅勤務も増えている。老後の趣味も多彩だ。家を安らぎとかくつろぎという言葉だけでは表せなくなってきているのはたしかだな」

堂島社長が同意を示した。

「では、この方向でよろしいでしょうか？」

「結構です。楽しみだねえ。ところで、久しぶりの本社でなにかやりにくいことはない？」

堂島の言葉に白井は一瞬言葉に詰まった様子を見せたが、硬い表情でいった。

「これからは人手が必要なんですが」

「そうか、商品開発の連中は協力的ではないか。設計部から人を回そうか。誰かリクエストはある？」

白井も古巣に戻ってきたわけだから、昔の上司がまだ残っていて、非協力的なのだろう。健太郎が資材部で受けている仕打ちと同じだ。

「これまで設計部で話しかけてきてくれたのは、常川さんしかいないので……」

「よし。その社員と、ほかに二人ばかり設計部長に交渉しよう」

堂島社長が退室したあと、引き続き、メンバーだけで打ち合わせを続けた。

赤沼から、収納付きの間仕切り壁をつくった場合の構造計算結果の報告があった。A2サイズの用紙がテーブルに広げられた。縮尺五十分の一の平面図の上に、何色ものマーカーで注釈や図形が描かれている。赤沼の癖字がみょうに説得力を感じさせる。

「半間《はんげん》分をとるのは、通常の開口と同じなので問題ない。一間《いっけん》以上と、同じ面に開口がくる場合は、多少の制約があるけれど、それもいまの設計マニュアルにしたがっていれば対処できると思う。さらに大きな面で収納付き間仕切り壁を入れる場合は、廊下と部屋を一体にした長尺スパンでの構造にすれば、間仕切り部分は自由にできる。これは商品別の設計マニュアルをつくっていけばいい」赤沼は、図面の色分けしている部分をなぞるようにして説明していく。

「問題はコストだな」

単純な間仕切り壁との価格差は当然発生する。カナエホームの見積方法では、躯体《くたい》に関しては、平米単価があり、どんな設計をしようが、面積で価格が設定されている。壁だからといって同じような扱いにすると、会社にとって負担が大きくなり利益率が悪い商品になってしまうのだ。

「そうね。家具といってもいいものだから」

収納家具ならオプションになり、別途価格が設定されるのだ。

「家具並みの値段になったら意味がないんじゃないかな」赤沼がいう。

「標準仕様に組み込むのは難しいとは思うけど、それにしても気楽に選べる程度に抑えたいわね」

「これ、やるならうちの工場でつくらせるのかな、やはり」健太郎は、資材メーカーに発注した場合とコストを比較しながらいった。

「特殊なものだから、こちらが望む価格でやってくれるところはないだろうな」赤沼がこたえる。

「そうとも限らないよ。こういう造作《ぞうさく》ものなら、見積もらせたいところがあるんだけどな。材料は片方の面材がなくなって、かわりに棚板が増えるわけで、普通に考えれば材質が違うけど、同程度の材質でも塗料と仕上げ技術がよければ、それほどコスト差をださないで可能かもしれないよね。そういうのがうまいメーカーを知っているから」健太郎は、メーカーの担当者の顔を思い描きながらいった。

このあと、腰掛けられる出窓や電動で畳と掘りごたつを切り換える装置の低コスト化など、一通り新規部品や部材、設計上の問題解決について話し合われた。その手の話では苑美の出番はあまりないため、ふだんは騒がしい彼女もおとなしく聞き役に徹している。もともと無理に参加しなくてもいいというのに、設計のプロセスを肌で感じとりたいなどといって同席しているのだ。

「あとはプロモーションをどうするかよねえ」白井が吐息まじりにいった。「わたしの設計は華がないとよくいわれるの。派手さがないから」

いくらいい商品ができても、それだけでは到底世間の耳目を集めることはできない。白井のコンセプトは、家づくりを真剣に考えている客には訴える力を持っているだろうが、その前に商品に注目してもらわなければならないのだ。

「白井さんの設計する住宅は、実際に住んでからのほうが評価されているわけですよ」苑美が発言した。「そこをうまく伝えられないかと思っているんですけどね。でも、それは住んでからじゃないと気がつかないことだから困っちゃうんですよ」

「へえ、そうなんだ。アンケートでそういう結果がでているの？」赤沼が訊いた。

「あたしはずっと顧客満足度調査の集計をやらされてきたんですけど、たぶん唯一のケースですね、年数が経つほど満足度が上がっていくというのは」

「とくにどの要素が認められているんだろう」

「動くのが楽になったという感想が多いです」

「動線が考えられているんだな」赤沼が頷きながらいった。

「収納が使いやすいという意見も多いですね」

「白井さんと仕事をしてみて、それは納得できる」

「自由記入欄には、味がでてきた、とか、お客に、落ちつくと褒められるとか、そういうことを書いてくる人がけっこうありますね」

「それ、いいじゃないか」赤沼が人差し指を立てた。

「住めば、味がでる家？」苑美がいった。

「そう、そう」

「地味でしょ。おでんじゃあるまいし」白井が首を傾げながらいう。

「共稼ぎ夫婦がメインターゲットなんだから、使い勝手と、ほんとうに使える収納を訴えて、なおかつ、子供を個室から引きずりだす家を強調するのは？」健太郎は思いつきを口にした。

「どんなキャッチになるの？」苑美が間髪《かんはつ》を容れずに突っ込んでくる。

「それは……」

「一言でまとめるのが大変なんだから、思いつきをいわないで」苑美が健太郎を睨みつけてから、一転して穏やかな口調になっていった。「白井さんはこれまで営業所でたくさん設計してきたわけですけど、そのときのポリシーはなんですか？」

「そんなにおおげさなものはないけど、そうねえ、必ず住む人全員に会ってお話しすることかなあ」

「なぜですか？」

「家は永く使うものでしょう？　このご家族の人生をつくるんだなって思うのよ。いまはこうだけど、二年後、五年後、十年後、二十年後、三十年後の家庭や家族を想像してみる。できるだけ想像力を膨らませてね。もちろん外れることのほうが多いとは思うけど。でもそうすることで、現在のニーズだけでなく、将来のニーズも取りこめるでしょう」

「そっかあ。なんとなくわかるような気がしてきました。先のことを読んでいるから、住んでいる人が納得できるんですね。白井さんが想像するときのポイントはなんですか？」

「一つは動線。想像力を発揮して、できるだけいろいろな場面を思い描いてみるの。そうすると、最初は絡まった線だったのが、プランを動かしていくうちにだんだんすっきりとしてくるの。もう一つは収納。収納って静的じゃなくて動的に考えなきゃいけないと思っているから、季節ごとの入れ換えや経年的な変化を徹底的に想像してみるわね。あとは、ものが置かれたときに、味がでるようにと考える。ほら、モデルルームはよけいなものは置かれていないから、きれいよね。そのかわり味がないけど。実際に住んでいると、カウンターにもテーブルにもサイドボードにも、いろんなものが置かれるでしょ。きれいな線はどんどん崩れていく。それでもなんとなく整然としている雰囲気があるような家、といったらいいかな」

「どうするんですか？」

「これも想像するのよ。ああ、ここに雑誌が置かれたり、お土産《みやげ》の置物も載せられるかもしれないとか、本が横積みになってとか、ティッシュの箱がとか、パソコン置くとコードがたくさんでてとかね。そうすると、ここは横の線を強調したほうがいいかな、ここは縦、こっちは円《まる》くというふうにデザインの基本が浮かんでくるのよ。それがクロスやカーテンの柄とか、天井をどうする、床材の色や形をどうしていくというふうに繋がっていくわけ。生活していく中で美しさを保てるようなコーディネーションというのかな」

「それですよ、白井さん。それでいきましょう」

「それって？」

「雑然さが様になる家、というのはどうですか。えっ、それどんな家ってなりません？」

「ああ、そうね」そこで白井の顔が悪戯っ子のようになった。「ついでに、十年ぐらい経った家庭にあるもの、全部納めちゃおうか」

インパクトがありそうだった。お客にもわかりやすいだろう。

「四トントラック一台分？」苑美も乗ってきたようだった。「それ以上かな。積みあげたら、山ができますよね。それを証拠写真で撮っちゃいましょう。モデルハウスにその写真を置いておくんですよ。この家にはこれだけの家財が収納されています。収納スペースの扉を開けてみてくださいって」

「それやってみたいな。さっきいった想像の世界を、現実につくって実証してみたいし」

「決まりですね。これならマスコミを動かせそうだし」

白井と苑美が頷きあっている。健太郎も赤沼と顔を見合わせて、いいんじゃないかという顔をした。

そのとき、苑美の携帯電話が鳴った。すみませんといって電話にでた彼女の表情が急変した。

「そんな、嘘でしょ。うん、すぐいく」

「どうしたの？」

なにかよくないことが起きたのは、苑美の様子からあきらかだった。

「島崎執行役員が痴漢行為で捕まっちゃったんですって」

9

緊急の常務会が開かれた。岡林会長は会社にでてくる気力も萎《な》えてしまったようで、珍しく欠席だった。

「まったく、島崎はなんてざまだ」児島副社長が会議冒頭から吼《ほ》えるように島崎執行役員をこきおろしている。「電車で女の尻を触っただなんて、馬鹿か。島崎は以前、アメリカで堂島さんの下にいたらしいな。どういう教育をしたんだね」

矛先《ほこさき》が堂島社長に向かっていく。とばっちりを受けているようなものだが、堂島はなにもいいかえさなかった。

児島副社長の取り巻き役員が、口々に罵《ののし》る声をあげた。

「詳しい報告は、また詳細が判明してから行います」堂島がその場を収めるようにいった。

「詳細なんて意味ないんじゃないのか。やっちまったもんは取り消せないんだし」

児島が自棄《やけ》気味の口調でいった。

「島崎にどれだけ非があるのか、はっきりさせないと。きょうのところは、わたしが報道向けに、事実なら申しわけありませんとでも謝罪しておきます」

「いや、社長がでるまでもないでしょう」佐伯常務が横から口を挟んだ。「人事を管掌しているわたしが会見に臨みますよ」

役員の中では珍しく、堂島をかばうような発言だった。嫌な役目を引き受ける人もいるんだな、と新藤茂人には驚きだった。

常務会が終わると、堂島が「新藤」と茂人を呼びとめた。

「きみにはこの事件の真相を調べてもらいたい」

「真相とおっしゃいますと?」

「事実だ。もう少しいうなら真実だな。通り一遍ではなく、必ず裏を取ってくれ」

言外に、堂島が島崎は痴漢を働くような男ではない、と思っているのがわかった。


会社をでると、電車に乗った。まずは警察署だ。

先週まで夏日が続いていたが、秋分の日が過ぎて、ようやく最高気温が二十五度以下になった。ネクタイを緩めなくても苦にならなかった。

島崎が捕まったのは小田急線の登戸《のぼりと》駅で、管轄は多摩《たま》署となっている。

茂人は京王井《い》の頭《かしら》線で下北沢《しもきたざわ》へいき、小田急線に乗り換えた。島崎は昨夜、吉祥寺で取引先と会食し、九時半ごろに帰途についた。自宅は小田急線の鶴川《つるかわ》にあるので、いま茂人が辿った経路を通ったのだ。酒はそこそこ飲んだらしい。島崎は元来酒に強く、酒席に同席していた社員は、島崎が泥酔してはいなかったと証言したという。

昼前の小田急線急行はそれほど混んではいないが、夜十時前後の急行電車はかなり混んでいただろう。

逮捕された島崎のもとには、会社の顧問弁護士と同じ事務所所属の刑事弁護士が駆けつけたそうだ。その弁護士から事件のあらましが伝えられていた。先刻の常務会ではその情報をもとに議論されていたのだ。

それによると、成城学園前駅を過ぎたあたりから、島崎が前に立っていた女性の下半身を触りはじめたのだという。車内が混んでいて、女性は移動することができなかったが、嫌がる素振りをした。それでも島崎がしつこく触ってきたため、登戸駅についたときに女性が痴漢の腕を摑んで叫んだ。それを聞いた周囲の乗客が島崎を押さえて駅員に突きだした、ということらしい。

多摩署で担当の弁護士と会った。

「先生、島崎の様子はいかがですか？」

「やっていないの一点張りだよ」

「濡《ぬ》れ衣《ぎぬ》ってよくあるじゃないですか。女性側の勘違いとか、別の男と間違えられたとか」

「被害女性だけでなく、近くにいた男の乗客の目撃情報もある」

「被害者って、どんな人だったんですか？」

茂人がそう訊いたとき、弁護士が急に黙った。視線が茂人の背後に移ったようだった。

「彼女だよ」

茂人は弁護士が顎で示した先を見た。刑事らしい男にお辞儀をしている女がいた。

「BNVに勤めているといっていたな」

女性はサーモンピンクのスーツ姿だった。BNVといえばドイツの自動車会社だ。外資系というのは、ずいぶんちゃんとした恰好をして通勤するものらしい。カナエホームでは、女子社員の制服があるから、私服は割合にカジュアルな姿が多い。茂人は服飾のブランドには疎いが、服もバッグも靴も、そして髪なども、なんとなく金がかかっていると思わせる外見だった。

女性が警察署の玄関をでていく。

島崎はきょうには帰宅を許されるだろうという話を弁護士から聞き、茂人はあとでまた連絡しますといって、警察署をでた。

サーモンピンクの後ろ姿が二十メートルほど前をいく。茂人はその距離を保ったまま ついていった。駅前のデッキに上がり、小田急線の改札を抜ける。ホームに上がっても、茂人はできるだけ遠くから女の姿をとらえている。あれが被害女性といわれて、なぜか強い違和感を抱いた。勝気《かちき》さを漂わせ、服装も完全さを感じさせる。痴漢の心理はよくわからないが、手をだすのが躊躇《ためら》われるような、なんとなく危険な雰囲気を感じるのだ。そう感じるのは、彼女が落ちついて見えるからかもしれない。被害に遭った翌日に警察署にきたならば、怯えや嫌悪感や気後れする感情がでるのではないかと思うのだ。もし島崎がほんとうに痴漢をするような男であるにしても、この女性を狙うかな、という思いを抱いた。でも、痴漢の心理はわからないからなと、また同じ考えにいきつく。

小田原行の急行がきて、女性が乗り込んだ。茂人は隣の車両に入る。

新百合ヶ丘《しんゆりがおか》でおり、駅から徒歩五分ほどのマンションに入っていった。オートロックだから、そこから先にはいけなかった。五階建てで、外壁は御影石《みかげいし》貼り。エントランスの床は大理石になっており、かなりの高級マンションに見える。目立たないように不動産会社の連絡先が書いてある。どうやら賃貸らしい。

茂人はその場でプレートに書かれている番号に電話してみた。マンション名をいって借りたいといってみる。空きはないという返事だったが、家賃は訊きだすことができた。二LDKで月額二十三万円前後だという。このあたりだと、かなり高いほうらしい。カナエホームの独身社員が住んでいるところは、七、八万円というところが多く、十万円をこすと、贅沢だといわれる。あの女性はいったいいくら給料をもらっているのだろう。外資系というのはそれほど高給なのだろうか。いろいろな思いが頭に浮かんできた。

駅に戻り、改札口を入り、新宿方面行のホームにおりる。売店が目に入り、そこにカナエホームの赤い文字があるのに気づいた。

公文書偽造!! またしてもカナエホーム
茂人はあわてて売店で週刊誌を買った。この前、営業所の長期優良住宅の性能偽装を報じたのと同じ雑誌だった。

記事では、調布市《ちようふ》でカナエホームが、建築確認申請が通ったように公文書である確認済証を偽造して、住宅建設を着工していたという。建物は必要な設計図書を揃えて特定行政庁に提出して建築許可を得なければならない。それを、あたかも許可をとったように書類をつくり、虚偽の確認番号を建設現場に掲示していたらしい。

先日の性能偽装にも触れ、カナエホームは内部統制がまったく機能していない会社だと断じていた。

こんなに不祥事が続いたら、会社はどうなってしまうのだろう。これまで会社があり続けるのは当たり前だと考えていた茂人にとって、はじめてその行く末が気になった瞬間だった。

10

河埜梓はここ一週間、毎日のように川口駅近くの商店街を歩いていた。その間に月が変わり、十月に入ってしまった。

尾形が使っていたスマートフォンのデータ復元は、まだ時間がかかるということだった。

川口には、通常業務を五時前後に終えてから会社をでて、六時ごろに着く。この時刻でもABC企画には明かりがついていることがわかったからだった。スタッフ部門はフレックスタイム制だから、この時間帯ならば少し退勤時刻をはやめればやってこられる。つまり就労時間外になるが、業務として課長にいちいち説明するのが面倒だったのだ。無給になるが、いまやそんなことには関係なく、ＡＢＣ企画の正体を突きとめたい気持ちのほうが強かった。

この前のように、こちらが雑居ビルの前を通るタイミングでＡＢＣ企画から人がでてくればいいのだが、いまのところ空振りばかりだった。

きょうもＡＢＣ企画の窓に明かりがあるのを確認してから、巡回をはじめた。小雨がふっていて、近くにくると傘をあげて窓を見る。二周目も明かりはついていた。きのうは三周目のときに明かりが消えていたのを見て、帰った。どこかで佇んでいれば確実だろうが、不審者として見られてしまえば、今後近づくこともできなくなる。

ひたすら歩いていると、あまり楽しいことは頭に浮かんでこない。

会社では、転職を考えている社員が増えてきた。業績が悪化している上に、立て続けに不祥事が起こったのだからもう先はないと、昼休みなどに囁きあっている声が、いやでも聞こえてくる。そこに、元社員のリベート問題が発覚したらどうなるのだろうか。課長がいうように誰も幸せにならない結果を招くだけかもしれない。

四周目に入り、傘を押しあげて雨を顔に感じながら見ると、ＡＢＣ企画の明かりがたったいま消えたのが目に入った。急いでビルの脇の細い道に入り、隣のマンションの先までいって振り返った。二階の外廊下に二人の男の姿を認めた。男たちは階段をおりると、商店街にでた。

梓は早足で男たちの背後に近づいた。

二人とも黒っぽいスーツ姿だった。傘をさし、並んで歩いている。互いに話すときに横顔が見えた。一人は最初にＡＢＣ企画を訪ねたときにでてきた男だった。あのときは作業着姿だった。二回目は大手ガス会社の制服を着ていた。同じ人物が違う恰好をしてもいいが、少々ギャップがありすぎる。もう一人ははじめてみる顔だった。

男たちはJR川口駅に入り、京浜東北線《けいひんとうほく》に乗った。彼らは並んで座った。梓は同じ車両の離れた場所で吊革につかまりながら立った。横目で見ていると、二人は話すわけでもなく、互いにスマートフォンをさかんに操作している。席はほぼ埋まっていて、立っている乗客は二割程度の混み具合だった。

田端《たばた》を過ぎて混んできたので、駅に停車するたびに前かがみになって観察した。上野《うえの》を過ぎ、神田《かんだ》を過ぎ、東京を過ぎた。二日間の長時間にわたる巡回に加えて電車の中で三十分も立ちっぱなし。脚と足は浮腫《むく》んで、張ってきた。靴にいじめられた爪先《つまさき》が痛い。なんで意地を張ってこんなことをしているんだろうと、疑問が湧きはじめたとき、男たちが立ちあがった。品川駅についたところだった。

梓は人混みの中で二人を見失わないように必死で追った。身長は百六十センチあるが、少しでも背の高い人が間に入ると見えなくなる。二つ並んだ頭を睨みながら、改札をでた。左にいく。このコンコースも人で溢れている。高輪《たかなわ》口をでていき、第一京浜で信号待ち。ここは雨はふっていなかった。信号が変わって、道を渡り、右に。五分ほど歩いたところにある四階建てのビルに、二人が入っていった。

すでに暗くなっているので、正確な色はわからないが、茶かグレー系のタイル貼りのごくふつうのビルだった。二階から四階は明かりが洩れているが、一階は外の玄関灯だけで、中の明かりは見えない。歩道に面している窓はブラインドがおりていて、なにも見えない。すでに営業は終わっているのだろう。大きな看板はなく、それとなく玄関に近づいてみると、ドアの横に「JSエージェント」というプレートが貼ってあるだけだった。愛想もなにもない、といった感じである。

なにをしている会社なのかも、まったく見当がつかなかった。

あまりビルの前でうろつくわけにもいかず、梓は迷っているふうを装って隣のビルに歩いていき、おなじような動きをした。どこからか見られていてもいいように、と行動している自分を奇妙に感じた。

11

長期優良住宅の性能偽装のあとに執行役員の痴漢事件が報じられ、そして建築確認に関する公文書偽造が発覚してしまった。新藤茂人から見ても、これはそれぞれの当事者が責任をとれば済む問題ではないのがわかる。

まずネットニュースの配信元や週刊誌を中心にカナエホームバッシングがはじまった。この騒ぎが大きくなれば、新聞やテレビなど、伝播力《でんぱりよく》の高いメディアでも取りあげられるといわれていた。

株価はただでさえ低迷していたのに、さらに悪化していった。

これでカナエホームは終わりなんだろうかと、茂人はつい考えてしまった。

国交省から戻ってくる社長や役員を出迎えるために一階におりると、スピーカーを通したような大声が聞こえた。表にでてみると、十人あまりの団体がいて、一人がハンドマイクを手に、デタラメな企業体質を改めろと叫んでいる。横断幕には消費者保護を考える会と書いてあるが、どんな目的で、なにを要求しているのかわからなかった。単なる嫌がらせなのかもしれないし、裏で金を要求するような似非《えせ》市民団体なのかもしれない。

受付の前にある待合用の椅子には、ふだんは見ないような顔つきの連中が座っている。そこへ総務部の課長と佐伯常務がやってきて、その客たちを会議室に導いている。おそらく総会屋の類《たぐい》なのだろう。

臨時執行役員会が開かれた。

管理本部長から、公文書偽造を犯した営業所勤務の社員を懲戒免職にした旨の報告があった。

島崎執行役員は、自宅謹慎を続けている。担当弁護士が不起訴になるように働きかけをしているが、難しそうだという。

「次に各営業所の状況をご報告いたします」宗田執行役員が立ち上がり、二十名ほどの出席者を見回した。「展示場への来場者数が前年比で三十パーセント強減少しております。また、契約直前の顧客が商談中止をいってくるケースが目立つようになりました。とくに関西地区で顕著に現れております。関西支店集計でクロージング直前の四十二件のうち、四割近い十六件が失注になりました。ほかの地域でも平均二十パーセントが同じように商談の凍結または中止になっています」

宗田の言葉の合間に、いろいろなところから舌打ちやため息が聞こえてくる。

「さらに、請負契約を締結済みで、未着工というお客さまから、契約取り消しの要求が出はじめたとの報告がはいってまいりました」

「この商売は」と、児島副社長が吐き捨てるようにいった。「財務の数字が悪化するより、こういうことのほうが影響を受けやすい。早急に信用回復の手を打たねばならんぞ」

個人顧客にとって重要なのは、信頼できる会社かどうかだ。財務状況が悪化してもなお一定の顧客がついていたのは、カナエホームの技術への信頼感があったからだろう。それが、いい加減な施工をする会社だとか、信用が置けないような人間が役員になっている会社というようなイメージを持てば、一挙に覆ってしまう。そういうことなのだと、茂人は理解した。

「それにマスコミ対策が重要なこの時期に、肝心の管掌役員が謹慎中ときては、あきれかえる」

児島が島崎執行役員を非難した。

「あんな真面目そうな顔をして、よくも破廉恥《はれんち》なことができるよなあ」

「役員にさせるには、人物面をもっと調査しないとな」

私語が飛び交う会議になった。

堂島が騒ぎを鎮めるように大きな声をだした。

「みなさん、ここはできることを着実に実行していくしか道はありません。性能偽装も確認済証の偽造も、現場での内部統制の乱れがあったことはあきらかですから、根本原因を排除できるような是正処置を実施しなければなりません。島崎の件は、いまはひたすら低姿勢で対応するしかないでしょう。不正があった事案については、事実をありのままにだしましょう。一切のいいわけなし。本人たちは懲戒免職にしたが、あくまでも不正を見抜けなかった会社の仕組みが根本的な原因だということを伝えます。したがって指示命令系統に属するすべて、むろん社長も含めて賞罰委員会で処置を決める」

ほとんどの役員の顔がしかめ面になった。

「そんな対応をしたら、ますます当社がいい加減な仕組みで会社を運営しているような印象を与えてしまうじゃないですか」

澤地執行役員だった。

「事実、不正を許してしまったんだから、そういう意味ではいい加減な仕組みだったわけです。それを真摯《しんし》に受けとめる必要があるでしょう」

「内部統制の乱れとか、是正処置だとか、そういうことをいえば、世間の人は額面通り不備がある会社、というふうに見る。いまから再発防止をするといったって、そんなものは信用されない。今回は、たまたま不正を働くような社員が二人続けてでてしまった。雇い入れた責任はあるかもしれないが、どんなに厳格な仕組みをつくっていても、本人に悪意があれば、そういうこともできてしまう。それは各社共通の内部統制の限界なんだ、というふうに持っていくべきですよ」

「それではなにも解決しない」

「そんなことはない」

澤地が声を張りあげたとき、会議室の電話が鳴った。茂人は反射的に席を立ち、受話器をとった。

「会議室です」

「総務課です。社長に至急お伝えください」電話の声は性急な感じだった。「アメリカのユーアール・ゴードンが大量保有報告書を提出してきました」

茂人は最近にわか勉強した経済知識の中から、その言葉を引っ張りだした。大量保有報告書は会社の株式の五パーセントを超えて保有した場合に報告義務があったはずだ。

「それから、ゴードン社は当社に対してTOBをしかけてきました」

TOBは株式公開買付のことで、既存株主に対し、カナエホームの株をいくらで買うからどんどん売ってくれ、というものだ。

茂人は会議を遮《さえぎ》り、堂島に電話の内容を告げた。

堂島から出席者に伝えられると、会議室は騒然となった。岡林会長は茫然としている様子だった。児島副社長は怒りを持て余すように誰かれかまわず睨みつけている。

総務課員が慌ただしく会議室に入ってきて、備えつけのパソコンを起動し、インターネットで問題の公開買付届出書を検索して、前方のスクリーンに映した。

届出者はエーユーアール・エルピーという、今回の公開買付のために新たにケイマン諸島に設置された会社だと書かれている。ケイマン諸島は税負担が少ないタックスヘイブンのところなので、こういう特別目的会社が多く設立されているのだと、総務課員が説明した。

画面がスクロールしていき、買付の目的というページには、届出者の特別関係会社としてユーアール・ゴードン社が登場してくる。投資ファンドもついているようだ。買付の目的は長ったらしい文章で書かれていたが、ようするに、日本での住宅事業の足掛かりをつくるために、カナエホームと親密な関係をつくることが目的だといいたいらしい。

買付期間は二ヶ月間で、株式の買い取り価格は昨日時点の市場価格に対し十五パーセントのプレミアムをつけ、買付数の上限は設けないとしている。

海外事業部管掌役員がスマートフォンを片手に立ちあがった。

「ユーアール・ゴードンは米国の大手住宅メーカーの一社です。昨年の売上高は日本円に換算しますと、約五千五百億円、営業利益は約五百三十億円ですね。戸建住宅が中心で、年間一万七千棟を販売しています。主体はツーバイフォー構法です」

「なんだ、うちのちょっと上ぐらいじゃないか」

「売上規模はそうですが、利益率がいいのと、総資産額が八千七百億円ほどあって、我が社の四倍あります」

「上限を設定していないというのは、応募してきた全部を買うということだな。ようは買収目的というわけだ」児島が大きな吐息とともにいった。

「どなたか、これまでにゴードン社からなんらかの接触があったかをご存じですか？」

堂島が声を大きくした。誰からも発言はなかったが、隣どうしで交わされている私語の声がうるさかった。

茂人から見て、落ちつかない様子の岡林会長や怒りが収まらないといった体《てい》の児島副社長など、ほとんどの役員がなんらかの表情を顔に宿しているのに、堂島だけなにごともなかったような顔でいる。

「業務提携が目的なら、当然事前になんらかのアプローチはあるわけですから、これは敵対的TOBと考えて差し支えないと思います。相手側の調査を至急行うことと、顧問弁護士と会計士の先生方と協議して意見表明報告書の文案づくりをします。今後、詳細が判明する都度、みなさんと情報を共有していきますが、現時点の当社のスタンスとしてはこの公開買付に対し、断固反対するというものでよろしいですね？」

「異議なし」数人から声があがった。

「では意見表明報告書に関しては佐伯常務にお願いします。ゴードン社の調査は海外事業部でお願いします。それと並行して、まずは主要株主を訪問する日程調整を総務部で行ってください。出向くのは、わたしと全取締役ですが、最短で主要株主を回れるように調整してください。本日の六時三十分より臨時取締役会を開きますから、お集まりください」

茂人はめまいを起こしそうな気分だった。この会社にはいろいろなことが起こりすぎじゃないか。役員の一人が、お祓《はら》いをしてもらおう、といって会議室をでていったが、同感だった。

「新藤」ほかの役員がでていったあとで、堂島が呼んだ。「株主への訪問調整は総務部に任せたから、きみには別のことを頼みたい」

なにかと思えば、性能偽装をした柴田と、建築確認書類の偽造をした小此木《おこのぎ》という元社員がなぜ不正をはたらいたかを調べろというものだった。

「調査委員会で調べているのではないですか？」

茂人は当然の疑問を口にした。

「あれは職場での調査だ。きみに頼みたいのは、二人の私生活を含めた調査だ」

「二人とも自分が担当している物件の着工を早めるためだといっていたそうですが、それ以外に理由があるということでしょうか」

「立て続けに起こっているのが気になる。二人に共通点はないか、あるいは二人が知り合いなのかどうかも調べてほしい」

茂人はわかりましたとこたえたが、なぜ堂島がそこまで不正事件に固執するのかがわからなかった。島崎執行役員の痴漢事件の調査も思うようにいっておらず、こういう調査は想像以上に難しいと感じているところだった。

まずは人事部にいって、柴田と小此木の入社時の履歴書と、入社後の情報をすべて印刷してもらった。これで所属部署や給与の変遷、業務経歴がわかる。

住所を見ると、柴田は千葉市、小此木は稲城《いなぎ》市だ。先に遠いほうから当たろうと決めて会社をでた。ほんとうは個人情報を社外に持ちだしてはいけないのだが、持ちだしたものはしようがないと思うしかない。落とさないようにすればいいのだと、自分にいいわけをする。

ＪＲ中央線に乗り、吊革につかまりながら資料を読む。性能偽装をした社員は柴田道雄という、三十五歳で独身。履歴書によると、東京の私大の建築学科を卒業してその年に二級建築士資格を取得している。新卒で入社したのが、茂人でも名前を知っている中堅の建設会社だ。そこに五年いてから中野工務店というところに転職している。インターネットで検索してみると、城東地区で営業している地場の工務店らしい。社員数三十名ほどの規模だった。ここを三年弱で辞めてからカナエホームに入っている。入社からずっと同じ市川営業所勤務だった。この資料をくれた人事課員によると、カナエホームは直販システムをとっているので、営業所勤務も本社にいる社員もみな同じ株式会社カナエホームに所属しているわけだが、柴田の場合は支店の欠員募集で、実質的に支店採用のようなものだという。建築学科をでて二年の実務経験があると一級建築士の受験資格を得られるらしいのだが、柴田は一級を取っていないようだ。人事考課は可もなく不可もなくだった。事件後に営業所に聴き取り調査した結果によると、柴田は実務に長《た》けていて、設計まわりの仕事は任せられる存在だったと書いてあった。勤務態度はいたってまじめで、不正をしていたのは意外だったという同僚が多かった。だからこそ、不正が可能だったのだろうが。

御茶ノ水《おちゃのみず》で総武《そうぶ》線に乗り換えた。

不正は、「長期優良住宅の普及の促進に関する法律」という長ったらしい法律違反で、虚偽の報告は三十万円以下の罰金であり、これは会社に科せられるわけだから、本人は解雇されただけだ。

書類を読む限り、ごくふつうにいそうな男だな、というのが茂人の感想だった。

新検見川《しんけみがわ》駅でおり、スマートフォンの地図を頼りに歩いた。空はどんよりしていて、足が重く感じる。

十数分歩き、この近辺のはずだと思ってまわりを見渡すと、こぢんまりしたマンションが目に入った。七階建てで、敷地はそれほど広くない。窓の並びから、一フロアに六世帯ぐらいと見当をつける。二ＤＫぐらいか。茂人自身が住んでいる単身者用のアパートよりはかなりよさそうだ。

オートロックはない。茂人はスイングドアを開けて中に入った。エレベーターホールに各戸の郵便受が並んでいる。戸数は予想とそれほど違わなかった。五〇二という数字の下に、手書きで柴田と書かれたカードが入っている。何通か封書が入っているのが見えた。

茂人はざっと郵便受全体を眺めたあと、エレベーターのボタンを押した。すぐに扉が開く。狭いケージに乗り込み、五階にあがった。道路に面した廊下はきれいなものだった。途中までいって、部屋番号の並び方だけを確認して引き返した。エレベーターが下降中だったので隣にある外階段をおり、道を回って建物の反対側にいった。戸建と二階建てのアパートが並んでいるだけなので、五階にある柴田の部屋は見えた。ベランダに物干し竿はあるが、洗濯物はぶら下がっていない。部屋の蛍光灯の明かりが見えた。東向きだから午後は暗く、照明が必要なのだろう。消し忘れでない限り、いまは在宅ということだ。つまり再就職していない可能性が高いわけだ。

とりあえず、柴田がどんなところに住んでいるかを確認したので、次に柴田の前職の工務店に向かった。

総武線で錦糸町《きんしちょう》にいき、地下鉄に乗り換えて北千住《きたせんじゅ》でおりた。所在地をネットで調べ、十五分ほど歩く。三階建ての建物に中野工務店の大きな看板があった。一階は半分が事務所で残りが駐車場になっている。いまは軽トラックが一台だけで、その荷台から工具を裏手に運んでいる作業着姿の男がいた。

「すみません」と、茂人はその男に声をかけた。

「はい」大きな声が返ってきた。年は四十代半ばくらいに見える。

「以前、こちらに勤めていた柴田道雄さんのことについて伺いにきたのですが」

「えっ、柴田？」

「ご存じないですか？」

「いや、だいぶ前に辞めた柴田なら知ってるけど」

「五年前です」

「おお、もうそんなになるか」といいながら、男が事務所のほうを見る。

「なぜ辞められたのかということをですね……」

「あんたは？」

茂人はカナエホームのものだといって、名刺を渡した。柴田が中野工務店を辞めて転職した先だと説明する。

「あいつ、なにかやったんですか？」

男の顔に好奇心が浮かんだようだった。

「いや、まあ、そういうわけでは」ここでそれらしい嘘をすらすらいえるのなら苦労はしない。

「なんか、おれがこたえるわけにゃあいかねえな。ちょっと待ってな」そういって男が事務所に入っていく。

話がおおげさになっていきそうだが、しようがない。もし、柴田といまも連絡を取り合っているものがいれば、本人に知られるかもしれないが、それも覚悟した。べつに悪いことをしているわけではないのだし。

事務所のガラス扉が開き、さっきの男が手招きをしている。

中に入ると、打ち合わせ用の応接セットに案内された。そこへ茂人の名刺を眺めながら五十がらみの恰幅《かっぷく》のいい男がやってきた。

「まあ、どうぞ」といって、茂人をソファに座らせる。

「柴田のことを聞きたいんだって？」

「そうです。できればこちらを辞めた理由など伺えればと」

「なにかやったんですか、そちらさんで？」

「いや、まあ、いろいろとですね」

「いえないことがあると……。ふつうにいってきましたよ。人から誘われたので、会社を移りたいって。うちもね、ああいう器用なやつは重宝《ちょうほう》していたから、引きとめはしたんだけどね」

「それじゃ、こちらでは評価されていたということですね？」

「ああ。こういうところにいるもんの中では優秀だったよ。自分でいろいろできるしな。そうはいっても、大手並みの給料払うってわけにもいかねえ。そのへんが不満だったんだろうよ」

茂人は一つおかしな点に気づいた。柴田本人は人に誘われてといっていたようだが、実際は求人広告を見て応募してきたのだ。見栄を張っていたとも考えられるが。

「あの、在職中に親しかった人はどなたかいらっしゃいますか？」

「さあてね。人づきあいはあまりいいほうじゃなかったようだが、おい」と先刻表で茂人の相手をしてくれた男を呼んだ。

「おまえ、飲みにいったりしてたんだろう。話を聞きてえとさ」というと、恰幅のいい男が立ち上がった。

「いいんですか、専務」

「べつになに話しても構わんだろ。せっかく遠くからおいでなんだから」もうどうでもいいように、奥へ引っ込んでいく。

「で、なにを訊きたいんですか？」相手はゆったりと肘掛け椅子の背もたれによりかかると、煙草を取りだした。

12

「不祥事続発で、そちらの社内はどんな具合だね、ミスター」鈴木会長が遠隔会議装置に向かって、笑いながらいった。

「混乱しているよ。痴漢事件のほうは、一般人も目にするから、営業的なダメージは大きい。それに建築確認書類の偽造なんか一般紙で取りあげないかと思っていたが、その前に痴漢事件があったから、期待以上に大きな扱いだった」

「岡林はどうしている」

「まさに意気消沈。最近は会社にでてこない日もあるくらいだ」

「狙い通りだな。それで、堂島のほうはどうだね？」

「まったく腹が読めない男でね。動揺しているふうではないな。そこまで肝が据わっていると は思わなかった」

「最後は冷静な判断をしてもらわなくてはならんから、それはそれでいいんだが。あんたは、せいぜいそっちの会長を動揺させて弱気にさせることだよ。会社の経営が嫌になるくらいにな」

「それは任せてくれ。それより、うちを手に入れてからのことだ。すぐにわたしが社長になるのではだめなのか」

「そう焦りなさんな。決算を二度迎えたほうが、スムーズにいくと思うがね。再来年の六月に開く定時株主総会がベストシナリオだよ」

「あの男にもう一期社長をやらせるのは危険だ。このままだと一年後には、まったく違う会社になっているぞ。あとを継いだものが大変になる」

「ようするに、あんたはあの男を恐れだしたということだな」

「それは認めるさ。だからできるだけ早く決着をつけてほしい」

「検討しておく。あんたは自分の役目を果たしてくれ」

会議が終了し、装置を切ったあと、鈴木が中丸にいった。「カナエの社内の様子に関して、おまえのほうにはなにか情報が入っているか？」

「活気がでてきた、という話は聞きました」

「これだけ不祥事が起こってもか？」

「さっきの話の通り、経営陣は参っているようですが、一般社員の一部は逆に元気がでているみたいですね。そういうところから新社長を支持する声も少なくないと」

「そうか。やつが懸念しているのもそのあたりか。中丸、全体の進捗《しんちょく》状況が知りたい。もう一つの会議のあとに報告してくれ」

「わかりました」

中丸は、いったん会長室をでて、部下に資料をつくるように指示をだし、三十分後にもどった。

会議テーブルの上に置かれた遠隔会議用の装置が、すでに相手からアクセスがあったことを示すインジケーターを光らせていた。

会話ができるようにすると、すぐに向こうから応答があった。

「佐野です。そちらのメンバーは？」

声に焦りが感じられた。

「鈴木会長と、中丸です。別府はアメリカにいっていて、きょうは不在です」

「ああ、鈴木さん。少し計画をはやめてもらえませんか」

似たような言葉を先刻聞いたばかりだった。

「焦りは禁物だよ、佐野さん。我々がどれだけ長い時間をかけて準備をしてきたか、わかっていないようだな」

「わかっていますが、しかし、プロジェクトのほかのメンバー会社からの突き上げが激しくなっているんですよ。なんとかお願いします」

「我々がこれだけ時間をかけているのは、美しい買収にするためだ。それはわかるな？　ＨＱはけっして悪役になってはいけないのだよ」

鈴木が優良とか美しいと形容するときは、ＨＱがそういう体裁を維持するために、汚いことはすべて自分たちがやるという意思表示なのだ。手段は選ばないが、あくまでもＨＱに傷をつけない。だから佐野が通常の外部業者に発注している感覚だと困る。

「しかし」

「他社から突き上げられて困るというのは、あんたの都合だ。我々は、あんたらのために動いているのではないということを忘れんでくれ。ここはあくまでもHQのためにある。雇われ役員の意向をいちいち聞く気はないから、二度とそういう要求はせんようにな」

「わ、わかりました」装置の向こうの声がとたんに弱々しくなった。

「それより、きょうの本題だ。さっきアメリカにいっている別府から連絡があった。先方が覚書にサインしたそうだ。あんたは社内の稟議《りんぎ》手続きを進めてくれ」

「了解です」

会議を終えたあとに、会長がいった。

「あの佐野というのは、少し気が弱そうだな。押しの強さでのしあがってきたという話だったが、根はそうでもないのかもしれんぞ。そんなことで務まるのか」

「そうですね」

「さっきは、スケジュールの変更はしないといったが、中丸、少し計画をはやめられるか、検討してみてくれ。あの連中を少しは安心させてやらんと、焦るあまりどんなボロをだすかわかったものではないからな」

鈴木はそういうと、腕貫をつけ、マッチ箱の蓋を開けた。

細工はだいぶ進んできて、中丸にもなにをつくっているのかがわかるようになった。

「会長、これは城ですね」

「そうだ。どこの城かはわからんだろう」

「まったく」

いまは石垣ができた段階だから、その上にどんな城ができるのかはわかるはずがない。あったとしても、言い当てる自信は皆無だ。

「これは駿府《すんぷ》城だ」

「ああ、そうですか」中丸はとりあえずの相槌をうった。

「徳川家康《とくがわいえやす》が隠居後の居城にしたところだ」

それを聞いて納得した。鈴木は日頃から尊敬する歴史上の人物として家康をあげているのだ。あの時代に天下をとるには、きれいごとだけではすまなかったわけだから、そういうところに共感を覚えているのかもしれない。

「会長らしい選択ですな」

「そうだろう」

鈴木が満足そうに笑った。

13

目の前に思いつめたような顔があった。至急お会いしたいと電話をしてきた建具メーカーの社長だった。増本健太郎は打ち合わせコーナーの椅子を勧め、自分も対面に座った。

「どうしたんです、急に？」

この社長とは気さくに話ができる間柄のつもりだったが、いまはやけに他人行儀だ。ふだんなら席につく前に二つ、三つは冗談をいうような男なのに、これまで無言を通している。

「増本さん、きょうはうちの製品の値上げをお願いしにきたんです」

「えっ？」つい一月《ひとつき》半前に新価格を設定したばかりだった。販売契約書もある。「この前更新したばかりじゃないですか」

「あれから実際にやってみて、いまの値段では無理だとわかったんです。契約上は三ヶ月前に条件変更の話し合いができることになっていたので」

「ちょっと待って。いったいいくらにしようとしてるんですか？」

相手はいいよどんだが、数秒後に口にした価格は三割アップだった。

「それは……。うちとはもう取引しないっていっているようなもんじゃないですか」健太郎は交渉の席の常として、憮然とした表情をつくろうとしたが、その必要はなかった。本気で頭にきたからだった。

「いや、なんとも」

社長は恐縮したように俯《うつむ》いたまま顔をあげようとしない。ポーズだろう。恐縮もしていなければ、取引がなくなってもいいと思っている。この会社の売上の三割強はカナエホームが占めているはずだ。それを失っても事業を続けられるということは、理由は一つしかない。

カナエホームに代わる大口の取引先ができたのだ。

14

ガラステーブルの上に、角がひしゃげたスマートフォンと、USBメモリーが載っている。データの復元が終わったのだ。すべては無理だったが、断片でも拾える部分は拾ったという報告だった。

河埜梓はその横に領収書を置いた。立て替え払いのつもりだが、いつこの領収書が日の目を見るかはわからない。

USBメモリーを自宅のノートパソコンに差す。

尾形が自分で記録したと思われるのは、画像データと、音声データだった。復元を担当した人のメモでは、画像はスマートフォンで撮ったものが十枚あり、うち三枚は削除されていたデータを復元したとある。音声は通話の録音で、これも削除されていたのをできるだけ復元したという。

残されていた画像の七枚は、どこか旅行先で娘たちを撮ったと思われるものだった。復元された三枚は、どれも欠損部分があり、どういう状況で撮ったものか判断するのが難しかった。三枚とも背景は同じような色調なので、同じ場所で撮ったと推測できる。明るい色のタイルを貼った建物の外壁のようだ。一枚目は男が二人写っている。手前の男の左後ろと、奥の男の右横顔が写っている。奥の男が手前の男よりかなり背が高い。

次の一枚も同じような構図だが、背の低いほうの男がこちらを振り向いたときのもので、正面が写っているはずなのだが、中心のデータが欠落している。三枚目はデータの欠損状態がもっとも激しく、なにが写っているのか定かではなかった。

画像データには注釈がついていた。それぞれのデータにはジオタグというデータがついていて、撮影したときの緯度、経度がわかったとある。このデータをインターネットの地図アプリに入力すれば、撮影場所が特定できると書いてあった。

書かれている通りにアプリを立ち上げ、数字を入力すると、画面に地図が現れ、新宿西口にある新宿グローリーホテルが表示された。梓もなんどかいったことがある。写真を見ながら記憶をたどる。おそらくこの写真の背景はホテルのエントランス付近、車寄せのあたりではないかと見当をつけた。

音声データは、どのパソコンでも聴ける形式にデータ変換しているという断り書きがあったので、指定されていたソフトで再生をはじめた。たえず雑音が混じり、音質はかなり悪い。

「モシ…シ」雑音に混じって、やっと聴きとれた。

「あなたと同じ会社のもんだ」こちらの声は聴きとりやすかった。おそらくこれが尾形なのだろう。

「ナノッテ…レ」

――名乗ってくれ。

「尾形ですよ。資材部の。あなたは知っているんでしょう。おれが仲間だということを」

「ナニヲイッテイルノ……ナイ」

なにをいっているのかわからない、といったようだ。

「とぼけるのはやめましょうよ。あなたが、ナカマルと逢っているところを偶然見てしまったんですよ。なんだったら写真も撮ったから、お見せしてもいいんですよ。二月十二日に新宿で撮ったんですが、覚えがあるでしょう」

「……ゼイノヒ…ニアッ……イル……デ……イ…レテ…コマル」

おおぜいの人に会っているので、そういわれても困る？

「ナカマルですよ。まあ、ああいう連中だから、あなたには別の名前をいっていたのかもしれないけど。もっともおれはナカマルの正体を知りませんがね。知らないまま使われているんですよ。でもあなたぐらい偉い人だと、ナカマルがどんなやつなのかとか、社内の誰があの連中に使われているだとか、そういうことは全部知っているんでしょう。社内で妙なことをしたら、すぐにわかるようになっていると脅されたことがあるんですよ。それはあなたが、目を光らせているからなんでしょう」

「シラン…ナン…コト…ワカラ…イ…キルゾ」

知らん。なんのことかわからない。切るぞ？

「息子さんのことも知ってしまったんですが、その話も聞きたくはないですか？」

ここで沈黙が十秒以上続いた。

「人の弱点をついてくるのがあいつらの手口だ。あなたクラスなら、おれみたいに借金なんかじゃないだろうと思ったよ。じゃあ、なにがあるか？　興味があったんで、調べた。ドラッグをやっていたんでしょう？　はじめてだったんで、軽い処分で済んだらしいけど、親にしたら心配ですよね。会社に知られたら、一発だし」

「ナニ…ノゾ…ダ」

なにが望みだ？

「二千万で手を打ちましょう。どうせあいつらから、かなり手当はでているんでしょう。おれがもらっている金額を考えても、けっこういい金を手にしているはずだ。軽いもんじゃないですか」

「カルイ……ケガ……イ…ソン…モノ…ゼ…ブミタシタ」

軽いわけがない。そんなもの、全部満たした？

この後半はまったく意味が通じない。ゼンブミタシタに聞こえるが。

「なんだって？」

「ソン…タイキ…ナイ」

そんな大金ない？

「いまんところは、月割りにしときましょう。毎月、最低百万で。送金方法はあとで知らせますよ」

録音はここまでだった。

梓は聴いているそばから鳥肌が立ってきた。これが同じ会社の人間同士の会話だというのか。

自らもその会社にいるものとして、とてつもなく恐ろしい。

尾形が死ぬ前の四ヶ月間に振り込まれた百万円、二百万円は、これだったのだ。相手の声は不鮮明で、誰の声なのか、まったくわからない。

そして、ナカマルというのは誰だろう。尾形が話していた内容から、ナカマルが尾形や偉い人の弱点をついて、社内でなにかをやらせているらしいとわかる。弱点をつくだけでなく、報酬も与えているらしい。それが尾形の場合は月五十万円なのだ。

社内で妙な動きをすれば、すぐに、ナカマルにわかってしまう。尾形の推測では、偉い人が監視役でもあるということになる。たしかに地位があがればあがるだけ、社内全般の情報は集まってくる。どこかの部署の担当だとほかの部署で起こっていることなどわからない。尾形が偉い人というからには、少なくとも部長以上の役職だろう。

どうしよう。尾形は「偉い人」だけが社内にいる仲間の社員全員を知っているのではないか、という言い方をしていた。つまり社内に尾形のようなものが何人もいると考えなければならない。梓は思わず、人事部内の様子を思い浮かべた。上司がそうかもしれないし、同僚がそうかもしれないと考えると、下手に社内で相談できないとも思ってしまう。

それに尾形のようなものとは、いったいなにをしている社員なのか、という根本的なことがわかっていなかった。彼らはカナエホームでなにをしているのだろうか。尾形一人なら、リベートをもらっていたのではないかということで済んでいたが、第三者の意思が働いていて、組織で行動しているのであれば、話が違ってくる。

この写真と音声が手がかりになるんだろうか？　梓はパソコンの画面に焦点の定まらない視線を向けた。写真を撮った場所はわかった。そういえば、撮影日もわかっているのだ。復元データの説明文を読む。男たちが写っていた写真の撮影日時は、二月十二日十四時四十八分になっていた。

つまりその日の午後、尾形はグローリーホテルのエントランス付近にいたことになる。そして「偉い人」も。いまから八ヶ月以上も前のスケジュールをどうすれば調べられるだろう。偉い人を部長以上とすると、人数もそうとういるし、一人ひとりのスケジュールなど調べようがない。

梓は、結論がでないまま、寝不足の状態で、翌日出勤した。

すぐに復元を依頼した会社の社長に電話を入れ、復元した内容はほかには洩らさないように頼んだ。社長が仕事柄、守秘義務は絶対だから安心してほしいと断言してくれた。梓は、復元した方法や途中のデータなど、たしかに尾形のスマートフォンのデータだと証明できる材料は保管しておいてほしいとつけくわえた。復元できたら尾形夫人に知らせることになっているが、これは当分いえないと思った。

15

茂人は稲城駅で電車をおりた。空はどんよりとしている。気温は二十度ほどだが、湿気があって首元が蒸すような感覚があった。

無確認物件の工事監理および虚偽の確認済証の作成を行ったのは小此木修平《しゅうへい》といい、この駅の近くに住んでいる。違反が複数件におよんだことで、建築基準法と建築士法違反により業務停止八ヶ月間程度の処分を受けることになるらしい。

カナエホームに中途入社してきたのは四年半ほど前だ。柴田と同様に最初から営業所勤務である。こちらは求人広告ではなく人材紹介会社からの紹介だった。実力のある中堅ゼネコンの前谷建設出身ということで、すんなり決まったという。四十一歳で独身だが、過去に離婚歴があるようだ。これればかりは、会社で社員の戸籍を提出させるわけではないので、噂にすぎない。

それにしても入社時期が柴田と近いのが気になる。

その柴田は中野工務店で訊いた話によるとギャンブル好きだったらしい。競馬場へ一緒にいったことがある元同僚は、柴田の競馬は極端な大穴狙いだといっていた。純粋な勝ち馬予想ではなく。こんどのレースは大穴のでる要素がいくつもある、といった類《たぐい》の予想だったという。

「そんな万馬券、くるわけないだろうというと、こういう日並びはくるんだとか、台風のあとの最初のレースは、とかいいはじめるわけでね。よく調べているんだけども、科学的じゃないんだよ」

元同僚はそういって、その結果、消費者金融にかなりの借金があったのではないか、という噂を教えてくれたのだった。

「実際は知りませんよ。でも一回、それらしい人と会社の近くで話していたのを、うちのもんが見ているんで、たぶんそうだったんじゃないかな」

それらしい人とは、消費者金融の取り立て屋という意味だろう。

茂人はきょうの午前中にもう一度柴田のマンションで聞き込みをしてきた。柴田は中野工務店にいたころから同じマンションに住んでいる。つまり七、八年いるのだ。郵便受の名札を見て、柴田と同じくらい年季が入っている札を探し、その住人に消費者金融の取り立て屋のような連中がきたことがないかと訊いてみた。そうしたら、一人が、たしかにかなり前にはそういう連中がきて、怒鳴るような声を頻繁に聞いたことがあったという。しかしここ何年もそういうことはなくなったと。詳しく聞いていくと、その変わり目が五年前だとわかってきた。ちょうどカナエホームへ転職したころに当たる。

営業所での、まじめな社員という評判とは大違いだった。カナエホームでは猫を被っていたわけだ。

さて小此木だ。

駅から五分の賃貸マンションだが、柴田のところに比べると洒落《しゃれ》た雰囲気で、家賃もそうとう高そうだった。

茂人は前に使ったのと同じ手で、不動産会社から家賃を訊きだし、十六万円だとわかった。独り身にしては贅沢な感じがしないでもない。

どんな住まいかがわかったので、次は前の職場での評判である。小此木もまた営業所では品行方正で、不正をはたらくような人だとは思わなかったという感想が多かった。

カナエホームにくる前の職場で聞き込むにしても、柴田のときのような小さな工務店ではなく、社員が千名を超える中堅のゼネコンだから、簡単には小此木を知っている社員を探せないだろう。前谷建設の中に、知り合いでもいればいいのだが——。あっ、と思わず声がでた。

小此木と同じように前谷建設からカナエホームに転職してきた社員がいるのではないか。その社員に元同僚を紹介してもらえばいいのだ。

茂人は会社に戻って、人事部人事一課に急行した。柴田や小此木の資料を用意してくれた課員の席にいき、事情を話した。

「で、前職が前谷建設の社員を探してほしいんだけど」

「うちの社員は一万人いるんだよ」茂人と年が近そうな課員が、顔をしかめて睨んできた。

「だめか」

「最終学歴と前職はデータベースに入っているから、検索できないことはないけど」

もったいつけずに早くいえよ、と思ったが、茂人は丁重にお願いした。

「意外だなあ。一人しかいなかった」課員がモニターを見ながらいった。

「本社？」

「ああ」

「誰？」

画面を覗き込もうとすると、課員がウインドウを閉じた。

「これは課長の決裁がいるんだよ。本人にもこのことを秘書室に伝えていいか、お伺いをたてなけりゃならない規則だ。個人情報なのでね」

前谷建設の社員だった人物の名前と所属がわかったのは翌日になってからだった。

茂人は十四階にある第二設計部にいった。中岡美佳《なかおかみか》という二十代半ばに見える女性技術者だった。前谷建設には三年ほど在籍していて、去年転職してきたらしい。

小此木はカナエホームにきてから四年半経つから、二人が前谷建設で一緒に働いたことはない。茂人は中岡にいまでも前の職場の人たちと連絡を取り合っているかを訊いてみた。

「同期の子たちとはいまでも会いますよ」

茂人は、その友達に頼んで、小此木をよく知っている人の名前を何人か聞きだしてほしいと話した。

「小此木って誰?」

「きみと同じように前谷建設からうちに転職してきた男だよ」

「それをなぜ秘書さんが調べているの?」

「ここだけの話だよ。彼は調布営業所にいたんだ」

「ちょっと待って。じゃあ、ひょっとして建築確認書類を偽造しちゃった人?」

「そうだ」

「エーッ」中岡が大きな声をだして、あわてた様子で周囲を見渡し、小声になっていった。

「前谷建設出身者は不正をする、なんて見られたら嫌だなあ」

「誰も結びつけないだろう」

「上のほうはわかんないじゃない。当然、その小此木って人の前職がどこかなんて話題になったと思うし」

その可能性はなきにしもあらずだ。

「で、頼めるかな？」

「もちろん。会社は関係なく、その人個人の問題だってことをはっきりさせなきゃ。任せておいてください」やけに憤慨して、胸を張る。

ここは彼女を頼るしかないので、茂人は、よろしくと頭を下げた。


中岡美佳から連絡があったのは、四日後だった。

「あたしの同期の尊敬している先輩が、小此木って男をよく知っていたの。話を聞きたい？」

内線電話でそういってきた。むろんだとこたえると、最低、懐石かフランス料理のフルコースだと脅迫まがいの言葉が返ってきた。

「ちょっと待ってくれ。どんなメンバーなんだ？」

「あたしと同期の子と、その先輩。必要最低限にしといたから」

必要最低限というのは、その先輩一人なんじゃないか？　もともと小此木を知っている人の名前さえわかったら訪ねていくつもりだったのだ。余計なものが二人もついて、そのうえコース料理だと。こんなのが経費で落ちるのだろうか、と心配になってきた。

「どうした新藤、変な顔をして」いつの間にか、堂島の会議に同行する時刻になっていた。堂島が茂人の肩を叩いて、いこうか、といいながら廊下にでていった。

茂人はあわててノートパソコンを手にしてあとに続く。会議室にいく途中で事情を話し、窮状を訴えた。

「わたしはべつに食べたくないんですが、社長命令のためにしかたなくいくんですから」

「それは経費の請求はしにくいだろうな。いやあ、うらやましいなあ。美女に囲まれて食事するんなら、自腹を切るんだな」

「美女かどうかわかりません」

ちょっと、むっとした。この経費は断じて自分のために使うんじゃないといいたかった。

「いい店を紹介してあげよう。たぶん、美女たちの口も滑らかになるだろう」

「高いんですよね？」

「一人一万五千円くらいじゃないか。あとは飲み代がいくらか」

「無理です。四人でいくんですよ」

「給料日まで、毎日おにぎり二、三個で我慢するんだね。いやあ、うらやましい」

「代わりましょうか」

「財布だけ代わってやるか」

「えっ？」

「わたしが全額持つから、贅沢してこいよ。日頃頑張っている褒美だ」

早くいってくれよ、といいたかった。

通路に面した木戸が開けられていて、庭の石灯籠《いしどうろう》が見えた。ライトアップされた日本庭園は、都会の真っただ中にいることを忘れさせてくれる。玄関に入ると、黒光りしている木が圧倒的な威厳を放っていた。江戸期には、どこそこ藩のなんとか屋敷だったのを利用してつくられた料亭だという。東京が空襲されたときも一部を焼失するだけで母屋は残ったということだった。予約の電話を入れたときに、直前にキャンセルがあったとかで、運よく二日後の木曜日に個室がとれたのだ。

「すごい。由緒ある感じで、さすが秘書さんは知っているところが違うわね。この建物、そうとう古いんでしょう？」

中岡美佳が無邪気に騒いでいる。茂人は質問が聞こえなかったように前へ進む。どこそこの藩も、なんとか屋敷も、堂島がしっかりと説明してくれたのだが、茂人の頭の中には残っていなかった。

しかし女性陣の心はとらえたようだ。

通された座敷には床の間《とこま》があった。どこに誰が座るかでしばしもめたが、前谷建設の二人に床の間を背にしてもらった。中岡の同期の女性と、その先輩にあたる女性だ。

先輩のほうが伊東真弓《いとうまゆみ》という名で、茂人の推測では、四十代半ばといったところだった。

「わざわざどうもすみませんでした」茂人はとりあえず頭を下げた。

「いいえ、いいんですよ。なんかこんなすごいとこにお招きいただいて、恐縮ですわ」

そういう伊東真弓の顔は少しも恐縮なんかしていなさそうだった。わざとらしい語尾の使い方といい、下手をするとどんどん向こうのペースになっていきそうだ。

そのとき襖《ふすま》が開いて、紫色の着物姿の女性がおしぼりと、小さなグラスを持ってきた。食前酒用の山桃の酒だという。そして本日の献立という紙片を各自に配り、飲み物を訊いた。

茂人は生ビールだったが、若い女性二人は、甘ったるそうな名前のカクテルで、お局《つぼね》様ふうの伊東は、銘柄を指定した焼酎のロックだった。

頼んだ酒類が出そろい、先付《さきづけ》がきたところで、茂人は本題に入った。

「きょうは、小此木さんのことを伺いたくてお集まりいただいたのですが、伊東さんは小此木さんとは」

「同じ設計部でした。課は違いましたけど」

「どんな人だったんでしょうか？」

「あたしが彼のことで一番印象に残っているのは、女好き、かなあ。うん、それしかないかも」

この女性は見た通りの遠慮がない性格の持ち主のようだ。

「どんなふうにですか？」

「噂よ。あくまで噂なんだけど。あたしは見たわけじゃないから。当たり前だけど。ほら、クラブとかキャバクラっていうの？　女の人がいるお店があるんでしょ？」

「はあ。ぼくはあまり詳しくはありませんが」

「また、またあ」伊東女史はいまにもこちらの肩を叩きそうな勢いで大きく手を振り回して喋る。まあ、アメフト部の連中はそういうところが好きだったから、つきあわされたことはあるけれど。女史の振り回された手がとまり、人差し指が茂人の顔の前に突き出された。「そういうとこの女性が好きだったらしいの。会社にいるような素人《しろうと》の子ではなくね。もっとも、相手にする女子社員もいなかったと思うけど」

椀物がきて、女性たちの意識が食事に流れる。入っているのはなんとかという魚の葛《くず》打ちに胡麻《ごま》豆腐だという。女性たちのにぎやかな感想が終わり、おおかたが口中に消えたところで、伊東の話が再開された。

「なんというのかな、入れ揚げるタイプっていうの？」いちいち語尾をあげて、相手に質問するような話し方をする。「お店でお金を使うばかりじゃなく、プレゼントをするんだって。それも高いアクセサリーとか時計とか」

「御社は給料がいいんですか？」

「なにいってんのよ。建設会社だよ。それも大手じゃなく。いいわけないいじゃない」

「だって、そういう女性に贈るのならかなり高そうじゃないですか」

「ふだんは残業をバンバンやってたからね。残業代が半端なかったでしょうよ。とにかくね」

伊東女史がロックグラスをぐっと空けて、「ボーナスは全部そういうのに使っちゃうんだって」

「当時、結婚は？」

「入社してけっこう早く結婚したんだけど、二年もしないでわかれたって。原因はやっぱり浮気みたいだけど。もう、病気よ」

お椀を下げにきたときに、伊東は焼酎のロックのお代わりを頼む。若い二人の女性たちは、自分たちの話題で勝手に盛り上がっている。

小此木は女。柴田はギャンブル。そういうものにはまりやすい連中をカナエホームは採用していたのだ。人を見る目がなかったというべきか。

それにしても、小此木と柴田は、なんとなく似ているような気がする。なにが似ているのだろうか。

考えごとをしていて、ふと我にかえると、目の前にお造りが置かれていた。

「小此木はなんで会社を辞めたんですかね？」

「退職金目当てだといわれてたけどね。そんなに長くいたわけじゃないから、せいぜい二百万ぐらいのもん？」

「女性にプレゼントするためにですか？」

そうはいったものの、退職金で贈り物を買うのはどうかしている。

「そのときはサラ金にかなり借金があったって話だから。ああいうとこって、返済が滞るとブラックリストにのるっていうじゃない。それで、退職金で清算したんじゃないかって」

似ているのはそれかと、茂人はようやく思い当たった。消費者金融からの借金が膨れ上がった時期とカナエホームに入社してきた時期が近いのだ。

これはなにか摑んだのではないか？　そう思うと気分がよくなってきた。このあとの松阪牛《まつさかうし》の陶板焼き以下、ぞんぶんに味わうことができた。

第三章

1

布団や毛布が積み重なり、一山つくっていた。タオルもあれば、さまざまな洋服に下着が、これも山となっている。調理器具、食器、本や雑誌、電化製品が並ぶ。

増本健太郎は地下倉庫に足を踏み入れて、一緒にきた白井小枝子と顔を見合わせた。

「まるでフリーマーケットね」

白井がそこらじゅうを動き回っている西野苑美に声をかけた。

「だってフリーマーケットで買い集めてきたんですもん」

この企画が通った直後に苑美は業務提携している引っ越し業者のところへいき、標準的な家族構成のところから引っ越し依頼があったら教えてくれと頼みこんだらしい。連絡があると現場に出向いては、引っ越し荷物の種類と量を数えさせてもらったという。依頼主への謝礼はたいしたことはないので、安上がりで早いリサーチ方法だった。次に数軒分のリストをもとに、こんどは街にでて、フリーマーケットや古着市などで、使い古されているが趣味のいいものを集めてきた。その成果がいま目の前の山になっているというわけだ。

「そこ、もうちょっと中に入れて」苑美がスタッフに調理器具の山の移動を指示している。どう積めば、写真に撮ったときにボリューム感がでるのかを懸命に考えているようだ。

「それにしても凄いわね」白井はこれから家一軒に収めようという家財の山を見あげた。この倉庫は天井高が五メートルある。苑美はできるだけ高く積み、その脇に人間を配して撮影をしようとしている。

「迫力ありますよね。これが全部収まるなんて信じられない」そういいながらスタッフに指示を送る。

そのとき、苑美を大声で呼ぶ声がした。倉庫の入口を宣伝課員が走ってくるところだった。今回のことで彼女とチームを組んでいる女性だ。

「これ、これ」と息を切らせ、苑美に紙を渡す。

それを見た苑美の表情が変わった。

「どうしたの？」白井が近づいていった。

苑美が無言で紙を渡した。新聞のチラシ広告のようだった。健太郎は、白井の後ろから覗きこんで、大きな字を拾い読みする。

「なにこれ？」白井が悲鳴のような声をあげた。

健太郎はチラシに書かれている社名を見た。関東ハウス――。たしか、埼玉県を拠点に建売住宅を大量に供給して成長してきた会社である。いわゆるパワービルダーといわれる建売業者の一社だが、数年前から全国展開を狙って、各地の住宅展示場へ積極的にモデルハウスを出展している。大手ハウスメーカーの半値という低価格を売り物にしている会社だった。

「完全にかぶってるっていうか、パクられたんですよ、これ」苑美も興奮気味に叫んでいる。

「偶然、ということは……、ないわよね」

「あるわけないじゃないですか。キャッチコピーも、モデルハウスのつくり方も同じじってこと、あるわけないもの」苑美が憤慨しながら、急に一点を見つめた。「でも、これ、社内でも極秘密にしてきたじゃないですか。知っている人は、そんなに多くないですよ」

「とにかく、いってみましょうよ。モデルハウスのオープンはきょうになっているから」

「ええと、新宿の総合住宅展示場ですね」

撮影を中止して、みなで会社を飛びだした。

新宿の総合住宅展示場には十二社のモデルハウスが並んでいた。

もっとも奥に関東ハウスがあった。モデルハウスの前には青地に黄色の文字で、関東ハウスのエコ住宅とか、ダブル断熱の家などと書かれた幟《のぼり》が立っている。ひときわ目立っているのは、モデルハウスの壁面に掲げられた横断幕で、そこには「雑然だけど美しい家」という文字が浮かんでいる。

「入ってみましょう。わたしと増本さんが夫婦で、西野さんは妹という設定でどう？」

「はい」と苑美があかるく返事をし、白井が先に立って玄関を入っていったあとで、健太郎の背中に「ねえ、お義兄《にい》さま」とささやいてきた。

健太郎が振り向くと、「奥さまがお待ちですよ」と、嫌みったらしくいう。

仕方なく玄関を入ると、すぐに営業マンが顔をだしてきた。

「見せてもらっていいですか？」白井が取り澄ました顔でいった。

「もちろんでございます。どうぞ」男性の営業マンがスリッパを勧める。三人が靴を脱いであがると、すかさず名刺をだしてきた。

「どうも」白井が名刺を受け取り、居間のほうに歩いていった。営業マンが健太郎にも名刺を差しだしたので、手を振って断る。妻がもらったからもういい、というふうに。

「もしよろしければ、最初に紹介ビデオを見ていただくと、わかりやすいと思います」

「まず一通り、どんな感じか見せていただいてからね」と、白井は奥に入っていく。乗り込んでいくという迫力がある。

十六畳ほどのリビングダイニングには、応接セットと、その向こうに食卓が置かれていた。応接セットのローテーブルには雑誌や新聞が載っている。

サイドボードの上には、観光地で買ったような小さな人形やら置物やらが隙間なく並んでいる。壁には額縁入りの絵画や写真がかけられ、食卓には料理の本が数冊置いてある。

「はい、ではそのように。一度こちらにお座りいただいて、アンケートにご記入いただければと」

白井が受け取り、健太郎に渡してきた。しようがないので、ソファに座って、適当な住所をゆっくりと書く。最近はインターネットの地図サービスで、住所を入れるとその場所の景色が見られるから、でたらめだとすぐにばれてしまう恐れがある。住宅の営業マンは、まずは客がどんなところに住んでいるかをチェックしてから話をはじめる可能性があるから、ここは時間稼ぎをする必要がある。

白井と苑美が歩きまわっている気配を感じつつ、一つひとつの項目にどうこたえようかと迷っている優柔不断な夫役を演じる。

白井がキッチンでカップボードの扉を開けている。ここからは見えないが、おそらくその中に調理器具や食器がぎっしり詰まっているのだろう。

和室を見て、早々に二階にいった。いろいろな扉が開けられる音がする。

健太郎がアンケートを書き終わらないうちに二人が一階におりてきた。

「あの、ちょっと伺いたいんですけど」白井が営業マンの正面に立った。「ここ、展示場なのになぜこんなにきたなくしているんですか?」

「いや、これはきたなくしているわけではなくてですね、実際に住まわれるとこうなる、ということをお示しするという新しいコンセプトでやらせていただいております」

「ああ、それが表に書いてあった雑然だけどなんとか、というものなんですね？」

「さようでございます」

「でもこれ、ほんとうに雑然としているだけですよね」

健太郎はボールペンを動かすのをやめて、白井の顔を見た。かなり怒っているのがはっきりとわかる。

「いや、そういうわけでも」

「でも、そう見えますよ。なにか工夫をしているんですか？」

「ええ、弊社の特徴は収納スペースにありますので。たとえば廊下のこの収納ですね、他社さんではデッドスペースにしているところをうまく収納として利用しております。はい」

階段下を利用した収納スペースだ。健太郎は立ち上がって、三人の隙間から見てみた。間口の割に奥行きがあり、階段の低い位置に当たるところは、扉を開けても手が届かない。ものを置いても出し入れできないようになっている。白井の設計思想では、こういうものを収納とはいわないだろう。

「これを設計した方に、ご自分が住みたい家を設計なさったらと、伝えてくださいな」

白井の言葉に、営業マンが口を開けて絶句した。

「どうもお邪魔さまでした」白井は苑美を伴って、さっさと玄関に向かった。靴を履くと、後ろを振り返らずに外にでていった。

健太郎は、書きかけのアンケートを営業マンに押しつけるようにして、「ちょっと、女房のお気に召さなかったようだね。残念でした」といいながら靴を履き、急いで玄関をでた。

「馬鹿にしてるわ」白井が憤慨していた。

「きたないだけだったわ」苑美が同調する。

「でも、あんなものでも先行したことになるのよね。うちがやったら二番煎じといわれる」

「そうですね。ニュース性もなくなっちゃいます」

「あんな雑な仕事で、うちの計画を潰されるなんて悔しすぎるわ」

健太郎も、そう思った。関東ハウスのモデルハウスは「雑然だけど美しい家」というコンセプトに沿ってつくられたのではなく、既存の建物に、単にものを詰め込んだだけのものだ。

「あれ、完全にやっつけですよね」苑美が興奮気味にいった。「つまり、うちのパクリだってことですよ。本気で考えたわけじゃなく、おそらく言葉だけが伝わったんだわ」

「言葉だけ……」

「どうしたんですか？」

「なんか変だなと思ったのよ。言葉だけだったんだわ」

「どういうことですか？」

「アイディアを盗んで自社で同じことをしようとした割にはお粗末すぎるってこと。ほんとうになにかを表現しようとしたんじゃなくて、『雑然さが様になる家』という言葉だけが伝わった。まるで、このキャッチコピーに合うモデルハウスをつくってみろといわれて、つくったという感じがしない？　だから、単にものを詰め込んだだけの家になったのよ」

「ちょっと待ってください。それはつまり、関東ハウスが自社の製品をお客さんに訴えるためではなく、誰かに――」

「そう、誰かに頼まれた。そんな感じよね」

「目的はなんです？」

「それはわからないけど」

「ちょっと気味が悪いですね。で、これからどうします？」苑美が不安げな顔つきでいった。

「二番煎じはできない。練り直しね」

「テレビCMの手配もしてたんですよ。大損害。この恨みをどうしてくれよう」

苑美が最後は吼えるようにいった。

健太郎は別のことを考えていた。自分が関与している資材メーカーの値上げも含め、一つひとつのことはよくある出来事かもしれないが、これだけ立て続けに起こるのは、異常事態といっていいのではないか、と。

2

小此木修平は、公文書偽造で職を失ったわりには、連日恋人と遊び歩くという優雅な日々をおくっている。恋人というのがクラブのホステスだった。前谷建設の伊東女史がいっていた通りに玄人好みらしい。

いまも店にでる前の時間なのだろうか、新宿にある高級なフレンチレストランの窓際の席で、早い夕食をとっている。

開店したばかりで店内は空いていた。新藤茂人は窓際の席を要求して、小此木たちとは一テーブル挟んだ席についた。これまでなら、こんな店に一人で入るなんてとんでもないことだったが、最近は探偵の真似事をしているせいか、ずいぶんと図々しくなってきた気がする。

通り側が全面ガラス貼りなので、植栽越しにいきかう人たちが見える。きょうは北風が強く、コートの襟を押さえるようにして歩く人が目立つ。もう十一月なのだ。七月に堂島が社長になってからもう四ヶ月以上経つが、これまでになく時間の流れをはやく感じた。

茂人はビールに口をつけながら、神経は背後で交わされる二人の会話に集中した。この前、堂島に経費の話をして以来、調査のための飲食代は請求できることになっていた。といっても会社持ちではなく、あくまで堂島個人が払ってくれるのだが。きょうはオードブル三種というものと、ステーキを頼んだ。ビールは警戒されないための小道具のつもりだ。

それにしても彼らの席から聞こえてくるのは、どうでもいい話ばかりで、だんだんあほらしくなってきた。

そのとき、カナエの――という言葉が耳に届いた。女の声だった。

「で、いくらになったんだ?」小此木が訊いている。

「一千万にはなったと思うけど」

「カラウリって儲かるもんだな」こんどは笑いが含まれている。

茂人はカラウリをスマートフォンの辞書で調べた。株式用語の中にあった。実際には持っていないが、将来買うことになっている株を市場で売ることができるらしい。たとえば一株百円で一万株売ったとする。売った一万株分は、その後自分で市場から調達しなければならない。もしそのとき一株八十円と値下がりしていたらどうなるか。八十円で買った株を納めればよく、売却して入ってきた百円との差額の一株二十円が儲けとなる。つまり、株が安くなっている最中がもっとも儲かる仕組みだ。株価が上がって儲けがでるのだとばかり思っていたのだが、その逆もあるということか。名ばかり商学部の茂人より、あの女のほうがよほど株に詳しい。

「もう一回、ないかな」

「もう終わりだ。だいたいおれは馘首《クビ》になったんだから、もうなにもできないさ」

なにか重要な会話のような気がした。手帳をだして、いま背後で交わされた二人の会話をメモした。

翌日堂島に空売りの件を報告した。

「つまり小此木の相手の女性は、うちの株が値下がりする確信があったんだな」

「運がよかったのではなくですか?」

「儲けが一千万ということは、あのとき二割ぐらい下げたから、単純計算で五千万円分を売買したわけだ。確実にさがるのがわかっていなければ、そこまで張れないのじゃないかな」

五千万と聞いて、茂人もそう思わざるを得なかった。ふつうの感覚なら、確証なしにそんな大金を投資できない。

「つまりこういうことですか？　小此木が、いまから建築確認書類の偽造がばれて、マスコミが報道することになっていると、自分の恋人に話したということなんですか？」

「そうだ。そうとしか考えられないだろう」

「本人なら隠しておきたいのじゃないですか？」

「ふつうならそうだが、もし小此木が、うちの会社の不祥事を報道させるのが目的で公文書を偽造したとしたらどうだ」

「わざわざ自分を犯罪者にするんですか？」

「見返りが大きければ、そうする人間もいるだろう」

「ということは、誰かからの指示を受けて、ですか？」

「当然そうだろうな」

「では、柴田もそうかもしれませんね」

「二人ともだ。きみの報告だと、うちに入ってくる前は、どちらも金に困っていたんだろう？」

「誰に指示されたかを調べます」

「そうしてくれ」

そのとき佐伯常務がやってきた。

「社長、また、厄介なことが起こりましたよ。タナカ電機はご存じだと思いますが」

「家電量販店の？」

「そうです。業界一位の、あのタナカですが、うちの株の大量保有報告書を提出してきました」

「どういうことですか？」

「タナカもTOBを宣言してきたんですよ。ゴードン社と争うといっています」

「これまで、うちに直接なにかをいってきたことは、なかったですね？」

「ありません。タナカ電機はいま住宅設備機器の販売に力を入れはじめているそうです。水回りの設備を中心に、海外メーカーと提携をしたりしています。おそらく次に、リフォーム事業を手がけるつもりなのでしょう。さらに手を広げれば住宅事業にいきつきます。家電と住宅はシナジー効果が大きいですから」

「そうすると、ゴードンとタナカで、合計すると十パーセント超の株を持たれたわけか」堂島が独り言のようにつぶやいた。「もし、どちらかが諦めて、もう片方に売ったら、そこが一気に筆頭株主になってしまうな。新藤、会長にいまの件を報告してきてくれ」

茂人は廊下にでながら、堂島が畑中翔子に臨時取締役会の手続きと時間調整を指示しているのを聞いた。いろいろなことが起こりすぎる。この会社はどうなっていくんだという思いがした。

会長室でタナカ電機がＴＯＢをしかけてきたことを告げると、岡林が吐き捨てるようにいった。

「どいつもこいつも。人の会社をなんだと思っているんだ」

「株式を公開している限り、このようなリスクは常にあるわけですから」茂人は頭に浮かんだ言葉をそのまま口にした。いつまでも自分の会社だと思っている岡林のほうがおかしいのだ。

岡林が怪訝な顔つきになった。「いっぱしのことをいうじゃないか。リスクは常にあるから、どうしろっていうんだ。いってみろ」

「大株主の方々への協力依頼をすることになると思うのですが、そのとき説得役として一番強力な存在は会長ですから、できるだけ出張《でば》っていただければと思います」

「ふん」岡林がまず鼻でせせら笑ってから、「そんなことはわかっている」

「では、あとで臨時取締役会のお知らせがくると思いますので」

そういって引きあげようとした茂人を、岡林が呼びとめた。

「ゴードンかタナカのどっちかと、堂島がつるんでいる可能性はないのか。堂島が外と連絡を取り合っているようなことはないか？」

なにをいうかと思えば。岡林は社長の座を離れてから猜疑心《さいぎしん》が日増しに強くなっていくようだった。

「堂島社長に限って、そういうことはないと思いますが」

「なんだ、おまえは堂島の肩を持つのか」

「もう数ヶ月一緒に行動していますから、どんな人柄かぐらいわかります。社長は、私心がないというか、会社を乗っ取ろうとか、そういう考えは一切ないと思います」

「おまえになにがわかる」

「会長、いま会社は一つの方向に進まなければならないと思うんです」

「なんだ、急に」

「役員のみなさんの中には、まだ堂島社長に協力的ではない方がいらっしゃいます。それはそれほど遠くない将来、会長が社長に復帰するのを見越してのことだと思うんです」

「どういう意味だ？」

「会長からそういう役員の方に、堂島社長に協力するなという指示はだされていないと思っていますが、あの方たちは勝手に堂島社長に協力しないことが会長の意向に沿うことだと考えているんです」

「そうじゃない。堂島のやり方が滅茶苦茶だからだ」

「いいえ。たしかに堂島社長のなされ方は反発を招くかもしれませんが、道理にはかなっていると思うんです。会長もそうお感じにはなりませんか？」

「う？　まあ、ある部分ではな」

「多少の考えの違いはこの際我慢していただいて、ここは一致団結していることを内外にアピールしなければならないときだと思います」

「おまえは、どうしろといいたいんだ？」

「役員の方たちへ、堂島社長に協力するように、会長自らいっていただきたいんです。会長が社長を支持するとおっしゃれば、みなさんついていきます」

「おまえ、よくそんなことがいえるな」

「会長。いまは会社が存続できるかどうかの瀬戸際じゃないですか。会長はオーナーとして、メンツを捨てて、最善の道を選ばれるべきです」

「そんなことは、おまえにいわれなくてもわかっている」

「今後、堂島社長の動向をご報告するのは時間がもったいないので、やめさせていただきたいと思います」

「役立たずが。でていけ」

岡林が手の甲を向けて、追い払うようにふった。

会長室をでた茂人は、廊下でうなだれ、やってしまったと思った。これで岡林が孫娘と茂人との結婚を認めてくれる可能性はなくなったのだ。脳裏に遥香の顔が浮かんできた。

3

二階にあるコーヒーショップの大きなガラス窓を通して、道向こうのビルが見える。河埜梓は視線を卓上に置いたノートパソコンに移した。その横に置いたビデオカメラの撮影中に点灯する赤いインジケーターをたしかめる。ＪＳエージェントの情報がなにも得られなくて、苦肉の策ではじめた定点観測だった。

川口のABC企画を見張ったときは、勤務時間以降だったからよかったが、ここは昼過ぎからきている。いくら課長に調査を続行する暗黙の了解をもらっているとはいえ、通常業務に支障がでてしまう。

深みにはまってしまった――。そんな考えが何度も頭に浮かぶ。

尾形は叶ホームというペーパーカンパニーから金をもらっていた。ABC企画は逆に登記はないが実際に人がいる。この二つの会社は同根と考えていい。そしてABC企画の人間が出入りしているのがJSエージェントだ。つまり、JSエージェントこそ、カナエホームにスパイを送り込んでいる組織ということになる。

尾形が脅迫電話でいっていたナカマルという人物は、JSエージェントの一員で、カナエホームの社員に指示をだす役を務めているのだろう。

JSエージェントのことは一通り調べた。むろん、登記内容はまっさきに見た。登記上の会社名はジエイエスエージェントで、意外なことに、創業四十年の会社だった。代表は鈴木次郎《じろう》といい、事業内容は、市場調査となっていた。JSは代表の名前の頭文字だろうか。鈴木の住所は世田谷区等々力《とどろき》で、現地にいってみたら、純和風の外観をした邸宅があり、実際に門柱に鈴木という表札が掲げられていた。

叶ホームやABC企画という幽霊会社ではなかったが、会社のホームページはないし、帝信《ていしん》データバンクから資料をとってみても、事業内容はまったくわからないという点では同じだった。非上場企業の場合は、帝信データの調査員が企業に出向いてヒヤリングしてくるのだが、そういうことも一切拒否している会社なのだろう。

この定点観測はきょうで三日目になる。きのう、おととい、家に帰ってから、早送りでビデオを再生し、どんな人間が出入りしているのかを見てきた。

出入りしているのはふつうのビジネススーツを着ている人間がほとんどで、ときおり宅配の制服を着たものも入っていく。おかしいのは、その宅配人が一向にでてこないことだった。それに宅配車が近くに停まっていないのも妙だった。またなんの制服か不明の青いツナギ姿の男がでてきたのだが、その前にそんな恰好の人間は入っていかなかった。

川口のＡＢＣ企画と同じだった。あそこには、ガス会社と電話会社の制服姿の男たちがいた。ＪＳエージェントがまともな会社でないことはたしかだ。しかし、どうまともでないのかがわからない。登記もされ代表者の住所も明らかにしているので、たとえば税務申告をし、税務調査が入っても大丈夫なようにふつうの会社の体裁は整えているに違いないが、おそらく実態はまったく違うのだろう。

ひょっとして、そのことを知っているのが自分一人かもしれないと思うと、震えがくる。誰かこの会社の正体を暴いてくれないだろうか。強制捜査ができる警察なら可能だろうが、単なる憶測では動いてくれそうもない。事件が起こらないと警察は動かない、とはよくいわれることだ。

「事件は起こっているじゃない」独り言が口をついてでた。近くを通った店員がこちらを見た。

梓は曖昧な笑みを浮かべてごまかした。

尾形の死はやはり自殺とは思えない。それが立証できれば、警察を動かすことができるかもしれない。

もう一度、現場にいってみよう。

梓はビデオカメラとパソコンをバッグに入れると、カフェをでて品川駅に向かった。


山手線で新宿駅にいき、中央線に乗り換えて荻窪でおりる。その間、南荻窪署の大山刑事が説明してくれた内容を思いかえしてみた。自殺の決め手になったのは、あのマンションの最上階に住んでいる老人の証言だったとのことだった。

午後五時過ぎに例のマンションにつき、最上階にのぼる。この階には全部で五戸並んでいる。梓はエレベーターからもっとも遠いドアの前に立った。

表札には横井《よこい》とあった。インターフォンのボタンを押すと、家の中でチャイムがなり、同時に犬の鳴き声が聞こえた。

「はい」男性の声がした。

「わたくし、カナエホーム人事部の河埜と申します。以前こちらのマンションで投身自殺があったと思いますが、その本人が勤めていた会社のものです。少しだけお話を伺えないでしょうか」

「ちょっと待ってくださいよ」

すぐにドアが半開きになり、白髪で鼈甲縁《べっこうぶち》の眼鏡をかけた老人が顔をだした。

梓は名刺を差しだし、深く頭をさげた。

「どんな話？」

「はい、尾形、というのが社員の名前だったのですが、尾形がこの階から転落をしたときに、お近くにいらっしゃったと警察に教えていただきましたので、そのときのことを伺いたいと思ってまいりました」

相手がかたくるしい雰囲気の老人だったので、梓の言葉遣いも丁寧になっていった。

「いまごろになって、どうしてまた」

「社員の自殺ということで、報告書をまとめたのですが、自殺のときの状況について警察の発表だけで済ませていいのかというお声を頂戴したものですから。改めて調べ直しているところでございます」

「まあ、お話しするのはかまわないけどね」

「ありがとうございます。では――」

「まあまあ、こんなところではなんだから、お入りなさいな」

そういって横井老人がドアを開けてくれた。

「お言葉に甘えまして、失礼いたします」

「おーい、お客さんだよ」と、横井が奥に向かって叫んだ。

「そんな大きな声をださなくても聞こえてますよ」

そういって白髪の婦人が小犬を抱きかかえて廊下にでてきた。

梓は通された居間でソファを勧められ、お茶までだしてもらった。

部屋の中に昔懐かしい水彩絵の具の匂いがしていた。続き部屋にはイーゼルがあり、壁には風景画が三点飾られていた。

「引退後の道楽でね」

「素敵です」実際、鮮やかな色彩の部分と淡い色調の部分がほどよいメリハリをつくっていて、感じのいい作品だった。

「で、あの件では、なにを？」

「はい。警察で聴いた話では、横井さんがエレベーターでこの階についたと同時くらいに、尾形が転落したということでした。そのときの状況をお聞かせ願えればと思うんですが」

「これの散歩はだいたい日に三回いくんです」といって、夫人が抱いている小犬を顎で示した。たしかシーズーという犬種だったと思う。「朝と午後の遅い時間、そして夕食後しばらく経ってから。あのときは、その三回目のときだったね。だいたいいつも八時半ごろでかけて三十分ぐらいこの辺をぐるっと回ってくるんです。わたしの健康も兼ねてね」

「そうすると、九時ごろにエレベーターに乗られたわけですね」

「そうです。この子を抱いて、ここではマンションの敷地内ではペットを歩かせてはいけないことになっているんでね、エレベーターに乗ってきたわけです。この階で扉が開く直前だったね、ワーッとかアアとかそういう声が聞こえたのは。エレベーターの扉が開いたときにドスンと大きな音がして、なんだと横を見たら、鞄と靴が揃えられているでしょう。これは誰か身を投げたな、と思うよね。すぐに階段のところにいって下を見たんだけど、夜だし、よく見えなかった。でもじきに下の階の人たちがでてきた気配がして、大丈夫か、とか救急車、とか叫んでいるのが聞こえてきましたね」

警察は、バッグと靴だけでなく、手摺に尾形の指紋が残っていたことを重要視したようだった。階下の人たちが尾形に駆け寄って、身体に触れており、落下音が尾形の身体によるものだと確認されているのだ。尾形の死体をあらかじめ地面に横たえておいて、あとから重量のあるものを落下させ、あたかもそのときに身を投げたと思わせることはできそうもない。第一、その重量のあるものはなにひとつ見つかっていないのだから。

「そのとき、この階には横井さん以外の方はいらっしゃらなかったんでしょうか」

「廊下にでている人はいませんでしたね」

「下の階はどうだったんでしょうか」

「わたしはすぐに手摺から少し身を乗りだして下を見たので、階段の踊り場とこの下の階の廊下は見えるんだけど、どこにも人はいなかったね。その辺りならじゅうぶんに見えるから間違いないでしょう」

たしかに横井のいうようなタイミングでエレベーターをおり、すぐに手摺から身を乗りだして下を見たのなら、もしそこに人がいればなんらかの気配を感じるはずだ。

「わかりました。ところでこのマンションは建ってからどのくらいになるのでしょうか?」

「もう、三十年くらいになるかな。わたしらは新築のときに入ったのだけど、そのとき、わたしは四十三だったからね、そう、あれから二十九年経ったんだね」

「この階のほかの方たちも、やはり新築のころから?」

「いや、うちだけでしょう。みんな転居して、いまは中古で購入した人たちばかりだね。一番向こうなんか、名義は変わっていないけど、実際に住んでいたのは五年ぐらいで、そのあとはずっと賃貸にだしている。分譲賃貸ってやつだけど、これが困るんだよ、ころころ変わって」横井が顔をしかめた。「いやなに。わたしは古いのでここの管理組合の理事長をやらされているんだけど、新しい入居者がくるといろいろ説明しなけりゃならないことがあるし、当番もあるから、賃貸で入ってくる人の場合は面倒なんだよ」

「一番向こうというと、エレベーターの前のところですか?」

「そう。そういえば、あの自殺騒ぎがあったあと、縁起が悪いからって、さっさと引っ越していったよ。きたばっかりだったのに」

「入居されてすぐだったんですか?」

「そうだよ。なあ、一ヶ月ぐらいのもんだな」横井は夫人のほうを見ていった。

夫人が、そのくらいでしたね、とこたえている。

梓は頭の中で、誰かが尾形を突き落とし、すぐにエレベーターの前の部屋に入っていくところを思い浮かべた。しかし、それは無理だとすぐに思いなおした。エレベーターの扉は、半分がガラスで中から外が見えるようになっているのだ。

事件や事故が起こった物件を嫌う人は多いから、短期で引っ越してしまうケースもあるだろうが、それにしても一ヶ月でというのは早い気がした。

「どんな人たちだったんですか？」

「一人暮らしだったよ。中年の男で、まだ本格的に引っ越してくる前だったな、たしか。マンションの管理規約を説明しにいったときに、そういっていたから。いつもいるわけじゃなく、ときどききていた程度だった」

「ここはファミリータイプですよね」

「ああ、この階は三LDKだから、まあそうだね」

夫人がやってきて、お茶を注ぎ足してくれた。小犬はクッションの上で伏せている。窓の外を見ると、暗くなってきていた。

「ああ、すみません、長々とお邪魔してしまいまして」

「いやいや、気にしないで。なんの予定もあるわけではないのでね」

「バルコニー、素敵ですね」梓は窓の外で、鉢植えの木々がライトアップされているのに気づき、率直な感想を口にした。かなり奥行きのあるバルコニーだった。

「この階はルーフバルコニーになっているので、けっこう広いでしょう。だから緑をたくさん置けるんですよ。それがよくて最上階にしたんだけど。ちょっと見ますか」

横井が掃き出し窓を開けて、手まねきした。サンダルが二足あり、これを使っていいからといって女性用のサンダルを示し、自ら外にでた。梓はいわれるままにサンダルをつっかけて、外にでた。ひんやりとした風が頬をなでる。横井は、一通り、植栽の説明をしてくれた。よほど自慢の空間なのだろう。

「ここは気持ちいいですね。でも、刑事さんがいっていたんですけど、最上階は泥棒の危険性があるらしいですね」

「それはあるんだけどね。ほら、そこが屋上だから、ここにおりるのは簡単なんだよ」

横井が見上げた先に、屋上のパラペット部分が見える。たしかに手が届きそうな近さだった。

「でも、ここの屋上はあがれないようになっているとか」

「そうなんだよ。だからわたしらも安心して買ったわけでね。屋上への階段は施錠してるから、そのへんは大丈夫だな」

梓は落ちつかない気分になった。なにか思いついたような気がしたのだが、瞬間的にそれは頭から消え去ってしまった。

「この金木犀《きんもくせい》なんかは伸びるのが早くてね、うっかりすると屋上からとびでてしまうので、毎年切っていかないとね。まずいでしょう、外から見て木がぽーんととびだしているのは」

梓は笑みを浮かべて頷きながら、それだと思った。屋上から侵入が簡単だということは、バルコニーから屋上にあがることも容易なのだ。

4

「タナカ電機がカナエホームにＴＯＢをしかけてきました」

中丸政和は、会長室に入るなり、報告をした。

マッチ棒を持つ鈴木会長の手が一瞬止まったように見えたが、なにごともなかったように本丸の土台と思われるところに一本積み増した。

「ほう、タナカ電機が？」

声は意外そうな響きだったが、会長は作業の手を休めようとしなかった。

「まあ、想定外だが、二社でカナエを奪い合うという構図は悪くはないな。まるで鷹とか鷲が小鳥を狙っているような……、いや、コンドルが屍《しかばね》を狙っているように見えるじゃないか。で、タナカは本気なのか？」

「二年ほど前から住宅設備事業をはじめていますし、海外メーカーとの提携もさかんにやっているので、住宅関連への意欲はかなりあるようです。やがては住宅メーカーに食指を動かすのではないかと、そういう噂はあったみたいです。ただ、いきなりカナエホームのような大手の買収に動くと予想していたものはいなかったらしいです」

中丸は急遽集めた情報を伝えた。

「こちらの工作が、向こうの野望に火をつけたのだろう。住宅メーカーの買収を考えているものから見れば、いまのカナエほど買い得な会社はないからな。当然といえば当然だ」

「では、放っておいてよろしいですか。タナカには、うちのものは一人もおりません。いまから手を打つにしても、最短で二週間はかかるでしょう」

「送り込むとしたら経営陣の近くでなければ意味がないだろう。いまからでは無理だな」

「家電量販店なんかは、いままで検討したこともありませんから」

「競合と協業会社だけで精一杯だった。中身が濃いのがうちの強みだ」

鈴木がマッチ棒を一本載せてから腰を伸ばしたとき、ドアがノックされた。

中丸の部下が顔をのぞかせ、「はやくお耳に入れておいたほうがよいと思いましたので。カナエホームの件です」

中丸は会長が頷くのを確認してから、「入れ」といった。

「調布の営業所で建築確認書類の偽造をやらせた小此木なんですが」部下が中丸と会長を順番に見た。もう少し説明がいるかどうかを窺《うかが》っているらしい。

「覚えている。やつがなにかやったのか」

「小此木には女がいまして」

「ああ、水商売の女だったな」

「はい。その女は、趣味が株という変わったやつでして」

「それほど珍しくはないだろう。で、大損こいたとでもいうのか？」

「じつはその逆なんで。カナエホームの株を空売りして儲けたらしいんです」

中丸には部下が慌ててやってきた理由がわかった気がした。

「いつのことだ？」

「それが、小此木が起こした偽造が発覚する直前です。あのとき、カナエ株は二割ほどさげました」

中丸の背後で大きな音がした。振りかえると、会長がマッチ棒細工の台をおさえるために使っている文鎮をテーブルに突きたてていた。

「小此木は、自分が起こす偽造事件を、女に前もって話していたというわけだな」

会長の言葉に、中丸がこたえた。「空売りで儲けたというからには、そうでしょうね」

「馬鹿なやつだ」会長がめずらしく激昂して声を荒らげた。「放っておくわけにはいかんな」

小此木が株価がさがるのを知っていたということは、建築確認書類を偽造した目的が、カナエホームの評判を落とすためだと白状しているようなものだ。

「あの野郎。欲をかきやがって」中丸は、罵《ののし》りの声をあげた。もっと脅しておけばよかったという後悔もあった。

「この詰めのだいじな時期にな」会長の声はもう平静なものに戻っていた。「中丸、処分しなさい」

予想していた命令だった。

「二人――ともですか？」これもいわずもがなだろうと思いながら確認した。

「当然だ」

鈴木はそういうと、背中を向けてマッチ棒を手にした。

5

この一ヶ月間で値上げをいってきた資材メーカーは六社におよんだ。それは白井小枝子が手がけた新商品に使う予定の部品、部材を製作しているところに集中していた。このままでは新商品が生産できなくなる。

「どうしても、だめなんですか？　おたくの技術なら簡単なことじゃないですか」

増本健太郎は六社の代替メーカーを探すべく、電話をかけ続けていた。

「スペックを拝見しましたが、生産ラインがあかないので、向こう一年間は無理ですね」

新規の取引先がそう簡単に見つかるものではない。

べつの部材を依頼しているところに、もう一つ種類を増やしてもらうことも画策した。

「長いつきあいじゃないですか。半分の量だけでもなんとかなりませんか？」

「荒木田製作所さんはどうしたんですか？　そういう化粧材はずっとあちらさんでやっているんでしょう？」

以前、この会社は荒木田製作所と競合して敗れてしまった経緯がある。向こうにしてみれば、いまさらなんだ、という気持ちなのだろう。

「あちらは、いろいろあってね。いろいろなきゃ、おたくに話を持っていけた義理じゃないから。それはわかってくださいよ」

「うちも急にいわれても困るんです。ライン組みかえなきゃなんないし、やれたとしても昔いった価格では到底できないですよ」

「二割くらい？」

「そんなもんではおさまらないですよ。これはあくまでもわたしの感覚ですけど、最低でも五割増し、だいたい倍ぐらいにはなるんじゃないですかね」

それでは荒木田製作所が提示してきた価格より高くなってしまう。

きょうはこんな電話を朝からかけ続けているのだ。急にいわれて、対応できるというのはよほど暇な企業だし、そういうところは品質に問題がある。

まいったな——。

これまでいったいなにをしてきたのか？　そんな疑問が頭の中で渦巻いている。険悪な雰囲気になっていたカナエホームと資材メーカーの関係を修復してきたつもりだった。カナエホームへの依存度が高いメーカーを残し、ともに闘う姿勢でやってきたはずだった。カナエホームと一蓮托生のはずのそれらメーカーが、こぞって反旗を翻《ひるがえ》してきたのだ。そこにどんな意味が潜《ひそ》んでいるのか？

カナエホームの代わりができたとしか考えられない。資材メーカーはそちらに鞍替《くらが》えした。

つまり向こうのほうが好条件なのだ。

しかし、と健太郎は思う。自分が築きあげたサプライチェーンは、資材メーカーのことも考えぬき、相互利益の最大化を目指したもので、他社が割って入る隙はないはずだ。考えられるのは、敵が採算度外視の好条件をだしてきたことぐらいだ。だとすれば、通常の競争ではなく、強引な引きはがしとしか考えられない。

相手はどこだ？　目的はなんだ？

ヒントは、新商品シリーズに使う部品、部材を扱っているメーカーが集中的に狙われていることか。

このまま引きさがるわけにはいかない。かならず相手を突きとめてやる。

健太郎は目の前の受話器を取り、荒木田製作所に電話をすると、これから訪問すると告げた。向こうはさかんにこちらから伺いますといってきたが、強引に押し切った。

訪問先の最寄り駅から歩く道は落ち葉で埋まっており、紅葉《こうよう》の盛りのころに比べるとくすんで見える。健太郎は電車内ではずしていたハーフコートのボタンを締めなおした。

荒木田製作所は三階建ての建屋に経理、総務と営業が入っていて、奥に工場があるつくりだった。ほんとうは工場内に入ってなにをつくっているのかを見たかったが、いまは要求しても入れてくれないだろう。

健太郎は事務所のドアを開けた。スーツ姿の営業マンが二人いて、あとは青と白のツートンカラーになっている制服の上着をきているものが五人ほどいた。ここは事務系の社員も上だけは作業用の制服を着ているのだ。百人ほどいる社員のほとんどは裏手の工場にいる。

健太郎はスーツの二人と目礼を交わした。

「わざわざ、恐れ入ります」営業マンが低い物腰で出迎える。だが、これまでの卑屈な態度ではなく、どことなく余裕が感じられる言い方だった。

営業マンが奥に案内する。健太郎は近くの社員に挨拶をしながら、視線を部屋中に動かした。机の上に見積書はないか、これまでつきあいのなかった会社のパンフレットはないか。とくに注意して見たのがホワイトボードだった。社員の予定が書かれた大きなスケジュール表があるが、離れていて文字が判読できなかった。少人数で打ち合わせができるスペースがあり、そこにもホワイトボードがあるが、消されたあとのようで、文字や画などは見えない。しかし、雑な消し方で、漢字の右上が少し残っているようだ。健太郎は思わず立ちどまってしまったが、結局はどういう文字だったのかわからなかった。

なにも発見できずに会議室に通された。

奥の席に座ると、営業マンのあとから社長が入ってきた。

「お久しぶりですな。増本さんが本社に復帰されたと伺ったので、ご挨拶に伺わなければならないと思っておったんですよ」

ここの社長とは、以前資材部にいたころに面識があった。当時は五十代半ばといっていたから、いまは還暦を迎えたころだろう。豊かな腹回りに、禿頭《とくとう》で脂ぎった顔つきをしている。

当たり障《さわ》りのない景気の話などは二言三言で終え、本題に入った。

「きょう伺ったのは、先日ご提示いただいた価格をもう少しなんとかしてもらいたい、ということなんです」

「そういうお話なら、増本さん、難しいですな」社長がこたえた。

「社長、それはないんじゃないですか。御社とは十年以上のつきあいじゃないですか」

ふだんの健太郎ならこんな情に訴えるような言い方はしない。きょうは話をつなぐためだけに口にしていた。

「うちもこれまでみたいに採算度外視で仕事をとってばかりもいられなくなったんですよ。社員もね、百人の壁というのか、この十年超えそうで超えられなかった。このままだと、逆にしぼんでいくかもしれんでしょう。飛躍をせんとね」

「飛躍ができそうなパートナーが見つかった、ということですか?」

「なんのことですか? うちはいま、すべての取引先に価格の見直しをお願いしているだけですよ」

おそらく営業担当者ではボロがでそうだと思って社長が自らでてきたのだろうが、彼もそれほど交渉がうまいほうではない。とぼけ方が様になっていなかった。

「それはないでしょう。御社の売上のうち、三割はうちからのものじゃないですか。その分がなくなれば、百人の壁どころか、半数を解雇しなければならなくなりますよね」

三割は大きいはずだ。このところ続いたカナエホームの不祥事が原因で、資材メーカー側が見限ってきたのかと、以前は思ったこともあったが、依存度が三割となれば、その程度で取引をなくせるものではない。

「増本さんの押さえている数字は、古いものですよ。いまはそれほどではないんです。わたしどもも、一社に依存していては、いざというときに生き抜けないことを」と、社長が思わせぶりに言葉を切ってから続けた。「数年前、御社に教えていただいたわけですから」

経営コンサルタントの指示にしたがって実施した、極度な資材メーカーへの締め付けのことをいっているのがわかった。一度崩れた信頼関係の修復は容易ではないのだ。それにしても、いまはカナエホームへの依存度は下がっている、という社長の言葉は信じがたい。

「それだけのことで、うちとの商売を切ろうとは考えないはずですよ」

「なにも、カナエさんと縁を切ろうだなんて考えてもいません」

「そんな話は通用しませんよ、社長。そちらがいってきた価格は、交渉とかそういうレベルではないでしょう。つきあいをやめたいという意思表示じゃないですか」

「それは誤解です、増本さん。本来、あれが適正価格だと思ってください」

やはり、この社長はなにも困っていない。必死に交渉しているのではなく、いなしているに過ぎないのだ。

「無茶苦茶だな。そんな価格で取引しようとする会社なんかないでしょう」

健太郎は社長の目を凝視した。

「さあ」と、社長が他人事《ひとごと》みたいにいった。

「あるんですか、そういうところが。ちなみにどこですか?」

「いや、いろいろ相手はある、ということですよ。どこがどうとか、そういう話ではなくね」

あくまでも相手の社名を口にするつもりはなさそうだ。厳しく口止めされているのだろう。健太郎は、きょうのところは引きあげることにした。そう伝えると、慇懃《いんぎん》無礼な態度で、きょうはわざわざありがとうございましたといいながら、そそくさと会議室をでるように促してきた。部屋をでると、事務室が静まり返ったような気がした。不用意に取引先の名前が出ないようにしているのではないかと勘繰《かんぐ》ってしまう。

営業担当が速い足どりで玄関ドアまでいき、健太郎が数メートル手前にいるにもかかわらず、ドアを開けて待っていた。

健太郎はドアから半身がでたところで、振り返った。

「社長、御社との間で秘密保持契約を結んでいるのは覚えていらっしゃいますか?」

「ええ、ええ。覚えておりますとも」

「営業の秘密情報には、価格情報も当然含まれます」

「もちろんです」そういった社長が一瞬だが真顔になり、すぐに中途半端な笑顔になった。

「あの契約には損害賠償の条項がありましたよね」

「はい。わたしどもはなにも洩らしていないので、心配はしていませんよ」

ちょっと気になるこたえだった。わたしどもは? 自分たちは洩らしていないけれど、相手がすでに知っていた、そう聞こえなくもなかった。

「では、失礼します」

健太郎は表にでると、奥の工場が見えるところで立ちどまって携帯電話を取りだして耳に当てた。手帳も取りだす。無言の携帯を持ちながら、目を工場のほうに向けた。搬送用のトラックが見えたが、それはこの会社のものだった。取引先のものと思われる車両はないようだ。身体の向きを変えて、いまでてきたばかりの事務所を眺めると、窓ガラスに人影が映っている。向こうからも観察しているのだろう。

「あっ」思わず声がでた。健太郎が本社に復帰する前から、資材メーカーの離反は続いていた。その記録を読んだときに感じた感触と、いま直面しているメーカーの値上げ要求とが似ていることに気づいたのだ。前は低価格商品の供給元に集中していたし、いまは新商品の供給元に集中している。

これにはどんな意味があるのだろうか、と考えながら次の資材メーカーに向かった。

6

もう、一人で抱え込んでいるのは無理だと、河埜梓は思った。上司に報告すべきだった。では、どの上司に報告するか、というところで悩んでいた。

直属の上司である能代課長には話す気がしない。下手をすると握りつぶされるかもしれないからだ。人事部の次長は微妙なポジションだった。部長の代行的な役割をしているが、あまり鋭さを感じないタイプである。

その上となると、小波《こなみ》人事部長、管理本部長の石橋《いしばし》執行役員、経営管理部門管掌の佐伯常務と繋がっていく。その上は堂島社長、岡林会長になる。さすがに社長に直訴するわけにはいかないし、佐伯常務も口をきいたことのない遠い存在である。そうなると小波部長か、石橋執行役員になる。

梓は人事データベースにアクセスして、二人の家族構成を調べた。小波は娘が二人で、石橋は息子と娘が一人ずついる。息子の年齢はことし二十六歳になる。ついでに佐伯常務のところは三十歳の息子と二十七歳の娘がいる。尾形の通話相手である「偉い人」は、薬物乱用の経験がある息子がいるのだから、安全なのは小波しかいない。

しかし報告先を決めたものの、梓が部長席に直接いけば、それだけで能代課長などは騒ぎだしそうだ。ここは慎重に行動しなければならない。まずは部長のスケジュールをグループウエアで確認した。空き時間に合わせて小会議室の予約を済ませ、社内メールを送った。会社にとって重要な報告がありますので、会議室にお越し願えませんでしょうか。

たぶんパワハラか、セクハラの相談だと思ったかもしれないが、小波から了承した旨の返信があった。

会議室に入ってきた小波は、「どうした、かなり悪い報告か」と、顔は笑いながら梓の対面に座った。

梓は人事部で共有しているノートパソコンを持ち込んでいた。その横にUSBメモリーを置いた。

「お呼び立てして申しわけありません。部長は六月に自殺した資材部の尾形さんのことを覚えていらっしゃいますか」

「もちろんだ」

「このUSBメモリーには尾形さんが使っていたスマートフォンの記憶装置の内容を復元したものが入っています」

「復元？」小波が怪訝そうな顔つきをした。

「はい。スマホ自体は墜落のときに壊れていたんですけど、本体の記憶装置とSDカードの、読み取れるところを、専門家に拾ってもらったんです。そのとき、削除されたデータも復元できるものはしてもらいました。これからお聴かせするのは、その復元データなんです」

「聴く？」

「はい。通話を録音したものなんです」

そういって、梓はUSBメモリーを差し、再生ソフトを起動した。

小波がときおり眉間にしわを刻みながら、最後まで聴いた。

「これは……」

「尾形さんが相手の人を強請《ゆす》っています」

「そうだな」

「そして、尾形さんのような人が何人も社内にいるように受けとれます」

「そこだよ。尾形はなにをやっていたんだ？」

「それがわからないんです。でもよくないことだと思います」

「なぜ、そういいきれる？」

「最初は尾形さんの奥さんから、労災を申請したいという話がありまして……」

梓は尾形の二重口座の問題から叶ホームを突き止め、そこからＡＢＣ企画、ＪＳエージェントに辿りついた話をした。

「おそらく、尾形さんは、ＪＳエージェントの人に殺されたと思うんです」

「自殺じゃないのか？」

「尾形さんには自殺をする兆候はなかったんです。それにさきほどの録音からすると、恐喝の最中で、毎月大金が入ってきていたんですから」

「遺書のメールが家族宛てに送られていたと聞いたぞ」

「状況は自殺を示しているんですが、わたしは違うんじゃないかと思っています。証拠はありませんけど」

きょうの目的は復元した音声データを聴いてもらうことだ。そして社内に産業スパイのような社員が何人かいることと、そのうちの一人は「偉い人」なのだと認識してもらうことだ。部長が真剣に捉えてくれれば、しかるべき手を打ってくれるだろう。

「尾形が自殺かどうかに限らず、ほかの話もじゅうぶんに刺激的だったよ。しかしなあ、尾形みたいな社員が何人かいるとしてもだよ、なにをやっているのかがわからないのでは、どうしようもないぞ。おまえ、なになにをやっただろう、といって捕まえることはできるが、おまえ、なにか悪いことを企んでいるだろう、という理由で解雇はできないからな」

「でも、このまま放置できないことは、たしかですよね?」

「それは、まあ、そうだ」

小波の返事は煮え切らなかった。たしかに梓の話だけでは具体的なアクションはとりにくいかもしれない。

「とにかく、考えてみるよ」

突拍子もない話をはじめて聞いたら、意外にこんなものかもしれない。全部を消化しきれないような様子だった。

梓としては、とりあえず自分以外にこのことを知る人間をつくることができたのは満足したが、社内で対策を立てるところまでいかなかったのは突き放された気持ちがした。

7

「あのさ」

新藤茂人は、テーブルの上に散ったトーストのパン屑《くず》を指でとって皿に入れながら小さい声でいった。「おれ、遥香のおじいちゃんにさからってしまったよ」

茂人は、岡林会長に意見をして、逆鱗《げきりん》に触れたことを遥香に話した。

「ふうん」遥香の反応はそれだけだった。

「もう会長がおれたちの結婚を認めることはないと思う」

「で、やめるの？」

「会社をか？」

「ううん、結婚を」

「やめないよ。かえって腹が据わったというか、会長に理解してもらおうなんて甘いことを考えないで、すぐに入籍しようと思っているくらいだ」

「ほんとに？」

「会長に知られたら会社を辞めろといわれるかもしれないけど、そうなっても、おれ、ほかの仕事もできそうな気がしているんだ。いざとなれば、どんなことをしても遥香と子供との生活はまもるから」

「でも、会社は辞めたくないんでしょ？」

「ああ。自分から辞めることはしない。せっかくおもしろくなってきたところだし。でも会社はさんざんなんだぜ、いま。おかしいよな、そういうときでも、おもしろいというのがさ」

「へんてこな社長と出会ったのがよかったんじゃない？」

「うん、そうかも。おかげで会長との縁は切れてしまったけど。遥香はそれでいいのか？」

「わたしは親が反対しようがおじいちゃんがなんといおうが関係ないと思っていたから。おじいちゃんに認めてもらうことにこだわっていたのは、シゲくんでしょ」

そう、自分はなにをこだわっていたんだろう、といまでは思う。

茂人は茂人で、両親へどう知らせるかという問題はあった。岡林重雄の孫娘と結婚するというだけで大騒ぎになるだろうが、先方の家の了解が得られていないと知ったら、すぐにでも飛んでくるだろう。

戸籍は親から独立してつくることになり、そこへ遥香が移ってくる。その事実は、岡林家が戸籍謄本をとるなどしたらわかってしまう。娘の戸籍がどこにいったのかを知り、おそらくここに押しかけてくるだろう。

もう逃げず、隠れず、信念を貫く。それしかないと思った。あと一週間ほどで十二月になる。年内にもろもろのことを解決して、年が明けたら新しい命を迎える準備に専念したい。

アパートをでて駅に向かうとき、なんとなく景色が違って見えた。

会社にいくと、朝一番から臨時執行役員会の準備に追われた。会議がはじまり、茂人も入口近くの折りたたみ椅子に座って控えた。岡林会長は体調がおもわしくないということで、きょうは会社にでてきていない。大変なことばかり起こって、かなり意気消沈しているらしいのだ。元運転手にまで冷たい言葉を投げかけられたのだから、なおさらだろう。茂人は少し胸が痛んだ。が、すぐに元運転手のことなど歯牙にもかけていないだろうと思いなおした。

堂島の状況説明のあと、オブザーバーとして参加していた、わかな総合研究所のコンサルタントが発言を求めた。

「なぜカナエホームが狙われるのか?」コンサルタントの声のトーンがあがっていく。「第一に財務内容が悪化して企業体力が弱くなっていることがあげられます。これは有利子負債が嵩んでいるという負の要素があるわけですが、株価が割安であれば、その見合になります。その株価ですが、もともと同業他社に比べると低迷してましたが、ここにきて不祥事が相次ぎ、業績が悪化しているとあって、下降を続けています。唯一の上昇要因がＴＯＢ合戦という皮肉な結果になっています」

役員たちの渋面が並んでいる。一人堂島だけはいつもの穏やかな顔つきのままである。

コンサルタントの言葉が続く。「まず、あとから参入してきたタナカ電機ですが、ここ数年住設分野に進出してきておりますので、いずれは住宅そのものに進出してくる可能性がありました。当社よりも小さいところ、つまり手頃なメーカーを狙っていたのでしょうが、思いのほか、当社の株価が下がってきたので色気がでたのだと思います。向こうにしてみれば、うまくすれば予定よりも大きいところを買えるかもしれないという感触ではないでしょうか」

茂人は妙なところに気づいた。コンサルタントはカナエホームのことを御社とも貴社ともいわず、当社という点だ。自分たちは身内だとアピールしているのだろうか。

「ものづくりをなにも知らんくせに、馬鹿にしおって、と岡さんならいうところだな」児島副社長が岡林の声音《こわね》を真似していった。

「ただ、資金力は潤沢ですので、あなどれません。そして米国のユーアール・ゴードンですが、ここは日本進出のためでしょうから、当社の販売網狙いだと思われます。公開買付届出書でも目的として日本での住宅事業と書いていたわけですから」

「ゴードンの構法はツーバイだろう?」児島副社長がいった。「同じ構法を採用しているメーカーを狙いそうなものじゃないか」

「たしかにそうですが、当社も木質構造であり、工場でツーバイフォーに似たパネルをつくるわけですから、共存できると考えたのではないかと思います。それにさきほども申しあげたように、いま一番買いやすい状況下にあるわけですから」

「それは違うかもしれませんね」突然、堂島が口を開いた。「アメリカで、ゴードンの株主に対して調査をしてもらったんですが、誰一人、ゴードンが海外進出する可能性について何も聞いていないというんです。まあ、対外的にいっていることと、実際に社内でやっていることが違うのはよくあるけれど、主要な株主がまったく知らないということは、あとで問題になると思うんです。日本とか、そういう具体的な国名が出ないにしても、海外進出は今年度中に着手するとかね。株主を重視するアメリカでは、その程度はいっておかないとまずいでしょう」

いつの間に調べたのだろう。堂島はアメリカ勤務の経験があるから、いまでも伝手《つて》があるのだろうが。

「つまり、どういうことなんだ？」児島がみなを代表するように質問をした。

「もう一つ気になるのは、ゴードンが堂々と社名をだしてきたことです。外資による乗っ取りというイメージは、必ずしも得策ではない。日本国内の会社を隠れ蓑《みの》にして買い占めを進めるという選択肢もあったと思うんです」

「どちらがＴＯＢに応じる株主が多いか。たしかにうちの株主の場合、外国企業よりは国内企業のほうが応じやすいかもしれんな」

「そうなんですよ。つまりゴードン自体がダミーという可能性もあるのじゃないかと」

役員たちが黙って堂島を見た。

「ゴードンには日本進出の計画はなかったとしたら、そういうことになります」

「では、ほんとうの相手はどこなんだ」児島が怒鳴る。

「もしゴードンを隠れ蓑にした日本企業が真の相手だとすれば、敵の狙いを販売網などに特定してしまうのは危険なんです。わたしは買収の目的を三つにわけて考えてみました。一つめは新たに住宅事業に進出しようとしている企業、つまり異業種企業が既存の住宅メーカーを買収しようとしている場合。二つめは、同業者が当社を買収することで一気にトップ企業になろうとしている場合」堂島が、いったん言葉を切って、右手をあげて三本の指を掲げた。「三つめは、当社のもっとも特徴的な強みである技術を取り込もうとしている場合ですよ。つまりは特許です。ご存じの通り、取得件数では業界一位です。秋水ハウスや大都ハウスにも負けていません。これは必要とする企業にとっては、狙う価値があるかもしれません」

役員たちがこんどは納得顔で黙った。

「一つめの異業種というのは広すぎるな」児島がいった。

「タナカ電機がまさにそうなんですがね。ほかにどれだけあるかですね」

「では、同業者というのはどこだ？」

「秋水ハウスはすでに独走しているわけなので、いまさら財務の悪い会社を買収することはないでしょう。秋水化学、あけぼの化成も本業が安定していて冒険する必要はない。大都ハウスは特許のクロスライセンスを交渉してきたので、可能性はあるでしょう。竹友林業は工業化住宅とは一線を画して、われわれのような技術にはあまり関心がなかったところですから、これは考えにくい。そうなるとその下のグループがもっとも可能性がありそうですね。年間五千棟クラスがうちを買収すれば、一気に秋水ハウスと肩を並べるところまでいけます。業界トップになり得るわけです」

「そんな資金があるのか？」

「ユニバース住建は親会社のユニバース本体の家電事業が昨年赤字になり立てなおしにやっきです。家電事業を住宅で巻き返すという発想はまずでないでしょうね。ジョーワハウスを持っているジョーワ自動車は、資金は潤沢にあります。当社クラスの買収ならそれこそ屁でもない」

「そこまでうちを矮小化《わいしょう》することはないだろう」

児島が不愉快そうにいった。自社を屁にたとえられては怒るのもむりはない。

「ジョーワはそれだけ巨大なんです。売上規模はうちの四十倍から五十倍ですからね」

「まあ、そうだが」児島がしぶしぶ認めながら、「前に出資させてくれといってきたこともあるしな」

「それはほんとうですか？　いつごろの話ですか？」堂島が知らなかったという顔をした。

「会長とわたしが対応したんだ。イオータを発売して、販売がおもわしくないとわかったころだった。キャッシュ不足で経営が危なかった。向こうは投資の条件として経営陣の刷新を条件にしてきた」

「ジョーワ自動車がですか？　自社にジョーワハウスがあるのに」

「理由はよくわからなかったんだが、さっき社長がいったように、一気にトップを奪取するためだったのかもしれん」

「それはどうですかね。あちらもわかかな銀行がメインバンクなので、いろいろ情報は入ってきていましたがね」郷田専務が突然発言した。彼はわかかな銀行からやってきたから、そのあたりには当然詳しいのだろう。「ジョーワ自動車で住宅事業をはじめたのは創業者の次男である三代目社長ですよ。本社を完全に静岡から東京に移したころですね。あちらでは住宅事業を表だって批判するのはタブーだそうです。間違っても事業が失敗したとか、お荷物だとかいってはいけないらしい」

「じゃあ成功した証《あかし》として、業界トップかそれに近い規模がほしいと考えてもおかしくないな」

「以前、出資話があったのは、おそらくそのためでしょうな。結果はどうなったのですか？」

郷田が児島を見た。

「会長が、きっぱり断った。住宅は文化なんだといってな。自動車は文明の利器かもしれないが、交通事故でいったい何万人死んでいると思っているんだと。そちらは殺人兵器にもなりかねないものをつくっておられるが、こちらは人を守るためのものをつくっているんだ。一緒にしてもらっては困るとね」

「ずいぶんなことをいったもんだ」郷田が感心したような、あきれたような声をだした。

「なあに、岡さんが一番気にいらなかったのは、自分を経営からおろそうとしたからだよ。それはつまり、カナエホームの名前を変えようとしているのだとピンときたんだ。カナエというのは、小さいときに亡くなった岡さんの長女の名前からつけたんだ。会社は自分の子供も同然。カナエホームでなくなるなら、会社を潰したほうがいいというのは本音だ」

「物騒なことを。社員のことを考えてほしいですな」

「だから本音だといったんだ」児島がいらだったような口調でいった。「最後は社員のことを考えなければならないのはわかっているんだよ。ああ見えても」

「しかし、そうきっぱりと言われて、ジョーワはすぐに引き下がったのですね？」

「そう。意外なことにあっさりと、だったな」

「泥仕合になるのを避けたのでしょう。あちらは、強引なことはしないと思いますね。無理やり買収したら、三代目の失敗を強引なやり方で糊塗《こと》しようとしたと叩かれて、かえって住宅事業の失敗が目立ってしまいますからね。だから今回のような敵対的ＴＯＢやダミーを使っての買収などの、卑怯なイメージを与える方法はとらないと思いますよ」

「なるほど。そうすると、五井ホームのほうが可能性はあるか？」

「五井は高級ブランドのイメージがあって一定のファンがいるだろう。中身はそれほど高級感があるとは思えんがね。財閥の名前がついているだけで、世間はそういう印象を持つ。手堅いが、ぐーんと伸びることはない。飛躍を考えるなら、自社にない価格帯のところを取り込むことは考えるかもしれん」

「それで、うちを？　まあ、イオータでそういうイメージを植えつけたかもしれないな」

「それになんといっても、五井銀行が後ろに控えているからな。勝算があれば、金はだすだろう。グループには大商社もあって、海外で工作するのはお手のものだし、商社のイメージはもともと強引で手段を選ばないところにあるから、いまさら悪役になるのを気にするような社風ではないだろう」

「たしかにな。やつらは技術じゃなくて印象でブランドをつくってきた。そういうのはうまいというか、なんというか。どんなに強引なやり方をしても、最後は五井財閥ということですんでしまうから、いやになるよ」

「向こうの営業は、客に、カナエさんは安いだけが取り柄ですから、といまだにいうそうじゃないか。自分のところは、高いだけが取り柄のくせして」児島が憎々しげにいった。

「五井も、過去になにか話があったのですか？」堂島が訊いた。

「あそこはしょっちゅうきている。販売棟数がいまの半分もなかったころから、一緒にやらないかとちょっかいをだしてきているんだ。それも上からものをいっているんだよ。五井のブランドをつければ、おたくももっと売れるだろうと、恩を着せようとする」

「そうだったんですか」

「わたしも、ゴードンがダミーだとすれば、五井がもっとも怪しいと思います」佐伯常務がいった。「M&Aで補っていくのは、あのグループの常套《じょうとう》手段ですし、方法のきれい汚いは関係ないですからね」

「他業種にしても同業者にしても、調査機関やマスコミ関係者、銀行、証券会社それぞれ、みなさんの伝手を使って情報収集をお願いします。このあと、割当表を配りますから」堂島がまとめるようにいった。「あとは三つめの、特許狙いの場合ですね。この理由単独では可能性が薄いと思っていますがね」

「社長のおっしゃる通りだと思います」コンサルタントがいった。「小さな会社を買収する場合は、このケースがあります。その場合、特許さえ手にはいればいいので、買収後は被買収会社の社員は順次整理されていきますね。しかし当社の場合、規模が違います。時価総額はさがったとはいえ一千億円はあるのですから、必要な特許の使用権を買ったほうがいいわけです。しかし、ほかの理由との組み合わせはおおいにあるでしょう。ただこれには防衛策があります。相手が特許を狙っているのなら、その特許をなくしてしまえばいいんです」

コンサルタントの顔がいきいきとしているように見えるのは気のせいだろうか。茂人にとって彼らのような人間はわかりにくい存在である。

「なにをいうかと思えば」児島があきれたようにいった。

「冗談ではないんです。当社の主要な特許をほかの会社に移すのです。つまり買収しても、目的が達成できないようにしてしまうのです。相手を飲み込んだが、そこにはなにもなかった。無駄金を使ったことになるわけです。さきほど特許狙いだけのケースはないといいましたが、いろいろな理由とセットで買収に踏み切った場合、一つでも欠けると買収価値が半減ではなくゼロになるものですから、有効だと思います」

「しかし買収されてからじゃ遅いだろう」

「ですから、事前に当社がからっぽになったことを相手に知らせるんです。これをクラウンジュエル、つまり王冠の宝石ですね。あるいは焦土化作戦というんですが」

役員の間から唸るような声があがった。技術のカナエで売ってきた会社にとって特許権は守らなくてはならない第一のものだろう。それをなくせというのは、自分たちの存在を消してしまえといわれたも同然ではないのか？

「どこに移すというんだ？」児島がまだ怒っているような口調でいった。

「買収されたあとで、買収者が自由にできないようにしなければならないわけです。で、いくつか方法があるんですが、代表的なものは、知的財産の信託ですね。よくやられているのはグループ企業で知財の管理会社をつくって、そこにグループ企業の特許を信託するとか、信託銀行に信託するとか」そこまでいって、コンサルタントが黙った。しばらく経ってから口を開いた。「どちらも時間がかかり過ぎますね。管理会社をつくって信託業の登録をするのも、信託銀行への移管手続きも、なにしろ件数が多いので時間がかかってしまいます」

「もっとうまい方法はないのか？　子会社に預けるとか」

「子会社では、買収者が自由にできてしまいます。ただ、緊急避難的にどこかに移転してしまうというのは乱暴ですが、この際、現実的かもしれませんね。そうなると、移転先は当社の支配がおよばない会社でなくては意味がありません」

「だが、買収しようとしているところが諦めたあとに、その特許権は返してもらわなくてはならんのだろう?」

「おっしゃる通りです」

「銀行か?」

「できれば公開企業ではないほうがいいでしょう。安価で特許を手にいれるのはいいですが、安価で返してしまう場合は、株主から突きあげられますからね」

「会長の親族が経営している会社とかかね?」

「いえ、親族は利益相反取引になりますから、まずいですね。信頼できるご友人などでしたら」

「そういうことなら、岡さんに心当たりがないか、聞いてみるが……」児島はそういいながら堂島のほうに顔を向けた。「どうする? 社長」

「なかなかいい手だと思います。打てる手は打っておきましょう。会長には移転先の候補を探していただくとして、特許課にわが社が保有している特許のリストアップをさせましょう。実際の使用状況、他社との相互利用の対象となっているかどうかなど、移転してしまえば不都合がでるものもあるし、相互利用の契約上移転できないものもあるでしょうから」

「もう一つ手を打っておきましょう」コンサルタントがまた立ち上がった。「ポイズン・ピル、毒薬条項という手ですが、第三者割当増資を引き受けてくれるところを探します」

「つまり、買収者の持ち株比率を薄めてしまうわけだな?」

「おっしゃる通りです。新株予約権を既存株主に配る手もありますが、ここはまず第三者割当でいきましょう。郷田専務にお願いすれば」

「厳しいとは思いますがね」郷田が首を振った。

「やれることは全部やりましょう。郷田専務、お願いします」

堂島が頭を下げた。

「わかりました。当たって砕けろですかな」

茂人は、なんとなく会議の雰囲気が変わったような気がした。これまでの役員会は、非難や責任の押し付け合いしか印象になかったが、きょうは共通の目的を持てたのではないだろうか。

8

「カナエホームが特許を移そうとしているところがわかりました」

中丸は鈴木会長と別府社長に報告した。

「どこだ？」

「岡林の同郷の友人がやっている精密機械の会社です。従業員が三十名ほどで、長野市内にあります」

「そんなちっぽけなところに一万近くの特許を移そうっていうのか」鈴木次郎が本丸の壁を積みながらいった。

「子会社、関連会社以外のところにしなければ意味がないわけですから。そして非上場の会社というのが条件だそうです。なんでもその会社の社長は、岡林とは生家が近所で、兄弟同然に育ったというんですが、会社をはじめたときや、なんどか倒産しそうになったときも、岡林個人が融資をして救ってやったらしいのです」

「恩義があるから、裏切ることはない、ということか」別府がばかにしたようにいった。

「非上場の会社であれば、買収もされず、特許を返すときも株主からうるさくいわれることもないしな。それにしてもずいぶんと大胆な策だな。だが、甘い」会長がピンセットを持って、マッチ棒細工の細かい部分をつくりながら鼻で笑った。「非上場の会社でも、乗っ取れないことはないぞ。経営者に弱みがあれば、いくらでもやりようがある。弱みがなければ、つくればいいだけだ」

「まずは調査をかけてみますよ」別府がいった。

「いくら恩義があっても、そいつにしてみれば岡林はしょせんは他人だ。身内のこととなると、別だからな。ほれ、あの男の息子のように」

「ミスターの息子をヤク中にした件ですか」いいながら、中丸は胸の内で苦笑した。最近は直接会うこともなくなり、つい会議で使っている仮名のほうで呼んでしまう。

「そうだ。息子はいくつになった？」

「たしか、三十です。四十近くなってできた子供で、馬鹿息子でも可愛いんでしょう。仕掛けたときは大学院でうだうだしていたんですよ。いまは一応修了したようですが、定職につけずにいるようです。まあ、ヤクが抜けないんで、しようがないっちゃ、しようがないんですがね」

「おやじにしてみれば、サツに捕まるより、遊ばしといたほうがいいわけだ」別府が口を挟んだ。

「同じ手を岡林の幼馴染《おさななじ》みに使うにしても、時間がかかる」鈴木が珍しく苛立った口調でいった。「問題はＨＱが例のプロジェクトで必要としている特許だ。それだけははやく使いたいだろうから、移転対象から外させなければならんぞ。佐野との調整が必要だな」

「移転の前に買収が済んでしまえば、問題ありませんがね」別府が口を挟む。

「間に合わなかったときは、厄介になる」

「特許に関しては、前から手を打っていましたから、それが役にたちそうです」

「いいだろう。しかし、難しいなあ」鈴木が年に似合わず大きな声をあげた。

「はっ？」中丸はなにが難しいのかわからず、聞きかえした。

「鉄砲狭間だよ」

「ハザマといいますと？」

「城の中から矢とか鉄砲の飛び道具を使うときのための、窓のことだ。四角とか三角の」

マッチ棒細工の話だとわかった。

「ああ、あれですか」中丸はまったく興味がなかったが、そんな素振りを見せると鈴木が怒りだすので、適当に相槌を打った。

鈴木会長の機嫌が悪くないようなので、中丸はもう一つの話題を口にした。

「ミスターからの情報なのですが、尾形の事件を調べているカナエの社員がいます」

「尾形の？　自殺をか？」

「はい。人事部所属で労務を担当している女子社員なんですが、どうも自殺を疑っているようなんです」

「なぜ、その女が調べているんだ」

「そもそもは尾形の女房が、労災を申請しようとしたのが発端で、その担当をしたのが河埜という女だったんです」

「自殺を労災に？」

「女房が、尾形は過重労働のせいで心身に支障をきたして自殺したと思ったらしくて。ご存じの通り、尾形はこちらからの報酬を残業代といって家族に渡していたんですが、金額から逆算すると、毎月百時間以上の残業を数年間続けていたことになりますから、労災はもちろんのこと、会社に損害賠償を請求できると思ったんでしょう」

「意外に家族思いだったというのが誤算だったな」別府が口を挟む。「それでいて自分の遊ぶ金はちゃっかり残していたわけだ。残業をしていると見せかけるために、吉祥寺の雀荘に入り浸っていたという、なんとも中途半端なやつだった。挙句の果てに仲間を強請るとはな。引き入れる相手を間違えたな、中丸」

尾形も小此木も中丸が引き入れたのは事実だから、それをいわれるとつらい。

「面目ありません」

「で、その女はなにを知ったんだ？」

「まず、尾形が使っていた銀行口座のからくりを突きとめ、尾形が家族に隠していた口座を捜しだしてしまったと。その口座には、百万、二百万という金が振り込まれていたわけです。強請りの金ですね。ますます怪しいとなって、尾形が使っていたスマホのデータを復元したって話です」

「復元？」

「はい。尾形のスマホは、殺《や》る前に取りあげて、中身をチェックしたんですよ。その中にやばいのが二つあって、削除したわけです。一つは録音データで、やつがミスターを強請っているときの電話を録音していたものです。もう一つは写真のデータで、新宿のホテルで、わたしとミスターが会っているときのものです。もっとも、写真のデータは復元できなかったのでしょう。ミスターの正体はばれていません。電話の録音のほうは、尾形の声はまあまあ聴き取れるが、相手の声は不鮮明でだれなのか特定できなかったようです。しかし、社内のだれかを強請っているのはわかったと。そうすると、隠し口座に入金されていた百万単位の金がそれで説明がつく――」

「まずいな」

「強請りをして金を手に入れていた人間が自殺をするか、というわけです。河埜が疑いを持ったのはそういう経緯からです」

「その女が、だれにしゃべっているか、至急探れ。それから尾形の件についてなにを知っているのかもだ」

「承知しました」

中丸はそそくさと会長室をでた。小此木といい、尾形といい、よけいな欲をだしやがってという思いがこみあがってくる。引き入れる相手を間違えたといわれればそうだが、やつらの発想は短絡的だ。儲けられる情報があればあとさき考えずに株を動かすし、脅すネタがあれば強請る。小物の発想だ。その点、あの男は少し違った。息子のことで弱みを摑まれたが、こちらの存在も大っぴらにできることではない。あいつはそこを突いて、スパイをするかわりにカナエホームを手に入れたら自分を社長にしろと要求してきた。使われるだけでなく、仲間にしろといってきたわけだ。

おれはどうもああいう男は嫌いだ、と中丸は思うが、鈴木会長は、そういうのがけっこう好きらしい。戦国時代にはよくある話だと、受け入れたのだ。敵の調略にあって寝返った武将が、先陣をきって活躍して出世するなど珍しくないということだった、だからといって、あの男を信用しているわけではなさそうだ。お互いを利用し合うことが、悪く作用しなければいいと割り切っているのだ。

まあ、もともと声をかけるのは、正直者や正義感の強い人間ではなく、なにかしらワルの要素を持ったものをわざわざ選んでいるのだから、素直にいうことだけをきいている人間は少ない。連中の後始末も、こんな商売をしている限りしようがないか、と愚痴りながら中丸は外にでた。

9

「社長は？」

澤地執行役員が突然社長室兼秘書室にきて、機嫌の悪そうな声でいった。きょうは資材部の増本を連れている。増本と顔を合わせるのは、堂島が彼を工場から本社に引き抜いたとき以来だった。気のせいか、あのころより疲れた顔をしている。

「外出中ですが」

新藤茂人は澤地に向かっていった。

このところ堂島社長は出ずっぱりだった。ゴードン社とタナカ電機からTOBを仕掛けられ、堂島は佐伯常務とともに、主要株主を回っては株を売らないように説得している。どちらに買収されても、カナエホームの株主にはメリットがないことを説いているのだが、業績の悪化に加えて、最近の不祥事発生による社会的信用の失墜があり、説得性に乏しく、だいぶ苦戦を強いられているようだった。

堂島から、株主回りへの同行はいいから、不正をおかした設計士の背後に誰かいたのかを突きとめるように命じられていた。きょうもこれから小此木の調査にでかけようとしていたところだった。

「もう、肝心なときにいないんだからな」澤地が非難するようにいった。

「きょうだけで五ヶ所の株主のところへ出向かれています」

茂人はむきになってこたえた。

「いまは、移動中か？　さすがに車でいってるんだろうな」

「はい。おそらく、いまはお車の中だと」

「電話してくれ」

茂人は手近な電話を引き寄せると、堂島の携帯電話にかけた。

「あ、社長、いま」

そこまでいったところで、澤地が茂人から受話器を取りあげた。

「澤地ですが、緊急で話があります。きょうは何時に戻りますか？」

夕方に一度戻る、ということになったらしい。

「内容ですか？　かいつまんでいえば、いま資材メーカーの引きはがしにあっているんですよ。相手はどこかわかっていませんが、かなり大がかりにやってきています。とくに新商品シリーズに使う部品を製作している会社が中心です。そう、担当したのは増本です。さっき彼から報告がありましたが、そうした動きはいまにはじまったことではなく、数年前からじわじわとはじまっていたというんです。とくにイオータシリーズの供給元が狙われていたと。あれは思い切って単価を下げた商品ですが、仕入れ価格が不安定になって採算がとれなくなっていったという経緯があるんです。あの頃から引きはがしがはじまっていたらしい。詳細はあとで報告します」

澤地は一方的にいうと、さっさとでていった。

茂人は増本を呼びとめた。

「いまの話、詳しく話してもらえませんか」

「うん。いいよ」増本は廊下にでて、澤地がいったほうに視線を向けながらいった。

茂人は増本を役員会議室に誘った。


増本が直面している資材メーカーの引きはがしの問題は、茂人にとってじゅうぶんに衝撃的だった。

「増本さんは、引きはがしをしているのがどこなのか、見当はついているんですか」

「いや。メーカーに探りを入れたけど、どこも口が堅くて訊きだせなかったし、第一に目的がよくわからないんだ。単純に、向こうも供給元を確保したいだけなのか、それとも、うちの会社にダメージを与えるためなのか」

「たぶん、ダメージを与えるためだと思います」茂人は断言した。

「なぜ、そういいきれるんだ?」

「ほかの人にはいわないでほしいんですが……」茂人は小此木と柴田の不正が、何者かに仕組まれた可能性があることを伝えた。堂島が信頼している社員だから、話しても大丈夫だと思ったのだ。

「不正をしかけてきたのも、資材メーカーの引きはがしをしているのも、相手は一緒かもしれないってことか」

「もしそうなら、目的はうちの弱体化だと思うんです」

茂人の頭の中に、敵の姿が浮かんできた。カナエホームを弱体化させ、瀕死状態になったところを噛み殺そうとしているハイエナのような存在だ。

実際にカナエホームは、急激な売上の落ち込みと、新商品開発にかけた資金の回収見込みが薄れてきたことで、資金繰りが逼迫している。買収防衛策でわかな銀行に第三者割当増資を引き受けてもらう交渉をしているが、それが単なる防衛ではなく、倒産しないための策になっているのだ。郷田専務は、増資の引き受けは無理でも、なんとか追加融資として社債を引き受けてもらえないかと頼みこんでいるという話だった。

「新藤さん、敵はどこだと思うんだ？」

「TOBをしかけてきているところじゃないかと思っています。一連の不祥事が表ざたになって株価がさがったところでTOBをしてきたわけですから」

「ユーアール・ゴードンか、タナカ電機ということか」

「はい。増本さんは、どう思われますか？」

「敵は、引きはがしの手際がいいんだ。だから日本の資材メーカーの扱いに慣れたところのような気がしていた。ゴードンは日本での実績がないし、タナカは設備機器に力を入れているといっても、この世界ではまだ素人だと思うんだよね。ぼくのイメージからは、両方ともちょっと遠いんだな。それにメーカーの引きはがしは、株価に影響するものではないし……」

「そうすると、もうしばらくはお互い別個に、敵の正体を探る必要がありそうですね」

「ああ。それも手遅れにならないように、一刻も早くだな」

茂人は増本と携帯電話の番号とメールアドレスを教えあって、連絡をとり合うことにした。

いまのところ茂人がとれる手段は、小此木と柴田を見張ることだった。彼らが敵の誰かと接触してくれれば、その相手をつけるなりして敵に近づくことができる。

茂人は会社をでると、このところすっかり馴染みになったルートで小此木のマンションに向かった。

いくら見張っていても、成果がでなければ方法を変えなければならないと思うが、うまい知恵が浮かんでこない。いっそ小此木を締めあげて吐かせたいと思わないでもなかったが、堂島から違法行為は絶対にするなときつくいわれていた。

小此木のマンションの前につき、焦燥感にさいなまれながら監視をはじめた。時刻は午後五時を回ったところだった。部屋にはあかりが見え、在宅しているらしい。

三時間が経った。そのうち夕食にでてくると思ったが、きょうはまだ姿が見えなかった。と、そのとき部屋のあかりが消えた。身構えて待っていると、エントランスホールに小此木が現れた。女も一緒だった。

二人はマンションをでてすぐに、細い道を入っていった。駅方面に向かうなら、道路を渡ってこちらにくるはずだが、むしろ遠ざかっていく。茂人は車の流れが途切れたときに駆け足で道路を横断し、二人のあとを追った。アパートが多く、ところどころに空き地もあるような区域だった。五、六十メートルほどいったところにある上り坂の脇道をいく。月極駐車場という看板があった。丘状になったところに駐車場があるらしい。ほかにひと気がなく、そのままついていくわけにいかず、茂人は坂の下で立ち止まった。

すぐに上のほうで話し声が聞こえてきた。複数の男の声がする。誰かが待っていたのだろうか。茂人は坂道を途中までのぼり、そこから道をはずれて斜面に張りつくようにしてのぼっていった。三メートルほどのぼると、駐車場のフェンスに指先が届いた。そこを手がかりにして上体を引きあげ、駐車場の中を見た。

小此木と女のシルエットがあり、それを囲むように、四人の男が立っていた。よく見ると、一人が小此木の右の肩と腕を押さえているようだった。女のほうも、やはり腕をとられている。

「鍵をはやくだせ」二人の正面にいる男の声のようだった。

「なにを、するつもりだ」小此木の声だ。

「おめえ、なにか勘違いしてんじゃないのか」男が凄んでいる。「質問できる立場か、馬鹿が」

「なに」小此木が動こうとしているらしいが、押さえ込んでいる男の力が強いのか、なにもできないようだ。

「ったく、空売りなんかしやがって、ばかやろう。ほら、早くだせ」

男たちの身体の角度が変わり、二人がナイフらしいものを手に持っているのがわかった。小此木が緩慢な動作でなにかを差しだした。男は駐車場の奥にいった。どうやらそれは車のキーだったらしく、すぐにドアの開閉音とエンジン音がした。

「乗れ」男がナイフを小此木たちに突きつけて、傍らに停まっていたワンボックスカーにまず小此木を押し込めた。

一人の男が、やはりナイフのようなものを持って乗り込み、次いで、別の男が女を引っ張るようにして車に乗せた。最後の一人が運転席につき、エンジンをかけるとすぐに発進した。そのあとをスポーツタイプの車高の低い車が続いた。これが小此木の車なのだろう。

二台の車は坂道をおり、駐車場をでていった。

茂人は斜面をおりて道路に立ち、遠ざかるテールランプを見た。


翌日の夕方、茂人はふたたび小此木のマンションにいった。なんとなくざわついた雰囲気を感じた。黒いネクタイをした男が段ボール箱を運びだし、ハザードランプが点滅しているバンに積んでいるところだった。バンの横にはサクラ・セレモニーホールという文字が入っている。

茂人は胸騒ぎがして、黒ネクタイがまたマンションに入ろうとしているところを呼びとめた。

「すみません。どなたか、亡くなったんですか？」

黒ネクタイが一瞬見返してきたが、このマンションの住人とでも思ったのか、一度頷いてから、「ええ、小此木さんのところです」と、事務的にこたえた。

10

なぜあの男がそこにいるのか理解できなかった。河埜梓は自宅のある国立《くにたち》駅の改札をでて、駅前の商店街で買い物をしようとしたのだが、スイカにチャージしなければならないのを思いだして急に回れ右をしたのだ。当然後ろから歩いてくる人たちとすれ違うことになるわけだが、そこに見知った顔を見つければ、誰だって驚く。

向こうはなにくわぬ顔ですれ違っていった。黒のスーツにノーネクタイの白いワイシャツ姿。梓は心臓が一瞬跳ね、その後は動悸が収まらなかった。券売機の前で立ちどまって、振り返った。男の背中がバスのロータリーに向かい、その一つの列に並び、顔をこちらに向けた。

偶然なのだろうか。

尾形のスマートフォンから復元された写真で見た顔だった。

おそらくJSエージェントの社員。定点観測したときのビデオを最近も繰り返し見ているが、その中にも、同じ顔が映っていた。

その男が偶然、国立に住んでいるのだろうか。あのバス停に並んでいるのは、ほんとうにバスを待っているだけなのだろうか。この距離では、男がどこを見ているのかわからない。梓を見ているようにも見えるし、ただ漠然とこちらに顔を向けているようにも見える。

梓はバッグからスイカの定期券を取りだし、券売機でチャージした。振り返って、例のバス停を見た。男はまだいた。梓はスマートフォンを取りだし、操作しながらその場にとどまり、バス停を視野におさめたままにした。

どこかでジングルベルが流れている。それが赤鼻のトナカイに変わった。

スマートフォンを操作しているふりをするのが苦痛になってきた。

曲がホワイトクリスマスに変わったときに、やっとバスがきた。バスが所定の位置に停車すると、男の姿がその陰に隠れた。乗客を乗せたバスが発車した。バス停に男の姿はなかった。なんだ、この辺りに住んでいるのか、と安堵したとき、男が隣のバス停の列に並んでいるのに気づいた。しかもこちらを向いている。

偶然ではなかった。わたしはつけられている。そう思うと、冷や汗が流れてきた。ＪＳエージェントの建物を見張ったりしたからなのか、それとも違う理由があるのか。正体を突きとめようとして尾行しているのか、あるいはなにか危害をくわえようとしているのか。

相手はこちらが気づいたことは知らないと思われる。だから、いまでも顔を隠そうとしていないのだ。電車が近づいてくる音が聞こえた。のぼりかくだりかわからないけれど、男との距離を測って、なにげないふうを装って改札を入った。男から見えないところまできてから急ぎ足になり、階段を一段とばしで駆け上がり、電車に乗る。

ドアが閉まり、梓は吊革を持ちながら、階段のほうを見ていた。電車が動きだしたときに、階段からあの男の頭と思われるものがのぞいた。

きょうは自宅に戻る気にはなれなかった。泊めてもらえそうな大学時代からの友人にメールを打った。

翌日の夕方、会社をでたときから、つけられているのがわかった。きのうと同じ男だった。また現れたらこちらから反攻にでようと考えていたのだ。昨晩友人のところに泊まり、早朝に自宅に戻って、準備を整えてから出勤した。

不気味でしようがなかった。問題は尾行者の目的だ。そして、JSエージェントがどのようにして梓のことを知ったのかだ。

小波部長に報告した直後にJSエージェントの人間につけられたということは、部長もしくは、その報告を受けたものがJSエージェントに告げたのかもしれない。

部長は息子がいないから、尾形が脅していた「偉い人」ではないが、スパイでないとはいいきれない。部長がスパイだった場合、梓の報告は握りつぶされ、そのままJSエージェントに伝えられる。部長がスパイでないなら、上に報告をするだろう。社内にスパイがいるのではないかという報告は、部長レベルで処理できる問題ではないはずだ。まずは石橋管理本部長に報告する。ここでも本部長がスパイの場合とそうでない場合にわかれる。さらに上となると、経営管理部門を管掌している佐伯常務になる。

もう一つの可能性としては、その三人がスパイでなく、彼らが社内にいるスパイに、それと知らずに洩らしてしまった場合だ。そこまで考えると一気に範囲が広がってしまう。

いまは恐くて社内の誰にも相談できない。自分で相手の正体を突きとめるしかないと腹をくくり、作戦を練ってきた。

いよいよその反攻作戦の開始だった。

梓は中央線に乗ってすぐに隣の吉祥寺《きちじょうじ》駅でおりた。まだつけられているのを確認し、デパートに入った。婦人服売り場にいく。男が一人でうろうろしていれば目立つし、怪しげに見られる。だからおそらく尾行者は距離を置くはずだ。デパートのいいところは、各階の出入口や階段が複数あることだった。梓は死角を利用して階段をあがると、別の階段でおりた。コートを脱いで裏返して着なおした。こういうときのためにリバーシブルのコートを選んできたのだ。バッグから毛糸の帽子を取りだし、髪を全部押しこみながら被る。階段をあがって、婦人服売り場を落ち着きなく歩いている男の背中を見つけた。

ターゲットを見失った尾行者は、どうするだろう？　すごすごとＪＳエージェントに帰っていくか、それとも、梓の行方を突きとめようとするか――。なにか行動を起こしてくれれば、それが端緒になって新たなことがわかるかもしれない。

男は婦人服売り場を、未練たらしく見回しながら歩くと、諦めた様子で階段をおりていく。踊り場を折り返したのを確認してから、梓はあとを追った。

尾行者というものは自分がつけられているとは思わないらしく、後ろを振り返ることもなくデパートをでていく。携帯電話を取りだすと、歩きながら耳に当てた。通話しているような様子だった。足は駅のほうに向かっている。吉祥寺の街は道路が狭く、人で溢れている。尾行するには大変だが、逆にいえば気づかれにくいかもしれない。

男は駅ビルを抜けて南口方面にでた。次第に人通りが少ない道になり、井の頭公園に入っていった。そこでまた携帯電話を手にしたようで、その光が動いていく。梓は公園の入口近くにとどまって、光の行方を見つめた。

すでに七時半を回り、暗くなっている。二人連れや、十代のグループの姿が目立つ。若い女性が一人でぶらついているのは、梓のほかにいなかった。

だがこれ以上間を置くと見失ってしまう。彼女は思い切って公園に足を踏み入れた。

携帯の光を追う。分岐があり、左の小道をいく。この先は池になっていて、道は右に曲がっている。いくつかベンチがあり、二人連れで占領されていた。さらに進むと、携帯電話の光が見えた。高さからいえば、ベンチに座っているようだ。シルエットから例の男だとわかった。このまま進んでいったのでは、わざわざ見つかりにいくようなものだ。梓は道から外れて、池のほうを向いているベンチの背後に回った。男は携帯電話で通話をしている。低い声がときおり耳に届くが、なにを話しているかまではわからなかった。

近くのベンチから咳払いが聞こえた。梓は自分のいる位置が、おかしいと気づいた。これでは覗きかなにかのようだ。あわてて小道に戻り、公園の入口に引き返した。

車止めになっている柵の内側で佇む。男の姿は見えないが、公園をでるときはここを通る可能性が高い。

「いま、ついた」

ふいにそういう声が聞こえた。ここに立ちはじめてから七、八分経過していた。男が一人、携帯電話を耳に当てながら公園に入ってきたところだった。「わかった」といって、奥に入っていく。そのとき外灯に横顔が照らされた。ウェーブがかった長めの髪に、高い鼻。

どこかで見た顔に思えた。

会社——。社内ですれ違ったことがある。あるいはエレベーターの中でかもしれない。名前は知らないけれど、社員の一人だ。つまり、生前の尾形と同じことをしている社員というわけだ。

梓はふたたび、公園の奥に入っていった。

迷わずに、ＪＳエージェントの男が座っているベンチに近づく。先刻の社員が男の隣に座るところだった。それだけを確認すると、梓は公園の入口へ引き返した。

11

バス通りに面した鳥居をくぐると、陽に照らされた参道の玉砂利が目にまぶしかった。一本だけ参道を横切るように高木の影が落ちていて、その暗くなっているところに手水舎《ちょうずや》があった。新藤茂人と遥香は、そこで手と口を清めた。十二月も二週目にはいり、急に寒さが増してきた。おそらくいまは十度前後だろう。水の冷たさで気が引き締まる。

本殿に進み、二人並んで二礼二拍手一礼をした。

茂人は会社を午前半休し、遥香と朝一番で区役所にいって婚姻届けを済ませてきた。そのあと経堂に戻り、アパートの近くにある神社にきたのだ。

社務所で安産祈願のお守りを買った。

「いつか、ちゃんとした結婚式をあげられるように頑張るよ」

茂人は神妙な気持ちになっていった。

「いいの、そんなの。どうせうちの親はでてこないんだし。でも、シゲくんの実家は大変なことになっているわね」

茂人の両親にはきのう手紙を書いて投函した。

「田舎だからな。こっちに飛んでくるかもしれない」

「うちと遠い親戚関係だっけ？」

「うん。うちのじいちゃんの姉が、遥香のじいちゃんのとうさんの妹の息子に嫁いだんだって」

「ちょっと待ってよ。もう一回いって」

「遥香のじいちゃん、つまり岡林会長のいとこと、うちのじいちゃんの姉が夫婦なんだよ」

「親戚といっても、わたしたちは血のつながりはないってことだよね？」

「そういうこと。きょうから親戚以上の関係だけどな」

これから両家が大騒動になるのは間違いない。とくに岡林家は二人を引き離そうとするだろう。会長が激怒して罵る姿は容易に想像できる。

おまえは立ち向かっていけるのか？　茂人は、いける、と自答した。守るものが地位だとか仕事とか世間体とか、そういうものなら圧力に屈しやすいだろうが、遥香とお腹の子供だけだと思えば、どんなに社会的に上の連中だろうが恐くはない。

茂人はアパートまで遥香を送ると、出勤するために駅に向かった。

会社にでると、まず十階の特許課にいった。ここでは経営コンサルタントが提案してきた、主要特許移転のための特許権の棚卸しが急ピッチで行われている。その進捗状況を堂島に報告しなければならなかった。

頭の中では小此木の死を考えていた。きのうの夕刊の片隅に、事故として載っていたのだ。記事には、事故が起きたのは「昨夜午後十一時ころ」と書かれていた。場所は、「伊豆高原《いずこうげん》に向かう途中にある展望台を兼ねた駐車場」である。小此木は駐車していた車を前進させようとしたが、間違えてバックにギアが入って背後の柵を突き破り崖下に転落したと書いてあった。血中からアルコールが検出されたともあった。

伊豆高原なら、おとといの晩に駐車場でもめごとがあったあと、そのまま向かえば十一時ぐらいにはなりそうだ。

茂人から見れば、あきらかに事故ではない。

特許課の報告をすませたら、事故を所轄している警察署に出向こうと思っていた。

特許課の隣にある会議室のテーブルに資料が積まれ、そこに特許課員が集まり、手分けして確認作業をしている。課長をつかまえて進捗を訊く。

「いま優先順位をつけているところだ。なにしろ数が多いからな。他社と相互利用しているものもあるし、そう簡単にはいかない」

大テーブルを囲んでいる八人ほどの特許課員の顔には疲労の色が見える。特許など、茂人には想像すらできない世界だ。

「おお、やっているな」佐伯常務がやってきた。「どこまでいった?」

特許課長が、さきほど茂人にいったのと同じようにこたえた。

「そうか。リストができたらすぐに知らせてくれ。いま法務に契約書をつくらせている。そのリストが揃ってはじめて完成だからな」

「面倒な契約書ですよね」

特許課長が吐息とともにいった。

「いくら会長の友人の会社だといっても、大事な特許を移転するわけだから、将来こじれないようにするには、慎重にしないとな」

そうか。右から左というわけにはいかないのだ。

「しようがないですよね。子会社に移すのじゃ意味がないですからね」

そのとき誰かの携帯の着信音が鳴った。佐伯がスマートフォンを取りだして、軽く片手で拝む形をつくって話しだした。法務部からのようだった。常務は六十代後半と聞いているがスマートフォン派とは意外だった。

「失礼した」通話が終わって、佐伯がこちらを向いた。こんどはバイブレーションの音がかすかに聞こえた。茂人は自分のではないのがわかったので、佐伯と特許課長を見た。課長はスマートフォンを手に持っていたので、茂人は佐伯にいった。「常務、お電話では？」

「あ、いいんだよ。こっちはプライベートだから。仕事に使うほうは、メールもくるから、仕方なくスマホにしているんだがね、プライベートなものは、使いなれた携帯がよくてね」

「二つ持ち派ですか。そういう方は、けっこういらっしゃるようですね」

「いまだに、文字を打つのは携帯のほうが速いんだ。じゃあ、リストをよろしく」

最後のほうは特許課長にいった。

「はい。できあがりましたら、真っ先にお届けしますから」

「きみたちも大変だが、よろしく頼むよ」

佐伯が課長の肩を軽く叩いてから帰っていった。

「佐伯常務はいつも落ちついているからいいよな」

特許課長がしみじみといった。

「ええ、まあ」

「うちのこれは」といいながら親指を立てて、「猪突猛進型っていうのか、部下を引き連れて前しか見ないで進んでいくタイプだから、こっちが大変なんだよ。いまやっているリストアップの作業も一時間に一回、どこまで進んだって聞いてくるしね」

茂人は、大変ですねと愛想をいってから、十七階に戻って社長に状況を報告すると、慌ただしく会社をでた。

中央線で東京駅にいき、新幹線で熱海《あたみ》、そこから伊東《いとう》線で伊東駅へ着いたのは午後五時近かった。バスでいくのが早いらしいが、乗り場がすぐにはわからず、一本道だと聞いたので歩いた。二十分ほどで警察署についた。

おとといの事故のことで情報提供したいというと、簡単な衝立《ついたて》とテーブルがあるところに案内された。待つほどもなく、私服を着た四十がらみの男が現れた。交通捜査係だというから、警察も単純に事故扱いせずに捜査をしたのかもしれない。

茂人は、小此木が一昨夜、彼のマンション近くで四人の男たちに無理やり車に乗せられていったという話をした。自分は小此木が以前勤めていた会社のもので、話を聴きにいったところ、偶然その場を目撃したのだといった。

「それではなにか？　あなたは、あれは事故ではなく、その男たちが突き落としたとでもいいたいのか？」

「その通りです」茂人は言葉に力を込めた。わざわざこんなところまで足を運んできたのだから、本気度は伝わっているはずだ。

「いやあ、それはないな」刑事が、こちらが力抜けするほど、あっさりといった。「目撃者がおるんで、そりゃあないわ」

「そんな時間に目撃者がいたんですか？」

「まあ、場所が場所だし、時間も遅かったから、二台しか停まってなかったがな。両方ともあれだ。カップルだ。一台は東京の二人と、もう一台は、男が静岡で女性が神奈川だな。みんなそれぞれ勤め人だよ」

「同じ会社とかではないんですか」

「疑り深い人だな」そういいながら、刑事は調書のようなものを開いて、しばらくそれを見てから口を開いた。「東京のカップルの男のほうは、住んでいるのは江東区《こうとう》で勤務先は品川だし、女性のほうは川崎に住んでいて会社は新宿だ。もう一方は、男が住所も勤務先も静岡市で、女性は横浜市在住の横浜市勤務だ。勤務先もてんでんばらばらだよ。東京の男の勤務先は有名な会社ではないが、川崎の女性は名の知れた外資系だし、静岡の男は鉄工所としては有名なところで、横浜の女性は、これは大手の電機会社だ」

なにかが頭に引っかかった。

「それ、見せてもらうわけにはいきませんか？」

「だめだめ。個人情報だからな」刑事が調書を持つ角度を垂直に近づけた。

「でも、横浜と川崎なら接しているから、その女性同士は隣近所かもしれないじゃないですか」

「しつこいね。横浜は保土ケ谷《ほどがや》区で川崎は麻生《あさお》区だから、離れているだろう。これで納得したかね」

「ビー・エヌ・ブイに勤めている女性は麻生区ですか」何気なさを装っていった。

「うっ」刑事が少しだけ思案顔になった。自分が女性の勤務先まで不用意に口にしたのだろうかという表情だ。「そうだ。だから、目撃者はみんな関係がないんだよ」

「ところで、小此木さんは酒を飲んでいたということですが、どこで飲んでいたか、わかったのですか」

「車内に缶ビールとウイスキーの小さい瓶があった。ひどいもんだよ、まったく。これでいいかね」

「ちょっと待ってください。さっきわたしが話したことはどうなるんですか」

「四人の男がどうのこうのという話か?」

「そうですよ」

「事故の前になにがあったか知らんが、事故は事故なんだからそれさえはっきりしていればじゅうぶんだろう。そうじゃないか?」

「いや、しかし……」

「こっちは轢き逃げ事件で忙しいんだ。もう勘弁してくれ」

茂人は追いだされるようにして警察署をでると、夜道を駅まで歩いた。

歩きながらスマートフォンを取りだし、インターネットでBNVの所在地を調べた。日本法人の本社は、やはり新宿にあった。島崎執行役員を痴漢の容疑者にした女は、住まいが川崎市麻生区にある新百合ヶ丘駅近くのマンションで、勤務先は新宿にあるBNVだった。名前まで確認できなかったが、同じ人物ではないのか。

とんでもない敵を相手にしている気になってきた。

おとといの晩に小此木と恋人を囲んでいた男たちは、二人が空売りをして儲けたことを怒っていた。つまり小此木に建築確認書類の偽造を指示し、それが発覚するように行動させたのは彼らだが、カナエホーム株を空売りして小遣い稼ぎをしたのは想定外で許せなかったのではないか。

なぜ空売りがだめなのかというと、小此木自身が、自分の不正が発覚することを知っていたと、見る人が見ればわかってしまうからだ。現に堂島が、そう見抜いたのだ。

これでカナエホームの信用を失わせようとしている組織があることがはっきりした。それも殺人をも辞さないような。

茂人は伊東駅構内を大股で歩き、改札にスイカを叩きつけるようにして通った。

12

「河埜さん、ちょっと特許課にいって、課長にいまの勤務状況がいつまで続くか訊いてきてくれる？　それから、みんなの顔色とか見てきてよ。疲労の度合いとか」

課長がいきなり梓に指示をしてきた。

「特許課がどうかしたんでしょうか？」

河埜梓は課長席にいって訊いた。いまの指示では、なにをどうすればいいのかまったくわからなかった。

「勤怠記録を見ると、ここ四日ほど、ほとんど全員が徹夜している感じなんだよ。明け方仮眠をとって、また定時から仕事をしている。これで誰か倒れたら大問題になる。ふらふらしているやつがいたら、即刻産業医に診せないとな」

「わかりました」

梓はノートを持って十階に上がった。特許課にいくと、なぜか閑散としていた。課長と、女子社員が二人いるだけだった。梓は課長席にいき、深夜残業が続いている理由を訊いた。

「上からの緊急命令だよ」課長がしかめ面でこたえた。

「どんな命令なんですか」

「いえないよ。トップシークレットってやつだ」

「いつまで続くんでしょうか？」

「一ヶ月——もう少しかかるか。まあ、遅くとも二ヶ月以内には終わらせないとな」

「それでは、三六《さぶろく》協定違反になります」

労使で結んでいる三六協定では、時間外勤務は最大で月八十時間になっているが、このまま一ヶ月続いたら、課員の残業時間は百時間をゆうに超えてしまう。

「それはわかっているけどさ」大きなため息。「会社があっての三六協定じゃないか。いまやっているのは、会社を存続させるためなんだ。おたくの課長にそう伝えてよ」

「わかりました」結局事情はわからないままだけれども、そのまま伝えるしかない。「ところで、みなさんは席にいませんけど、どちらで仕事をしているんですか？」

「そこの会議室でやっているよ」

「あの、体調を崩している人とか、いらっしゃいませんか？」

「いまんところはね」

「ちょっと、作業状況を拝見していってもいいですか？　いろいろチェックしなくてはならないので」

「安全衛生課が見たら文句をつけたくなるだろうけどね。作業の邪魔をしなければいいよ。みんな気が立っているから、気をつけて」

「ありがとうございます」

課長の脅し文句を受け流して、梓は特許課の隣にある会議室にいった。

ドアは開放状態で、奥にある資料室と頻繁にいききしているようだ。

会議室にある大きなテーブルを七、八人で囲んでいる。ノートパソコンが何台も置いてあり、そのほかのスペースは堆《うずたか》く積まれた紙の山で埋め尽くされていた。

「なんでこれに壁のキーワードが入っているんだよ。天井じゃねえか」

「分類コードがめちゃくちゃなのもあるしな。もう、多次元的に見ていかないと、いつまでも整理できないぞ」

「とにかく優先順位を早いとこ完成させなきゃならないんだから、まずは重要なキーワードが入っているのを先にやろうよ」

なにをしているのか梓には想像もつかなかったが、室内ではいろいろな言葉が飛び交っている。

「センサーは重要ワードだろ?」

「センサーがらみは他社との相互利用が多いんだよ。後回しにしたほうがいい」

「でもさ、新しい特許が多いから、外せないだろう」

「センサーは鬼門なんだよ」強い口調が梓の耳に届いた。「確認することが多いから、ここに手をつけはじめると、ほかの簡単なものが手つかずになってしまって、件数が稼げなくなるぞ」

必死に相手を説き伏せているような調子だった。苛立ちも含んでいるように聞こえ、みんな気が立っているから、という特許課長の言葉を思いだしてしまった。

発言の主は、こちらに背中を向けていた。長めの髪に、水色のストライプのシャツ。カラーの部分だけ白だ。なんとなく、見覚えがあるような気がした。

この会議室は廊下に面した間仕切りはガラスで、中にロールカーテンがあるのだが、いまは全部巻きあげられている。梓は廊下を少し移動して、その社員の横顔を見にいった。

「あっ」思わず、声がでた。会議室の喧騒で誰にも聞かれなかったろうが、慌てて口を手で押さえた。

井の頭公園でJSエージェントの男と会っていた男だった。

13

増本健太郎は株式会社プラテックの工場を見下ろせる定位置に車を停めた。数時間前にこの工場からでていくトラックをつけて前橋《まえばし》市までいき、先刻戻ってきたばかりだった。前橋の納品先は以前から取引のあるところだった。

資材メーカーの引きはがしをしている敵は、従来の主要取引先には入っていない会社のはずである。

新規取引先にいきそうなトラックがでると、その都度追跡して行先をたしかめることを繰り返しているのだが、ずっと空振りが続いていた。

相手の倉庫や工場を見張って納品先を突きとめるのは、一人では厳しい。一台のトラックを追っている間に、本命が出発している可能性があるからだ。そんな迂遠《うえん》な方法ではなく、注文書や納品書を見ることができれば話は早い。いっそのこと工場に忍び込むか、と思わないではないが、それはあきらかに犯罪だ。向こうがしていることは犯罪まがいだが、こちらまでその一線を越えてはならない。

ため息をつきながら双眼鏡を目に当てた。フォークリフトが三台動きだした。工場内に入って、パレットに載せた白いものを運びだしてくる。一台のパレットに六個積んでいる。箱にはなにか文字が書かれている。製品名かもしれないし、単に社名が書かれているだけかもしれない。表面をビニールで包んでいるので、その文字や模様が読み取れないが、これまで見たことがないものだった。新規製品の可能性がある。

そうこうするうちに、出荷口にトラックが入ってきた。警報音とともに「バックします」という合成音が健太郎の耳にも届いた。

健太郎は車に乗って、坂道をおり、プラテック社の前の道路にでると、工場前を通り過ぎたところで路上駐車した。車をおり、ビデオを片手に、プラテック社に近づく。十二分後にトラックがでてきた。ビデオの録画ボタンを押して車道に近づく。箱の側面を写すことができれば、製品名がわかるかもしれない。

しかしトラックの荷台にはシートが被せられていて、先刻の白い箱は見えなかった。

健太郎は走って車に戻り、後を追った。

間に五台ほどの車がいるが、トラックは見えていた。しかし三つ目の信号で引き離されてしまった。

信号が変わったが、片道一車線で前の車を追い越すことができず、トラックを見失ってしまった。

14

「わかな銀行から、当社の第三者割当増資を引き受ける稟議が通らなかったと連絡がありました。社債についても同じです。メインバンクを説得できなかったのはわたしの責任です。もうしわけなく思っています」

わかな銀行から送り込まれた郷田専務が、堂島に軽く頭を下げたが、なんとなく言葉が軽いと、新藤茂人には感じられた。もし経営破綻したとしても、郷田には帰る先があるからなのかもしれない。

これで資金繰りは万事休す。完全に手詰まりになった。

一方でユーアール・ゴードン社とタナカ電機のＴＯＢは着々と進んでおり、それぞれ発行株式数の八パーセントと七パーセントになっている。二つが合わされば、一気に筆頭株主になる。

「経営破綻か企業買収か。いよいよどちらかを選ばなくてはならなくなりましたな」

佐伯常務の言葉に、常務会の面々の顔がこわばり、岡林の顔色をうかがうように遠慮がちな視線を向けた。

当の岡林は、不機嫌そうな表情を隠さずに、前方を睨みつけている。

郷田が軽く咳払いをし、「岡林会長は買収されることを真っ向から否定されているわけですが、堂島社長はどのように考えているのですか？」

「わたしも会長と同じ考えですよ」堂島の言葉に、役員たちが意外そうな顔をした。岡林までが、思わずといった感じで堂島を見ている。

「まず、買収者に関してですが、二社とも企業文化が違いすぎます」

日頃、岡林がいっている言葉だった。堂島は岡林と正反対の現実主義者だと思われているので、文化という言葉を持ちだしてきたことが意外だった。

「しかし、経営破綻しては元も子もありません。融資が受けられないいま、最悪のケースも考えておかなければならないでしょう。いや、最悪のケースは破綻ですから、買収されるのは、次善の策といってもいいかもしれません」郷田が堂島と岡林の顔を交互に見ながらいった。

茂人には、郷田専務が企業買収を容認すべきだといっているように聞こえた。きのうまではそんな感じは受けなかった――そうか、わかな銀行の意向だからか。

経営破綻して民事再生などになると、メインバンクは多額の債権放棄を迫られ、わかな銀行にとっては大損失になる。かといって、社債を受ければ、もっと大きなリスクを背負いこむことになる。それなら、しかるべきところに買収されたほうがいいわけだ。つまりわかな銀行はカナエホームの自律的な再建を絶望視したということだ。ついにメインバンクにも見放されたのだ。

さすがの堂島も即答できないようだった。珍しく口を真一文字に結んで、正面を見据えていた。茂人は、こんなに深刻な顔をする堂島をはじめて見た。

「そうですなあ」佐伯常務が嘆息まじりに口を挟んだ。「再建計画が軌道に乗っていてくれさえすれば、なんとかなったと思うんですよ。銀行の態度も違っていたでしょう。それが不祥事の連続で、一般顧客の信頼を失ったのが大きい。商談の中止ばかりか、請負契約の解約が続いていますからね。今後、これは雪崩《なだれ》現象になる可能性が大きいと見なければなりません。銀行はそこを見て、追加支援を断ってきたのだと思います」

「いまから再建計画の見直しをしても遅いということですか」堂島が口を開いた。

「残念ながら、この状況では銀行はどんな計画でも信用しません」

郷田が断言するようにいった。

茂人はこのやりとりを聞いていてため息をついた。郷田専務と佐伯常務は、堂島が新社長になって以来、ほかの岡林シンパの役員が非協力的な中、協力的だったのだ。それがいま、堂島に最後通牒を突きつけている。

ああ、ついに会社は終わりか――。茂人がドア脇の椅子でうなだれたとき、横でカチッと音がした。

左を見ると、ドアが薄く開き、畑中翔子の目が見えた。隙間から紙片を差しだしてくる。

『梅高《うめたか》大臣から会長にお電話です。お急ぎのようで、お待ちになっています』

茂人はすぐに立ち上がって、岡林のところにいき、メモの内容を伝えた。岡林が、わかったという顔をして席を立ち、会議室をでていった。茂人は堂島にメモを渡した。

五分ほどして岡林が戻ってきた。役員たちが一斉にそのほうを向く。

「いま、梅高さんから電話があった」岡林が落ちつかない様子で話しはじめた。

梅高雄一郎《ゆういちろう》は与党の代議士で、現在は経済財政政策担当大臣をしている。岡林が以前経済振興会議のメンバーだったころに知りあったと聞いている。「話というのは、ジョーワ自動車の仁科《にしな》会長に会ってくれというんだ」

仁科誠治《せいじ》は現在、経連盟の会長をしており、文字通り経済界の重鎮だ。

「仁科さんが会いたいといっているんですかね」郷田がいった。

「用件は本人から直接聞いてくれというんだが、今回のTOBに関係していることらしい」

「なんですかね」児島副社長がいった。

「相手がジョーワじゃあ、ろくな話ではないだろう」岡林が吐き捨てるようにいった。

岡林のジョーワ嫌いは、役員の間で知られているので、みな頷いている。茂人も運転手時代に岡林自身からよく聞かされた。

五年前、カナエホームの経営が苦しくなったのを見て、ジョーワ自動車が出資したいと申し入れてきたことがある。そのときの出資条件が岡林の退陣だったので、それ以来、岡林はジョーワ自動車を忌み嫌うようになったのだ。

「しかし、梅高先生の仲介となると、むげに断るわけにも……」児島が岡林の顔を覗き込むようにする。

「まあな」

みな岡林の息子が都議をしていて、次の国政選挙では立候補を狙っているのを知っているのだ。梅高大臣は選挙区が東京で、与党の東京都支部長でもある。したがって岡林の息子は梅高に頭が上がらない。つまり父親である岡林としても、梅高大臣の依頼を無視できないということになる。

ジョーワ自動車側も、それを知って梅高を間に立ててきたのだろう。だから岡林にしてみれば、よけいにおもしろくないのだ。

「とにかく、いってくる」

岡林が苦い顔でいった。

15

JSエージェントの男と会っていた特許課の社員は坂本洋次《さかもとようじ》という名前だった。

河埜梓は彼のことを誰に報告すべきか迷っていた。本来なら小波人事部長なのだが、この前部長に報告したあとでJSエージェントの男につけられたことが気になっていた。偶然なのか、部長に話したからつけられることになったのか。

それに、誰かに話すにしても、では坂本がなにをやったのだと問われたときに、こたえに窮してしまう。これをなんとかしなければならない。

梓は特許課の会議室の中を観察しながら、坂本の履歴を頭に浮かべた。三年半前に中途採用で入社し、年齢は今年三十四になる。前職は大手建設機械メーカーで、転職はその一回のみ。高校は群馬の公立で、東京の私立大学をでている。経営工学科をでて、前職でも特許部門にいたと履歴書には書いてあった。

特許課ではきょうも会議室で十人近い社員が大テーブルを囲んで作業をしている。ここから見る限り、坂本もほかの社員と変わらずに、懸命に作業をしている様子だった。

その坂本が椅子から立ち上がりかけた。廊下にでてきそうだったので、梓は顔を見られないように後ろ向きになった。目の前に特許課長と挨拶している男の姿があった。たしか同期入社だった。課長が特許課のほうに歩きだし、男がこちらを向いた。ええと、名前は、名前は——。

「新藤くん、お久しぶり」梓はぎこちない笑顔を浮かべた。

「ええっと」

「忘れたの？　一緒に入社したじゃない」

そういいながら、背後の気配を読み取ろうとした。坂本が会議室をでてきたころだろう。トイレにいくなら、こちらとは反対側に歩いていくはず。

「ああ、そうだっけ」新藤がそうこたえながら、ふと視線を梓の後ろに移した。

新藤はアメフトの選手だったから、研修の前半が終了したあとは別行動になっていた。正直にいえば、同じ新入社員でも違う種類の人たちという感覚だった。同じ試験や面接を受けてきたわけじゃないし、職場での働き方も違うだろうしと。

新藤の目が動く。梓の後ろのほうで動くなにかを目で追っているように見えた。

「新人研修は半分くらいしか一緒じゃなかったものね」そういっても新藤は上の空だった。

「新藤くん、どうしたの？」

「いや、いまトイレに入っていったやつが、やけになんどもこっちを見るもんだから、なんだろうと思ってさ」

「トイレに入ったの？」

「ああ」

「じゃあ、いきましょう」

「えっ？」

「ちょっと、一緒にきて」

梓は新藤の腕をとって、半ば引っ張りながら、トイレとは逆方向に歩きだした。

階段室までいき、下の階におりた。

「どうしたっていうんだ？」

「ごめんなさい」

梓は胸に手を置いて、動悸を静めた。坂本がじっとこちらを見ていたと聞き、とたんに気味が悪くなったのだ。

「ああ、思いだしたよ。工場研修のとき、断熱材を詰める作業で一緒だったね。一番騒ぎながらやっていた」

「よけいなことを覚えているのね」

そういわれて、梓も思いだした。工場研修では、いろいろな作業実習があったのだが、新藤はいつも力仕事を率先してやっていた。最初は、体育会系の力自慢を誇示しているのかと思っていたが、一貫して人が嫌がる仕事を気安く引き受けていて、人が好く、見かけによらず優しい性格なのだと思った記憶がある。

「それはいいとして、理由を聞かせてくれないか、急におれを引っ張ってきた」

「べつに理由なんてないんだけど、ね、それより、新藤くんはいまなにをしているの？　アメフト部って潰れちゃったんでしょう？」

「社長秘書だけど」

「堂島社長の？」

「そう」

「ふーん」そういえば、新人研修のときの印象とどこか違うような感じがした。「ね、ちょっと聞きたいんだけど、社員にはいろいろな人がいるじゃない？」

頭は坂本のことでいっぱいだったので、つい変な質問が口を衝《つ》いてでた。

「あ、ああ」

「ほかの会社のために動いているような人とか、いると思う？」

やはり口にだしてしまうと、うまく訊けない。

「いるだろう。いわゆる産業スパイというやつだ」

訊いた梓のほうが驚くくらいきっぱりとした口調だった。最初、社長秘書と聞いて、社長に直訴することができるかもしれないと思って話しはじめたのだが、新藤の反応があまりにも強いのが意外だった。

「じゃあ、もしもよ、もし、そういうのを目撃というか、知っちゃった場合、どうすればいいと思う？」

「まずは」といって、新藤が梓の目を覗きこむようにした。「社長秘書に報告するのが一番だと思うよ」

この男は、スパイというものから、もっとも遠い存在に見える。単に、印象の問題だが、梓は自分の勘を信じることにした。

新藤が梓に、十七階の役員会議室で話を聞くといった。

「さっきわたしが、ほかの会社のために動いている人っていったら、すぐに産業スパイと決めつけたのはなぜ?」

「ずっとそういう存在を考えていたからだよ。ひょっとして、きみも同じようなことを考えているんじゃないかと、ぴんときたんだけど」

「当たっているかも」梓は、新藤のあとについて、役員会議室に入った。

結局、梓は知っていることをすべて話すことになった。新藤がこちらがいう以上に理解してくれたからだ。

「尾形が資材部でやっていたことは、リベートをとっていたんじゃなくて、資材メーカーの引きはがしに手を貸していたんだと思うな」

聞き終えたあと、新藤が最初に指摘した。

「どうやって?」

「たとえば、仕入れ価格を、引きはがしをしている側に教えるだけでいいだろ。実際に引きはがしは数年前からあったらしいんだ」

「ほんとう?」

「じつは、ほかにもあって、性能偽装や建築確認書類偽造事件があったけど、それは外から送り込まれた連中がばれることを前提にやったと思われるんだ。それから島崎執行役員の痴漢容疑だって、嵌《は》められた可能性が高い」

「そんな」

「きみの話を聞いていて、手口が似ていると思ったんだよ。尾形の自殺を処理した南荻窪署はその前に殺人事件の捜査本部が設けられていて忙しいし、人手不足だったんだろう？　そんなところへ新たに殺人事件なんか起こってほしくないという気持ちは働く。やつらは場所を選ぶときに、そういうところをわざわざ選んだんだよ。念には念を入れてさ」

ほんとうにそこまで計算していたのだろうか。梓は首を傾げた。

「おれがそう思ったのは、ちゃんと理由があるんだ。建築確認書類の偽造をした小此木という元社員がつい最近車の運転を間違えて崖から転落死したんだけど、おれはその日、彼が四人の男たちに拉致同然に連れていかれたのを見ているんだ。事故ではなく殺人だと考えて、わざわざ伊東の警察署までいって、その話をした。ところが目撃者がちゃんといて、事故死はあきらかだからという理由で、まともに取りあげてくれなかった。そっちは自殺に見せかけた殺人、こっちは事故に見せかけた殺人。そして所轄署はほかの事件で忙しいところを選んでいる」

「じゃあ、そっちも所轄署がほかの事件で忙しかったというの？」

「うん。伊東署は轢き逃げ事件を追っていた。あとで調べたら、被害者が死亡していて、かなり大がかりな捜査をしていたようなんだ」

「たしかに似ているわね」

「おまけに、そこでとんでもないことがわかった」新藤が芝居がかった口調になった。「小此木の事故の目撃者の一人が、島崎さんを痴漢呼ばわりした女と同一人物のようなんだ」

「ほんとに？」

「ほぼ間違いない。痴漢事件のときも、目撃者がいたんだが、それもおそらく敵方の人間だ」

「ものすごく組織的じゃない。狙いは、なんなの？」

「結果的にうちの会社の信用がなくなって、株価が下落したんだから、それが狙いなんじゃないか」

「それで誰が得するわけ？」

「ＴＯＢを仕掛けてきている連中とか」

「あ、そうか。たしかに企業価値がさがれば買収しやすくなるものね。ということは、ゴードンとかいうアメリカの会社かタナカ電機？」

「うん。それにしても、ＪＳエージェントというのは、どんな会社なんだ？　四十年前からあるんだろう？」

「裏工作を専門にしているところのような気がする」

「裏工作屋か――」新藤が腕を組んだ。「いろんな企業から注文を受けたりしていたら、秘密にしておくのが難しそうだけどな」

「依頼するほうも隠したいわけだから、案外、知られずにすむかも」

「そうすると、タナカ電機かな。町の電器屋から巨大企業にしたわけだから、いろんな繋がりを持っているだろうし」

「わたしはそういう組織に狙われたというわけ？」

「人事部長が、じつはスパイの一人だったのか、それとも誰かに話して、その相手がそうだったのかだろう」

「じゃあ、相手はわたしのことは知っているんだから、つける必要はないんじゃない？」

「私生活を調べたんだろう」

「なぜ」

「ちょっといいにくいけど、殺そうとしているのかも」

「エーッ」梓は思わず悲鳴をあげた。「ちょっと、恐いことといわないでよ」

「まあ、そこまではいっていないかもしれないけどさ。尾形は自殺したんじゃないといったからじゃないかな」

「つまり？」

「真相をついていたんだよ。それで、どこまで気づいているかを知るために、きみのことを調べていたんじゃないか。なんでもやる連中だから、気をつけたほうがいいな」

まじめな顔でいう新藤を見て、梓は身をすくめた。

16

中丸政和は社長の別府とともに、ＨＱの東京本社ビルのエレベーターに乗っていた。

扉が開くと、ほかの階とはグレードが異なるカーペットが敷かれたフロアにおりたった。女性の役員秘書が待ち構えて、二人を佐野宗治常務の部屋に案内してくれた。中丸は長年このＨＱのために働いてきたわけだが、本社ビルに入るのははじめてだった。鈴木や別府はともかく、現場を担当している中丸以下が出入りするのを避けてきたのだ。

「わざわざ、ご苦労さまです」佐野が、いくぶん緊張しているような顔で迎え、二人に椅子を勧めた。

いつも不思議に思うのは、金はＨＱがだしているにもかかわらず、佐野にはこちらに対する遠慮がある。どちらかといえば、鈴木会長にだ。鈴木のＨＱに対する忠誠心もすごいが、ＨＱの現職役員が鈴木に対してここまで畏怖するのも尋常ではない。

「中丸です」実際に会うのははじめてだった。

「ああ」と佐野が意外そうな顔をした。たぶん、声のイメージと顔が違っていたのだろう。

中丸はブリーフケースから、八枚の紙を出し、テーブルに載せた。

「これはカナエホームが、岡林の知り合いの会社に移転しようとしている特許のリストでね」

別府が紙を佐野の前に押し出しながらいった。

「クラウンジュエルか」

「そう。それで、至急このリストの中で、お宅のプロジェクトが必要としているものがあるかどうか、チェックしてもらいたい」

「全部残すというのは無理ですか？」

「いま、そういう動きをすれば、今回のM&Aのからくりがわかってしまう。一部の移転はやむを得ないと思ってくれ。必要な特許が移転された場合のことを考えて、移転先になっている会社の社長の身辺調査をはじめている。弱みさえ握れば、あとはなんとでもなるんでね。ただ、時間がかかる。はやく使いたい特許は今回のリストから外しておいたほうがいい」

「わかった。それでは、あすにでも回答します」

「いや、いますぐに頼む。それと、このリストのコピーはしないでくれ。これが外にでたことがわかると、すべてがパーになる。それでわざわたしらが持参してきたわけだから」

「そうですか。では、ちょっとお待ち願えますか。技術のものに訊いてきます」

佐野が用紙を手にして部屋をでていった。

「さすがに本社の役員室は豪勢ですね。うちの一フロアが丸ごと入りそうじゃないですか」

中丸は部屋の主が不在のうちにと思い、無遠慮に眺めまわした。

それから三時間待たされた。飲み物は運ばれてきたが、中丸にとって灰皿がないのが辛かった。

一回外にでて、喫煙できる場所を探そうかと思ったところに、ようやく佐野が戻ってきた。

「けっこうありましたよ。四分の一は、いまわたしが手がけているプロジェクトで必要です」

「そんなに？」中丸は舌打ちを隠すために、大きな声を出した。これだけの数を特許課の選別作業で弾くとなると、坂本がよほど強引に仕分けを誘導しなければならなくなる。取りこぼしたものは、契約書を作成する段階で添付リストを差し替えなければならないが、数が多いと気づかれる恐れがある。

「必要なものにチェックを入れておきました」

中丸は佐野から、用紙を受け取ると、一瞥《いちべつ》してブリーフケースに入れた。どうせ見ても内容まではわかるわけはない。

「特許に関してはいくら織り込み済みだったとはいえ、四分の一だぞ。外せるか？」帰りの車の中で、別府が訊いてきた。

「特許課で外せなかったものは、法務でなんとかするしかないでしょうね」

中丸は途中で車をおりると、電車で吉祥寺に向かった。時刻は六時を過ぎ、どの駅も仕事帰りの人で溢れていた。


吉祥寺につき、坂本の携帯へ折り返し電話するようにメールを送った。五分ほどで電話がきた。

すぐに井の頭公園にくるようにいった。いま仕事を抜けるのは難しいという返事だったが、中丸は、飯を食いにでるとでもいってすぐにこい、と怒鳴った。

時間がないからといってカナエホームの社屋の近くや、三鷹駅周辺で会うわけにはいかないのだ。

公園内のベンチに座っていると、三十分ほどで坂本がやってきた。コートをきておらず、寒そうに両手をこすり合わせている。

中丸は紙を渡しながらいった。「印のついている特許を、移転の対象から外してくれ」

坂本が外灯の光を受けるように用紙を持ち上げた。

「けっこうありますね」

「なんとかしろ。これが終われば次の仕事もある。できなけりゃ、終わりだ」

「ちょっと待ってくださいよ。いわれたことをやっていれば、この先食いっぱぐれはないといってたじゃないですか」

「いわれたことをやっていれば、だ」

「難易度をちゃんと加味してくださいよ」

「ばか。これは人事考課とは違うんだ。やるやつか、やらねえやつか、その二つしかねえんだよ」

「わかりましたよ」坂本が不満顔で呟くようにいった。

「じゃ、早く戻れ」

立ち上がりかけた坂本が振りむいた。「あの、河埜なんですが」

「む？　どうした」

「社内でだれと親しいかを探れっていわれたけど、仕事が忙しくてそれどころじゃなかったんです。でも最近向こうのほうからよく特許課にくるんですよ。まあ、残業が続いているんで、安全衛生課が出張ってくるのはわかるんだけど、なんかぼくのほうをよく見てるような気がして」

「色男だからか?」

「そんなんじゃないですよ。なんとなく気になるってだけですけどね。じゃ、いきます」

坂本が小走りに、公園の出口に向かっていった。

「あの女、油断がならねえからな」

中丸は呟きながら煙草を取りだした。

第四章

1

呼びつけられるようにしていった先は、経連盟ビルの会長室だった。荘厳な意匠が施され、この部屋の主はまさに日本経済界の顔だということを思い知らされる空間だった。どんなに成功をおさめたとしても、また一代で大会社を築きあげたとしても、それがここではとるに足らないちっぽけなものに感じてしまうのではないか。

「よくいらっしゃいました」仁科誠治が鷹揚な態度で部屋に招き入れる。

まずは岡林との名刺の交換。仁科は二枚の名刺を渡している。

そして、堂島。

「あなたが堂島さんですか。お噂は耳にしておりますよ」

「恐れ入ります」きょうの堂島は控えめな態度だった。

仁科の目が茂人に向けられたとき、堂島が「秘書の新藤です」と紹介した。

仁科は、こんなところまで連れてくるのだから特別な秘書なのかと、勘違いするかもしれない。堂島社長はおそらく相手が経連盟の会長だろうが、ふつうの打ち合わせと同じに考えているだけなのだ。

ただの秘書なんですといって誤解を解きたいところだが、そうもいかず、神妙に名刺入れの上に名刺を載せた。前の二人とは違って、仁科はおざなりに名刺をくれた。一枚は経連盟会長のもの、もう一枚はジョーワ自動車会長のものだった。

仁科が岡林と堂島にソファを勧めた。茂人は勝手にその脇にあるスツールに座った。ほかは肘掛け椅子しかなく、そこに座るわけにはいかなかった。

きちんとスーツを着こなした女性が入ってきて、蓋付きの湯呑を、優雅な仕種で置いていった。

「こういう役目を仰せつかっておりますとね」と、仁科がこの部屋を指し示すように手を動かしていった。「業界の品格というものを考えるのですよ」

岡林が、なんの話がはじまるのだろうとでもいうように、怪訝な顔つきをした。堂島はいつもの調子で、世間話でも聞くように穏やかな顔をしている。

「いまカナエさんが巻き込まれているTOBは筋が悪すぎますな。どちらの相手も住宅の品格を貶《おとし》めることになる」

仁科の真意を測りかねているからか、岡林の顔は疑わしそうな表情で固まっている。

「わたしはね、岡林さん、五年前にあなたにいわれた言葉がずっと胸に突き刺さったままになっているんですよ」

「わたしがいった言葉？」

「そう、五年前、御社に出資させていただきたいという話をしたときに、あなたは、家づくりは日本の、そして日本民族の文化なのだとおっしゃった。それに引きかえ、自動車は文明の利器かもしれないが、ときには殺人の凶器にもなる危険な機械だと。家と自動車はまったく違うものだと。そういうところの出資を受ければ、これまで脈々と培ってきた文化が崩れてしまうと、そういわれた。わたしはその言葉に感銘を受けました」

きっと岡林には創業者の誇りのようなものがあるんだろうな、と茂人は想像した。相手が天下のジョーワ自動車だろうが、サラリーマン社長に上から目線でいわれたくないと、当時は思ったのかもしれない。

仁科が湯呑茶碗を手にとり、一口含んだ。

「今回、ユーアール・ゴードンがＴＯＢをしてきたときに、わたしはすぐに岡林さんの言葉を思いだしました。いま住宅の構法ではツーバイフォーとかツーバイシックスだとか、向こうから入ってきたものが広まっているが、それとアメリカの会社が日本人のための家をつくるのとではまったく違う。それこそ文化が違う。そう思っていたところにタナカ電機でしょう。家電量販店と住宅会社。隣同士の業界ではあるが、これも文化がまるで違う。こういってはなんだがタナカさんはものを売るだけの会社です。御社はものづくりの会社。その点だけは、弊社も創業者が技術屋でものづくりの会社ですから、共通認識を持てると思っています。ですからね、

ＴＯＢのニュースを聞いて、岡林さんの心境を想像してみて、もういたたまれなくなったんです」

茂人が観察していると、堂島の表情に微妙な変化があった。どうやら堂島には仁科の話の筋がわかったらしい。

「これはなんとかして、お力にならなければと考えたのですが、しかしなんといっても以前のことがあるので、岡林さんはわたしと会ってくれないかもしれないと思い、梅高先生にお頼みしたわけです。お力になれるかもしれないと思ったのは、ゴードンとタナカのＴＯＢを成立させないために、ジョーワ自動車で御社の第三者割当増資を引き受けさせていただけないかということなんです」

「それでは前のときと同じじゃないですか」岡林がすかさずいった。

「いいえ、根本的に違うのですよ。出資だけをさせていただく。人をだすこともしませんし、岡林さん、堂島さんをはじめ現役員の方々にいままで通り経営をしていただこうというのです」

「それでは」と、堂島が発言した。「御社の株主が納得しないのではないですか?」

「いや、そこは大丈夫だと思っています。御社には他社にはない技術がある。技術提携をするだけで、メリットはじゅうぶんにありますから、株主の合意は得られるでしょう。ただ中途半端な出資比率では、逆にそういう意図が不明瞭になって突きあげられるかもしれません。最低限、筆頭株主になるような額を出させていただくことになると思います。それと岡林さん自身か、ご親族の株を若干わけていただくことで、両社の良好な関係を築くためだという演出も多少必要かと思います。まあそれにしても、弊社の財務にそれほどインパクトを与えることはないので、あまり問題視はされないはずです」

最後の言葉は強烈だった。カナエホームの命運を握るほどの出資額が、ジョーワ自動車にとってはとるに足らないものでしかないといっているのだから。

「もちろん、無理にとは申しません。わたしとしては岡林さんのお考えに感銘を受けたものとしてご支援したいと思っただけのことですので、どうかご検討してみてください」

仁科の笑みには、超巨大企業の余裕があった。


会社へ戻る道は渋滞していて、気ばかりが焦った。岡林を新宿のホテルでおろし、堂島を会社に送り届けると、慌ただしく退社した。きょうは長野から両親がくることになっていた。経堂駅からは走るようにしてアパートに帰った。

六時五分。両親がいっていた長野新幹線の到着時刻からすれば、ぎりぎり間に合ったか。

玄関のドアを開け、ただいまというと、複数の声がおかえりといった。

見ると、遥香の前に、両親が座っている。

「なんだよ、もうきてたのか」

「駅にはやく着いちまって。そしたら一つ前のに乗れたもんだから」母が当然のようにいった。

「いってくれよ」

ということは、遥香一人で一時間は両親の相手をしていたわけだ。

「茂人、そこ座れ、まず」親父が声を荒らげた。

茂人は遥香の横で胡坐《あぐら》をかいた。

「馬鹿野郎。寛《くつろ》いでる場合か」親父の雷が落ちた。

茂人はしかたなく正座した。今回は事前になにもいわなかったのだから、非は認めなければならない。

「手紙にも書いたように、おれは遥香と結婚しました。喜んでくれとはいわないけど、認めてくれ」

「それだけか」

「手紙に詳しく書いたろ」

「重雄さんとこのお孫さんだっていうでねえか。しかも重雄さんにはなにもいってねえだと？ どうするつもりだ。おれはおめえの仕事のことで伯母夫婦に頼みこんで重雄さんにむりいってもらったんだぞ。どの面さげて、お宅のお孫さんに手をつけてしまいましたっていえるんだ」

親父は自分の言葉にけしかけられるように興奮してくるタイプだ。この先ますますエスカレートしてくるかと思うと気が重かった。

「おとうさん」遥香が横からいった。なんだか長いことといいなれているような響きだった。

「わたしが押しかけてきたんです。勝手に好きになって」

「そんなわけがねえ」

「でも、ほんとうにそうなんです。押しかけ女房なんですよ」

見ると、遥香は微笑んでいる。この状況でそういう顔ができるところが、彼女らしい。

「信じられねえ」

親父が首を振る。

「もういいじゃないの」お袋が突然口を開いた。「茂人はもう三十ですよ。みんなわかって決めたんでしょう。重雄さんにもこれからきちっと話をつけるつもりなんでしょう」

そういって茂人を睨んできた。

「あ、ああ、そのつもりだよ。いまは会社があれな時期だから、これが終わって一段落ついたら、ちゃんと話すよ」

「馘首になるぞ、おめえ。仕事の当てはあるのか」親父がまた口をだす。

「大丈夫だ。おれは会長の運転手をやっていたときのおれじゃないんだ」

「茂人さん、すごく頑張っているんですよ」遥香がいった。「わたし、最初は茂人さんが運動している姿に憧れて好きになったんですけど。いまは一生懸命に仕事をしているのを尊敬しているんです」

そんな話は聞いたことがなかった。ちょっといいすぎではないかと思ったが、お袋のほうは満更でもない顔つきになっている。

「茂人、家庭を持つのは大変なんだから、しっかりやるんだよ」

お袋が真顔でいった。

「おまえ、なにをいってるんだ」と親父が慌てていった。

「わたしらぐらい、認めてあげましょうよ、二人のこと。わたし、遥香さんは茂人に合った人だと思いますよ。もうじき赤ちゃんも生まれてくるんだし。せっかくこの世に生まれてくるんだから、みんなで祝ってあげなきゃ可哀そうでしょう」

昔からいざとなると、お袋のほうが肝っ玉が据わっていた。それにしても、自分が帰ってくるまでの一時間ほど、どんな会話があったのだろうか。遥香の飾らないところを気に入ってくれたならいいが。

「おまえは簡単に考えてるがな」親父がお袋を睨みつける。「相手が相手だぞ。財産目当てだとかなんとかいわれて、親戚中から袋叩きにあうんだぞ」

財産目当て？　そんなことは一度も考えなかった。いまいわれて、そういう考え方もあるんだと思ったくらいだ。

「それなら財産放棄の念書なんかいくらでも書くよ」

「馬鹿。おまえが相続するんじゃねえだろ。遥香さんが相続するんだ」

結局、子供が生まれたら、地元にきて親戚に挨拶しろとだけいわれた。結婚式は岡林家と話がついたときに改めて考えようというところまで妥協してくれた。

2

「もういい加減、諦めたらどうだ？」次長が増本健太郎にいった。「一人で追いかけるのは土台無理な話だ。かといって、きみにほかの社員をつけるほど余裕はないしな」

「しかしこのままでは相手がわからずじまいです」

「資材メーカーの引きはがしをしているんなら、なにか目的があるんだろう？　ということは、そのうち相手が表にでてくるってことじゃないか。そのときになれば、わかるのだから、それまで待て」

「相手はうちの供給路を断とうとしているんですよ。わかってからでは遅いんです」

「ほかにメーカーはあるんだから、そっちに回せばいいだけのことだ」

「それでは、新商品のリリースが間に合いません」

「新商品？　ああ、あれか」次長がわざとらしく、そういえばそんなものがあったな、という顔をして、「多少遅れても、会社の業績にたいした影響は出ないんじゃないか？」

この次長も、堂島の社長就任を歓迎していなかったのを思いだした。そもそも新社長肝いりの施策はことごとくおもしろく思っていない節がある。

「インパクトのある新商品が出ないとジリ貧ですよ」

「じゃあこうしたらどうだ。メーカーのどこか一社に、相手を上回る金額を提示して、こちらに抱き込んだらどうだ。そのあとで、引きはがしをしている先を訊きだすというのは」

「あとあとまで、その契約した金額は残りますよ」

「その部材を適用するのは新商品という設定だ。契約後に、適用商品が生産中止になったということにすればいいんだ。個別契約で、そういう条項を入れておく」

「それはまずいですよ。架空の発注は、へたをすれば犯罪になります。せめて既存商品のもので、一回はその値段で発注しないと」

「馬鹿いうな。そんなことをしたら、こんどは内部監査で引っかかるだろう」

この次長は常に保身を優先するタイプなのだ。だからいうことに一貫性がない。これ以上話しても無駄だ。

「わかりました。諦めます。でも、こんな状態では仕事に身が入らないので、しばらく有給休暇を取りたいのですが、よろしいでしょうか？」

次長にとって健太郎は目障りなだけなのだ。しばらくいなくなるのであれば歓迎だろう。

「忙しい時期に困るんだが、きみもここのところ無理をしているようだし、ゆっくりしたほうがいいだろうな」

予想通りのこたえだった。


健太郎は最初からきょうは早退するつもりで、自家用車に乗って、会社の近くにあるコインパーキングに停めていた。駐車料金の支払いを精算機で済ませ、シルバーの車に乗った。ここ何年も販売台数一位を続けているジョーワ自動車製のハイブリッド車で、すでに五年乗っている。

アクセルに足をかけたとき、助手席側のドアが開き、人が乗り込んできた。

「はやく、だして」

西野苑美だった。

「なんだよ、いきなり」

「いいから、ロック板が上がってしまうわよ」

しようがない。とりあえず、駐車スペースから車をだした。

「資材メーカーにいくんでしょ？　あたしもいく」

「なんでここがわかった？」

「きょうの朝、会社にいく途中に、ひょいとこっちを見たら、健ちゃんの車があったから。ありきたりの車種で、ありきたりの色だけど、お尻のナンバープレートが道路側から見えたからね」

まあ、たしかに。1126は、苑美の誕生日だ。別れたあとに車を買い替えていないのでプレートを取り換える機会がなかったのだ。

「車で出勤してきたということは、と考えれば、その先は読めるわよ。健ちゃんの考えそうなことは」

「仕事はいいのか？」

「いまはデスクワークなんてやっている気分じゃない。とにかく敵を突きとめて、八つ裂きにしてやらないと気が済まないの。さあ、早くいこうよ」

こうなったら、苑美が引かないのはわかっているので、駐車場をでた。

「退屈な仕事だよ。ひたすら待つしかないんだから」

「でも、トラックを追跡するんでしょ」

「ああ、けっこう難しいんだ」

「健ちゃんみたいに、いちいち信号でとまっていたら、見失うわよ。相変わらず、安全運転なんでしょ」

「当たり前のことを聞くなよ」

「とにかく、トラックを追いかけるときは、あたしに運転を任せなさい」

「えーっ？」

「あたしを誰だと思ってんのよ」

はいはい、A級ライセンスの持ち主ですよ、と胸のうちでこたえ、国内だけどね、と毒づく。

とにかく助手席に座っていると、一回当たり、一年は寿命が縮まる気分になる。

「そうだ、あたしの車に乗り換えていく？　こんなんじゃなく」

「やめろよ。目立って尾行がすぐにばれるだろ」

以前と変わっていなければ、オープンカーになる真っ赤なスポーツカーだ。

「まあ、いっか。トラックにぶつけるのなら、この車のほうがいいものね」

いったい、どんな光景を想像しているのか、とおそろしくなる。

「なんでプラテックを見張ることにしたわけ？」

双眼鏡で工場を覗きこんでいると、運転席に座った苑美が訊いてきた。

「いままで、うちへの依存率が高いところから選んだんだ。プラテックは三割程度あったから、その分を埋め合わせるとしたら、それ以上の受注があるってことだろう。つまり納品先が引きはがしをしている敵の確率が高い」

「目のつけどころは悪くないわよね。そうすると、新しい納品先の製品がまだ完成していないのか、この前みたいに、追跡途中で見失ったトラックの行先がそうだったのかよね」

「根気がいるんだよ、張り込みは」

「あたしに根気がないのを知ってていっているのね。うん、健ちゃんはほんとに根気がある。でも、その根気で解決しようとするのが許せないのよね」

「おい、こんなところで、また喧嘩しようってのか？」

「なんでそういうのが許せないと思ったのか、自分を分析しているんじゃない。暇だから」

「自己分析なら、ほかでやってくれ。だいたい、別れようっていいだしたのはそっちなんだから、いまさら分析なんかしなくてもいいだろう」

「まるで、健ちゃんはあたしをまだ好きだったけど、あたしが一方的に振ったみたいじゃない」

「その通りだろう」

「それで、健ちゃんはあたしを嫌いになったというわけね」

「そんなこと、誰もいってないじゃないか」

「でもそうなんでしょ。さっきからあたしのこと、うるさがっているし」

「じっさい、うるさいんだから。こっちは工場の動きを追うのに神経使っているんだからさ」

「あっ」

「なんだよ」

「警官がこっちにくる。自転車で」

ここは高台になっていて、車一台が通れるくらいの細い道なのだが、カーブのところで膨らみがあり、そこに停めている限り、通行の邪魔にならない。ただ、長時間停まっていれば、不審に思われることもあるだろう。

「双眼鏡をシートの下に」

いわれるまでもなく、健太郎は双眼鏡をシートの下に隠して、ウインドウを閉めた。

突然、首根っこを押さえられた。なんだ、と思った瞬間、唇を苑美の唇で塞がれた。強く、強く押しつけてくる。薄く目を開けると、苑美の頭越しに車内をにやついた顔で覗きこんでいる警官の顔が見えた。いまにも窓をコツコツと叩かれそうだったが、警官は最後に思い切り笑いながら、去っていった。その姿がカーブの先に消えても、苑美はまだ唇を押しつけてきている。懐かしい感触だった。

健太郎は、苑美の肩を指先でつついた。

「おまわりは、いった？」

「中を覗いていたけど、そのままいったよ」

「あたしが一緒でよかったでしょ。じゃなかったら、健ちゃん、捕まっていたわよ」

気のせいか、苑美の頬が赤らんでいるように見えた。だが、口調はあくまでもぶっきらぼうだ。

自分はいまどんな顔をしているのだろうと思うと、苑美を見ていられず、プラテックの工場に顔を向けた。工場の前に動きがあった。いつの間にか、トラックが横づけされている。

「もう、なんで黙ってるわけ?」

ついに苑美が噴火した。

「ちょっと待って。トラックがきているんだ。いままで見たことがない箱の色だ」健太郎は、シートの下から双眼鏡を引っ張りだし、ウインドウを下げると、レンズを目に当てた。

苑美が身を乗りだして、工場を見下ろそうとしている。肩に手がかかり、吐息が耳にかかる。

「積み終わった。追っかけるぞ」

「オッケー」いったが早いか、苑美はシートベルトをかけるのと同時に車を発進させた。

健太郎は慌ててシートベルトをして、ウインドウを閉めた。

プラテックの前の通りにでて、車を路肩に停める。すぐに運送会社のトラックがでてきた。

「よーし」と、苑美が気合を入れる。やはり頬が赤く染まっているが、先刻とは意味合いが違うようだ。自分は絶対にこんなテンションにはならないと、健太郎は思う。羨ましいし、見ていると楽しい。苦労はするけれど。

愛車が急発進した。加速度で健太郎の背中が、シートに押し付けられた。これから無料でジェットコースターと同じスリルが味わえるはずだ。

3

河埜梓は社員証で支払いを済ませると、トレイを持って空いている席を探した。本来の業務以外のことを背負い込んでしまったので、このところけっこう忙しい。午前中の仕事が昼食時間に食い込み、一時二十分になってやっと食堂にこられたのだ。この時間には、同じような事情の社員がけっこういる。

真ん中あたりにある八人がけテーブルは端に一人しか座っていなかった。梓はその対角の席に座った。

山菜そばを三口ほど食べたとき、斜め前に一人座った。顔をあげると、佐伯常務だった。この会社は役員食堂のようなものはないから、ときとしてこういうことが起こる。相手は役員だから、目が合ってしまったからには、会釈することになる。

「お、ぼくと同じだな。ここのこれはまあ、いけるよね」佐伯が山菜そばを指していった。

思ったより気さくに声をかけてきてくれた。少し緊張がほぐれる。

「ええ。わたしも、そう思います」

「じゃあ、これ使ってみるか」そういって佐伯が、自分のトレイから小さな容器を取りあげて梓の前に差しだしてきた。

見ると、七味唐辛子の容器だった。それなら、そばを受けとったときに備えられている七味をかけてきた。

「難点はここの七味がだめなところだ。予算があるからしようがないんだけど、ぼくはこれじゃなきゃだめなんだよ」

へえ、ずいぶんなこだわりだこと、と思って手にとってみた。

「善光寺《ぜんこうじ》のものなんだ。マイ七味でね、内緒であのおばちゃんにキープしてもらっているんだよ」佐伯が厨房を指さした。ちょっと子供が悪戯をしたときのような目をしている。

「じゃあ、いただきます」梓は、七味を二ふりかけて、佐伯に返した。

食べてみると、備え置きのものよりピリッとした辛さが際立っている。「あ、利きますね」

「だろう」佐伯が得意そうにいって、自身も四ふりほどかけてから、そばをすすりだした。

これはいい機会かもしれない。佐伯は経営管理部門管掌役員だから、社長、会長を除けば梓が報告をあげるべきもっとも上の地位にいる。通常の上申ルートにしたがえば安全衛生課長、人事部長、管理本部長となり、そうとうに厄介なことになる。

「あなたはたしか人事部だったたね」佐伯が思いだしたようにいった。

佐伯たち幹部は、期初に経営管理部門の全員を集めて方針を話したりするから、そのとき集まった社員の顔をうっすら覚えているのだろう。それにいままでは佐伯を含めた役員は管掌部門内に席があるから、廊下ですれ違うこともある。

「はい。安全衛生課です」これできっかけはできたと思った。

「じゃあ、労務だね。どんなことを担当しているの?」

「労基署やハローワークに提出する書類の作成だとか、従業員の健康管理に関したことも担当しています。メンタルも含めてですけど」

「メンタルは、最近大変だよね。けっこう多いでしょう、休職する人とか」

「はい。復職のプログラムづくりも、いろいろなケースがあるので、バリエーションが増えてきて、その対応が大変ですね」

「大事なことだよ。ケアをしっかりしておかないと、最悪の場合、自殺までいってしまうからね。そうなると会社もそうとうなリスクを負うことになるし。つまり、あなたの仕事は非常に重要だということなんだな。しっかり頼みますよ」佐伯が笑顔でいった。

このタイミングを逃してはいけない、と心がはやった。

「その、社員の自殺のことなんですが、ことしの六月に資材部の社員が自殺したのですが、覚えていらっしゃいますか？」

「ええと……」佐伯が視線を斜め上に向けて、「最近次から次へといろいろなことが起こるから……、そういえば報告を受けたな。もうだいぶ前のことのように思えるけど、ことしのことだったんだね」

「その件で、ちょっとお話ししておきたいことがあるんですけど」

「ぼくにかい？」

佐伯が戸惑った様子でいった。

「はい」

「課長とか部長には？」

「部長には少しお話ししたことがあるんですが、重要なことなので、直接役員の方にお話しすべきだと思っています」

「かなり、込み入った話？」

「はい」

「いやあ、こんなところでそういう話をされるとは思わなかったな。いまはこれを食べたらすぐに戻らなくてはならないし、あんまりオープンなところで話す内容じゃなさそうだね？」

「そうですね」

もし佐伯が小波部長か石橋管理本部長から尾形の件について報告を受けていたとしたら、もっと違う反応になるのではないだろうか。人事部の女性社員が込み入った話をするといっているのだし、部長にはお話ししたことがあるといっているのだから、二つを結びつけそうな気がする。

「役員の個室がなくなってしまったからね、どこか会議室をとって……、といってもきょうは時間がとれないな。急ぐ話なんだよね」

「はい。できれば」

「じゃあ、こうしようか。あなたの住まいは？」

「国立ですが」

「それじゃ、新宿じゃ遠くなるね。吉祥寺ぐらいならいいかね？　退勤後に食事でもしながら話を聞こうじゃないか」

できれば、少しでもはやく聞いてもらいたい気持ちはあるけれど、わざわざ食事の時間とお金をかけてまでするのもどうかと思う。かといって、遅い時間に会議室で佐伯常務と会ったのが課長や部長の耳に入ったら話がややこしくなる。

「というのは、あすとあさってては特別忙しいので少しの時間もとれそうにないから、きょうじゃないとすると、来週以降になるんだ」

「それではもうしわけありませんけど、きょうお願いしてもよろしいでしょうか」

「そうしゃっちょこばらなくてもいいよ。単に、ぼくがそこの料理を食べたいだけだから。場所はあとでメールするから」佐伯が立ちあがってトレイに手をかけてから、「そうだ、あなたの名前は？」

「あ、すみません。河埜と申します」梓は慌てて立ちあがり、首にぶらさげたＩＤカードを手にとって胸の前に持ちあげた。

「河埜梓さんか。わかった。じゃ、あとで」

佐伯がトレイを持って、返却口に歩いていった。

梓は力が抜けたように椅子に腰を落とした。役員に自分の知っていることをすべて話せば、なんとなく解放されるような気がした。

4

常務会で、堂島社長が淡々と仁科誠治ジョーワ自動車会長からの提案内容を説明している。隣で、岡林がおもしろくなさそうな表情で座っていた。

「いまの役員をそのまま残して経営を任せるというのは間違いないのか？」児島副社長がまっさきに訊いた。

「覚書を交わしてもいいといっていました」堂島がさらりといった。「ただし、二期赤字が続いたら、白紙になるということでした」

「それは仕方がないだろうな。今期の赤は避けられないとしても、資金を得て、来期は挽回できるだろう。いや、しなければならない」

「ほかに条件はなかったんですか？」佐伯常務の声だった。

「ありませんでした」

「人員削減をいってくると思いましたが、それは破格ですな。まさにホワイトナイトというわけですね」

新藤茂人はパソコンで、その言葉を検索した。ホワイトナイト、つまり白馬の騎士とは、敵対的買収を迫られている企業に、経営陣の味方となって出資や融資をしてくれる投資家や企業をいうらしい。

ユーアール・ゴードン社やタナカ電機は、現経営陣ではカナエホームの立て直しはできないと判断し、自分たちが経営権を握って自社とのシナジー効果で経営再建を図ると明言している。どちらに買収されても、現経営陣は全員解任されるのは目に見えているのだ。

わかな銀行に追加融資を断られたいま、もう選択肢はない。素人の茂人から見ても、それははっきりしている。しかし岡林のジョーワ嫌いはいまでも根強いようだ。

「会長、ここはジョーワ自動車の提案を受けるしかないのではないでしょうか」郷田専務がいった。

「あなたが、銀行を説得できないから、こうなったんだぞ」

「ああ不祥事が続いたのでは、わたしだって戦えませんよ。もっとふつうの会社になってくれないと」

「ふつうでなくて悪かったたな」

岡林が拗《す》ねた子供のような言い方をした。

「会長、考えてみてください。外資に屈するわけにはいかないし、家電量販店はしょせん他人がつくった品物を売るだけの会社です。いつも会長はそうおっしゃっているじゃないですか。それなら同じものづくりをしている会社の支援を受けたほうが、何倍いいか」

「同じものづくり？　違うんだよ。家と車では」

「しかしほかに選択肢はないんですから。児島副社長はどうお考えですか？」

郷田が岡林と児島を交互に見た。こういう話は株主でもある彼らの考え次第なのだろう。堂島はいまだに取締役でも株主でもない。

「消去法でいくと、ジョーワか、やはり」

「堂島さん、あなたはどう思っていますか？」

郷田がここではじめて堂島に尋ねた。

「カナエホームは岡林会長がつくった会社です。会長の意向に従いますよ」

「ほう」郷田が意外そうな顔をした。

「会長は一生懸命に会社を育ててこられた。やり方については、わたしは反対してきましたが、会社への愛情の深さでは足元にもおよびません」

茂人にとっても意外だったが、買収に関してはこの前から会長に同調する姿勢をみせているのもたしかだった。

「わかった」岡林会長がため息とともにいった。「この大事な会社を守るためだ。自分の好き嫌いをいっているわけにはいかんな。ジョーワの提案を受けよう」

郷田の懸命の説得より、堂島の一言が効いたようだ。それにしても、これほど弱気になった岡林を見るのは、茂人自身はもちろんだが、ここにいる古参の役員もはじめてではないだろうか。

岡林の口からでた言葉は、決定事項となる。あとは契約条件の話になった。

「第三者割当増資をするのに、株主総会を開かなければならないなら、ゴードンとタナカが出席してくるな」

誰かがいった。それなら、すんなり決まるわけがない。

「いや、株価を低くするような有利発行ならそうだが、市場価格で引き受けてくれるなら、取締役会の決議で大丈夫」佐伯常務がこたえる。

「その点はジョーワも承知していて、向こうからそういってきています」

堂島がいった。そういえば、市場価格でいきましょうと、仁科がいっていた。そういう意味があったのだと、いまわかった。

「取締役会は通常三日前までの招集ですが、早めることについて、役員全員の同意書をとりましょう」佐伯常務がいった。「さっそく監査役会に連絡をします」

「やるとなったら、可及的速やかにやろう。こうしている間にもTOBは進んでいるからな。あす共同記者会見をしてあさってには契約書の調印を済ませるということでジョーワさんと調整します」

郷田が張りきった様子でいった。対照的に岡林や児島は力のない顔になっていた。堂島は一人、なんの感情もないように無表情だった。

スマートフォンを使っていた佐伯常務が、「監査役も全員揃うので、きょうの午後四時から臨時取締役会を開きますが、契約書の準備は先行してはじめます」

茂人まで落ちつかない気分になってきた。

社長室兼秘書室に戻ると、堂島に弁当を頼まれ、その辺のでいいというので、コンビニで自分の分も買って戻った。

「新藤、なにかいいたいことがありそうだな」

「お忙しいかと思いまして」

河埜梓から聞いた話を報告しなければと思いつつ、この緊急事態によけいなことでわずらわすのはどうかという気持ちが働いて、つい遠慮してしまっていた。

「忙しいかどうかは、わたしがどう思っているかで決まるんだ。おまえが判断できるほど単純じゃないぞ。いまは、口が忙しいだけだから、いってみろ」

茂人は、河埜梓の話を中心に、自分が調べた小此木の死への疑問も加えて話をした。

「結局、状況証拠のようなものしかないんですが、やはり特許課の坂本は怪しいと、わたしも思うんです。小此木と柴田も、誰かの指示で不正をした疑いが濃厚ですし」

「そんな大事なことは、もっと早くいえ」

「すみませんでした」

「うちの中にいる、敵の数――。既存の社員が敵に取りこまれた場合と、最初からスパイ目的で中途採用に応募してきた場合があるだろうな。尾形は取りこまれたほうで、柴田や小此木は、不正を働くために入ってきた口だ。どちらも五年前からか――。ずいぶんと周到だな。そこまでして、うちにダメージを与えたいと思っているところは……」

「坂本を締めあげていいですか？」

「否定されたら、それまでだろう。拷問でもするつもりか？」

「お許しがでれば」

「暴力は一切だめだ」

「じゃあ、無理ですよ。口を割らせるのは」

「それに、たぶん坂本は敵の正体を知らないだろう。金で操っているのなら、べつに自分たちの正体をあきらかにする必要はないからな」

「そういわれてみれば、たしかに」

「坂本は特許課か――。ほかのケースと違うような気がする」

「どこがですか？」

「小此木と柴田は不正を働かせて、うちにダメージを与える役割だ。資材メーカーとの仕入れ価格などの情報を流していたと思われる尾形もそうだ。いま思いだしたが、研究所に中途で入ってきて、屋根の防水シートの実験を担当して間違った結果をだし、そのあとすぐに辞めていったのがいた。それが闇改修につながっていき、金と信用をなくしたわけだが、これもダメージを与えるためだ。それぞれ必要な部署に送り込んでいったり、取り込んだりしてきたわけだ。特許課に一人いるというのは、敵にそういう必要があったからだろう」

堂島は独り言のように喋っている。茂人に聞かせながら、自分で考えを整理しているようだ。考えてみれば、柴田や小此木を調べろと命じてきたのは堂島だった。だいぶ前から、会社がなんらかの攻撃を受けているのではないかと疑っていたのだろうか。

「特許課に人を送り込んでダメージを与えられるか？」

「特許は早い者勝ちですよね。うちでこれから特許を取ろうというものの情報を流して、向こうが先に手続きしてしまえばどうなんでしょうか」

「日本は先願主義だからな」

堂島が電話に手を伸ばし、内線表を見ながら、ボタンを押した。相手は特許課長のようだった。堂島には珍しく性急な口調で矢継ぎ早に質問をした。

「ここ五年間、準備していた特許と同じ内容で先を越されたことはなかったそうだ」受話器を置きながらいった。「ほかに特許でダメージを与えられるか？」

「特許、ですよね。なんだろう……」

「つまりだ、ダメージを与える目的以外に、特許課にスパイを潜り込ませる必要があったということだ」

「それはなんですか？」

「すぐにわかれば、苦労はない。ただ、敵がうちの持っている特許に興味があるのはわかった。もう少し考えてみるが、おまえは、坂本から敵のヒントを得ることを考えろ」

堂島が割り箸を袋に戻し、弁当に蓋をした。見るときれいに食べ終わっている。これだけ喋っていても、いつの間にかたいらげてしまっているのだ。茂人は自分の弁当がまだ半分残っているのを見ながら、こんなことでも差がでているのが癪《しゃく》だった。それにしても堂島は不思議な人間である。ぜんぜん力が入っていないように見えて、やることは早いのだから。

「JSエージェントの代表者の住所は控えているんだな？」

ペットボトルのお茶を飲みほして、堂島が訊いてきた。

「はい。河埜さんからコピーをもらっています」

「見せてみろ」

茂人は、バッグからファイルをだし、その中からコピー用紙を一枚抜きだして、堂島に差しだした。

「ほう、今回のことはきちんとファイルにまとめているのか?」用紙に目を通しながらいった。

「はい」

堂島からそれ以上の言葉はなかった。

「等々力——。いってみるか。環八の混み具合次第だが、車のほうがはやそうだな。新藤、運転を頼む」

堂島が畑中翔子に三時間ほどでかけてくるといった。

急な話なので、古いステーションワゴンしか空いていなかったが、堂島がそのほうがいいといったので茂人は鍵を受けとりに総務部へ向かった。


カーナビが、目的地の周辺です、と告げた。

「この辺りですね」茂人は速度を緩めた。住宅街で道路幅は六メートルほどある。

「あった、ここだな」堂島がいった。

高い塀で囲まれた邸宅で、表札に「鈴木」とある。塀の向こうに高木が見える。

「新藤、どこかコインパーキングに入れてくれ」

駅のほうに向かっていくと、小さい駐車場があった。

車をおりて、先刻の住宅街に引きかえした。

「二百坪はありそうだな」堂島が鈴木邸に近づきながらいった。

門にも屋根がついていた。塀に遮られて家屋はまったく見えない。敷地はいわゆる角地だった。塀沿いに左に曲がる。

「勝手口があるな」堂島が囁く。

塀に扉が嵌めこまれたようになっていて、上に照明と脇にインターフォンがある。

そこを過ぎたところに軽トラックが停まっていた。荷台の横に八百定《やおさだ》と書いてあり、電話番号と住所もあった。青果店のトラックのようだ。

「住所をメモしておけ」

堂島にいわれて茂人は手帳をだし、住所と電話番号を書きとった。

「場所を確認してくれないか」

こんどはスマートフォンを手にして、地図ソフトで住所を入力した。

「駅前の商店街ですね」

「それじゃ、駅にいってみよう」

駅に向かう途中で、先程の軽トラックが二人を追い越していった。

商店街に入ると、八百定はすぐに見つかった。屋号は古めかしいが、中は明るい感じの店だった。

堂島が果物が置かれているところへいき、ほかとはあきらかに違う棚に並んでいる箱を眺めはじめた。中は、マスクメロンやマンゴー、高級品種の苺《いちご》やぶどうだった。堂島がそちらを向いて前掛けをした店主らしい五十がらみの男がそれとなく近づいてくる。堂島がそちらを向いていった。

「おたくは、鈴木さんの家に出入りしていると聞いたけど」

「鈴木さんとおっしゃいますと？」

堂島が丁目までいった。

「はい。贔屓《ひいき》にしていただいてます」

「鈴木さんのところへのお使いものなんだけど、どれがいいかねえ」

「あそこの旦那さんは、メロンはお好きではないんですよ。奥様はお好きなんですけどね。お二人とも苺は喜ばれると思いますね、こちらなんかは甘みがほかとは違ってお勧めです」

店主の指し示す先にあるのは、一粒千円もする苺だった。

「それじゃ、お勧めにしたがおうか。あのお宅はご夫婦のほかには誰か？」

「住み込みのお手伝いさんが一人と、通いの人が一人いますよ」

「親族とは同居していないのかな」

「なんでも、子供はできなかったようなことらしいですよ」

「そう。じゃあ、そのお勧めの苺、十二粒入りのを包んでください」

「ありがとうございます」

店主が一箱とって、レジにもっていき、丁寧に包みはじめた。

「あのお宅には、この商店街の店はたいていい出入りしているの？」

堂島が世間話をするようにいった。

「そうですね。向かいの肉屋とか、この先のクリーニング屋とか、あとはどこだろうな、ああ魚屋はここじゃなくて、隣の駅のとこが入っているね」

「先方で一緒になったりするわけだ。いまじゃそういうお宅は少なくなったでしょう？」

「なくなったねえ。みなさんスーパーで買うことが多いし」

「骨董屋なんかも入っているのかねえ？」

「鈴木さんのところ？　骨董屋さんは、玄関からでしょう。わたしら勝手口を使うから、骨董屋と会ったことはないかな。ああ、古書店は何軒か入っているっていってたね。ここ左にいったところにある古本屋も注文があるっていっていたよ。はい、お待ち」

店主が包装したものを紙袋に入れて、堂島の前においた。

勘定を済ませて外にでると、堂島が左にいった。茂人がついていくと、八百定の店主がいっていた古本屋にはいっていく。

店内に入ると、かすかにほこりと黴《かび》が入り混じったような匂いがした。

間口は狭いが奥に細長い店だった。両側に天井までの本棚があり、中央は背中合わせに本棚が置かれている。

一番奥に小さなカウンターがあり、その向こうに七十歳くらいの老人が座っていた。くたびれたセーターを着て、ずり落ちた眼鏡越しに、一睨みしてくる。いかにも古本屋の店主という姿に茂人は内心笑ってしまった。

堂島は八百定と同じように、鈴木のところに出入りしているのをたしかめてからいった。

「これから、お宅に伺うんだけど」そういいながら、果物が入った紙袋をひょいと持ちあげる。

「これだけじゃ能がないから、古書の珍しいものがあったらお土産にしたいんだけど」

「あそこが欲しがっているのは、あんた、限定的だからねえ。滅多に入るもんじゃないよ」

「限定的って？」

「駿府城に関するものだけでいいといわれているんだよ」

「駿府城？」

「とくに図面は高く買うといっている。あとは、城の造りがわかるようなものならなんでもいいと。年代もいつのもんでも買うっていうんだけどね」

「駿府城ねえ」堂島が独り言のように呟く。

「なんかねえ、模型をつくっているようなことだったな」

「そういうのが好きな人はいるみたいだけど、プラモデルとか型紙があるようなもんでしょう？　鈴木さんは、ゼロからつくっているということ？」

「そうらしいよ。なんだったかな、よくあるものを積んでつくるとかいってたような気がするんだけどね」

「鈴木さんは、おいくつになるんだっけなあ」

「わたしより、一回り以上は上だわな。八十四、五じゃないの」

「すごい、気力だね。文献に当たって城をつくろうってのは」

「元気だもの」

「たしかにね。昔はなにをしていたんだろうと、思っちゃうけど。戦争にいったようなお年ではないよね」

「国民学校の高等科をでて予科練に入ったときに終戦になったということだったね。終戦後は闇市とかいろいろやったよって、よくおっしゃっているよ。で、拾ってくれるひとがいて、書生をしたって話だ。大変な恩人だといっていたな」

「それは知らなかったな。いろいろ苦労はされてきたわけだ」

「いろいろあっても、ああいうお屋敷を建てられるんだから、たいしたもんだよ」

「そりゃそうだ。じゃ、どうもお邪魔したね」

堂島は片手をあげて挨拶をすると、外にでていった。茂人は慌ててあとを追う。

「なにかわかったんですか？」

茂人は堂島のどこか満足げな顔つきを見て、訊いた。

「いろいろとな。会社に戻るぞ」

コインパーキングから車をだすと、堂島が電話をかけた。

相手は調査会社のようだった。過去の新聞記事のデータベースで鈴木次郎という名前を検索することと、国会図書館に誰か一人やってくれと。着いたらこちらから指示をだすから連絡をくれといった。

いつものののんびりした調子ではなく、堂島には珍しく緊迫感のある口調だった。茂人は思わずハンドルを強く握りしめた。

5

住宅街の中に黄色みがかった光が遠慮がちにもれていた。民家とは違う雰囲気だというのはわかるが、しかしそこが駕籠屋《かごや》という店なのかはわからなかった。河埜梓は、スマートフォンにだした地図をもう一度たしかめて、進んでいった。

ひっそりと立て看板が置いてあり、店名が書いてあった。入口は路地のように細い砂利敷きに自然石の飛び石があり、足元だけが照明で照らされている。いわゆる隠れ家と称されるような店構えだった。

少々気後れする気持ちを抱きながら、奥まで進んでいった。こんな店ははじめてで、コーデュロイの膝丈パンツにセーターという姿でいいのだろうかと不安になる。突然の成り行きだからしようがないと自分を納得させるしかない。

社員食堂から自席に戻ってすぐに佐伯からこの店の住所と連絡先がメールで送られてきた。

午後はルーチンワークに追われて、時間がとれず、会社をでる寸前になってようやく新藤と連絡をとることができた。中庭で慌ただしく立ち話になったが、佐伯に報告することは伝えておかなければならないと考えたのだ。

「佐伯常務なら、報告相手としてはよさそうだな。公平な人だし」新藤も賛成した。

梓は新藤に、二月十二日の午後新宿グローリーホテルにいった会社の幹部を捜してほしいと頼んだ。これだけはどうにもわからなかった。役員秘書の新藤ならば、わかるかもしれないと思ったのだ。

「幹部って？」

「部長以上かな」

「おい、何人いると思っているんだ」

「でも、やるっきゃないでしょ？」

「わかったよ」

そんなやりとりがあった。

駕籠屋の玄関に入ると、和服姿の女性が出迎えてくれた。お仕着せのような感じではないので、女将《おかみ》なのかもしれない。佐伯の名前を伝えると、心得顔で案内してくれた。梓は靴を脱いであがり、女性のあとについていった。京都の町屋風のつくりで間口は狭いが、奥行きがあり、中庭なども設《しつら》えてあって想像以上に広い。

案内された個室にはすでに佐伯が座っていた。八畳ほどの部屋だった。

「ここの場所、わかりにくかったろう」

上座から気さくに声をかけてきた。

「ええ。地図とにらめっこしてきました」

勧められるまま下座に座った。足をおろせるようになっていたので、内心ほっとする。

「センシティブな話なら、こういうところのほうがいいだろう。料理のコースは勝手に決めさせてもらったけど、なにか苦手なものはある？」

「いえ、大丈夫です」

そのとき仲居さんが入ってきて、梓の前におしぼりと飲み物のメニューを置いた。

「お飲み物は、どういたしましょうか」

「遠慮なくやってよ」佐伯が梓にそういってから、「ぼくはたちまちビールだな」

「はい。いつもの瓶ビールでよろしいでしょうか？」

仲居さんが笑いながらいった確認の言葉に佐伯が頷く。たちまち、というビールの銘柄があるのかなと思いつつ、仲居さんが待っているのでウーロン茶を頼んだ。

梓は飲めないわけではないが、話し終えるまではアルコールを入れるわけにはいかなかった。しばらくしてビールとウーロン茶がきた。ビールはふつうにエビスだった。お互いに一度口をつけたあとで、佐伯が「では、ゆっくり話を聞こうかね」といった。

「お昼に、ことしの六月に資材部の人が自殺したとお話ししましたが、遺族の方が労災を申請しようとされたのが発端だったんです。わたしが遺族の対応窓口になったのですが……」

料理が運ばれてきたり、食事をしたりと、なんども中断しながら、最後のトリュフの入った雑炊のころまでかかってようやく語り終えた。コースは創作料理というのだろうか、和洋折衷のようなものだったが、間違えないように話すのが精一杯で、味わうどころではなかった。

「想像以上に深刻な話だね。まずは、いま聴いた話を性質の違う二つにわけて考えようか。一つは、尾形くんのスマートフォンの記憶装置から復元した写真と録音データの内容。もう一つは、ABC企画とかJSエージェントという会社がでてくる話だね」

アルコールが入っても、佐伯の丁寧な言い方はかわらなかった。

「写真は、直接なにかの証拠にはならないな。顔が写っているわけではなさそうだし」

「はい」

「録音されていた会話の内容は問題だ。社内で強請りが行われていたことと、外部の指示でなんらかの動きをしているものがいることがわかった。尾形くんの相手の声というのは、ほんとうに誰なのかわからない？」

「雑音がひどいのと、途切れ途切れなので、男の人の声だとわかるぐらいです」

「そうか」佐伯が少し考えるようにしてからいった。「念のために声紋分析をしておこうか。可能かどうかわからないが、専門家に分析してもらおう。あした、そのメモリーを持ってきてくれないか」

「はい、わかりました」

「もう一つのJSエージェントという会社が絡んでくる話のほうは、仮定を積み重ねているから、どこかで方向が違っていると、まったくべつの結論になる可能性もあるね。たとえば、川口の叶ホームとABC企画を同じ組織がつくったというのも、証明はされていないわけだよね？」

やはり、そういう反応か。とてつもない話だから、あなたの勘違いじゃないか、と思われるのだろう。小波部長もそうだった。すぐに信じてくれたのは新藤だけなのだ。

「ABC企画からでてきた男の人たちがJSエージェントに入っていったんですから、この二社が関係しているのは事実です」

梓は断定して、佐伯が頷くのを確認した。

「そのJSエージェントの社員……、社員かどうか定かではありませんが、少なくとも出入りしていた人がうちの坂本という社員と会っていたのも事実なんです」

「そこはちょっと弱いのじゃないかと感じたね。あなたは夜の井の頭公園で男を見たわけだ。社員の一人のような気がした。坂本という社員を見たときに、彼だと思った。あなたが暗い中で、どれだけ正確に男の顔を記憶できたかが問われるだろうね。公園で見たときに、男のあとを追って、自宅に入るところまで見て、そこがうちの社員である坂本の住所と一致した、というなら事実として認められるけれど、あなたの記憶違いだといわれれば、反論する手立てがないでしょう」

第三者から見れば、思い込みと捉えられる可能性が高いといっているのだ。

「それから、ビデオに写っていた人物と、あなたをつけていた男が同じ人物だといっているが、これも疑う人は疑うんじゃないかね。よくあるけれど、恐い恐いと思っていると誰かにつけられているような感覚になるとか、強迫観念でべつの人物を同一視してしまうとか」

「そんなことはありません」

「いやいや、ぼくが疑っているわけではないよ。疑う人はそういってくるだろうけど、そのときあなたには反論する客観的な材料がないということなんだ」

それはたしかにそうなのだが、そうすると、すべてが妄想で片づけられてしまう。

「でも、ほんとうのことなんです」

「ぼくは信じたいと思っているんだよ」

信じる——ではなく、信じたい、という。つまりはまだ完全には信じられないということなのだろうか。

「重要なのは、尾形くんが自殺ではなかったというところだな。きみがいうように殺人なら、大変なことだよ。どうしてそう考えたのか、詳しく聞かせてくれないか」

この話も証拠を示せといわれるとつらい。しかしここまで話したのだから、すべてを伝えて佐伯の解釈を待つしかない。

まず、南荻窪署の大山刑事と横井老人から聞いたことを話した。その間にデザートが終わり、コースがすべて終わってしまった。

梓は熱いお茶を一口含んでから、こんどは自分の推理をいった。

「尾形さんは、商店街の防犯カメラの記録から、墜落するマンションに二十分前にはついている計算になるんです。ただ、マンションは古く、防犯カメラがついていなかったので、その二十分間どこにいたかはわかっていないんです。でもわたしは、事件の一ヶ月前に新しく借主がついたエレベーターに近い部屋に連れていかれたんだと思っています。タイミングとしては、横井さんが犬の散歩にでかけた直後ぐらいでしょうか。部屋に入る前、誰かに階段の手摺を握らされたのだと思います。指紋をつけるためです。そうしてエレベーターホール近くの部屋に入ったわけですが、そこには何人かJSエージェントの人がいたんです。尾形さんは拘束され、スタンガンとか頸動脈を圧迫するとかされて意識を失いました。犯人としては、検死をされたときに墜落時にできる傷や痣《あざ》以外が発見されるとまずいですから、痕跡が残らないようにして自由を奪ったのだと思われます。犯人たちは尾形さんのスマホを奪い、奥さん宛てに遺書メールを送信します。そのとき、写真や録音データを削除したんだと思います。そのあと尾形さんは、寝袋かなにかに入れられて、バルコニーから屋上に運びあげられます。うえから引き上げるのでも、はしごをつかって押しあげるのでもいいのですが、三人ぐらいでやれば時間はかからないでしょう。下で見張っていた仲間が横井さんが帰ってきたことを携帯で連絡してきます。一人は最上階の階段の手摺に尾形さんの鞄と靴を置き、すぐに部屋へ戻ります。むろん、五菱銀行の通帳は抜きとっています。屋上では寝袋からだされた尾形さんのスーツのポケットにスマホが入れられ、担がれて屋上の端から二、三人がかりで放り投げられたのです。その直前に尾形さんの意識が戻り、叫び声をあげました。それが横井さんの聞いた声です。同時に横井さんがエレベーターで最上階に到着します。そのときは階段にも廊下にも人影はありません」

梓は一気にしゃべった。途中でつかえたら佐伯が信じないのではないかという気がしたのだ。

「そうすると、犯人は、尾形くんを殺そうとして、マンションを借りたということ？」

「はい。犯行の動機は、尾形さんが会社の上の人を強請っていたことだと思うのですが、お金が手に入っているうちは尾形さんが静かにしていると考えられますから、準備にひと月ぐらいはかけられたんじゃないかと思うんです。マンションの場所は尾形さんを呼びだせるところならどこでもよかったでしょうから、最上階が空いているところとか、その部屋と屋上との位置関係など、条件にあった物件を探したんです」

「しかし、警察が自殺と結論づけたわけだろう？」

「犯人はもう一つ念を入れていたんです。南荻窪署はその一ヶ月ほど前に発生した殺人事件の捜査本部を抱えていました。そういうのができると、人を大量に投入しなければならないらしいです。忙しいし、人手不足だし、費用はかさむしで、大変です。ほかの事件は、自殺にできるなら自殺にしたいという心理は働いていたと思います」

「偶然、そういうことが重なったということ？」

「いえ、偶然ではないんです。そういう区域を選んだんです。犯人はどこでも選べたわけですから」

「よく調べたし、よく考えたものだね。あなたが優秀な社員であることはよくわかった」

「ありがとうございます」

会社に入ってお褒めの言葉をいただいたのははじめてかもしれない。

「しかし、警察は動かせないだろうね、いまのままじゃ。状況証拠というか、あなたの推理だけで、証拠となるものがないからね」

「録音データがあります」

「それは強請りの証拠にはなるけれど、尾形くんが殺されたという証拠にはならないだろう」

「だめですか、やはり」

梓にとっては自明のことなのに、他人はそこまで考えられないようだ。物的証拠がないというのは致命的なのだろうか。

「でも、警察を動かすことはできないかもしれないけれど、うちの会社にとっては、社内でよからぬことをしている社員がいるというのは大問題だから、これはすぐに手を打たなければならない」

「ぜひ、お願いします。そうすると、特許課の坂本さんは？」

「そこだよ、難しいのは。録音データの内容から、社内にいわば産業スパイのような社員がいるらしいことはわかった。しかし坂本くんがそうだというのは、きみの記憶だけだろう？　そこが勘違いだと、早まったことはできないじゃないか」

「自信はあります」

「まあ、このことはぼくにまかせなさい。あなたも労務を担当しているのだから、この手の問題は慎重に扱わなければならないのはわかっているだろう」

「はい」

佐伯常務のいうことは、いちいちもっともだった。

「ただ、このあとすぐに社長の耳に入れて、対策を練るよ。それは約束しよう。知らせてくれて、ほんとうに感謝していますよ」

いまのところは、これで満足しておかなければならないのだろうか。

「じゃあ、あした、録音データを頼みます。声紋をとっておけば、最後はそれが証拠になるかもしれないから」

「はい」

梓は最後に深く頭をさげた。

6

カナエホームとジョーワ自動車の共同記者会見は午前十時から経連盟会館で行われた。岡林会長と堂島社長、そしてジョーワ自動車の仁科会長と河合《かわい》社長が終始にこやかに記者の質問に応じた。

仁科はさかんに日頃岡林が口にしている住宅は文化だという言葉を引用し、みなさんも学校で寝殿造りとか書院造り、そして数寄屋《すきや》造りという様式を歴史の時間に「文化」という章で習ったでしょう。住宅はまさに日本の文化そのものなのです。わたしどもは同じものづくりを生業《なりわい》とするものとして、岡林会長の日本の文化を守ろうとする姿勢に共感し、微力ながらお支えしようとしたまでであります、と今回の投資の意味を説いている。

新藤茂人は、会場の片隅の椅子に座りながら、昨夜の河埜梓との電話の内容を反芻していた。

佐伯常務に伝えることができ、社内にスパイのような連中がいることを認めてもらえたのは前進だが、JSエージェントや坂本のことは、河埜の想像の域をでていないといわれ、尾形の事件についても、なに一つ証拠がないので警察を動かすことはできないだろうといわれたらしい。人の上に立つ人は、そういうものの見方をするのかと思った。

しかし、自分はなぜ頭から信じてしまったのだろう。おそらく小此木や柴田を調べた結果と、資材メーカーの引きはがしが行われているという報告を聞いていたからだ。ただこちらも小此木が殺された証拠を示せといわれると困る。結局は警察を動かすことができなかったのだから。

証拠か――。なんとかして手に入れないと、そう思いながら、記者会見に目を戻した。

記者から、これはまさにホワイトナイトですね、という言葉がでた。

「解釈はいろいろあると思いますが」と、仁科がマイクに手を添えながらいった。「わたしどもはカナエホームさんを同志と考えておりまして、ともに日本のものづくりを守っていきたいと思っております」

いい終えて、仁科が頷きながら会場を見回した。

正午過ぎには、ユーアール・ゴードン社とタナカ電機から株主総会を経ない第三者割当増資は違法であるという意見表明がなされたが、カナエホームとジョーワ自動車両社では、あすの契約に向けて、双方の法務部門が急ピッチで契約書の文案の詰めを開始した。

茂人は帰社後、畑中翔子や添田愛と協力しながら、役員用と担当者用のホテルの手配をした。きょうは帰れないものが多数でる見込みだった。

一通りの準備を終えると、新宿グローリーホテルに電話し、ことしの二月十二日に開催されていた催しものがなにかを問い合わせた。最初は部長以上の当日のスケジュールを確認しようとしたが、すぐに諦めたのだ。対象人数の多さもさることながら、スケジュールをグループウエアで管理しているものや自分の手帳にだけ書き込んでいるものなどさまざまで、短期間に調べがつくようなものではなかった。ならば、逆から人物を特定してみようと思ったのである。

電話の相手は客商売だということを一瞬忘れたように、あからさまに迷惑そうな口調だったが、カナエホーム秘書室だというと、最低限の慇懃さを表してきた。

企業が会議室を借りてセミナーを開くケースは多いが、タイトルを含め内容までは記録に残っていないという。借主に関しては取引情報だからお教えできないと断られた。

「ホテルのホールに、本日の催しものとか、一覧がでるようになっているじゃないですか。それを制作する部署に記録が残っているんじゃないですか」

かなり無茶な注文だとは思うが、この際、それで調べられるのなら強引にいくつもりだった。相手は折り返し電話するといって切った。ゆうに一時間待たされて、そのような記録は残っておりませんでした、という回答が返ってきた。

ため息をついたとき、スマートフォンが震えた。電話の着信を示すインジケーターが点滅している。発信者を見ると、河埜梓からだった。廊下にでて、通話アイコンに触れた。

『いま、大丈夫？』河埜の声は焦っているようだった。

「どうしたの？」

『いま、坂本がきたの。うちの課に』

「わたしはスパイですって？」

『まさか。勤怠管理システムの質問。わざわざ、わたしの席にきて聞いていったのよ。どう思う？』

「なにかの伏線てやつかな。これからなにかあるんじゃないか」

『やっぱり、そう思う？　偶然じゃないわよね』

「敵は河埜さんになにかをしようとしているんだよ。気をつけたほうがいいな」

『守ってくれるんでしょう？』

「なにかあったら、すぐに連絡してくれ」

茂人は通話を切ると、証拠が向こうからやってきた、とつぶやいた。

7

「きのうは小山《おやま》までいって、ああ、前からの取引先だ、だって。もっとはやく気づいてよね」

狭い車の中で、苑美の文句を延々聞かされるのも疲れるのだが、一通り口にしないと気が済まない性格だから、黙って聞いているしかなかった。小山に既存の取引先の工場があるのは調べていたが、新規の納品先も同じ小山市にある可能性がなきにしもあらずで、結局は最後まで追いかけるしかなかったのだ。

「だから、根気のいる仕事だっていっただろ」

増本健太郎は、双眼鏡でプラテックの工場を観察しながらこたえた。

「プラテックが敵へ納品するのは半年後だとかじゃないの？」

「ぼくを誰だと思ってるんだよ」

苑美の口癖を真似てやった。

「増本健太郎、四十三歳、厄年を過ぎてなお独身。二年前に若い恋人に振られ、このままでは一生結婚できない男になるのではと、日夜悩んでいるってとこ？」

まったく一言が、倍どころか十倍になって返ってくる。

「まあ、悩んでいるってところだけ間違っているけどね」

「人生を諦観《ていかん》しているっていうこと？」

「達観しているってこと」

「で、どう達観すれば、プラテックに目をつけることになるの？」

「以前に、あそこの資金繰り表を見せてもらったことがあるんだ。うちからの発注がなくなったいま、半年先までほかに大口の納品がないと、不渡りをだしかねない。ほんとうに今月中に出荷しないと危ないよ、きっと」

「根拠はあるってわけね」

「ぼくを誰だと思ってるんだ」

「はいはい」

「ああ、これは違うな。出荷量が少なすぎる」

二台のフォークリフトが三往復しただけで荷積みが済んでしまった。二トントラックがきて、それらを積んでいった。

「根比べね。遅くなったけど、昼ごはんにする?」

「じゃあ、この先のコンビニで弁当買ってくる。その間、代わりに見張っててくれないか」

「大丈夫、お弁当つくってきたから」

苑美が後部座席の紙袋を取りあげ、中から弁当箱を二つだし、一つを健太郎に差しだした。魔法瓶には味噌汁もある。

「うわっ、凄い。豪華だな」

健太郎は蓋を開け、色どり豊かな中身を目にして思わず歓声をあげた。

「あたしを誰だと思っているのよ」

「西野苑美、三十三歳。パトリオット西野という異名を持つが、その印象に似合わず、料理好きにして料理上手」

「なによ、パトリオットって?」

「知らないのか、ほんとに。きみのこと、みんなパトリーって呼んでるんだぜ」

「ブランディの名前かなんかだっけ?」

「地対空……」

「知ってるわよ。それで、あなたは、みなさんと一緒になってそう呼んでいるわけ?」

「とんでもない。マーベリックがいいんじゃないかといっている」

「なに、それ?」

「対戦車ミサイル」

いきなりミニトマトが健太郎の顔面に命中した。

「な、文字通りだろ?」健太郎が顔を拭きながらいった。弁当を取りあげられないうちに、全部平らげようと、咀嚼《そしゃく》速度をあげる。

「いやあ、うまかった。やっぱり苑美の料理が一番だな」

そういって、苑美の顔を見たが、まだ機嫌は直っていないようだった。

その後は、互いに黙ったままで監視が続いた。途中、交代でコンビニに休憩をとりにいった。プラテックを狙ったのがほんとうに正解だったのか自信がなくなってきたころに、久しぶりにフォークリフト特有の音が聞こえてきた。

もうすでに外は暗い。それでも工場の明かりがあり、肉眼でもフォークリフトが四台動いているのがわかった。

双眼鏡で見ると、動き回っている従業員がいつもの出荷作業よりも多い。積んでいる箱の大きさと、そこに書かれている文字は読み取れないが、書かれている位置やサイズを見る限り、はじめて見る製品だ。量が多いというほかに、なんとなく緊張感というものが伝わってくる。

むろん、健太郎の勘だが、このところ毎日出荷作業を見ていたから、違いはわかる。

緊張感は、慣れない製品だからか、それとも納入先がこれからカナエホームに代わって重要な取引先になるからか。それにいま午後八時になるが、かなりの従業員が残っているようだ。やはり特別の納品先なのではないか。

いよいよ本命が現れたか。

配送用のトラックが入ってきた。

健太郎はシートベルトを締めた。運転席ではすでに苑美がスタンバイしている。

「よし、いこう」

「ミサイル、発射?」

苑美が短くいって、車が動きだした。

いつものようにプラテック社の前面道路に先回りし、トラックがでてくるのを待った。

8

目の前の電話を見つめていたら、突然鳴りだした。

受話器を耳に当てる。

『特許課の坂本ですが、河埜さんですか?』

「はい、そうです」

新藤のいう通りになった。

『さきほどは、どうも』

「はい？」

『坂本です。あの、さきほど勤怠システムの質問に伺った』

「ああ。あのときお名前を伺わなかったので、わかりませんでした。すみません」我ながら、うまくとぼけられた。

『河埜さんは、ハラスメントの相談員ですよね？』

突然なにをいいだすのかと思ったら――。社内にはパワハラやセクハラの相談窓口というものが設けられていて、いろいろな部署に相談を受ける社員が指名されている。世のハラスメント規程ガイドラインでは、苦情窓口を設けるように指導されており、カナエホームでもそれにならって設置しているのだ。労務関係の業務についているものは、たいてい相談員になっているのだが、実際に相談されることはほとんどない。

女子社員が相談員になっているのは、主に女性の苦情を聞くためなのだけど――と、梓は思ったが、そんなことは向こうも承知の上だろう。

『ぜひ、相談に乗ってもらいたいことがあるんですよ』

相談員は、社員からの相談を拒否できないことになっている。

「どんなことでしょうか」

『ちょっと、電話では、というか会社ではまずいので、きょうの帰りにでも、少し時間をつくってもらうわけにはいきませんか？』

ハラスメントの相談は、社内でしにくい場合があります。そういう場合は、外の喫茶店などで話を聴くのも有効な手段です。相談員セミナーではそんなこともいっていた。

「ええと、ちょっと待ってくださいね」いったん受話器を耳から離して、深呼吸をした。「お待たせしました。何時ぐらいがいいですか？」

『会社の近くではまずいので、吉祥寺でもかまいませんか。七時に』

実際にハラスメントの相談だったら、会社の近くを敬遠したくなる場合もあるかもしれないとは思うが、今回はこちらが恐い。

場所を訊くと、吉祥寺駅から徒歩七分ぐらいのところにある喫茶店を指定された。そんなところまでいく勇気はなかった。

「駅ナカか、駅近で済ませてほしいんですけど」

『駅の周辺のコーヒーショップだと、席が空いてない可能性があるから』

一理あるけれど、人がたくさんいるほうが安全だ。

結局、ＪＲの南改札付近でということになった。

梓は廊下にでて、新藤に電話した。坂本とのやりとりを伝え、「これで証拠が摑めるかも」と興奮気味にいった。

『だな』新藤の声にも力が入っている。

「でしょ。でも、すごく恐いんだけど」

『必ずあとをつけるから。きみも移動するときは、こっちが追いやすいように配慮してくれよ。たとえば、信号の切り替わりに横断しないとか、電車に急に乗らないとか、タクシーに乗らないとか』

ああ見えて、新藤は意外に細かい性格なのかもしれない。でも、このアドバイスはありがたかった。新藤は坂本と話す前に電話してくれともいった。その電話をテーブルの上に載せていれば、二人の会話が聞こえるだろうからと。けっこう頼りになりそうだった。

細かい打ち合わせをして通話を切ると、急に孤独感を覚えた。梓は心臓の鼓動を感じながら席に戻った。

9

吉祥寺駅の構内は混雑していた。新藤茂人は井の頭線の改札付近から階下の人波を眺めていた。

ＪＲの南改札口の近くにいる河埜梓が見えた。

河埜の前方には坂本がいる。約束の時刻の十五分前からそこに立っていた。彼は河埜に気づいたようで、右手をあげて合図を送った。なにも知らなければ恋人同士の待ち合わせに見える。

二人は改札を離れていく。茂人は階段をおりると、二人のあとについていった。坂本が単独できているとは思えない。ＪＳエージェントの人間がきているはずだ。そう思って見ると、誰もかれもそうじゃないかと見えてくる。特定するのは想像以上に難しかった。

10

プラテックの積み荷を載せて走っている四トントラックの横には拝島《はいじま》運輸と書かれていた。プラテックが輸送を委託した先だろう。

いまは東北自動車道ののぼり車線を進んでいる。

苑美は間に二台挟んでついている。

「ETCぐらい、つけておいてよね」

高速に入る料金所で、トラックはETC専用口からノンストップで抜けたが、未搭載だった健太郎の車は券を受け取ったり料金を払ったりして時間をロスしたのだ。

「一人になって車を使うことなんか、ほとんどなくなったから、必要性を感じなかったんだよ」

「ふーん。ほんとに恋人、できなかったの？　まあ、健ちゃんに惚れるもの好きはいないかもしれないけど」

「まあね。昔から、よっぽどの変わりもんしか、相手にしてくれなかったからね」

「なんか、いった？」

「いや、なにも」

高速道路はすいていて、走行車線を時速九十キロ前後で走っている。前がステーションワゴン車、その前が軽トラック、そしてその前が拝島運輸のトラックだった。ときおり、追い越し車線をいく大型トラックの走行音がする。

苑美の運転の恐さは、車間距離が短いところだった。健太郎は助手席でたえず脚を突っ張るようにしているため、だいたいドライブのあと脹脛《ふくらはぎ》と腿の筋肉痛に悩まされるのだ。

追い越し車線を並行していたミニバンが急に左に寄せてきて、前の車と間隔のないところに割り込もうとする。

「馬鹿」苑美が罵る。割り込みをしている車はそんなことはおかまいなしに入ってくる。苑美がエンジンブレーキとフットブレーキで減速して、ぎりぎり入れた。

右側を高級外車が時速百五十キロぐらいで追い越していく。割り込んできた車は、この外車にあおられて避難してきたらしい。

「おい、車間距離」

こちらの車線では三台が数珠つなぎになっている。

「もう、健ちゃんのヘタレ」

「まずゆとり、車間距離にも、こころにも」

「緊張感、持続してれば事故はなし」

話しながら、苑美はいつの間にか、トラックとの間に二台挟む状態に戻していた。

坂本が河埜梓を促すようにして、駅ビルに入っていった。河埜が駅ナカにしてくれといったのを守るようだ。

11

二人はカフェに入り、二人席に向かい合って座った。ガラス張りなので、通路から中の様子はわかる。だが同じ場所に留まっていれば目立つので、そろそろ移動しなければならないと思ったとき、ポケットの中でスマートフォンが震えた。表示を見ると河埜梓からだった。こちらに会話を聞かせるために、タイミングを見計らってかけてくることになっていたのだ。

新藤茂人はスマートフォンを耳に当てながら、カフェの前を離れた。マイクを指で塞ぐという不自然な恰好だったが。

『じつはあるところから、河埜さんのスカウトを頼まれているんだ』坂本が性急な口調でいっている。

『えっ？』河埜の聞きかえす声。

『すごくお金になる仕事なんだけど』

坂本が小声になった。おそらく隣を気にして、声を潜めたのだ。身を乗りだしている姿が想像できる。

『ひょっとして夜の仕事とか？』

『いや、そんなんじゃなくて、なんというか、詳しくはいえないんだけど』

『それじゃ、わからないじゃない』

『とにかく、支度金に五百万円だすっていうんだ。もし、興味があるのなら、雇い主から詳しく説明したいということなんだけどね』

五百万？　買収にでてきたか。それは想定外だった。

『支度金に五百万？　冗談をいっている？』

『あの、これを預かってきたんだ』

ガサガサという音が聞こえたあと、重い、という河埜の声がし、無言が続く。紙のこすれ合うような音だけがしている。

『ウッソー』河埜の声だった。『なにこれ。坂本さん、この中身知ってるの？』

『開けてみていないけど、持てばわかるさ』

『本物みたいよ。こんなのはじめて見る』

現金か？　そんな雰囲気だ。重いという声と、驚きようから、五百万円の現金が紙袋にでも入っていたのだろう。

『それ、持って帰っていいんだって』心なしか坂本の声が先刻までとは違って、リラックスしているようだった。渡すものを渡して、ほっとしたのか。

『つまり、わたしがこれに興味があって、もっと詳しい話を聞きたいかどうかを知りたいんですか？』

こんどは河埜の声のほうが緊張してきたような気がする。

『そういうこと』

河埜梓が、興味があるとこたえれば、いよいよＪＳエージェントの人間が現れるということか。

茂人はカフェが見えるところまでぶらぶらと移動した。カフェを観察しているような男を探したが、そういう人物は見当たらなかった。

スマートフォンからは、カフェの中のがやがやとした騒音だけが聞こえていた。ふたたび、カフェから遠ざかると、『わたし』という河埜の声が聞こえた。

『興味があるわ。支度金というからには、仕事に就いたら、これとはまたべつにいただけるんでしょう？』

『引き受けた時点で、もう一袋、それと同じ額が入ったものを渡すといっていた。そのあとは交渉次第なんじゃないの』

一千万円か。河埜が、それだけ相手にとって不都合なことを調べているということになる。

スマートフォンから音声が消えた。画面を見ると、通話が切れていた。河埜が切ったのか？

12

オペレーション室はさまざまな電子音が頻繁に鳴っていた。部下が、着信があったと、手振りで知らせてきた。中丸政和はヘッドセットをつけた。

「おれだ」

『女が金を受けとりました。次に移ります』

「おまえは、あとを追え」

通話を切り、ボタンを押す。相手はすぐにでた。

「坂本が女を連れていく。用意しろ」

『金を受けとったわけですね。転びそうですか？』

「それはまだわからん。転ばなければ、そのときは、やれ」

『わかりました』

通話を切り、ヘッドセットをはずした。

「増本のほうは、まだわからんのか」

隣のデスクでやはりヘッドセットをつけている部下にいった。

「まだです」

「おい、灰皿を持ってきてくれ」中丸はべつの部下に命じた。ふだんは喫煙所にいくのだが、きょうはそんな時間はない。

乱暴に煙草を取りだすと、ジッポーで火をつけた。

一本吸い終わったところで、部下の声がした。

「二番に電話です」

中丸は保留ボタンの2を押しながらヘッドセットをつけた。

「おれだ」

『ようやく突き止めたそうです。増本が張っているのは、プラテックというメーカーです』

「よし」

プラテックは、中丸自身がHQの名刺を持って訪ねて、直接落としたところだった。

中丸は通話を切り、「おい」と、部下に命じた。「HQの購買に、プラテックのことを問い合わせろ。こんど仕入れることになった製品をつくっている工場がどこにあるかと、直近の納品がいつかだ」

十五分後に、部下が中丸に近づいてきた。「工場は蓮田《はすだ》、地図はこれです」

中丸は地図を受け取ると、べつの部下に、蓮田の近くにいる社員を工場に急行させて、増本の写真データを送り、増本がいるかどうかを至急確認させるように指示した。

「よし、報告を続けろ」いいながら、煙草を取りだす。

「初回納品予定は、明日です」

「どこに何時だ？」

「尼崎《あまがさき》の工場に朝の八時だそうです」

「そんな早い時間にか」

「一回、受け入れ検査ではねられてスケジュールが押せ押せになっていて、HQの生産ラインのほうが待てないんだそうです」

中丸は腕時計で八時すぎであるのを確認した。「朝到着なら、もう出発しているかもしれんな」

「そうかもしれませんね」

「誰が運んでいるんだ？　プラテックの社員か？」

「ちょっと待ってください。プラテックを担当しているHQの担当者経由で訊かないと」

この部下はこういうことに慣れていて、一回の通話は必要最低限で切りあげ、短時間に何ヶ所もかけていく。

その間に、蓮田のプラテック工場に急行した部下から、増本は周辺に見あたらないという報告が入った。

「輸送は、拝島運輸に委託していますね。いま、プラテックから現在位置を問い合わせてもらっています」

この部下は、HQの佐野の配下のものへ連絡をいれ、そこから購買部門の担当者を動かしてプラテックに連絡をさせているのだ。トラックの位置は、さらにプラテックの担当者から拝島運輸に問い合わせている。時間がかかるがしようがなかった。

「入りました」部下がヘッドセットに手をかけた。「いま、東北自動車道で、もうじき外環自動車道に入るあたりだそうです」

「引き返させられないのか？」

「HQ側がどうしても必要だといっていて、無理そうです」

「よし、ここから二台だせ。飛ばせば追いつくだろう。ナンバーは替えとけよ。それから、拝島の運転手に、静岡サービスエリアに入るように指示をだせ。そこで追加の荷物を渡すことにしろ」

これもＨＱを介してプラテックを動かさなければならないが、向こうもいまはなんでもいうことを聞くはずだ。

「トラックのナンバーを訊きだせ。サービスエリアでは、こちらから見つけるといえ」

吐息をつき、掌を見ると、煙草が潰れていた。

「増本の車のナンバーを調べて、車でいったやつらに伝えろ。顔写真もだ」

新しい煙草を取りだして火をつけると、隣にいる部下に指示した。

13

カフェから河埜梓と坂本がでてきた。河埜の肩からさげたバッグには五百万円の札束が入っているのだろうか。

二人はエスカレーターで下におりていく。どこにいくんだ？　携帯電話の通話が切れてしまうと、とたんに不安が膨れ上がってきた。

一階におり、南口に向かっている。まさか外には出ないだろう。駅から離れればそれだけ危険は増すと話し合ったのだ。しかし二人は構わずに南口をでていった。井ノ頭通りにでて、横断する。デパートの脇の道を入っていった。店が並びそこそこの明るさがある。茂人は十メートルほどあとをついていった。

やがて住宅街になった。急に人通りが途絶えた。坂本が振り返ったら、間違いなく気づかれるだろうし、JSエージェントの男が観察していれば、すぐに二人をつけているのがわかってしまう。

河埜梓に裏切られた気分だった。尾行しにくいところにはいかないはずじゃなかったのか？焦燥感が湧きあがる。なにしろ前の二人と自分自身のほかに人影がなくなってしまったのだ。

まさか、ほんとうに裏切るつもりじゃないだろうな。携帯の通話を切ったのは、その後の話を聞かれたくなかったからか。あれから取引について話し合ったのかもしれない。

そういう疑いで二人の背中を見ていると、向こうのほうが仲間同士に見えてきた。

このさきは道が途切れているように見えたが、二人はそのまま真っすぐに進んでいく。ここからも井の頭公園に入ることができるようだ。見ると車止めがあり、その先は階段になっている。

茂人も続こうとしたときに、坂本が振り向く気配を見せた。茂人は、真っすぐいくのをやめて、道なりに左に曲がった。そのまましばらく歩いてから立ちどまり、引き返した。おかげで、後ろからくるものがいないのはわかった。JSエージェントの人間がいるとしたら、すでに公園の中で待機しているということだ。

先刻見た車止めのところまでいき、階段の下を眺めた。すでに人影はない。茂人は音を立てないように、周囲を見回しながら階段をおりた。

二人はどの方向にいったのか？　前は池、左右に道がわかれている。勘を頼りに右にいってみる。公衆便所や自動販売機の光でけっこう明るかったが、二人の姿は見えなかった。階段下に引き返し、こんどは逆方向にいってみた。野外ステージのようなものがあり、ベンチがたくさんならんでいる。耳を澄ます。

足音のようなものが聞こえた。こちらに近づいてきている。細長い体つきで、長髪の頭。坂本だとわかった。

坂本が茂人の姿に気づいたようで、びくつく様子で一瞬立ちどまったが、すぐに茂人を避けるようにして通りすぎようとしている。

「坂本さん」

呼びかけると、硬直したように、その場でとまった。

「河埜さんはどうした？」

「誰だ？」

坂本が半分逃げ腰になって訊いてきた。

「誰でもいい。河埜さんはどこにいるんだ？」

「知らない」

「ここに一緒にきたじゃないか。知らないとはいわせない」

坂本は最初から引き気味だった腰をさらに引いて、公園の入口のほうに走りだした。

茂人は反射的にダッシュし、タックルした。あまりに完璧に入り、手ごたえがなく相手が崩れた。

「おい」組み伏せて胸倉を摑んだ。

おい、と二度、三度声をかけ、揺さぶったが反応がない。慌てて息と心音を確かめた。

生きている。脳震盪《のうしんとう》を起こして気を失っているだけのようだった。

いま訊きだすのは無理とわかり、公園の奥に進もうと立ちあがる。そのとき外灯の光で坂本の携帯が落ちているのが目についた。茂人はそれを摑んでポケットに入れると、駆けだした。

そのとたんに背中に衝撃を受けた。もう一人いたのだ。不意を突かれたが、本能的にアメフトの感覚が甦ってきた。すんでのところで持《も》ち堪《こた》え、ふたたび突っ込んでくる相手を一回かわし、その背中に思い切り右肩からぶつかっていった。倒れた相手の背中に乗り、膝の裏にこちらの全体重をかけて膝頭をめりこませた。相手がくぐもった悲鳴をあげた。これで当分は歩けないはずだ。

茂人はすぐに立ちあがって、走りだした。

少しいくと、向こうからカップルがくる。

「すみません」声をかけると、二人が警戒するように身構えた。

「一人で歩いてる女性を見かけませんでしたか?」

男のほうが無言で首を振って、女性の手を摑みながら逃げるように去っていった。

茂人は左右を見ながら前に進んだ。

かなり奥に入ってきた。おかしい。河埜梓はいったいなにをしているのか。

茂人はスマートフォンを取りだし、彼女に電話した。

電源が入っていないか、電波の届かない場所に——お決まりのアナウンスが流れた。

右手には坂本の携帯電話が握られている。ためしにボタンを押して、電話帳を開いてみた。

登録は一件しかなかった。登録名は単に数字の1。これは、JSエージェントとの連絡専用の電話なのだと悟った。

その一つしかない番号にかけてみた。

携帯を通して呼びだし音が鳴った直後に、近くから電子音がした。それは二度で消えた。

茂人は音のしたほうに走った。

木々の陰でわずかな光を見た。

迷わず、光を目指して走った。向こうも気づいたらしく、光が消え、移動している気配がした。茂みに飛び込むと、なにかに躓《つまず》いて前のめりに転倒してしまった。躓いたものを見た。

暗い中でも人間だとわかる。複数の外灯のかすかな光が届き、真っ暗ではない。

「河埜さん」

顔は伏せられていたが、服はまさしく河埜梓のものだった。

「河埜さん」

返事がなかった。悪い予感が脳裏をよぎる。這うようにして近づき、肩に手をかける。

背後で音がした。茂人は瞬間的に振り向き、中腰のまま黒い塊に飛びついた。火花が見えたが、構わず押し込み、相手の身体を地面にのめりこませるように圧迫した。堅いもので額を殴られた。だが相手を離さなかった。アメフトでは、膝打ちされようが審判の見えないところで殴られようがこれと決めた相手を離さなかった。こんな程度の打撃で怯《ひる》んでいられるか。相手の男の力は強い。腕を押さえ、手に持っている堅いものを捥《も》ぎ取《と》った。目の前にあった男の頭に頭突きを食らわせた。

うっ、と呻《うめ》き声がした。二度頭突きを続けた。男から力が抜けた。

男が動かないのをたしかめて、河埜梓のもとにいった。

目を閉じ、揺すっても動かない。最悪の結果だと思った。肩に手をかけて抱き起こした。

死体が目を開いた。と、一瞬思った。

河埜梓が恐怖の顔になり、逃げようとした。

「河埜さん、おれだ。新藤だよ」

「えっ」といって、彼女が目を見開いた。「ああ……」

「大丈夫か？」

「たぶん、スタンガンのようなものでやられた」

男から捥ぎ取ったのがそうだったのか。

「なんですぐこなかったのよ」彼女が泣きだした。「約束が違うじゃない。いつもすぐ近くにいるっていってたじゃない。嘘つき」

「なにいってるんだよ。携帯を切ったくせに。探すのに苦労したんだぞ」

「えっ、切ってないわよ」

「切ったよ。それで、てっきり金を受け取るためだと」

「バッグは？　バッグはどこ？」

河埜が一メートルほど向こうに転がっていたバッグを拾いあげると、中からスマートフォンを取りだした。

「ああ、バッテリー切れだわ」

そういうことだったのか。

野太い呻き声がした。男が意識を取り戻し、起き上がろうとしていた。茂人はスタンガンを手にして、男のところまでいくと、首筋に当ててボタンを押した。

男は短い悲鳴をあげて、ふたたび気を失った。

「これからどうするの？」

河埜が立ち上がった。

「警察に通報すべきかな。少なくともきみへの傷害罪、殺人未遂とか、そういうものには問えると思う」

「でも、すぐにこの男の正体がわかるのかしら？」

「いま調べてみよう」

男は黒っぽいスーツ姿だった。茂人は男のネクタイを外して足を縛り、自分のネクタイで男を後ろ手に縛りあげた。そして上着とスラックスのポケットにあるものをすべてだした。

財布には二十万円ほどの現金が入っていたが、カード類は一切なかった。名刺も持っていない。きょうは余計なものを持ってはいけない日、とでも決めたようだった。あとは携帯電話があるだけだった。坂本が持っていた携帯でかけたら、これが鳴ったのだ。

「ということは――」

茂人は復電させて電話帳を起動した。名前のところには、漢字で書かれているのは会長、社長、部長だけで、ほかはアルファベット一文字か二文字に数字一桁か二桁が並んでいるだけだった。Aは1から9まであり、Bは1から21まである。Cはないがあった。ひょっとすると、と思い、坂本の携帯を取りだして、自機の番号を表示させる。男の携帯の電話帳をスクロールさせて、Kでとめる。Kは1から13まであった。登録されている電話番号をみていくと、K8のところに坂本の携帯番号があった。やはりアルファベットは会社名の頭文字なのだ。坂本はカナエホームに送り込まれた八番目のスパイというわけか。

電話帳を閉じると、ホーム画面に戻った。そこに見慣れないアイコンがある。単にPという文字があるだけだった。商業用にしてはあまりにもそっけない図柄である。茂人がタップすると、入力用のテキストボックスが現れた。ボックスの大きさから一文字か二文字しか入らない。

そうか、と思い、Kを入れてみた。そうすると画面が変わり、地図が現れ、その中に赤い丸がいくつか見える。地図は首都圏の広域のもので、丸は千葉のあたりと横浜のあたりに一つずつあり、東京のところはいくつも重なっている。＋の表示があったので、そこを選ぶと地図が拡大される。丸に数字がついているのが見えた。数字は1から13の間だったが、丸の数は十個ほどだった。電話帳のKについていた数字と一致する。8の丸のところをどんどん拡大していく。

予想通り、その赤丸は井の頭公園の中にあった。つまり、スパイに持たせている携帯にはGPSがついていて、常にオンになっているのだろう。このアプリは、スパイの現在の居場所を表示させる機能を持っているのだ。通信会社のサービスでも同じようなアプリがあるから、そんなに難しいことではないに違いない。

ということは、この赤丸があるところに、カナエホームに送り込まれたスパイがいるのだ。

「河埜さん、警察は後回しだ。会社に戻ろう」

「この人は？」河埜が芋虫のように転がっている男を指さした。

「こっちの用事が済むまで、このまま放っておくさ」

「会社に戻って、なにをするつもり？」

「途中で説明するよ。さあ、いこう」

茂人は彼女の腕をとった。

公園の入口に向かう途中で、坂本を倒した場所を通ったが、その姿はどこにも見当たらなかった。あのあと意識を取り戻し、逃げてしまったか。

茂人は移動しながら、スマートフォンを取りだし、遥香に、きょうは帰れそうもないと連絡した。

14

「休憩か」増本健太郎は、トラックの左ウインカーが点滅するのを見ていった。

トラックは静岡サービスエリアに入り、大型車用の駐車場に入っていった。苑美が同じようにハンドルを切った。小型車の駐車場はべつにあるが、大型用に停めている普通車もけっこうあるので、目立ってはいない。トラックの運転席が見えるように、はす向かいに停めた。

「でてこないな」

休憩なら、車外にでてきて、トイレなり、売店なりにいきそうなものだ。

「あ、でてきたわよ」

苑美がいうように、制服を着た運転手が、おりてきた。しかしおりたところに留まり、動かない。そこに男が一人、近寄ってきた。一辺が六十センチほどの段ボールのようなものを抱えている。男が運転手に声をかけたようだ。互いに事情はわかっている、という雰囲気で、男は箱を運転手に渡し、よろしく頼みます、というような仕種をして立ち去っていった。

「荷物の追加ってわけ？」苑美がいった。

「途中のサービスエリアで受け渡しなんて、ふつうはないよな」

運転手は箱を助手席にあげると、トラックを離れて、売店やトイレのあるほうに歩いていった。

「ぼくらもいくか」

苑美と一緒に車をおりると、運転手のあとを追った。

運転手はトイレに入り、そのあと売店でおにぎりを買い、自動販売機で缶コーヒーを買った。

女子トイレからでてきた苑美と合流し、運転手の後ろを歩いた。

「どこまでいくのかな。けっこう遠くまできてしまったけど」

「大阪とか？」

「いっそ、どこまでいくんですかって訊いてみようか」

「不審者扱いされるわよ」

トラックに運転手が乗り込もうとしているところだった。

健太郎たちも車に戻ろうとした。と、そのとき肩に衝撃があった。

「どこ見て歩いてやがる」

罵声が飛んできた。相手は二人だった。ふつうのサラリーマン風の恰好だが、口調はまるでやくざのようだ。

「あ、すみません」何が起きたか把握できないまま、健太郎はとりあえず謝った。

「なにが、すみませんだ。わざとぶつかっておきながら」

視界の隅で、トラックのヘッドライトがつくのが見えた。こんな連中にかかわっている場合ではない。

「すみません。ちょっと急ぐので」

二人の間をすり抜けようとしたら、腕をとられ、顔を殴られた。

天地が逆になったような感覚がして、地面に背中から崩れ落ちた。

「なにすんのよ」

苑美が手にしているバッグを振り回した。

「うるせえ」男の一方が、彼女の身体ごと振り払う。

もう一人の男の足が健太郎の腹部に飛んできた。痛みで涙がでてきた、ぼんやりした視界の中で、トラックが走り去っていく。

二発目の足蹴りに、必死でしがみつく。

「この野郎」

後頭部を殴られた。これは効いた。朦朧《もうろう》としてきた頭で、もうだめかと思った。もう一発殴られたら気を失いそうだった。

男が健太郎に覆いかぶさるようにして腕を振りあげた。思わず、目をつぶる。衝撃を覚悟したとき、鈍い音がして、隣になにかが落ちてきた——気配がした。目を開けてみると、男が倒れていた。

見上げると、なにかを手に持っている苑美がいた。

「この野郎」と、もう一人の男が苑美に襲いかかる。彼女は、手に持っているものを男の足元で振った。そんなに力が入ったと思えなかったが、男が一声唸ってうずくまった。

苑美が持っているのは車に備えているジャッキだった。それで男の向う脛《むこずね》を払ったのだ。

「健ちゃん、起きて、早く」

苑美が叫ぶ。手を貸してくれるわけではなく、自分で起きろということらしい。ここは甘えているわけにいかない。それでも後部ドアを開けてくれ、自分は運転席に入った。

脳震盪直前、嘔吐寸前の身体に鞭打って、こういうときこそ余分な中性脂肪よ、結集して我に力を与えたまえ、と心の中で叫んで起き上がった。頭部はふわふわした感覚で、下半身は鉛になったような感覚のまま前へ進もうとすると、脛を押さえて転がっていた男が健太郎の足首を摑んできた。仕方なく、ほんとうに仕方なく自由なほうの足で、生まれてはじめて他人の頭を蹴った。

束縛が緩まり、愛車の後部ドアに摑まることができた。

「早くして。でるわよ」

苑美ならこちらが乗っていなくても出発してしまいそうだ。その恐怖感が最後の力を与えてくれて、なんとか後部座席に転がりこんだ。その途端に車が動きだし、身体が振られ、あやうく落ちそうになる。慌ててドアを閉めると、ようやく、おそらくいままで忘れていた呼吸というものを再開できた。

「追いかけるわよ」

先にいったトラックを、ということだろう。

「よろしく」と、健太郎はいって、座席にひっくり返った。

15

「こんな時間から、大変だね」

守衛のおじさんに声をかけられながら新藤茂人と河埜梓はカナエホーム本社の通用口から社屋に入った。時刻は九時半を過ぎているが、かなりの部署で明かりがついていた。とくにあすのジョーワ自動車との契約書の詰めをしている法務部は大部分が残っているはずだ。近くのホテルに役員用の部屋をとっているが、堂島がそこにいるのかどうかは不明だった。

河埜が人事部の明かりをつけ、自席のパソコンを起動した。

茂人は男から奪った携帯の電源を入れ、Pというアプリを動かした。赤い丸が敵の送り込んだ社員の現在位置なら、時間が経っても移動しないのは、自宅に帰っているか、腰を据えて飲んでいるかだろう。

茂人はまず千葉市付近にある丸を選んだ。公園で見たときから、その位置が変わっていないように思えたのだ。地図を拡大していく。

「新藤くん、こっちは準備できたわよ」

河埜が声をかけてきた。

「ええと、千葉市、これは花見川区《はなみがわ》」

「六名いるわ」

河埜は人事システムの社員データベースで住所から検索をして絞り込んでいるのだった。いまの情報だけで、一万人から六人に絞られたわけだ。

「朝日ヶ丘《あさひがおか》かな」

「誰もいなくなった」

「あっ」この住所に既視感があった。「そのデータは退職者も入っているの?」

「データは入っているけど、いま検索対象からは外している」

「退職者も入れて、もう一度検索してくれ」

「一人該当した」

「柴田道雄だろ?」

「よくわかるわね」

「市川営業所で性能偽装をした男だよ」

柴田はK2で登録されていた。五年前に中途採用されているのだから、敵の準備はこのころからはじまっていたことになる。なんという用意周到さだ。それにしても解雇されてから四ヶ月近く経つというのに、まだKの登録のままということは、次の潜入先が決まっていないのだろうか。

「次にいこうか」

K13も動いていないようだ。一番大きい数字ということは、もっとも最近送り込まれたわけだから、そういう意味でも興味があった。

「目黒区、自由が丘——ずいぶん、いいところに住んでいるな」

「五人該当」

「二丁目」

「一人」

「誰だ？」

「本社設計部の常川真由《まゆ》っていう人」

「中途？」

「いいえ。新卒入社、八年経っているわね。三十一歳、わたしたちのいっこ上よ」

聞いたことのある名前のような気がした。

「ああ、白井さんの下についた設計部員だ。ひょっとして、彼女が新商品のコンセプトをＪＳエージェントに流したんじゃ——」

「この調子で、全員突きとめましょうよ。ほんと、こんなにいるなんて、頭にきちゃった」

実際、河埜の目は吊りあがって見えた。彼女は土で汚れた上着を乱暴に脱ぎ、近くの椅子の上に放り、ブラウスの袖を捲って、パソコンに向きなおった。

「よし」

茂人は近くにある椅子を引き寄せて、またがるように座った。

16

「車間、車間」

増本健太郎はずっとそう叫んでいた。スピードをだすのはいいが、常に前の車が迫ってくるのは恐い。車一台分のスペースがあれば、苑美は構わずに車線を変え、追い越しをかける。一台分なくても、こじ開けるようにウインカーを点滅させて割り込んでいく。

「うるさいわね。こうでもしないと、追いつかないじゃない」といいつつも、顔を見ると恍惚感に浸っているように思えてならなかった。

「パトカーにとめられたら、万事休すだぞ」

「大丈夫。あたしはパトカーの匂いがわかるらしいの。いままで捕まったことがないんだから」

「どのくらい離されたんだろうな？」

「健ちゃんがもたもたしていたから、向こうがいってから七、八分経っていたんじゃないかしら」

「もたもた、ってね、一人でサンドバッグ役を引き受けていたんだからね」

「自慢することじゃないでしょ。弱いだけなんだから」

その通りだから、反論できなかった。

前方の走行車線に、馴染みになった拝島運輸のロゴマークが見える。すでに周りが暗くなっているので、ナンバーはかなり近づかないと読み取れない。

「八分遅れでスタートしたとして、トラックのこれまでの平均時速が八十六キロだったから」

「そんなことまで測っていたの？　さすがに数字の増本ね」

「そんなふうにいわれているのか？」

「いわれてそうな気がしただけ」

「八分は距離にして十一・五キロ。この車の平均時速が百十六キロくらいだから、速度差が三十キロ。追いつくまでの時間は、二十三分。スタートしてから……うん、ちょうどそのくらいの時間だ。かなり確率は高いな」

「旅人算てやつね。小学生のときは、こんなの将来役に立たないよ、なんていってたのにね。健ちゃん、小学校のとき、勉強できたタイプ？　あたし、そういうの苦手なの」

無視しよう。健太郎は助手席に双眼鏡があることを思いだし、掴みとって目に当てた。

「もうちょっと近づいてもらえるか？」

「車間はいいの？」

「いま、ぼくには前の車が見えていないから、車間二十センチでも平気だよ」

「どう？　いま五十センチくらいだけど」

冗談だろうと思ったが、確認するのは恐いので、神経をナンバーに集中させた。

「あれだ。間違いない。後ろにつけよう」

「了解」

苑美が速度を落とし、トラックとの間に二台挟んで、走行車線に移った。

「いま、どこだ？」

「ちょっと前に掛川《かけがわ》パーキングエリアを過ぎた」

「どこまでいくんだろう？」

トラックは二百メートルくらい前方を走っている。道は空いていて、ほとんどの車は走行車線を走っている。ときおり追い越し車線をいく車がある程度だった。

いまも右側を追い越していく車がある。そう思った瞬間、その車が左に寄ってきた。いわゆるSUVというスタイルの車だった。

「バカヤロー」苑美が叫んで、ハンドルを左に切る。

「居眠り運転か？」

「違うようよ。運転はしっかりしているもの」

いったん車体をまっすぐにしたSUVは、また左に寄ってきた。こちらより車高があるせいか、威圧感がある。

「わざとやっている」

「どういうこと？」

「狙われているってこと」苑美がハンドルを小刻みに回しながら叫んだ。「こっちが事故るように仕向けているのよ」

健太郎は窓にしがみつくようにした。夜だし、向こうはスモークガラスのようで車内はまったく見えない。おまけに車体の色も黒い。巨大な鉄の塊がぶつかってくるようだ。

その塊が少し前に進み、割り込むように左に寄せてきた。

まっすぐに進めば衝突、左にいけば路肩に追いやられ、ガードレールに激突だ。

急な減速。苑美がハンドルを切る。こんどはこちらが追い越し車線に移った。SUVが車線をまたいで走行している後ろにつけたのだ。

SUVが減速する。こちらも減速。

ズン、と衝撃音がした。後方から押されたようで、頭が後ろに振られた。

「もう一台いた」苑美がバックミラーを見ていった。

後ろを振り返ると、米国製のピックアップトラックが走行車線からこちらの車を小突いてきたとわかった。

斜め前と斜め後ろの二台が、こちらを中央分離帯に押し付けようとしているのだ。

17

「残りは、この一人ね」

河埜梓は、スマートフォンの画面に表示された地図を見ながらいった。地図は、三鷹駅近くのホテル付近が拡大されている。

「ここ、幹部のためにとったホテルだよ」新藤が吐きだすようにいった。

社内にいるスパイたちを特定していった結果、四番だけがまだ会社の近くにいることがわかったのだが、その場所が、新藤が幹部用に手配したホテルだったというわけだ。

「幹部って？」

「執行役員以上。たぶんきょうは、八人くらいが利用しているんじゃないかな」

「尾形のスマホのデータを復元した話をしたでしょう。その中に電話での会話を録音したものがあったんだけど、尾形は相手のことを偉い人と呼んでいたのよ。たぶん、それが四番なのね」

これからホテルにいって、一人ひとりの部屋を訪ね、Ｋ４の番号に電話してみればはっきりするだろうが、現実にはできない。

「そういえば、その録音データをまだ聴かせてもらっていないんだよ。いま、持っている？」

「佐伯常務が声紋分析を依頼してくれるというのでオリジナルは渡したけど、ＵＳＢメモリーにコピーしたものならあるわよ」

「聴かせてくれないか」

「いいわよ」梓は部署内で共有しているノートパソコンを起動させてメモリーをセットし、再生した。

「雑音がひどいな」

「でしょ」

「一つひとつの発音を拾うのがやっとだな。役員なら、ぼくはなんども声を聴いているはずだけど、これが誰なのかはわからない」

梓はバッグからメモ帳を取りだし、新藤に見せた。この録音データで聞きとれた箇所をカタカナにしたものだ。それからもう一度再生した。

「たしかに、こういうふうに聞こえるな」

新藤がメモ帳を見ながらいった。

「七、八回聞いて、書きとったのよ」梓はもう一枚、聞こえなかった部分を自分なりに補って、意味の通じる文章に直したものを新藤に渡した。

「なるほど。まあ、こんな感じだな。でも、ここは意味が不明だね」

新藤が指さした箇所は、梓もうまく意味を汲みとれなかった部分だった。

カルイ…ケガ……イ…ソン…モノ…ゼ…ブミタシタ

これを梓は、「軽いわけがない。そんなもの、全部満たした」と置き換えたのだ。

「もう一回聴かせてくれ」

新藤はその箇所だけ五回聞き、一つひとつの発音はたしかにそう聞こえるといった。

「結局この部分はわからないのよ」

「あっ、前にもこういうことがあったような気がする」

新藤が考え込んだ。なにかを必死に思いだそうとするように。

「大学時代だ……誰かがいってた……ええと……」独り言をいいながら、唸りはじめた。

「あいつか」新藤が突然、大声をあげた。

「どうしたの？」

「ちょっと待って」そういいながら、スマートフォンを取りだし、操作しはじめた。

「あった、あった」そういうと新藤はスマートフォンを耳に当てた。

「新藤だ。悪い悪い、こんな時間に」

相手にさかんに謝っている。明け方の六時では、電話を受けたほうはさぞかし迷惑をしているだろう。

「おまえなら、どういう意味にとるか聞いてみたかったんだよ。いいか、これからいうから」

新藤が会話を音《おん》で表した紙を手にとって、「ソンナモノ、ゼンブミタシタ」といった。

「——そうか。わかったよ、ありがとな。この埋め合わせはするから」

新藤がスマートフォンを持っていない手で拝むようにして、通話を切った。

「わかったよ。ミタシタは、なくなった、なんだよ。だったら、意味が通じるだろう？」

「全部なくなった——。つまりもらったお金は全部なくなったってこと」

「そういうこと」

「どこの言葉なの？」

「いま電話したやつは、広島出身なんだよ。前に、そいつのいっていることがよくわからなくて、なんだいまのはって聞いたことがあったのを思いだしたんだ」

「広島弁かあ」

「役員の出身地はわかる？」

「入社時の履歴書は、在籍者分はとっている。たいてい出身高校は書いてあるから、だいたいはわかるかも」

紙で保管していたころは、鍵のかかるキャビネットにしまっていたので、課長がいないと開けられなかったのだが、数年前に古いものから順にスキャナーで読み込んで電子ファイル化しているので、パスワードさえあれば閲覧可能になっている。

梓は専用のパソコンの電源スイッチを入れた。

18

右のフェンダーが中央分離帯のガードを掠めた。苑美がハンドルを左に戻すと、左のフェンダーがSUVとこすれ合い、火花が散った。

「頭にきた。向こうは追突する気はないんだから」苑美が吼《ほ》える。

「なぜ？」

「自分たちも事故るからでしょう」

「じゃ、こっちから押していけば？」

「堅実な健ちゃんが、いつからそんな野蛮なことをいうようになったの？」

「交友関係のせいだ」

「よし、やってみよっか」

「ちょっと待った。向こうの車のほうが重いんだろう？」

「当たり前でしょ。全然違うわよ」

「ええっと、衝突する場合は運動量保存の法則から、質量の——」

「つべこべいわない。いくわよ」

とたんに、衝撃音が車内に響いた。苑美はほんとうにぶつけていったのだ。相手も想定外だったらしく、ひるんだように減速した。その隙をついて、苑美が目一杯加速して前へでた。そのままトップスピードに持っていく。いつの間にか、先行車の姿はなく、後ろも巻き添えを恐れたのか、車間を極端にあけていて、いまや三台だけで占領したようになっている。誰か警察へ通報しているに違いないから、じきにパトカーがやってくるだろうが。

ピックアップトラックが追いついてきて右側にすり寄ってきた。苑美がブレーキをかけて、うまくその車の後ろに入った。車内にセンサーの警報音が鳴る。たしかこれは三十センチ以内に障害物があるときに鳴る仕組みだった。まさか高速道路で聞くとは思わなかった。

ガシャという鈍い音がした。ピックアップトラックの荷台をこの車で押しているのだ。健太郎はこの車が自分の愛車だということを突然思いだした。車両保険の金額が頭に浮かぶ。

そのときパトカーのサイレンの音が、後方からかすかに聞こえてきた。

「もう少し踏ん張れば、パトカーがくるぞ。なんとかかわしてくれ」健太郎は苑美に叫んだ。

敵のSUVもピックアップトラックも、あからさまに車体をぶつけてきて、こちらの車をガードレールに衝突させようとしていた。

苑美は小刻みにハンドルをさばき、ブレーキとアクセルを頻繁に切り替えて、車体のダメージを少なくしつつ、敵の攻撃をかわしている。運転オタクのような彼女だからできるのだ。もし自分が運転していたら、とっくにガードレールにぶつかって大破炎上していただろう。

「パトカーがきたら、拝島のトラックを追えなくなっちゃうじゃない。ここまできたら、諦めちゃだめよ」

「どうするつもりだ?」

「まあ、見てなさい」

こちらの前を塞ごうとして走行車線から斜めに入ってきたSUVに対し、苑美がハンドルを左に切って、車首を深く当てた。おそらく相手がもっとも不安定になる瞬間を捉えてぶつけたのだ。SUVは路肩めがけて横転していき、ガードレールへ派手に衝突した。

苑美は速度を緩めずに進んでいく。SUVはすぐに見えなくなった。

後ろからピックアップトラックがついてきている。時速は百五十キロを超えているだろう。

苑美はさらに速度をあげていく。車内は騒音で満ち、健太郎は限界だと思った。前を見ると道が右にカーブしているのが見えた。そのままガードレールに突っ込みそうだった。後ろを見ると、ピックアップトラックがいまにもこちらにぶつかりそうなほど接近している。

前を向くと、ヘッドライトに照らされたガードレールが迫ってきた。

健太郎は思わず目をつぶった。そのときふっと静寂のなかに身が置かれ、無重力感を覚えた。はやくもあの世にいってしまったかと思ったとき、騒音がふたたび鼓膜を震わせた。同時に後方で大きな衝撃音がした。見ると、ピックアップトラックがガードレールに衝突したところだった。カーブを曲がりきれなかったのだ。

「よしっと。追いかけるわよ」

「すげえな。さすが苑美だ」

「コーナリングは任せてちょうだい。腕が違うって」

恐れ入りました。いまのはなんとか走行とかいう高度なテクニックなのだろう。ほんとうに彼女といると刺激的だ。

事故を起こした二台に乗っていた連中がどうなったか、いまは考えないことにした。

「健ちゃん、得意の旅人算で、どのくらいで追いつくか計算してよ。長距離トラックの運転は、四時間の運転に対して合計で三十分の休憩をとらなければならないことになっているからね。それも計算に入れて」

「なんでそんなことを知っているんだ？」

「運転するのが仕事の職業を、一通り調べたことがあるのよ」

「いつ？」

「二年前かな」

「運転手になろうとしたのか？」

「わかれた人と同じ会社にいるのもどうかなと思って」

カーバトルをしていた時間の平均速度をどうとるかで違うことになる。カーナビで現在位置を確認し、バトルがはじまったときからの距離と時間をだして平均時速を求め、それをもとに追いつく時間を計算すると、約四十分後という結果だった。

それまでにトラックが高速をおりていないことを祈って、車を走らせた。しかしすぐに異常な音がしだした。

「ああ、駄目だ。ちょっと一回パーキングに寄るね」

二キロほどいったところにあるパーキングエリアに入った。じつは外から愛車を眺めるのは気が進まなかったが、苑美がさっさとおりていったので、健太郎も外にでた。

苑美が後ろに回り、腰に手を当てて車の後部を眺めている。

トランクの下の、バンパーにあたるパネルが半分とれかかっていて、右側が地面に接触していたのだ。

苑美がトランクを開け、中からトルクレンチを取りだし、健太郎に手渡した。

「これ、邪魔だから剝がしちゃって。やっぱり人の車を傷つけるわけにいかないから、オーナーにやってもらわないと」

車は見るも無残に傷だらけになっているから、いまさら誰がやろうと関係ないが、ここは素直にやることにした。外れかけたほうの隙間にレンチを差し込み、梃《てこ》の原理で思い切り引きはがす。

「お見事。悪いけど、そこに捨てさせてもらいましょう」

二人で植栽の中に放ってから、急いで車に戻った。健太郎は、こんどは助手席に座った。

拝島運輸のトラックに追いついたのは草津《くさつ》あたりで、午前六時ごろだった。空は白んでいて、見失う心配は少なくなった。唯一の懸念は、健太郎の愛車が最後まで持つかどうかだった。車は乗っている二人よりもダメージが大きい。

「久しぶりのドライブが変なことになっちゃったね」

苑美がめずらしく、しみじみとした口調でいった。

「ああ。苑美の運転技術を堪能することはできたけどな」

「こんど、あたしの車で快適なドライブをやり直す？」

「うん。悪くないな」

正直、彼女のスポーツカーでのドライブはもっとすごいことになるのがわかっているので、即答は躊躇したのだが、健太郎としてもいまの雰囲気を壊したくはなかった。

「京都も通り越していくみたいね」苑美が残念そうにいってから、「ねえ、どうせこの車、帰りは持たないから廃車にするしかないじゃない？　帰りは有給とるから京都観光していこうよ」

「いいかも——」と思ったが、「警察にいって、あの二台の事故の説明をしなきゃならないだろう？　すんなり帰してくれるか、だよ」

「ほんとに警察にいくの？　いいじゃん、黙っとけば。向こうの自業自得なんだから」

「そういうわけにはいかないだろう。それに警察はなんとかシステムといって、いつどの車がどこを通ったかを知っているから、いまごろ手配されているかもしれないよ」

「この年でムショいき？」

「そうはならないと思うけどな、正当防衛なんだから。ぼくがぶつけてしまえと強要したというつもりだよ」

「まったく、健ちゃんはまじめすぎなんだから。それでいつも損しているって、忠告してあげているじゃない」

「まあ、とにかく二人は一蓮托生だから」

「その言葉の、ほんとうの意味、知っているの？」

「馬鹿にしないでくれ。同じ蓮の華に乗ることだよ」

「いつ？」

「死後。つまり、古い言い方だと同じ墓に入ると同義だと思えば」

「わかっているなら――」と、苑美が言葉を切り、数秒後ぶっきらぼうにいった。「いいけど」

なんとなく二人して黙ってしまった。

前をいく拝島運輸のトラックは吹田《すいた》を過ぎてしまった。

いったいどこまでいくのだと思っていると、左のウインカーを点滅させた。標識板には、尼崎とある。いよいよだ。健太郎は気を引き締めた。

トラックは一般道に入り、南に進んでいく。東海道本線を越え、さらにいく。しばらくして左折すると、工場らしきものが見えてきた。トラックはウインカーをだし、搬入口のある門の中に入っていった。

苑美が路肩に車を停めた。

「ここ?」

「らしいな」

「ここが、資材メーカーの引きはがしをしたということ?」

「去年までの主要取引先にはまったくなかったところだし」そのとき見覚えのある顔が、工場の正門を入るのが見えた。「いま入って行ったのがプラテックの社長と工場長だ。社長がわざわざ出向いてきたのは、最重要顧客への初納品だからだろう」

「でも、ここは——」苑美の次の言葉がでてこなかった。

健太郎は怒りに震える手で、携帯電話を摑んだ。

19

新藤茂人がノールマンホテルの調印式会場に駆けつけたとき、すでにカナエホームとジョーワ自動車の役員たちが向かいあって座っていた。それぞれ一番前のテーブルには、契約書と思《おぼ》しい書類が置かれ、その前に岡林会長と河合社長が座っていた。両代表の後ろには、それぞれ十名ほどがつきしたがっている。

茂人が堂島の姿を探していると、佐伯常務がやってきた。

「どこにいってたんだ？」珍しく、叱責するような口調でいって、「社長はどこにいるんだ？」

「えっ、こちらに見えているのではないんですか？」

午前五時ころまでは何度も報告の電話を入れていたが、それ以降は留守番電話になってしまい、話ができなかったのだ。

「きみも知らないのか」

そこへ見知らぬ男が近寄ってきた。

「こちらはもう準備ができましたので、契約の締結を行いたいのですが、よろしいですか」

ジョーワ自動車の人間のようだった。

「すみません」佐伯が申しわけなさそうにいった。「うちの社長がまだなものですから」

「代表は岡林会長お一人なわけですし、その会長がいらっしゃるのですから、それでいいではありませんか」

「まあ、それはそうなんですがね」

「では、時間ですので、はじめましょう」

主導権は自分たちにあるのだと言外に匂わせ、ジョーワ自動車の担当者は最後を断定口調でいって戻っていった。

「それではお時間がまいりましたので、これよりジョーワ自動車とカナエホームの、第三者割当増資および関連契約の調印を行います」先刻の男が、よく通る声でいった。ジョーワ自動車くらいになると、こういうことの専門家も雇っているのかと感心してしまう。「契約書の内容は、事前に両社で確認しておりますので、いまここで読み合わせることはいたしませんが、ご了承いただけますでしょうか」お義理のように言葉を切ったあと、「ではこのまま進めさせていただきます。まずはカナエホーム様の第三者割当増資の」

突然、会議室のドアが乱暴に開いた。

「いやあ、遅れて申しわけありませんでした」

そういって入ってきたのは、堂島だった。紺のスーツ姿だったが、ネクタイの結び目を緩めて、少なからずラフな感じになっていた。

「ちょっと手こずってしまいまして、遅くなりました」

岡林会長が怒りの表情を隠さずに、堂島を手招きした。はやく、ここに座れというふうに、自分の隣の席を示す。

堂島はどういうわけか、両社の出席者が向かい合っている真ん中に、ひょうひょうとした態度で入っていった。

「きょうの契約は、やめましょう」

なんでもないようにいった。きょうの飲み会は中止だな、とでもいうようにだ。

反対に、両社の役員たちが、一瞬間の抜けた顔になった。しかしすぐに、怒号の渦と化した。

「まあ、まあ、まあ」堂島が両腕を広げて、宥めるような仕種をした。

「騒いでいては、なにもわかりませんよ」

ようやく静かになったが、まだ隣同士で囁く声が騒音となっている。

堂島はカナエホームの役員たちのほうに向いた。

「資材メーカーの引きはがしにあっていることは、非公式にみなさんにお話ししていましたが、当社に引きはがしをしかけていた相手が、やっとわかりました」

ようやく役員たちの顔が堂島を向いた。

「ジョーワ自動車さんだったんですよ。日本を代表する大企業が、ずいぶんと品のないことをなさるものだと感心してしまいました」

「なにをいっているんだ」怒鳴り声がジョーワ側から聞こえた。

堂島が声のほうに振り向き、憐れむような顔つきをした。

「おそらく、ここにいらっしゃる大半の方は、そういうことをご存じないと思います。知っているのは、一部の方でしょう」

そういって、堂島は最前列の二人の顔を凝視するようにした。

「御社では、創業家がはじめたことを批判するのはタブーだそうですね。だから、三代目、つまり創業者の次男がはじめた住宅事業は、大手に入ることができず低迷したが、失敗だとか、撤退だとかという言葉を使うことが憚《はばか》られてきた」

例によってふつうのオジサン然とした堂島が、日本の財界トップを前にして、大学教授の講義のようにゆっくりと歩きながら解説していく。

「四代目以降は内部昇進者、つまりあなた方が社長を継いできましたが、次は、創業者のお孫さんである城和《じょうわ》専務が就任されるともっぱらの噂です。御社内では、そのことを大政奉還といっているそうですね。最先端技術を駆使した自動車で業界を牽引してきた御社だが、根の深いところでは、まるで昔の藩政のような意識が残っているということですか」

茂人は、ジョーワ自動車側の席を見た。仁科会長と河合社長が硬い表情をしているのに対し、後ろに並んでいるほかの役員たちは、怪訝な顔つきだった。いや一人、あきらかに動揺している役員がいる。そわそわと周囲を見ては、さかんに額の汗をハンカチで拭いている。たしか佐野という取締役だ。

「お家大事、というんですかね。そういう意識に凝り固まった人物が現れた。鈴木次郎というひとです。創業者の書生であり、三代目とは年も近く、よく行動をともにしたようです。三代目の回顧録に書いてありました。鈴木次郎は創業間もないころ御社に入り、番頭役ともいうべき役割を果たして、三代目の時代には取締役にもなったが、三代目の引退と同時に自身も役員を退いたんです。そして自分でJSエージェントという会社を興した。JSは鈴木次郎のイニシャルかと思いましたが、ひょっとすると、城和と鈴木の頭文字をつなげたのかもしれませんね」

茂人が堂島から電話で聞いたところでは、鈴木次郎が駿府城の資料を集めていることから、静岡への思いが強いと考えたらしい。ジョーワ自動車の創業の地が静岡であることから、ジョーワ自動車の歴史の中で、鈴木次郎という人物が登場したことがないかを過去の新聞記事や社史などで検索したのだという。

　そうすると、昭和三十八年の労働争議のときに、労働組合の幹部と鈴木次郎が取っ組み合いになった事件の記事が見つかったのだ。労組の幹部が創業者を侮蔑するような発言をしたことに対して、鈴木が激怒した結果だった。

　歴代社長の手記などの記述からも、鈴木がきわめて忠誠心が旺盛な人物だということがわかった。

「そのJSエージェントが問題なんですよ。お家を守るための機関だった。つまり、お家が繁栄し、しかも世間に優良企業だと認められるために、汚いことをすべてやろうとしたわけです。もちろん、表には現れません。一応は市場調査の会社としての最低限の形式は整えていましたが、やっていることはどこぞの国の諜報機関と変わりません。金はそれなりにかかったでしょう。その資金は御社からでているはずです。御社が使う多額の広告宣伝費とか市場調査費の一部がそこに流れているのでしょうがね」

　茂人は、こんどはカナエホーム側の出席者を眺めた。岡林会長と児島副社長は揃って口を半開きにし、虚ろな目つきで堂島のほうを見ていた。ほかの出席者も似たり寄ったりだが、一人だけ周囲とは違う反応を示しているものがいた。その人物の目はずっと下を向いたままだった。

「御社がうちを買収したかったのは、住宅事業もまた成功したという事実を残したかったからなんでしょう。ふつうの考えなら不採算事業は切り捨てるなどするわけですが、御社の事情は、住宅事業に対してそういう措置は許されなかったわけです。それならいっそ、企業買収によって業界一位になればいい。それにはカナエホームは適当だったわけですよ。それが五年前の出資提案でした。ところが当時の岡林社長がけんもほろろに突っぱねてきた。御社がゆくゆくはカナエホームのブランドをなくしてすべてジョーワハウスに統一していく意図を感じとったからです」

ここで堂島ははじめてカナエホーム側を向いた。最前列の岡林会長が大きく頷き返している。何度も、何度も。

堂島がまたジョーワ自動車の席に向き直った。

「そこからJSエージェントが動きはじめました。目的はカナエホームの弱体化です。何人も工作員のような人間を送り込み、そして社員を買収して、業績を悪化させる工作を内部からしかけていったわけです。日本の企業は伝統的に性善説で動いているので、内部から崩すのは割合簡単なんです。社員の権限を規制する規程類は揃ってはいますが、実際は非常に緩い。JSエージェントの目的はほぼ達成され、弊社は資金繰りにも困る状況になりました。銀行からの追加融資も受けたが、次々に不祥事が発覚してさらなる融資が必要になってきた。しかし、銀行も慈善事業をしているわけではないので、これ以上は無理といってきます。もう倒産しかないかと追い詰められたときに、御社がホワイトナイトとして登場したわけです。もう選択の余地はない。すがるしかありません」

ジョーワ自動車の後ろの席では、隣同士で囁きあい、その声が大きくなってきた。堂島がいっていることがほんとうなのかどうかを言い合っているのだろうか。

「御社はここにきて、もう一つ買収を急ぐ理由ができました。御社は、亜細亜電機さん、全日本テレコムさんとで新たなプロジェクトを発足されたそうですね。通信と自動車と、そして住宅が融合した世界で人はシームレスに活動できるというコンセプトらしいですが、住宅関連技術は、こういってはなんですが、ジョーワハウスさんでは荷が重かったようですな。そこで弊社の特許技術が必要になってきた。当面必要なのはその技術なので、まずは現在の経営陣を据え置いた形で出資をする。そのほうが話がはやいですからね。いまはカナエホームのブランドも残すといっているが、やがてはすべてジョーワハウスに変えてしまうおつもりでしょう」

「ばかばかしい」ジョーワ自動車側で声がした。河合社長が椅子から立ち上がっていた。「一応カナエホームさんの社長のご発言なので、黙って聴いていましたが、よもやこのような世迷い言を並べてくるとは思わなかった。カナエホームさんもとんでもない社長人事をしてしまったようですな。さてみなさん、帰りましょうか。どうやらカナエさんはうちからの出資を断って経営破綻するほうを選ばれたようだ。いつまでもこの茶番につきあってはいられない」

ジョーワ自動車側の出席者がいっせいに立ちあがった。

堂島が一段と声を張りあげた。

「河合さん、こんどは正々堂々と勝負してください。企業規模では御社とうちとでは雲泥の差だが、住宅事業では、うちにとっておたくは、屁でもないんですよ」鋭いことばを投げかけておきながら、堂島が続けていった。「屁とは、ちょっと汚かったな」と笑い、最後にいった。

「おたくらの汚さよりは、マシか」

河合が口の周りに皺を寄せるくらい、唇を噛みしめた顔でドアに向かっていった。ほかの役員があとに続く。

堂島が茂人のほうを向いて、ついてこいという目配せを送ってきた。茂人は堂島のあとをついて会場をでた。廊下を歩き、二階のホールの手摺のところに立った。一階のロビーが見える。ジョーワ自動車の出席者たちが玄関に向かっているところだった。

「向こうが使っていた携帯を貸せ」

そういう堂島に茂人は奪った携帯電話を渡した。

堂島が電話帳を開いた。茂人が覗き込むと、会長というところを選んで発信ボタンを押した。茂人は手摺に近寄り、階下のロビーを注意深く眺めた。

肘掛椅子に座っていた総白髪の老人が、スーツの内ポケットから携帯電話を取りだすのが目に入った。

「鈴木さんですね。はじめてお目にかかります」堂島がその老人のほうを見ながら、携帯電話に話しかけた。

老人が座ったまま、顔をこちらに向けた。

「弊社の社員が、いろいろお世話になったようですね」堂島が皮肉たっぷりにいった。

老人の口は動いているようには見えなかった。無言を通すつもりなのか。

「あなたたちを、必ず、法廷の場に引きずりだしますから。そのときまたお目にかかりましょう」

茂人は隣で聞きながら、この社長も気障《きざ》な台詞をいうことがあるんだ、と意外な思いがした。

老人が携帯電話を内ポケットに入れながら、椅子から立ちあがり、玄関に向かってあるいていく。杖をついているが、矍鑠《かくしゃく》たるものだった。

調印式会場に戻ると、岡林をはじめとする役員たちは、まだ事態が呑み込めず、茫然としていた。

堂島が概略を説明すると、みなの顔に怒りの感情が浮かんできた。

「しかし社長、資金繰りのほうはどうするつもりですか？　なんらかの支援を受けなければ、倒産しますよ」佐伯常務がいった。

「佐伯さん、その話をする前に、新藤からお伝えしたいことがあるそうです。新藤」

茂人は堂島に呼ばれて、前に進みでた。

「みなさん、少しの間、音を立てないでください」茂人はそういうと、手に持っていた携帯で電話帳のＫ４に電話をかけた。

かすかにバイブレーションの音がした。カナエホームの役員たちの顔を見回した。

「佐伯常務、携帯電話が鳴っているようですが？」

茂人は佐伯の前に立った。

「勘違いだろう。ほら」佐伯がスマートフォンを取りだした。それはなにも反応していなかった。

「もう一つお持ちでしたよね？　そちらがいまこの携帯からの発信を受けているはずです。わたしが持っているのは、ジョーワ自動車の特殊機関の人間が所持していた携帯です。カナエホームにいる向こうのスパイは十三名登録されていました」

茂人は後半をカナエホームの役員たちに向かっていった。十三人もか、という声がした。

「さきほど堂島社長から説明のあった録音データで、一ヶ所意味不明のところがありました。ソンナモノ、ゼンブミタシタという文章です。このミタシタがわかりませんでしたが、広島地方では、この音《おん》で、なくなった、という意味になります。尾形の通話の相手、つまりカナエホームにいるスパイのうちでもっともポジションが上のものは、広島付近の出身者だと推測されるのです」

役員の間から、いくつかの声が発せられた。役員同士であれば、誰がどの地方の出身者か、わかっているのだろう。

「佐伯常務、あなたは酒席で最初にビールを頼むとき、たちまちビールというそうですね。この、たちまち、は広島では、とりあえず、という意味だそうです。つまり、佐伯常務は広島県出身なのではないかと推測されるのですが、いかがでしょうか？」

佐伯の入社時の履歴書に、出身高校として広島の県立高校の名前があったのを確認していた。ほかの役員には、広島県出身者はいなかった。それに佐伯の過去のスケジュールを調べたら、二月十二日の午後三時からの業界懇談会に出席のために、新宿グローリーホテルにいっていたこともわかった。

佐伯の表情が急激に変化していった。呼吸が荒くなり、唇が震えてきた。

「当社の特許権を急遽他社に移転したときの契約書で」堂島が近づいてきた。「移転対象の特許がいつの間にかすり替わっていたのがわかりましたよ。あなただったんですね」

「佐伯さん、あんた……」児島がそういって絶句した。誰もが同じ気持ちだろう。

　堂島がいつものくだけた調子に戻っていった。「佐伯さん、いろいろ事情があったんでしょう。でもね、これはやっちゃいけないよ。会社の中ってさ、うちだけじゃなくて、ジョーワさんもそうだと思うけど、対立ばっかりだ。気に食わないやつもいれば、まったく考え方の違うやつもいる。でもだよ、自分のいる会社を潰そうと考えているやつがいるとは思わないよ。思わないからこそ、どんなに対立があってもなんとか会社はやっていけるんだ」

　佐伯は口を閉じたまま、うつむき、顔をあげようとしなかった。

「堂島社長、資金繰りの問題は残っていますよ。どうします?」郷田専務が沈黙を破るようにいった。

「きょうここにくるのが遅くなったのは、直前までタナカ電機の田中会長と交渉していたからなんですよ。本気で買収するつもりなのかと訊くと、本気だと。でも家電や住宅設備を売る流れをつくるという発想でしょうと問いかけました。最初はそうだったが、いまは住宅そのものに興味があるとのこたえでした。それで住宅をどれだけ理解しているのかをどんどん質問していきました。最後は、あなたは家づくりにどれだけ愛情を注げるのか、家づくり馬鹿になれるのか、うちの岡林より馬鹿になれるのかと問い詰めましたよ。岡林は寝ても覚めても家づくりのことを考えている。あなたにそれができるのかと。そうでなければ、うちの社員はついていきませんよとね。それより、我々と提携し、餅は餅屋に任せてお互いが利益を享受できる関係をつくりましょう、というところで手を打ってきました」

「タナカはうちの七パーセントの株を持っているぞ」児島がいった。

「それはうちで買い取ることにします」

「金はどうする？」

「タナカ電機と田中会長個人に私募債を引き受けてもらうことにします。自社株の買いとりと、当面の資金繰りに必要な金額の社債を発行します。それをもとに、自力再生を目指すんです」

「よくタナカが引き受けたな」

「むろん、条件は厳しいですよ。田中会長はご存じのように金にシビアな人ですから、善意で貸してくれるわけではありません。ですから、我々のこれからの事業再生は絶対に失敗できないんです。これだけは肝に銘じてください。みんなで創業期から急成長した時代を思いだしましょうよ。日本の会社の勢いがなくなったのは、戦後に起業した創業者社長が退出していった時期とシンクロしています。創業者のエネルギーというのは、後継者の何倍も、何十倍もあるんです。幸いにして我が社は、いまも創業者が現役です。ただし、欠点があるんです。創業者社長の会社が大会社になってしまうと、誰も歯向かうことをしなくなるんですね。イエスマンばかりになり、創業者もそういう人を集めてしまう」

堂島がいったん下を向いてから、顔をあげていった。「児島さん。昔は岡林会長とよく喧嘩したでしょう。意見の対立はしょっちゅうだったと聞いていますよ」

「まあ、あのころは……な」

「それですよ。社内で喧嘩できない会社はおしまいなんです。いまはあの当時と比べものにならないほど環境は違いますけどね、気持ちだけは昔に戻ってやりなおしましょうよ」

岡林と児島が顔を見合わせた。目で会話しているような表情になった。

堂島が茂人を見て、にやりと笑った。

「しかし、この客離れした状態では、厳しいぞ」営業の実情を知る児島がいった。

「まず、我々の無実は証明していきます。きのうからきょうにかけて、うちの四人の社員が襲われています。傷害罪に問えるでしょうし、殺人未遂ということもできるでしょう。じつは、相手のほうがダメージが大きかったようなんですがね。でも、これを突破口にして、これまでわかったすべてを警察に提供することで、尾形の事件、小此木の事件の再捜査に持っていけると思っています。島崎の痴漢事件は仕組まれたものでした。これはすぐにでも冤罪を晴らせるでしょう。ジョーワ自動車の関与をどこまで暴くことができるかはわかりませんが、まずは一連の犯行の実行部隊であるＪＳエージェントという非合法組織を法廷に引きずりだします。その時点で世間の見方も変わってくるはずです。そうしたら新商品を予定通り、堂々とだします。展示場でも雑然さが様になる家をやりますよ」

みなの顔にやる気が戻ってきたとき、茂人のスマートフォンが震えた。

『増本です。調印式の結果はどうなった？』

「増本さんのおかげで、見事にぶっ潰すことができましたよ」

『よし。じゃあ、二、三日有給をとって休ませてもらうので、出社したら挨拶にいくよ』

「なにいってるんですか。新商品を予定通りだすんですよ。誰一人かけてもだめなんですから、すぐに帰ってきてください」

『いや、だけど、彼女がどうしても京都見物していくんだって……』

「パトリーさんにいってください。こういう危機には、あなたのような人が絶対に必要ですと」

通話が突然切れた。スマートフォンを見ると、バッテリー切れだった。

「新藤くん」

後ろから声をかけられた。いつの間にか、河埜梓が立っていた。

「どうだった？」

河埜は昨夜来手に入れた新しい情報を加えて、南荻窪署の大山刑事に話しにいっていたのだ。

「動かせたわよ」河埜が勝ち誇ったような顔をした。「すぐに行動をとってくれたの。あのマンションの例の部屋は新しい借り手がついていて、まだ調べられないんだけど、屋上は調べてくれた。そうしたら、雨樋《あまどい》への排水口からボタンが見つかったのよ。それが尾形さんの背広の袖のボタンだとわかったんだって。これで再捜査に持っていけるって、大山さんがいっていたわ」

「よし」茂人はアメフトの試合で見せたようなガッツポーズをして、「さてと、きのうの夜からなにも食べていないから、社長の奢りでホテルの豪華ランチといこうか」

「おい、新藤」すぐ近くで堂島の声がした。「わたしの財布の金は、もうミタシタ」

まったく、この社長の相手は疲れる。


茂人はホテルからタクシーを奮発してアパートに帰った。

建物の前に、場違いな高級外車が停まっていた。悪い予感が脳裏をよぎる。

自室のドアに鍵をさして回す。抵抗がなく、鍵がかかっていないのがわかった。

ドアを開けると、床に座っている遥香の前に年配の男女が立っていた。ドアノブを持ったまま立っている茂人を二人が上から睨みつけている。

「おまえか。うちの娘をたぶらかしたのは」

男が怒声をあげた。これが遥香の父親なのか。絹地のようなマフラーをし、いかにも上等なオーバーコートを着たまま立っている。隣にいるのが母親で、これも革のコートを着たままだった。

「わたしが自分の意思できたっていったでしょ」遥香が叫んだ。

「おまえは黙っていろ」父親が茂人のほうを向いたまま怒鳴った。

茂人はドアを閉じ、直立して遥香の両親に向き合った。

「新藤茂人と申します。事前にご挨拶に伺わなかったことは申しわけなく思っております」

「挨拶もろくにできないやつに娘をやるわけにはいかない」

「反対されるのはわかっておりましたし、わたしが説得できるわけではないのもわかっておりました。わたしと遥香さんが結婚できるのは、このような方法しかなかったのです」

「娘は連れて帰る」

「お腹にはわたしたちの子供がいます」

「そんなことはわかっている。おまえのところで育てさせるわけにはいかん」

滅茶苦茶なことをいう父親だ。

「あなたに、遥香さんのなにがわかるのですか？　彼女の幸せを考えたことがありますか？　遥香さんはあなたがたの所有物ですか？　すでに自活し、自立している大人なんですよ。遥香さんが望む生活を妨げる権利があなたがたにあるのですか？」

「遥香が望むだと？　それが間違いなんだ。一時の気の迷いというやつだ。おまえのようなやつと一緒になったら、ろくな生活ができないでかならず後悔する。いまはそれがわからないだけだ」

この父親は、茂人のような人間は地を這いずり回るしかないと決めつけているのだ。それにしてもずいぶんと馬鹿にされたものだ。しかしそういう考えに凝り固まった相手をどうしたら説得できるというのか。

突然玄関のドアが開いた。

「お邪魔するよ」

そこに意外な顔があった。

「会長」

「おとうさん」

茂人と、遥香の父が同時に叫んだ。

「おじいちゃん」と遥香がいった。

「おまえのところの娘たちから連絡があったんだ。話は聞いた」と、会長が遥香の父親に向かっていった。つまり遥香の姉妹から電話があったということなのだろう。「わたしも知らなかったよ、新藤」

茂人は覚悟して会長の顔を正視した。

意外に穏やかな顔つきだった。

「この新藤は、案外、悪くないかもしれんよ」

岡林会長が遥香の両親に向かっていった。

「なにをいっているんですか、おとうさん。こいつは」

「まあ、待ちなさい。新藤は、このわたしに意見をいうようなやつだ。運転手時代の新藤なら、わたしも願いさげだが、いまはちょっと違う。見所がないわけではないんだ。生まれてくる赤ん坊には父親が必要だろう。ここは許してやれ。わたしの眼鏡違いだったら、責任を持って離婚させてやるから」

遥香の両親を見ると、怒りがおさまっているわけではないようだった。しかし父親には歯向かうことができないらしい。

遥香が笑顔でピースサインをだしてきた。

解説

円堂都司昭《えんどうとしあき》
（文芸評論家）

「いえ、すみません。マンション住まいなんです」

「ああ、びっくりした。家、住みません、というから、どこに住んでいるのかと思った」

いきなりそんな返答をされても、すぐには意味がのみこめないシャレである。社員が社長室に呼び出され緊張しているところに、初対面の会社トップからオヤジギャグをいわれても戸惑うばかりだろう。しかし、本書では、新たに社長に就任したこの困ったおじさん、堂島充《どうじままこと》が、意外な働きをみせる。二〇一五年に書下ろしで発表された建倉圭介『ブラックナイト』の文庫化である。


建倉圭介は、一九九七年に『クラッカー』で第十七回横溝正史《よこみぞせいし》賞（現在は横溝正史ミステリ大賞）の佳作に選ばれ作家デビューした。

二〇〇六年には、第二次世界大戦中にアメリカの日系二世が日本への原爆投下を回避するためダンサーとともに密航する『デッドライン』を発表し、注目を集めた。同作は「このミステリーがすごい！」のベストテンにランクインし、大藪春彦賞候補ともなった。二〇一〇年には『デッドライン』と同様に過去を題材とし、占領軍最高司令官の命を狙う女とフィリピンからの帰還兵が登場する『マッカーサーの刺客』を刊行している。

歴史ものの冒険小説だったそれら二作に対し、住宅メーカーで様々な事件が起こる本書『ブラックナイト』は、自社買収をめぐる詐欺《さぎ》を描いた前作『東京コンフィデンス・ゲーム』（二〇一二年。二〇一七年の文庫化で『ディッパーズ』と改題。以下の文章では『ディッパーズ』と記す）と同様に企業もののサスペンス小説となっている。建倉圭介という作家は、歴史ものと企業ものが二本柱となっているわけだ。ふり返れば『クラッカー』は普通のサラリーマンとして生きてきた男が、上司への復讐と金を目的にコンピュータを利用して会社からの横領をたくらむが……という内容だった。その点で『ブラックナイト』は、企業をめぐる犯罪を扱ったデビュー作以来の路線を受け継いだ作品といえる。

大手に数えられる住宅メーカー、カナエホームは、厳しい財政状態に陥っていた。メインバンクが融資の条件としたのは、創業者である岡林《おかばやし》重雄《しげお》社長の影響下にない人物を後任にあてることだった。そこで、本社に戻され新社長となったのが、堂島充である。元執行役員の彼は、岡林に反対意見ばかり述べたため、社内で番外地と呼ばれる寒地研究所に左遷《させん》されていた。そのような人物がトップになり改革を進めようとしても、社内の反発は強い。だが、堂島は周囲の雑音を気にするそぶりをみせず、寒いオヤジギャグを連発しながら新たな施策を次々に打ち出す。

しかし、闇改修、性能偽装、役員の痴漢行為など不祥事が次々に発覚し、会社を買収しようとする勢力も現れるなど、危機的状況になっていく。

面白いのは堂島が、自分と同様に上司からの評価が低く、冷や飯を食わされていた社員ばかり集めて新規プロジェクトを立ち上げること。二〇一六年の映画『シン・ゴジラ』では政府がゴジラに対抗するため巨大不明生物特設災害対策本部（通称巨災対）を設置し、「出世に無縁な霞《かすみ》ヶ《が》関《せき》のはぐれ者、一匹狼、変わり者、オタク、問題児、鼻つまみ者、厄介者《やっかいもの》、学会の異端児」が集められ、「気にせず好きにやってくれ」という展開になる。建倉圭介が同映画の前年に発表した『ブラックナイト』には、それと同様に社内の異端児たちの頑張《がんば》りが書かれていた。だが、妨害工作もあり、新規プロジェクトはスムースには進まない。幾重にも陰謀を企てている正体不明の敵は、非合法の手段もためらわない。それでも、複数の部署に散らばっているはぐれ者たちの奮闘は続く。

新社長になった堂島は、社員だけでなく読者にとってもなにを考えているのかわからない人物であり、そんな彼を間近でみているのが、社長秘書の新藤《しんどう》茂人《しげと》である。もともと彼はアメリカンフットボール部の選手として入社したが、五年前に廃部となってしまった。ただ父方が岡林前社長と遠縁だったため、実質は運転手兼雑用係の秘書として会社に残った。社長の交代後には、岡林から堂島をスパイするよう命じられる一方、堂島からは会社の不祥事の背景を探るように指示される。

そのほか、理解のない上司に窮屈な思いをしながら自殺した社員の周辺を調査する人事部の河埜梓《こうのあずさ》、島流し状態だった地方工場から資材部に呼び戻され取引先の引きはがしに直面する増本健太郎《ますもとけんたろう》など、複数の社員の行動が語られる。それと並行してカナエホームを左右しようとする勢力の存在が示される。

『ブラックナイト』発表時、建倉圭介は「小説宝石」二〇一五年六月号に「新旧愛社精神対決」と題した作品に関するエッセイを寄稿していた。そこでは、終身雇用と年功序列が当たり前だったかつてのような愛社精神は生まれにくい社会になったとしつつも、人は組織に愛着を感じるもので、昔とは違う現代の愛社精神があると説いていた。それは、スポーツの団体競技におけるフォア・ザ・チームの精神に近いという。移籍が多いプロスポーツでは、チーム優勝という共通の目的を最優先にしながら自分の活躍も望む。

　控えに甘んじることなく、自分は試合にでたいのだとアピールします。自分がでることで、勝利に近づけられるという自負を抱いています。

本作のはぐれ者社員たちは、このような思いを共有している。建倉は同エッセイで彼らは「アスリート型愛社精神」の持ち主であり、「敵は旧来型愛社精神の権化《ごんげ》」だと記していた。元アメフト選手で廃部後の立場が曖昧《あいまい》だった新藤茂人が、堂島の登場をきっかけに会社員であることに目覚めていく展開が、その「アスリート型愛社精神」を象徴している。複数の主人公がいる本作のなかでも彼は特に目立つ存在だ。

一方、新藤は、岡林の孫と知らずに遥香《はるか》とつきあい、彼女が押しかける形で同棲生活に入っていた。そして、遥香は妊娠したものの、彼女の家族に二人の関係を未《いま》だいえないままでいる。彼は自分の家族を作りかけている人間なのだ。この小説では家族ということも、もう一つのテーマになっている。

カナエホームの新規プロジェクトの要《かなめ》となるのは、やはり本社への呼び戻し組である白井《しらい》小枝子《さえこ》による設計だ。「いえ、すみません」といったら社長から「家、住みません」と変なシャレをいわれてしまった社員である。白井は以前、商品開発室にいたが、設計に華やかさがないと営業所へ追い出され、冷遇されていた。だが、顧客満足度調査によると、彼女の設計は入居当初より住み続けてからのほうが、満足度が上がっていた。そのように珍しい評価が得られたのは、住む家族の将来の生活を想像して設計したからだ。新規プロジェクトで打ち出した彼女の設計の方向性は、「雑然さが様になる家」と表現されることになる。誰もが自分の住まいについて思うことはあるだろうが、新規プロジェクトでこのコンセプトが練られていく過程は、家族が生活する住宅のありかたを考えさせられて興味深い。

住宅メーカーを舞台とし、経済界における創業家の問題も扱ったこの小説は、企業という集合体と家族というつながり、それぞれにまつわるモチーフが交差する。二つのモチーフが交差する点は、建倉圭介が『ブラックナイト』の前に書いた『ディッパーズ』も同様だった。考えてみると二作は、背中あわせのような関係にある。

亡くなった母の買った仏像が二千万円だったといわれた北岡武史《きたおかたけし》は借金返済を強要され、銀行員を辞めた後も金づるとみられて相手から逃げられない。彼は亡き父が創業に参加したIT企業から大金を得ようと、自社買収に関する詐欺を計画する。そのため、歌舞伎役者のように見栄えは立派だが小心な詐欺師、のんだくれの会計士、七色の声を使い分ける声優、売れない役者、会話に難はあるもののコンピュータのスキルが高い友人、顧客の預金に手をつけ銀行を辞めた先輩を仲間にする。彼ら七人は、北斗七星《ほくとしちせい》にちなみディッパーズと名づけられた。

『ブラックナイト』では、空ぶりを続ける堂島のオヤジギャグが芸人でいうところの〝すべり芸〟になっているほか、実直《じっちょく》タイプの増本健太郎と社長が相手でも思うままに話す勝気な西《にし》野《の》苑《その》美《み》の元恋人同士のやりとりなど、ユーモラスな部分がある。『ディッパーズ』では、コミカルなキャラクターが本作以上に目立っていた。二作とも経済用語がしばしば出てくる企業もののなかで、笑いの要素がいい潤滑油《じゅんかつゆ》になっている。

また、変わり者や問題児が集まって活躍する展開や、創業者と親族の関係がポイントになること、「アスリート型愛社精神」で貢献しようとする社員の登場などは、『ディッパーズ』と『ブラックナイト』で共通する。ただ、前者が詐欺目的で相手に自社買収を提案し関与するという、企業を攻撃する側を主人公にしていたのに対し、後者は様々な陰謀に翻弄され買収を仕掛けられて懸命に自社を守ろうとする側を主人公としている。その意味では対照的な内容となっている。本作で建倉圭介に出会った読者は、『ディッパーズ』へさかのぼるといいだろう。

『ブラックナイト』は、様々な出来事がたて続けに起こり、複数の主人公がそれぞれ自分の立場で闘っていくつもの筋がからみあう物語だ。ここには個々人の思いと経済の動きがあり、仕事、恋愛、アクションなど多くの要素が詰まっている。建倉圭介はたて続けに作品を発表するのではなく、むしろ寡作な小説家だが、今後も盛りだくさんなエンタテインメントを執筆していってほしいと思う。

二〇一五年五月　光文社刊

光文社文庫

ブラックナイト

著者　建《たて》倉《くら》圭《けい》介《すけ》

2018年2月20日　初版1刷発行

発行者　鈴木広和
印刷　堀内印刷
製本　フォーネット社

発行所　株式会社 光文社
〒112-8011　東京都文京区音羽1-16-6
電話（03）5395-8149　編集部
8116　書籍販売部
8125　業務部

ISBN978-4-334-77601-5　Printed in Japan

組版　萩原印刷